觉醒

异世三海

Awakening

信九 著

海天出版社

HAITIAN PUBLISHING HOUSE

图书在版编目(CIP)数据

异世三海：觉醒 / 信九著. —深圳：海天出版社，
2020.5

ISBN 978-7-5507-2750-2

Ⅰ.①异⋯ Ⅱ.①信⋯ Ⅲ.①科学幻想小说－中国－
当代 Ⅳ.①I247.5

中国版本图书馆CIP数据核字 (2019) 第208757号

异世三海：觉醒
YISHI SANHAI：JUEXING

出 品 人	聂雄前
责 任 编 辑	吴浩帆　侯天伦
责 任 技 编	陈洁霞
封 面 设 计	元明·设计　谭施靖

出版发行	海天出版社
地　　址	深圳市彩田南路海天综合大厦（518033）
网　　址	www.htph.com.cn
订购电话	0755-83460239（邮购、团购）
设计制作	深圳市龙墨文化传播有限公司（电话：0755-83461000）
印　　刷	深圳市希望印务有限公司
开　　本	787mm×1092mm　1/16
印　　张	21.75
字　　数	290千
版　　次	2020 年 5 月第 1 版
印　　次	2020 年 5 月第 1 次
定　　价	45.00 元

序章

　　道可道，非常道；名可名，非常名。无，名天地之始；有，名万物之母。故常无，欲以观其妙；常有，欲以观其徼。此两者，同出而异名，同谓之玄。玄之又玄，众妙之门。……道生一，一生二，二生三，三生万物。

——《道德经》

目　录

第一回　奇遇

星元前 472 年。

一场风暴即将来临，大地沉闷得让人透不过气，昏暗的天空乌云笼罩，耀眼的闪电，将苍穹撕扯出一道道血痕。群山围绕的圣地失去了往日的光彩，空气里弥漫着死亡的味道。一排排白衣长衫勇士持剑守卫着身后的圣殿，快被吞没的残阳挣扎着挤出一丝光亮，最后的霞光将勇士的长剑染得火红火红。

圣殿的瞭望台上站立着一男一女。男子浓眉星目，英姿飒爽，头戴白玉冠，身着天山雪蚕锦衣袍，腰系混元紫金带，脚踏七星蟠龙靴，左手紧握着镶着宝石的剑柄。远远望去，那宝石一闪一闪，犹如黑暗中的明灯。旁边女子亦是一袭白衣，落地烟云梅花裙，品月缎绣玉兰衣，内衬桃红锦缎遮春色，袖口金线蝴蝶舞秋华，裙摆淡如清雾笼绢纱。腰系一条翡翠云石金腰带，华美秀丽。颈前静静躺着一块通灵宝玉，耳旁缀着一对星辰耳坠。用一支银簪挽住乌黑的秀发，盘成精致的柳叶髻。全身透着圣洁的光芒，周身散发出芳香，美丽得令人窒息。这世界最完美的女人，双眼坚定地看着天空，似乎在沉思。霞光下，她的容貌看起来是那么神圣而庄严。

"师兄，怎么办？"白衣女子问。她的身后紧跟着一位红衣少女、一位白衣少年。

"你和师妹、师弟都留下照顾受伤的师兄弟。"

白衣男子脸色沉重。这位常胜将军，此时对这场战争却没有了以往必胜的信心。他看了看身后众人坚定的眼神，又抬头看了看天空，深深吸了一口气，缓缓拔出长剑，剑身闪耀着灿烂的电光，然后气运丹田，高声说道："众位将军，你们随我征战无数，斩妖除魔未尝一败，今遇强敌，正是大展神通的时机。众位卫道地仙虽随我第一次征战，却可见证仙魔旷世奇战，芸芸众生，逝如烟云，刍狗之命，亦须救度；朗朗乾坤风云起，顶立天地建功名，化作长虹散硝烟，杀！"众将化作万道雷电冲向乌云。震耳欲聋的喊杀声，身后万道七彩光芒从山谷冲向天空。"轰隆隆，轰隆隆！"天空中一道道炸雷，闪电如鬼爪般抓向大地，黑压压的乌云开始剧烈翻滚流动，好似急流中的旋涡，旋涡的中心闪烁着血红，无数火球射向勇士……

星元 2029 年金河系，炙阳恒星带蓝星能源危机爆发。蓝星人对蓝星的贪婪掠夺，终于带来不可逆转的环境污染，强大帝国将污染源迁往弱小国家试图转嫁危机，弱小国家生态系统面临毁灭，风灾、水灾、火灾、地震、瘟疫频繁发生。各国之间能源争夺愈来愈激烈，一些断绝能源的城市沦为鬼城，荆棘丛生，世界战争一触即发，然而还有比战争更大的威胁正在来临。

凌晨两点，一座废弃的核电站，铁门不知被什么切割出大洞，洞口边缘闪烁着火花，发出"哧哧"的声音。一组武装人员，身着防护服，正谨慎地保持队形，小心翼翼地进入门内搜索。铁门内各种管道纠缠在一起，偶尔喷出几道白色蒸汽，几束昏暗的灯光在黑暗中摇曳，诡异的气氛刺激着每一个人紧张的神经。"啊"的一声，一名队员突然被什么抓住拉到半空，鲜血从上面洒下。其他人叽里呱啦着赶来，冲着半空胡乱射击，但什么也没有击中。暗处一道兽影从他们背后袭击，又是一声惨叫。当众人转过头来，除了一片血迹，什么踪迹也没留下。"不止一只，我们先撤出这里。"领头的一人，头上汗珠如雨。这对手如此迅速，还不止一只，远不是他们之前消灭的等级 D 目标可比。领头者立刻做出手势，先撤离。四周兽影突现，枪声大作。众人狂奔，落后队员一个

异世三海
觉醒

又一个被那些猛兽扑倒。领头者带领两名队友逃出洞口，找到铁闸，赶紧拉下。

"2队、2队，我是3队，目标等级是S，敌人太多、敌人太多，请求支援、请求支援！"一阵通信过后，天空中出现一架运输磁浮机，还停留在50米上空，从上就跳下6条3米高的身影。"咚咚咚"，六双机械脚落地，激起尘土飞扬。

蓝星翰唐国，一座普通的小城，宁星城。句成在一个被雾霾包围的早晨醒来。

刚刚丢了工作，女朋友又和他分了手，心情不好的他在朋友建议下，决定去泰吉国旅游。也许，去原始森林玩玩也是不错的选择。现在都在传，再过十年，蓝星所有的原始森林将消失殆尽，再不去看看，就来不及了。

两周后，一辆旅游巴士在路边停了下来。

"欢迎远道而来的客人！"句成从昏睡中被吵醒。此时已是傍晚，几只飞鸟正在回巢，夕阳透过树林射出一道道金色的光束，照耀着前方的二层旅店。汽车在离红象谷很近的老布旅店停了下来，那是一栋刚建成的木屋旅店，还散发着新鲜的油漆味儿。旅客们一个接一个下了车。旅游团的几名向导热情地拿着花环在车门两侧欢迎。句成依旧无精打采，当花环戴到头顶时，他很不耐烦地头一偏，顺手接到手里，不知所措的向导尴尬地咧了咧嘴。

旅店的设施很简单，除了床，几乎没什么家具。从窗外传来森林的清新味道，能让人轻松不少。句成洗完澡，喝了几瓶啤酒，一头扎在床上，呼呼睡去。

他睡到半夜，黑暗中传来"嗷……呜……吼……"的野兽嘶吼声。刚开始只是一只野兽，接着，四周全是野兽的吼叫声。一股股黑雾在天空翻腾，一道道七色光芒冲向黑雾，顿时哀嚎声、咬声大作，那声音越来越大，吵得句成忍不住捂住耳朵。

句成"啊"的一声从噩梦中惊醒，满头大汗。他拉开窗帘，天已蒙蒙亮，门口的导游正"呜呜"吹着小喇叭让众人起床。

"20分钟后出发，大家做好最后准备。"导游在外面大声喊道。

雨林的天气比孩子的脸变得还快，刚进森林时还是晴天，现在已经下起了小雨。森林一片雾蒙蒙，道路也变得湿滑，泥土混杂着腐烂树叶的味道让大家呼吸沉重。刚进森林的兴奋劲已经被咒骂替代，众人跌跌撞撞地在森林深处蹒跚着。

林晓雅，一个文静的女孩，此时也开始后悔来这里，又冷又困，头晕脑涨，该不会是发烧了吧。"小心。"后面有人一把将她拉到怀里。

"啊！"林晓雅顺着后面那人手指的方向看去，差一点晕倒。离自己两步远的位置，一条眼镜蛇，正摆着攻击姿态，吐着毒舌。如果不是后面这人拉住，她已经闯入它的攻击范围。回头望去，那人个子不高，其貌不扬，正是句成。

"谢谢！"倒在那年轻男子怀里，林晓雅不禁有点害羞，夹杂着后怕和感激，感受着对方的体温，一丝温暖涌入心头。

"嗯。"面无表情的句成轻轻推开林晓雅。面前的女子温和、漂亮，若在以前或许会借机搭个讪，只是现在的他已经不想再惹什么麻烦。有人说过，拒绝别人就是保护自己的最好方式，也许吧。

林晓雅见句成一脸冷漠，不觉感受到冒犯，心里有气，"哼"了一声，扭头便走。

"大家注意，前面路很窄，左边是河流，小心脚下，抓住右边的树枝，慢慢过去。"

淋了半天的小雨，句成精神有些恍惚，深一脚浅一脚地晃荡。终于，他为这种漫不经心付出代价，脚下一滑，从山坡上滚了下去。句成拼命想控制住身体，但陡峭的山坡让他无法停下来，径直冲往湍急的河流。远远传来林晓雅急切的呼救声："有人掉下去了，快来救人呀！"

也不知道过了多久，句成醒来，"哇哇"地吐出几口河水，头痛欲裂。他摇摇晃晃地站起，摸了摸头痛的地方，一手的血。

"真倒霉啊！"他四处看了看，沿着小河边寻找着出路。

夜幕渐渐降临，森林开始变得狰狞，远处传来野兽的低吼声，让句成心惊不已。

"得找个安全的地方休息下。"他找到一块巨石，缩作一团，双手抱膝慢慢靠着巨石坐下，开始咒骂命运的不公，咒骂那个离开他的女人、黑心的老板，骂着骂着，眼皮开始打架。

"嗷……"一阵苍狼叫声传来，吓得句成立刻清醒，令他身上汗毛一根根竖立。难道是苍狼？这种动物，壮如小牛，吃起人来毫不眨眼，今天要是碰上就死定了。

没多久，森林深处，一团绿光朝句成这边迅速移动。他一看不妙，打开照明手电，没头没脑地沿着河道奔跑。"嗷，嗷，嗷……"身后的动静越来越大，好像越来越多的苍狼加入追捕行动。句成吓得肝胆俱裂，心怦怦乱跳，头也不回地朝前逃命。没多久，瘦弱的他渐渐没了力气，脚下一软，摔倒在地。当他用手臂支起半个身体时，一股粗重的喘气声靠近他的脸侧，一只小牛般的苍狼正瞪着一双绿幽幽的眼睛盯着自己，接着更多苍狼从草丛中出现，只觉得裤裆一阵湿热，吓尿了。

"嗷——"身后又传来一声巨吼。

"呜呜！"句成见面前的苍狼群低吼着，垂着头往外小心翼翼地散开，好像非常惧怕身后那只发出大吼声的动物。一股强大的压迫感逼近自己，背后一股热浪直冲脑门。句成缓缓扭过头往后一看，吓得魂飞魄散，一只巨狼正瞪着铜铃般的红眼珠子，露出满口森森尖牙，全身覆着银针似的毛发，火焰般的粗尾，老虎般粗壮的四肢，威猛异常。

"完了！"句成两眼一黑，吓晕过去。

第二回　苍狼

"终于等到主人，这股力量我们苍狼族守护太久，是时候还给主人了。"一双火灯笼，靠近昏迷的句成，突然化作一股白烟围绕在他周围，最后又全部钻进他的身体。模糊中感觉一股灼热停留在后背不再离去，火烧般的疼痛让句成尖叫起来。

"啊！"句成大叫一声睁开眼睛。眼前一片关切的目光，一名医生，几名旅友，还有一位阳光但略显稚嫩的女孩，林晓雅。原来是场梦吗？

"可醒过来了，急坏大家了。"

"吓死我了，我没死，哈哈。"句成开心地掀开被子。

"你当然没死啦，我们第二天在河边找到了你，看你躺在一块巨石上，很安全的样子。"

"你们看到苍狼没有？"

"这里是红象谷，是红象的地盘，没有苍狼啊！"导游说。

"有苍狼。"林晓雅脸红着说，伸出手指了指他后面，"你的后背文着一只苍狼，看上去好酷，不过又不太像狼。"

"什么？"句成瞪大眼睛，下了床，困惑地说道，"我要看看怎么回事。"

在洗手间里，他脱下上衣，看着后背，眼珠惊讶得都快掉下，昨晚梦到的那只"巨狼"栩栩如生地印在后背，顿时感觉自己的每根汗毛都竖立起来。

"发生了什么？我不会像美达索国大片那样会变成狼人吧！"无数诡异的念头涌上心头。句成紧张地竖起耳朵，试图听到小诊所外的细小声音，发现和平时也没什么分别。他又向四周用力地吸了吸鼻子，当然除了洗手间的臭味，什么都没闻到，反被臭味熏得几乎呕吐。当然也有好改变，句成发现自己的视力似乎恢复到以前不近视的状态。

"还以为会有异能呢，唉，我还真希望像电影里的那样做一回狼人，可以啪啪啪把那些欺负我的人全揍趴下。"句成自言自语道，"看上去还是蛮威风的嘛！"他对着镜子，做了几个健美姿势，看着自己那一身排骨，身板实在不够看，苦笑着摇了摇头。

很快，旅行就要结束，经历了生死劫，句成也变得开朗起来，和林晓雅逐渐熟悉，才知道林晓雅是水木学院物理系研究生，和自己竟然有不少相同兴趣。越聊越投机，两人约定回去以后也要找机会再聚。

回到宁城，句成也回到了平凡简单的生活。在跳了几次槽后，句成收到一家心仪公司的面试通知。这天，他起了个早，刷牙洗脸吃完早餐，套上烫得笔挺的西服。心情一好，一切都变得阳光起来，只是隐隐约约觉得暗处似乎有一双幽幽的眼睛一直盯着自己。

去面试公司的路上，下车还要过一条马路。句成站在路边，绿灯正在闪烁。不知从哪里钻出的熊孩子，试图去捡落在路中的玩具。一辆货车正高速开来，等司机发现孩子时已来不及停下，借着惯性撞向孩子。句成猛地冲出去，抓住孩子的衣领，往后一拉，"嘭"的巨响，自己被撞得飞出去。半空中，他的脑海里浮现出"完了"，绝望地闭上了眼睛，任由身体重重地摔在地上。

几分钟过去了，四周行人慢慢围了过来。

"怎么不疼？"句成缓缓睁开眼睛，慢慢爬起，震惊地摸了摸自己的身体，除了衣服裤子被磨破，似乎没什么异样。人群开始欢呼，货车司机一脸惶恐。句成勉强挤出一丝笑容，低着头挤出人群，赶紧离开。他内心一阵狂跳："真有事发生了，我去。"

远处一辆豪车里，另一双锐利的眼睛也亮了。

来到公司，大腹便便的钱老板已经在等他。句成推开门，礼貌地点了点头。他看到老板的目光从头到脚扫了一遍自己，眉头皱了皱。句成不由得拉了拉磨破的裤子，心想："这下又没戏了。"果然，钱老板问了些业务上的知识后，说道："你的业务知识还不错，但是，我们是知名公司，要注意自己的形象，你看看你，什么样子，能在这行混吗？你可以离开了，等通知。"

句成沮丧地站起来，转身离开。门推开时，一位美女擦肩而过，留下芬芳的气息。他偷瞄了一眼，那女子25岁左右，个子高挑，梳着精神的马尾辫，白色套装，水汪汪的大眼睛勾人魂魄，鼻梁高挑，脸颊白里透红，脖子上戴着亮闪闪的钻石项链，耳垂上嵌着一对鲜艳的红宝石，气质高贵，好似一朵盛开的百合。钱老板一见这女子，立刻笑逐颜开，像只哈巴狗摇着尾巴迎接。

"等等！"

句成刚出公司门口，听到身后有人喊，原来是钱老板屁颠屁颠追了出来。

"哎呀，小伙子难得啊，现在见义勇为的人可不多了，你怎么不早说啊？来来来，进去聊，进去聊。"

钱老板似乎完全换了一个人，热情地搂住他的肩膀。

重回钱老板办公室，那名白衣女子正坐在钱老板的大班椅上，闪光的眸子正盯着他。

"这是冉小姐，我们的大客户，她看到你救人，所以跟我说明了情况。呵呵，坐坐，你被正式录用了。"

句成并没有听进老板的话，他看着冉洁，有种说不出的熟悉。

Lisa，中文名冉洁，创世纪旅游地产公司董事长，百亿身家，美达索国人，竟然会垂青这么个脏兮兮的宅男，这让老钱百思不解。

"管它呢，不逆她的意思就有钱赚。"想到这，钱老板觍着脸殷勤招呼道："冉总，想喝点什么？"

Lisa抬了下手，示意老钱住嘴，然后优雅地站起身，拿上包，说：

"明天来我办公室签合同，叫这个家伙来。"

经过句成时，Lisa 弯下腰，贴近他耳朵低声道："我知道你是什么了。"一阵香气袭来，句成心脏怦怦直跳，不由得赶紧把视线从 Lisa 身上移开。

"你这小宅男，不要乱看，小心姐姐我挖了你的眼珠子，我会盯住你。明天过来见我。"

老钱看得愣住了。

第二天，句成按照老钱给的地址，来到 Lisa 的公司，奇怪的是里面竟空无一人。在一名机器秘书的带领下，他来到冉洁办公室。这间房有 200 多平方米，窗外还有一个空间超大的露台，露台上茂盛的小灌木围绕着一座小型泳池，泳池边摆着栩栩如生的鱼人雕塑。房间布置很简洁，白色办公台、一张大班椅、几件装饰立灯、墙壁上挂着的巨幅油画，除此之外再无他物。

"你来了。"一个声音从大班椅后传来，Lisa 缓缓转过来，身着一套粉红运动装。她妖媚地咬了咬嘴唇，冲着句成勾了勾手指，示意他靠近自己。

句成似乎能听见自己怦怦的心跳声，不知所措地走近。Lisa 从椅子上站起，用手按了按桌面上一处不起眼的白色小方块，墙上的壁画旋转起来，后面露出一间 300 多平方米的密室。

句成心中一连串问号，不知道这个白富美要干什么，"签个合同用得着这么神秘？"

Lisa 走了进去，示意他跟来。密室里除了嵌入墙壁的壁灯什么都没有，似乎是用来闭关修行的场所。

"冉总，我来谈合同的事。"句成刚开口，Lisa 突然把门一关，转过身来，双眼放出绿光，突然一拳砸向他腹部。一百来斤的他，像断线的风筝一般被打飞，撞到墙上，又"啪"地摔向地面，顿时感觉自己的五脏六腑都要碎了。句成痛苦得支起身体，忍痛吼道："你疯了吗？干什么？"

话音刚落，Lisa 快如闪电，瞬间到了句成面前，"嘭"地又是一脚。这一脚太重，竟将他踢到天花板，又摔倒在地面。句成痛苦得在地上缩成一团，全身骨头都像是断了。还没完，Lisa 又一个腾空，来了个童子拜佛，一膝盖压向他胸口。句成惨叫一声，一口血喷出，双臂被 Lisa 死死压住，动弹不得，不由得大骂："你疯了？干什么？别以为有钱就可以乱来！"

Lisa 伸手掐住他喉咙，厉声喝道："还不拿出你的真本事？信不信本小姐杀了你？"

"你要干什么？杀人了，救命啊！"

渐渐地，句成的声音衰弱下来。当他快陷入昏迷时，隐约感到一股灼热从后背贯穿全身……

不知道过了多久，忽然听到一声惊叫："不要！"句成立刻清醒，发现自己全身肌肉紧绷地骑在 Lisa 身上。她的衣衫似乎被野兽的利爪撕破，身上一道道血痕，头发凌乱，而自己一只手掐住她脖子，另一只手被一层红光笼罩着，抡起正要插向她双眼。

"啊！"句成吃了一惊，眼睛的红光逐渐散去，连忙站起身来，"我，我……"

Lisa 脸色通红，低声说："快给拿我件衣服！"

句成赶快脱下自己的衬衣，递了过去，并转过身子。

Lisa 异样地看了他一眼，心道："挺识趣的嘛。"

她穿上衬衣，走到句成身后，呆呆地看着他后背的"苍狼符纹"，轻轻叹道："这是什么动物啊？好厉害，差点被杀了，你这东西的灵能果然强大。"

句成转过身，两人对视，心头一阵紧张，赶紧避开她炙热的眼神，"你没事儿吧？你的伤！"

"这点皮外伤，明天就会好，我也有个符纹。"Lisa 拨开已被撕破的裤管，露出右小腿。

句成脸色刷的一下变红，"冉总，你，你……"他难为情地刚想转身，却被 Lisa 喊住："想什么呢，只是让你看我的符纹。"指尖指向右小腿肚处，一只彪悍的驯鹿符纹印在白皙的皮肤上。Lisa 放下裤管，看着惊讶得合不拢嘴的句成，翻了个白眼，"大惊小怪！"

句成不敢再直视 Lisa 的眼睛，结结巴巴说道："对、对不起，我不知道刚才怎么了，我、我不知道自己干了什么。"

Lisa 冲他邪魅一笑，"你刚才呀，想非礼我！"

"啊，冉总，我、我可不知道怎么就那样了啊！我、我什么都不知道。您大人不计小人过，可别去告我。"突然一想，"不对啊，这丫头先动手的啊，而且简直就是个怪物嘛。"

Lisa 见他傻呆呆的样子，笑着挥了下手，"别害怕，逗你玩儿的。还有，以后就叫我 Lisa。"

一脸迷惑的句成被 Lisa 赶出办公室，一会儿工夫，Lisa 换了套便装也走了出来。

句成穿好 Lisa 还来的衬衣，两人来到露台，在泳池边坐下。

"你爆发的力量与你身后的符纹有很大关系，我也是得到那些动物赐予的力量才有了符纹，慢慢习惯吧。没想到在这城市我还有机会碰到同类，你已经踏入神奇世界。"

"我背后那个文身赋予我力量？你漫画看多了吧？"句成睁大了眼睛，完全不敢相信自己的耳朵，但刚才的事又让自己不得不相信。

"你的符纹是其他物种的守护神将灵能注入身体而形成的，每当世界出现危机，这些族群就会将力量暂时借给被选定的人，所以我们也叫生灵系异能者或生灵守卫。"

"危机？生灵守卫？我没听错吧。"

"别打断本小姐，听我说完。蓝星一直被某种力量保护着，不仅存在生灵守卫，还有另一些古老的守护者，如魔法师、炼金术士、女巫。

他们为了不惊扰大家，一直隐藏着行踪。到了现代，一些国家还研究出超级基因战士、智械战士。为了共同对付另一股暗黑力量，一股从远古一直在侵扰这个世界的暗黑力量。所以，我可是超厉害的呢！"转念一想，自己刚才那么狼狈，后面那句话似乎有点不妥，不免一丝尴尬。

句成又问道："暗黑力量是些什么东西，怎么来的？"

"它们来自另一维度，穿过空间虫洞来到我们世界。科学界已经证实在我们的空间存在微型虫洞。一开始，除了守卫们，常人是看不到它们的。它们来到蓝星之后，存活的时间都不长，数量也有限，影响不大，没有引起大家注意。后来人们身边多次发生非自然现象，终于引起军方和科学家的注意。他们发明了暗能探测器，常人也能借助科技观察到它们了。最近几年，不知道什么原因它们存活的时间和数量，都在增长，带来的破坏也越来越大。因为常规力量根本对付不了它们，所以几个强国都成立了异能军团，如翰唐国的 SNA、美达索帝国的 E8、鸟岛国的加藤集团、俄尔加帝国的泰坦帮、鹰帝国的圣都会，还有一些民间组织，都是没有记录的影子势力。"

"你别吓我，我胆子小。虫洞那边是什么？"

"我不知道，谁也没去过，只听道宗和禅宗的修行者说起过那边世界的景象，不过大都和一些经文的描述类似。以后你要小心，我们与暗黑势力是死敌，它们随时会攻击我们。"

"要么你疯了，要么我疯了，你说的东西太玄幻了。"

"那你怎么解释自己清醒后看到的一切？你现在还不能灵活应用自己的能力，一旦遇到危险，会失去知觉。要不是那只动物的灵力保护了你，我早就灭了你这小样儿。"

句成想起刚才那一幕，脸色刷的又红了。Lisa 见句成面色有异，知道他想到什么，使劲掐了他一把。

"哎哟！"

"想什么呢？"

"没、没啥！"

句成对 Lisa 的那番话，已经半信半疑。

"生灵守卫觉醒的时候，邪恶也会如影随形，希望你能准备好迎接一个完全不同的世界。"

"嗯，答案是，这丫头疯了，先顺着她瞎扯吧，我把合同拿到手再说。"句成心想。

第三回　暗黑兽

今天的天气很沉闷，早上8点，已是35℃高温，厚厚的云层，预示将有一场阵雨。句成出门时就有不好的预感，精神恍恍惚惚的，Lisa的话犹在耳旁。其实每个人都有一种预知威胁将至的天赋，只是高压的生活，忙碌的工作，或是各种形式的诱惑，无时不在的洗脑数据，把人的这种天赋消耗殆尽。他刚到地铁站，不好的预感变得更加强烈，总觉得有一双血红的眼睛盯着自己，如芒在背。句成进了洗手间，用冷水洗了洗脸，想让自己清醒些，当慢慢抬起头，眼神扫过洗脸台镜子时，里面突然出现一张凶猛的"巨狼"面孔。"啊！"句成吓得蹲了下去。过了一会儿，他慢慢站起，小心翼翼地从洗脸台的上沿偷看镜子。镜子里并没有什么异样，还是自己那张宅男脸，他这才松了口气。刚想离开洗脸台，镜子中的自己突然动了起来，眼睛泛着红光，非常严肃地对自己说："快离开这里！有危险，快！"句成顿时头皮发麻，一股寒气从脚底升到脑门。

"轰隆，轰隆！"洗手间的墙壁里隐约传来声响，而且越来越近。

"快跑，快！"那个声音再次提醒。

"嘭！"墙壁突然炸出一个大窟窿，嘶吼声夹杂着臭烘烘的血腥味直扑过来。句成什么都看不见，凭着直觉，感受到巨大危险在降临，他本能地往边上躲开。

"哗啦"一声，身后的墙壁上立刻被什么抓出巨大的抓痕。洗手间的各种水管爆开，自来水、污水乱喷一气。

"我去，这是什么啊？"句成快被吓哭了，连滚带爬地冲出洗手间。

嘶吼声紧跟其后，地面被水渍印下巨大的野兽脚印。也许是速度太快收不住脚，那个家伙似乎滑倒了，哗啦撞倒一片栏杆。此时正值上班高峰期，只见句成逃过的路线，身后一大片行人被撞飞。他刚跑过服务亭，服务亭就被身后的东西"哐啷"一声掀飞了；跑过护栏，护栏接着就被撞得七歪八扭。顿时，地铁站像炸开了锅。不知道发生了什么的人群，像无头苍蝇四处乱窜，互相践踏，哭声、喊声、骂声连成一片，人们被撞得、摔得、踩得头破血流。句成趁乱躲到柱子后，心怦怦狂跳，双手抱着自己的头，紧张害怕地嘀咕着："怎么办，怎么办，怎么办？"

"静下来，忘掉自己，想象自己在森林里，森林会保护你。"那个声音再次出现。

"我做不到！做不到！都快死了，怎么静得下来！"

"深呼吸，把注意力放在你的呼吸上，你一定可以做到，相信自己。"

"我试试看。"

句成极力控制住自己的恐惧，"森林，我在森林里……"脑子拼命去想那茂密的森林，清澈的湖面。心，渐渐平静下来，模糊中，他来到森林里一栋破旧的小木屋。门打开，屋内除了一张桌子，什么摆设都没有。"咦，有个人影！"句成突然发现自己躲在桌子下瑟瑟发抖。伸出的手，竟是一双瘦小的手。哦，那是孩童的自己，瘦弱，孤独，恐惧。突然，耀眼的强光从门外照射进来，光中映出两道影子，似乎是那只"巨狼"和一个高大人影。强光便从那高大人影上发散，他朝句成伸出一只手。句成小心翼翼地伸出手指触碰，一股强烈的暖流冲进身体，恐惧瞬间被驱散，孩提的自己爬出桌底，开始长大。现实中的句成，似乎睡了过去。

隐身的暗黑兽努了努鼻子，然后朝柱子后一步步靠近。挡住前路的惊恐人群，被它轻易地用爪子拍飞，伤筋断骨血流不止，现场混乱不堪。终于，它找到猎物了。眼前，这个躲在柱子后面的"低等生物"，正抱着头似乎失去了知觉。暗黑兽张开血盆大口，咬向句成。突然，暗黑兽眼里的低等生物伸出双手，不知道哪来的力量，竟撑住了暗黑兽上下颚。

句成缓缓抬起头，身体外笼罩着一层红光，全身肌肉紧绷，身形似乎也膨胀了一圈，眼睛散着红光盯着暗黑兽，猛地一脚踹到暗黑兽肚子上。"轰隆"一声，暗黑兽被踢飞，撞到墙壁，撞出一道道裂缝。句成终于完全看清暗黑兽的样子。此兽体形如虎，独角黑鳞，四肢强壮，五条铁尾在空中抽出啪啪巨响。暗黑兽受了重击，变得暴躁，瞪着血红的眼睛，再次冲过来。它以后肢站立，前肢两只兽掌直掏句成心窝。句成侧身躲开，一根"鞭子"却横抽在自己的后背上。顿时，他整个人飞了出去，摔倒在地，后背火辣辣地痛。暗黑兽的尾巴，像几条钢鞭，在半空舞动，这也是它的武器。暗黑兽没有停下脚步，趁着句成还没站起，快速接近。句成一声怒吼，红光更盛，双手一撑地面便弹起身躯，跳起来一拳砸向暗黑兽头部。硕大的暗黑兽再次被击倒，头顶被揍开一条口子，流出黏稠的血液，滴到地面，冒出缕缕青烟。一名男孩闯入战场，句成急忙抱起孩子，一个弹跳闪到安全地方，一位母亲哭喊着跑来一把抱住孩子，没命般转身逃往远处。句成目送母子二人，刚转身，暗黑兽的脑袋已贴到眼前。

"你真丑。"句成猛地迎头撞去。"嘭"的一声，暗黑兽被撞得一个趔趄。受此一击，暗黑兽开始暴走，张开口，一团熔岩般的液体立刻射出。句成闪过身子，背后的墙壁立刻被烧出个大缺口。暗黑兽已经完全被激怒，一口接一口地喷出熔岩。熔岩所触之处，皆被腐蚀而冒出青烟，看上去剧毒而致命。任由暗黑兽再这样闹下去，地铁站内的人群都会受到生命威胁。句成一个箭步冲到暗黑兽身边，右手抓住它颈上的鬃毛，腾空跃起，翻身骑到它身上。暗黑兽吃了一惊，上蹿下跳，撞得天花板哗啦啦一片片掉下。句成不敢大意，任凭暗黑兽怎么折腾，双腿死死夹住它的脖子，双手似刀，狠狠朝它颈部插下，用力一探便深入

异世三海
苏醒

皮肉，扯住暗黑兽的脊骨，往外一扯。"咔嚓"脆响，暗黑兽惨号一声，瘫倒在地上。句成喘着粗气，全身血迹斑斑，不停颤抖，手上却紧紧抓着一截脊骨。眼见倒地的暗黑兽，渐渐化作一股黑烟散去。句成摇摇晃晃一声长啸，全身红光散去，疼痛随之袭来。他眼前一黑，仰面朝天倒下。昏迷前，似乎闻到一股芬芳，一双温暖的臂弯接住自己，又似离开地面，在风中飘荡。

"我……在飞吗？"

"指挥官，这是 1 分钟前发现的视频，宁城发现一名生灵守卫。"大屏幕上切换出宁城地铁站里的混乱场面。

"立刻执行清洁计划，通知当地安保局封锁现场，该片区打开电子干扰，进行网络控制，防止视频外泄。"郭楚南的声音非常激动，十年了，终于找到一名 TS 战力的生灵守卫。他用手习惯地摸了摸左脸那道长长的疤痕，"小钟，调用国防部的卫星，全力追踪那名男子！"

"是。"

"等等，将视频放慢至十分之一。"郭楚南身边一名军官说道。

监控员将视频放慢至十分之一，隐约看见一条黑影闪过，之后，那名男子便消失了。

"有两名生灵守卫，从身形看，另一名是女性。"

郭楚南回头欣赏地看了一眼他的副手，微笑着点了点头。副手叫陈怀坚，代号老刀，42 岁，一身特战队军服，看起来孔武有力，一双虎目炯炯有神。老刀是自己最得意的门生，名副其实的兵王，屡屡完成 TS 级任务。陈怀坚身边是一名女子。她身穿宽松的青色风衣，里面的白色衬衣却遮不住婀娜多姿的身材。她长发披肩，昏暗的灯光遮住她的脸却遮挡不住那双明亮的眸子。她就是 22 岁的刘思琪，代号山猫。此女年纪虽小，却已经完成了五次 S 级任务，是道宗派来协助郭楚南的战斗顾问。

"可惜地铁站没有安装暗能探测器，否则可以弄清楚那名守卫对付的是什么等级的暗黑兽。"刘思琪道。

郭楚南率领的这支队伍是影子特战队，没有编制，没有任何存在记录，甚至总指挥官只有在特殊时期才会知道它的存在，全名叫超自然危机快速反应部队，简称SNA。特战队只执行两类任务：S级和TS级任务。所谓S级任务，就是其他部门无法完成的超强任务。TS级任务，指的是那些难以解释的超自然任务，寻找并抓捕TS战力就是TS级任务的一项，因为任务特殊，特战队邀请了道宗人士作为战斗顾问。

"那名男子，尚未进入稳定期，不能控制力量，似乎处于被力量反控制的状态，十分危险。"刘思琪道，两眼盯着屏幕那模糊男子的身影，不知道什么原因，她身体的能量开始涌动。

"嗯，整个形势越来越难控制，山雨欲来风满楼啊！"

"嘀嘀嘀……"监控器报警。

"指挥官，在晓南城郊区马部村出现空间虫洞。"一名监控员紧张汇报。

"又来了，老刀，你带第1队去趟华兰西国，帮助我的一个老朋友，回来时带回TS战力；山猫，带第2队立刻赶到晓南城马部村，看看怎么个情况。"郭楚南神情凝重起来。

"是。"两人敬礼。

郭楚南当初收到相关情报时，空间虫洞在两三年间都很难出现一次，但每次出现都会从中跑出一些暗黑生物，带给周边极大破坏。新闻报道认为是普通事件，所以虫洞并未被公众知晓。可现在空间虫洞越来越频繁出现，如果再不解决问题，那么将会带来更大的破坏和恐慌。这让郭楚南倍感压力。要解开这道谜题，就只有从生灵守卫入手了。

异世三……
苏醒

第四回　看不见的敌人

句成站在山顶，眺望云海，清风徐来，真想踏云而去。这想法一现，他的身体竟然飘浮起来，化作黑龙在云中穿梭，好不逍遥快活。突然天空惊雷四起，乌云滚滚，黑龙不知道什么原因变得怒气冲冲，掀起惊涛骇浪，淹没大地。句成心中暗道不好，这不知道会毁灭多少生灵。一道金光刺破乌云，黑龙似乎失去力量，从空中掉落，耳边风声呼啸……

"啊！"句成一声大叫，从床上弹起。

"做噩梦了？"一张粉脸出现在眼前，两人近得鼻尖差点碰到，不是 Lisa 是谁！句成脸上一阵热。

"嗯，做了个好奇怪的梦，是你救了我？"句成把身体往后移了移。

"嗯，地铁站被你搅成一锅粥，太危险了，想不到还没学会控制能力的你就能打败暗黑兽。另外，我们现在是同伴，以后请叫我 Lisa ！" Lisa 扑闪着大眼睛。

句成这才隐约想起些片段，瞪大眼睛："暗黑兽？"

"刚开始我根本看不见是什么袭击我，后来就晕过去了，在噩梦里与一头野兽搏斗。"他的思绪似乎还沉浸在恐惧中。

"不是梦，是真的。你能躲开袭击，还救了那么多人，真是万幸。是你的守护兽接管了你的身体，打败暗黑兽，现在你相信我的话了吧。"

"别吓我，我从小胆子就小，我的心现在又开始怦怦跳了！"

Lisa 冷笑一声，"瞧你这尿样儿，慢慢练吧。以后啊，好玩的事多着呢，就好好瞧着我吧。"在她看来，句成的经历似乎没那么可怕，反而好玩儿得紧。

"啊，这能叫好玩的事？会死人的。"

"胆小鬼，我带你见个人，他会告诉你更多，他也能教你怎么控制你的能力，要不然以后碰上那些东西，你还是会有生命危险。"

"谁啊？"

"先知。"

晓南城郊区马部村。

"山猫，我们已经接近空间虫洞附近1公里范围。"

"好，1组负责四周布控，打开防护罩；2组侦察；3组掩护，收到吗？"

"收到。"

一辆大型装甲车打开，13人小队，各自驾驶着3米高的机械外骨骼，拿着巨大的枪械。每人各背着一把巨剑和一面长型盾牌，鱼跃而出。

目标位置，一片杂草湿地，已经被不知从哪里排出的污水污染，一脚踩下去，都是黑泥，咕嘟咕嘟地冒着黑泡，刺鼻的化学气味令人作呕，队员们不由自主地皱起眉头。"每次都是这种烂地方啊，什么时候挑个风景优美的景区出现虫洞啊，边欣赏风景，边打打怪，那多好。"

"真以为是在打游戏啊，上次废弃核电站的任务，差点出纰漏，上点心，小心山猫修理你。"

TX00-3型机械骨骼，是这套作战服的名称，是强化队员作战能力的外包骨骼，将单兵作战能力放大了三倍，由超合金锻造。

第1组的4名队员猎犬、灰隼、壁虎、黑山，迅速移动到边长约一公里的正方形的四角位置。然后，4人打开机械手臂的工具箱，拿出一根金属棍，插在地上。

"对接。"

金属棍的端部发出紫色的光芒，四方形的隐形防护罩打开，防护罩发出哧哧的电流声，将一公里范围内的地区包围起来。若是暗黑兽撞到防护罩上，队员们便会收到警报。1组埋伏在附近，从外部看，一切环境和之前一样，防护罩里面发生什么，外界几乎一无所知。

"山猫，我是猎犬，外围布控好了。"

"好，1组负责守护防护罩，3组继续掩护2组侦察。"

"是。"

半小时后，2组队员呼叫山猫。

"发现目标，一只老鼠，12点方向。"2组组长古乐的头盔上的暗能探测器显示一只野狼般大小的野兽的图像。

"好，2组3组迅速到位，不要惊动老鼠。"

一行人悄然摸近目标。

"灭鼠3秒准备，1、2、3，行动！"刘思琪下达了命令。

"开火！"

2、3组跃出，朝那只暗黑兽开火。

暗黑兽被攻击，一边哀叫，一边逃跑。2组、3组队员立刻和刘思琪一起追了过去。

"我是猎犬，你们快靠近坐标中心！你们快靠近坐标中心！小心通信干扰。"1组队员提醒山猫。

"嘶嘶。"每次靠近空间虫洞，通信信号都会中断。

"不好，有陷阱，快撤出来，山猫，快撤出来！"猎犬手臂的暗能探测器上显示空间虫洞外围0.5公里附近，突然冒出七只暗黑兽，正快速地靠近刘思琪他们身后。一阵雪花出现，暗黑兽的踪迹消失在屏幕上。

没有收到警告的刘思琪和2组、3组队员终于打死了那只逃跑的暗黑兽，古乐两支昆仑金箭正射中那家伙心脏，大家围在一起，神情轻松地看着战果。

"3组关闭空间虫洞程序。"

"是。"

"感觉有点不对劲，今天太顺了。"刘思琪的眉头紧锁，女人特有的直觉让她隐约感觉有危险。她抬手往空中射出暗能探测器，开始探测四周异能反应。眼前的暗能探测器数据并没有变化。突然草丛中一阵呼呼啦啦声传来，六七个方向均出现生物压倒草丛的迹象，似有怪物迅速冲过来。

"小心，盯紧身后草丛，有探测不到的暗黑兽攻击，注意！"

枪声大作，一名队员突然被扑倒，暗黑兽撕咬着队员；另一名队员托起枪朝它射去，子弹差点击中队友，污水面激起一串串黑泥，暗黑兽迅速逃得无影无踪。暗能探测器不知道出了什么毛病，完全失效。队员们现在只能被动地盯着身旁的齐腰杂草，根据杂草的晃动来判断位置。

接连有落单的战士倒在血泊中。他们一冲上前，很快就被暗黑兽撕成碎片。暗黑兽近距离发起攻击，枪支根本来不及使用。

"滚出来，给我滚出来啊！"队员们急红了眼，对着草丛被压倒的方向胡乱开枪。

"尽快聚到一起，打开声呐成像系统，收枪，拔剑。"这些暗黑兽运动极快，声呐成像系统要稍微慢半拍，但总比什么都看不到强。刘思琪拔出两把霰弹枪，按下按钮，枪身伸出两柄剑刃，剑一前一后横在前胸、后背，摆开防御。她能感受到两只生物快速接近。它们围在四周绕圈子，正寻找机会攻击自己。刘思琪立刻做了个极其冒险的决定，脱掉了护甲，闭上眼睛，稳定情绪，让自己的元能场更好散开，渐渐地在她周围布下一道看不见的屏障。

她三岁就跟随父亲学习无极八卦掌，十二岁就跟随道宗师父修习功法，对元能场的运用已经炉火纯青，就算一只蚊子飞进也能迅速感应到位置。

突然，左上方气场被侵入，一股腥臭扑面而来。刘思琪剑尖直指腥臭最密集点，气贯左臂，一招"白虹贯日"，电光石火全力一刺。暗黑兽发出婴儿哭声般的叫声，似乎被刺伤。它在狂暴中再次攻击。刘思琪双剑急舞，急速后退，却晚了半步，双剑被野兽抓住。只听她暴喝一声，双臂用力下压，腾空而起，使出一招"鹞子翻身"，剑在空中直插暗黑兽颈部直至没柄。一阵挣扎，那只暗黑兽终于力竭而亡。刘思琪还来不及喘口气，忽觉背后有动静，心想："不好！"右腿传来剧痛，出现几道大口子，原来是另一只暗黑兽袭来。鲜血顿时染红裤腿。她不敢怠慢，强忍剧痛，单剑护身，警惕四周。偷袭成功的暗黑兽，见对手防守严密，也变得小心起来，每次冲进元能场，攻击一下，又立刻跑开。刘思琪一次次砍空，渐渐气力不足，不小心剑被咬住。暗黑兽顺势一甩头，竟对她使出大背摔。在刘思琪眼冒金星、头脑眩晕的时候，一股腥臭接近。她本能地将剑横在咽喉上方，"咔嚓"一声暗黑兽咬住剑身。刘思琪来不及站起，躺在地上力贯双臂往后用力一撑，身体从暗黑兽身下滑过，闪到身后。暗黑兽转过身，发现刘思琪摇摇欲坠，便放胆正面冲进元能场。

"来得好。"刘思琪腰身后弯，让暗黑兽迎面飞过时，双手竖起单剑向上方全力捅去。"哗啦"，那家伙竟被开膛破肚，哀号一声，再不动弹。

一场苦战，队员们虽然看不见敌人，但是根据声呐成像系统配合观察草丛动向还是捕捉到暗黑兽位置，斩杀了几只，不过也接连有队员牺牲，还能战斗的只剩三名队员。大家把受伤的队员护在中间，围成圈，摆开防守阵型。

"至少还有三只没被消灭，大家注意了。"刘思琪咬紧牙关说道。

紧急时刻，1组队员赶到，在四周扔出雾弹，只要有活物就会立刻沾上红色粉末。果然，那几只"漏网之鱼"沾上粉末后暴露了位置。看得见对手，战斗就变得容易了，队员们配合射出合金网抓捕，终于将其清除干净。

战斗结束后，刘思琪在一只沾满红粉的暗黑兽身上发现一个小装置，一按中心按钮，暗能探测器恢复了正常，地上还未灰化的暗黑兽就显示了原形。刘思琪拍了张照片传回总部，让技术部分析这次入侵的是什么种类。

"不好！谁让你们擅离职守的？"她突然意识到什么。

大家反应过来，迅速冲向四角防护罩发射器的位置。

果然北角的发射器被破坏，防护罩完全敞开，地面的草丛被压倒一大片。从面积上看，有不少家伙溜了出去。冷汗顺着刘思琪额头滑落。若这些家伙闯进城市，后果将不堪设想。

远处，几名老农看着装束奇怪的他们，惊讶得合不拢嘴。

异世三演

觉醒

第五回 守门人

办公室里，郭楚南看着有些沮丧的刘思琪："山猫，现在没有时间自责，我们习惯了一场又一场胜利，这次面临的可能是我们最艰难的一仗，这时打一次清醒针未必是坏事。居然有人类协助这些暗黑兽，看来情况超出想象地复杂了，你暂时不用管这件事。"

刘思琪道："那些潜入的暗黑兽怎么办？"

"我已通知了各单位，紧密监视周边地区，只能随机应变了。你暂时离开几天，去见见我们的老朋友。"

"现在让我去见他？"

"嗯，这位老朋友有件更重要的事。"

青镇山脚有条古街，古街尽头有座茶庄，茶庄名"聚仙阁"，前店后院，院子后是一片看不到尽头的竹林。这天清晨，一男一女两人按下这户人家的门铃。

"叮咚。"

前门内"哗啦哗啦"地响起一阵动静，打开一道门缝，一位年轻人露出半张脸。

"是 Lisa 姐啊，快进来，快进来。"

"胡安，我找林叔，还带了个朋友过来，电话里有跟他提过。"

"好好，请进、请进。"

胡安带着两人穿过茶庄前厅，前厅古朴的红木柜台上摆着上好茶具、香茗，古树茶盘置于前厅中间，墙壁上一幅幅古朴的山水画，透出主人的高雅。穿过前厅来到后院的客厅，已经有三人坐在那里品茶聊天，中间是一位头发雪白的慈祥老伯，一袭青衫；左边是位年青白衣女子，二十出头，盘着发髻，侧影看去，似不食人间烟火的仙女，素颜却也白里透红，仿若一朵圣洁的莲花，清雅脱俗；右边坐了一位年龄稍长的年轻男子，白皙清秀，只是眼角一颗桃花痣，似比女子还要来得妩媚。他一见 Lisa，露出两排洁白整齐的牙齿，"哎哟，大美女来了。好久不见，皮肤又好了，都嫩得可以掐出水来，快快快，告诉哥哥我怎么保养的。"

"清秋师兄，石斋师兄，你们也来了，太好了。"Lisa 一见着两位，立刻变成喳喳叫的小喜鹊。

句成一见这二人，心里咯噔一下，仿佛相识甚久，尤其那被唤作"清秋师兄"的女子，仿若梦中见过一般。而那女子抬头看了句成一眼，内心亦是一惊，假装若无其事地低头品茶，拿着茶杯的手指却轻微颤抖了一下。

"哈哈，小丫头来来来，先喝口茶。"林教授招呼着，接着介绍起众人，"这位小兄弟叫句成，这位是来自泊玉观的清秋居士，这位是五坛寺的石斋居士，也是我的忘年交。"简单寒暄几句后，林教授带着二人离开客厅，转到后屋，冲着一面墙径直走去。

"小心！"句成惊呼，却见林教授消失在墙上，惊讶得合不上嘴。

Lisa 冷哼一声："土包子。"拉着句成的手朝墙迈去。

留在客厅的石斋突然问清秋："小仙女，你的心为何会乱？"

清秋淡淡答道："哎，你又读取我的心思了，我只是无意中感到他的内心深处似有无尽悲伤！"

"相由心生，你感受到的未必是他的心思，却肯定是你的心思，要空，要破！"

"看什么破，要破即有，还是着了相，来什么接什么，顺其自然！"

"好一个'来什么接什么'，只是你尚未破空境，色空有异，自然需先破除魔障。否则你与他之间，只怕是有一场劫难了。仙女动凡心咯。"

"呸，都似你这般没脸没皮？枉自称修行中人。"

"哈哈，没有甚好，不过该来的总会来，不该来的来了也没用，挡是挡不住的。"

"你给我下了一个心结，是别有用意吧。"

"有即没有，没有即有，师兄我只是啰唆了点，听者有心，说者无意，无意有意全在小仙女心中啊……"

清秋一个桃子直接塞住石斋的嘴。

门后是一条通道，两边各有房间，尽头是一间大书房。

Lisa 看了看占满四周墙壁的书架，基本都是古典书籍，不由得叹了口气："唉，从小就怕学历史，最怕记一串串人名和时间。"

"以铜为鉴可以正容，以史为鉴可以正行，历史总会不断重现，永不停息。"林教授说道。

"已有之事后必再有，已行之事后必再行，日光之下并无新事。皆为天道使然。"句成亦感慨。

"不错，小兄弟坐吧。"林教授微笑着点了点头。

三人在沙发上坐下。Lisa 这才介绍起林教授。

"林叔是世外高人，民间社团'守门人'的会长，我们都叫他'先知'，刚才的清秋和石斋师兄也是其成员。'守门人'成员分散在世界各地，主要做一些全球历史神话研究，结合当下科技，来揭开这些神话的面纱。"

"哪里是什么高人，都是大家抬举。我只是发现宇宙间隐藏着一个巨大的数据库，通过特殊方式就有可能获取这些数据。从我获取的极有限的数据来看，那些传说、神话，未必都是虚假的。不过，对目前的科学来说，还是一种未解开的数据。要取得这些数据没法依靠科技，只能依靠我们人体自身的无限潜力。科学界把可以实证的称为唯物，可是被实证的数据往往又会被未来的数据推翻。唯心的唯物，唯物的唯心，究竟是先有鸡还是先有蛋，就仁者见仁智者见智了。"

"也是，古人还不能去太空，而现在其他星球都建立考察站了。"句成道。

"嗯，传说这个世界曾经存在人神共存的时期，翰唐国很多古籍中都有记载。但在星元前400年左右，不知道发生了什么，这些异于常人的所谓'神仙'在某个时期突然同时消失，直到现在也找不到他们的踪迹。或许以后可以解开这个谜吧。"

"难道是遭遇了巨大劫难？"句成看了一眼 Lisa，上次因为她那番话还当她疯了，可最近一番经历使自己不得不接受了。

"也许吧，不过，有一件事是肯定的，那就是你们是被选定的，这个星球也是被暗中保护的，否则不会躲开那么多灾难。要知道这个宇宙不仅仅只有我们蓝星人，蓝星也仅仅是炙阳星的一颗卫星而已。如今，暗黑势力正在崛起，很多帝国已经在招募奇人异兽对抗黑暗，但又互相牵制。异能者已经成了战略资源，更有些国家组织得不到异能者就会毁灭他们，加上暗黑兽的追杀，异能者面对的形势非常复杂。"

"异能者是怎么形成的？"

"简单来说有三类。第一类是可以通过科技进行人体改造、强化身体机能，最终成为超级基因改造战士。不过，国际上是禁止的，以后你们也要好好监控这类基因变异者。第二类是道宗、禅宗、天宗的修行者，通过秘传法门激发自身灵能，提纯身体元能，来强化身体机能以使用强大灵能。第三类就是你和 Lisa 这类生灵守卫，直接获取一份高频灵能，我至今也不明白这是如何发生的。"

"为什么要监控基因变异者？"

"人类基因是天道的选择，是上好法器，那么多物种，只有人类可以通过修行肉身超维，就是道宗所说的仙了。一旦基因被破坏，这条路

异世三海

觉醒

便被堵上，长此以往，便会成为兽类，所以要当心他们。多少生灵渴求人身而不得，哎，愚昧啊。"

"呃，好晕，听不懂。"

"呵呵，不急，你先给我看看你身后的符纹。"

"行。"句成脱下衣服，将后背转向林教授。

"奇怪，说是狼，却又不像，头型似乎偏向狮子，这是什么动物呢？"林教授大为惊讶。

"我也觉得不像狼。"Lisa 道。

"生灵守卫往往是接受了其他物种的精华灵能而获得力量，绝大多数物种我们现在都见过，但据我所知，这世上有一人拥有上古神兽凤凰的符纹，而那个人也是传奇般的存在。"

"凤凰，真有？怎么可能？"句成道。

林教授接着说道："他叫加藤一夫，鸟岛国加藤科技的会长。我也惊讶他是怎么得到凤凰灵能的。上古神兽青龙、白虎、玄武、朱雀、螣蛇、勾陈、麒麟等，每种都具有惊天动地的能力，本是神话里的物种。你碰上他可要小心谨慎，他可是个坏脾气。你再说说上次袭击你的怪物是什么样子，我很好奇这些来自黑暗的生物。"

句成描绘了一下："老虎般大小，有鳞甲，四条腿，五条铁尾。嘴里还能吐出岩浆样的火红黏液。"

林教授有些惊讶，匆匆离座，跑到书架去翻看。一会儿工夫，他拿了本牛皮封面的书放到茶几上。

"难道是狰？"林教授神情凝重起来。

"什么东西？"Lisa 道。

"从描述的情况来看似乎是《三海》里记载的怪兽——狰。这可不妙啊。翰唐古典《三海》记载，上古世界有无数凶兽，如四大凶兽穷奇、混沌、饕餮、梼杌。传说穷奇的力量来自欺诈，混沌的力量来自罪恶，饕餮的力量来自贪婪，梼杌的力量来自傲慢，人类的这些负面能量正是他们的食粮。还有其他凶兽如相柳、毕方、傲狠、夔牛、肥螨、九尾狐、狰、土伯、鼓赤等等，都是带来不同灾害的凶兽。"林教授的语气极为严肃。

"有什么关系？狰不是被打败了嘛。"Lisa 吃了一惊。

"我不是担心这只狰，我担心与它同时代的那股力量重见天日，那可是比凶兽更强大的力量啊。"林教授道。

"还有什么力量啊？"句成问。

"《三海》世界最可怕的是凶兽之首妖王狐，传说狐是僵尸王的始作俑者。四大僵尸王，均是吸收狐魂魄所化。不过这些现在只是猜测，我需要更多证据。"林教授继续讲着，"一旦世界被贪婪、欲望掌控，伴随而来的暗黑势力也会重生，可怕的天劫就会重启。我们已经经历过一次黑暗时期，蓝星人几乎灭绝，但愿不要再发生。"

"看来我要修身养性了，控制欲望啊，以免堕入黑暗。"句成叹道。

"你何止要修身养性啊，还要注意你的胆啊！"Lisa 阴阳怪气地说。

"什么胆？"

"色胆啊！"

"这……"句成脸色刷的变红了，低声嘀咕道，"去、去，那天我不知道自己在干什么，好吧！"

"看来，我们要做好准备了。"林教授道。

"嗯，我带句成来，就是想让您指点他，给他普及一下异能世界的知识，了解自己的能力，现在他还做不到和自己的力量合二为一。"Lisa 说道。

"指点不敢当，教他一些静功吐纳之法，激发身体潜能倒是可以。他的潜能不可限量，或许能成长为抗击暗黑势力的中坚力量。"

"有那么多高人，轮不到我们吧，还有军队啊，想想就怕。Lisa 你不怕吗？"

"怕，我怕呀，我怕你控制不住自己要来欺负我，呵呵。"

"这么凶，送给我欺负也不要……"

"你找死是吧。"Lisa假意抬手要一巴掌扇过来。

林教授摆摆手，示意他俩不要打断自己。他提醒Lisa："Lisa，你之前猎杀的暗黑兽和这次碰到的威胁等级差得太远，你们要小心啊。"

"你之前也遇到很多这些怪物？"句成问Lisa。

"我上次就跟你说过了，我们一直在与暗黑势力作战，这下你该明白我没撒谎了吧。"

"英雄命短，我只想有份稳定工作，以后找个老婆安稳过日子，我可不想做什么短命英雄。"

"想过安稳日子？只要你拥有了这份力量，那些家伙就会穷追不舍，你以为你逃得掉？"Lisa不知道什么原因，竟有些生气，"你自己惹了麻烦倒不怕，你知道会带给你家人什么后果吗？"Lisa的眼圈发红。

恍惚中，Lisa在心里又想起12年前的自己，那个15岁的少女。还有老家，那熟悉的美达索帝国俄萨俄州托莱多镇。

还记得，那个少女就倚在家中门边，看着在厨房忙活的妈妈，犹豫着这事要不要说，"妈妈，昨天我在森林里遇到点怪事！"

"宝贝，我正在忙，你不如去和你爸爸聊聊吧。"母亲正忙着晚饭，实在没空理孩子。少女扭头看了看坐在餐桌前看报的父亲："还是算了吧！"

"这是什么声音？"

"嗯？我干活的声音？"

"不是，是厨房地下传来的，隆隆声。"

"哦？"

厨房地板突然下陷，妈妈惊呼一声，掉了下去，接着就是一声惨叫。女孩的父亲跑过来，少女指着地下的洞穴恐惧地尖叫着。那是什么？一只丑陋的生物从地底爬出。父亲扭曲着脸抓了把菜刀，浑身发抖地挡在少女面前，大喊："快跑，Lisa！"少女惊慌失措地跑出后院，回头看时，父亲已经被怪物拦腰咬成两段。少女眼睛瞬间变成绿色，大叫一声，闪电般冲向怪物……

"我是孤儿，又没家人，关我啥事。"句成低声嘀咕。

"啪"，一记耳光扇在句成脸上。

"懦夫！"Lisa 的心颤抖了一下。

第六回　内观

第二天，Lisa 匆匆离去，留下句成跟林教授学习。

"上天给了你一份非常珍贵的礼物，助你完成使命啊，句成。"

"如果知道要遇到这么些东西，还不如没有这礼物呢，更别谈什么使命了，我只想好好活着。"

"每个人都在走一条路，一条找回自己的路，走在这条路上才是好好活着。使命就是这条路上一个个需要完成的目标。能力越大，使命也就越大。上天选定的人，自然有着不同常人的使命。若背离这条道路，身边发生的事就会成为阻碍，并且越来越大，如果还不醒悟，就会推倒重来。所以有时候痛苦险阻也是恩赐，它也许是在告诉你走错路了。"

"遇到困难是告诉我走错路了？哦，知难而退，我在行，嘿嘿！"

"我们都有遇到困难的时候，但是面对的态度和结果并非一样。如果你的态度是痛苦不安，克服一个困难后，不是越来越顺而是越来越糟，此时路就走错了。只有道路选对的人，才不会迷茫痛苦，甚至会如有神助，所有事态会围绕你而改变。我们平时讲命运弄人，就是使命在驱使，避无可避。而改变命运，倒不如说是完成一项使命后，开辟新的天地、开启新的使命。"

"可还有很多人也是过着普通生活嘛，碌碌无为也很好啊。"

"使命有很多种，有的伟大，有的却是平凡无奇，如报父母恩、养育儿女，甚至改变一个习惯也是使命，比如愤怒、悲伤、怨恨。只要是顺道应德、内心安宁便不会走错路。"

"哎，我已经迷茫很久，一直在寻找适合自己的路，可怎么也找不到，我怎么知道现在就是我要走的路？"句成道。

"去寻找宇宙间那个数据宝库，你若能找到，就能明白了。大多数人只能接收发现普通数据，因为他们被无尽的干扰数据覆盖，这些干扰数据便是我执和欲望，从而无法触及高阶数据。只要找到它，所有人都会从沉睡中觉醒。但是要想找到它，需不被欲望和我执左右，通过内观自省见觉性自性，才可触及。"

"我明白了，林叔的意思，使命要从内找，而不是外求？"

"是这样，每一个使命，都需要你遵从觉性、自性去寻找。"

"嗯，明白了。"

"人体内有两类能量，元能和灵能。肉身是一个能量容器，尤其丹田这里，是核心容器，容纳元能，取之于这个世界，人死便会还归大地。而意识是高阶能量容器，接受的是高频能量，是灵能。有灵生物均有灵能，而人类的灵能可穿越时空，接收更高频的能量源。当灵能与元能融合并产生超频能量，则可以产生巨大力量。"

"您是说内功吧？"

"哈哈，两者天差地别。宇宙中的能量有高有低，有清有浊，高频纯净能量掌控低频浑浊能量。一般来说，元能从食物、水、空气中摄取，但所取能量是低频、混浊的，尤其肉类中的能量。灵能可从日、月、恒星，甚至宇宙的源头能量获取，是高频纯净能量，甚至是可以超越时空的能量。用你的意识去捕捉这些能量，壮大灵能，灵元融合，由虚化实，便是元神，便可长存。那些传说中的大神天仙，无不是以元神形成存在于高维度，是众多修行者梦寐以求的阶段，只是极少人能达到那样的层级。"

"元神是什么？"

"元神你可以理解为第二个身体，纯能量存在的灵元能融合体，强大的元神可以具象为某种生命体来承载你的意识，非常难得。而你获得的苍狼力量，是苍狼的灵能，在你昏迷时便会主控你的意识。"

异世三渔
觉醒

"不明白，太难懂了。"

"不难，除却欲望的干扰，你自然就能感受到高频能量的存在，难的是掌控住自己的欲望。所以从现在起，你需要开始修炼自己的心性，提升自身灵能，强大后就可自由支配苍狼的力量。"

只见林教授伸出一只手，触摸一棵大树树干，闭上眼睛。句成不明所以，呆立在一旁不敢发出声音。

片刻，林教授睁开眼，弯腰从草丛中折下一朵花蕾，微笑着将花蕾放到眼前。片刻工夫，花蕾竟然打开骨朵，在微风中盛放。

句成眼睛睁得大大的，看看花，看看林教授谜一样的笑容。

"林叔，太神奇了，我想学。"

林教授点了点头，领着句成来到玄关，玄关四角摆放了四座1米左右高的水晶雕塑。

"修行无须外求，老君曰：'谛观此身，从虚无中来。因缘运会，积精聚气，乘业降神，和合受生，法天象地，含阴吐阳，分错五行，以应四时。'

"内观又从静而入。老君曰：'内观之道，静神定心。乱想不起，邪妄不侵。固身及物，闭目思寻。表里虚寂，神道微深。外藏万境，内察一心。了然明静，静乱俱息。念念相系，深根宁极。湛然常住，杳冥难测。忧患永消，是非莫识。'

"现在你盘膝坐下，闭上眼睛，屏除杂念，双手负阴抱阳，左在右上。从观察自己的身体开始，我教你道家的吐纳调息之法，吸气从任脉起至会阴穴，吐气由督脉终，由尾椎于后背走上至百汇过印堂合于舌根，若有津液吞入，则缓缓吞入腹中……"

句成点了点头，闭上眼睛，像一台扫描仪一样，从头到脚扫个遍，按照林教授的指示，体验天地灵气从头顶到脚趾每个部位的流动。身体从酸麻到没有知觉，又从没有知觉开始感受到头顶出现一股淡淡的热流顺着感受的部位流动。不一会儿，杂念如洪水般涌入，过往经历排山倒海般呼啸而来，心猿意马间，一阵酸痛从脊椎袭来，他终于坚持不住，跌坐一旁。

"诸生平等，诸念平等，诸事平等。"

听到林教授的提醒，句成灵机一动，端坐身躯，把影响自己的事物想象成动物，接着是一朵花，一片静水，一块石头，杂念开始消失。只要念头一来，就如法炮制，就如此转移。渐渐地，所有念头不再升起。暖流再次产生，顺着身体流动，全身温暖起来。这奇妙的感觉维持了许久，句成才被林教授叫醒。醒来的一刹那，他顿觉周围事物变得清澈，浑身舒畅。

就这样过了一个月，句成终于迎来关键时刻。这一日清晨，句成进入收功阶段，对天地能量的吸收感觉加强了。随着一股股热流从丹田到尾椎，又顺着脊椎直冲百汇，他的呼吸加重起来，被这股冲击冲得差点停止修炼。

林教授见状，轻声说道："坚持住，让能量在任督二脉中流动。"

句成头顶开始冒汗，冲击每隔几秒就加强，酸胀的感觉差点让他喊出来。他坚持几十道冲击后，头顶似乎出现一股清泉，泉水顺流而下直至丹田，能量畅通无碍。句成渐渐平静呼吸，将身体里的这股清流缓缓导入丹田，直到能量归于平静。句成睁开眼，顿觉神清气爽，耳目一新，精力旺盛，意念一动，能量竟游走于全身经脉，好不快活。

句成伸出手掌说道："林叔，我能感受到水晶洞的能量顺着手掌心，不断地往我身体里钻。"林教授十分惊讶，同为生灵守卫的 Lisa 半年也难以突破的任督二脉，竟在这几天就让这小子冲破，他究竟还有多少潜力？

接下来的几日，句成发现自己能从日、月、花、草、树、水中吸取各种能量，觉得那些能量都如活物一般，不禁心中愉悦。林教授见时机已到，说道："你现在可以开始进入下个阶段了，接下来我会引导你去探索宇宙的高频能量，在这过程中，除了跟随我的引导外，你要注意用

异世三海
觉醒

你的眉心印堂穴的温暖，来探索高频能量。记住，探索时会有一些幻象来干扰你，只要没有温暖光明的能量指引，就要破除执着，高频能量完全超出你想象。"

"现在缓慢地吸气……想象光明从你的鼻腔、毛孔进入你的身体，汇入丹田。吐气……想象丹田的能量逼迫黑暗、污浊，使之从你的鼻腔和毛孔散发出去，如此十多次。你开始从身体里剥离你的黑暗面，贪婪、恐惧、悲伤、愤怒、怨恨、轻慢、情欲，将它们封印在透明的宝瓶里，你可以看到黑色烟雾灌满这些宝瓶，直到你的身体再也散不出黑色的迷雾，你吐出的能量让枯木逢春、开满鲜花。完成剥离黑暗任务的你，身体变得光明。"

跟随指引，句成感受到自己的身体渐渐变得发光发热，越来越亮。

"你的面前开始出现一条光的隧道，隧道的尽头是一片光明的世界，用你的眉心印堂穴跟随着光明，飞出那条隧道，抵达光明世界。"

句成的意识迅速冲出隧道，只觉身处光明的能量世界，远方一团强光吸引着自己。追寻着这能量的源头，出现一片金黄的稻田。稻田远处，一座拥有金色屋顶的城堡散发出高频能量吸引着自己飞过去，身体能量开始增加。当飞到这座城堡的上空，远处的云端似乎又有更强大的能量源吸引着自己。句成没有停留在城堡，继续朝那个源头飞去，渐渐地一座天空中的白墙金顶城堡出现；不，不是一座，是很多座；不，不是很多座，是无边无尽的白墙金顶城堡。他顿时觉得身体的能量急剧增加，每隔一秒就增加一倍，十几秒后，身体的每个细胞都被能量胀得剧痛；甚至感觉再这么下去，那能量不仅会撑爆自己的身体，而且可以让自己用一根手指轻易抹去一个星球。他不由得大吼一声，猛然惊醒，双眼闪烁着精光，这情形让林教授紧张起来。

句成大口大口地喘着气，呢喃着："不得了了，不得了了，太强了，我要爆炸了，啊啊啊！"

"看着我的手，和我一起念：关闭连接，关闭连接！"林教授赶紧过来，在句成的右臂上画圈。句成顿觉眼前有一扇巨门缓缓关闭，那个世界的能量停止灌入身体，不过即使只遗留一小股能量，也是翻江倒海。林教授又转向句成后背，扶住他肩头，试图引导这力量，却被吸扯过去，心中暗觉不妙，额头冒出黄豆般汗珠。突然另一股能量赶来，协助林教授一起引导起这股能量。就这样过了一天，句成终于平息下来，三股能量终于融入丹田，丹田内似乎有了一颗发亮的明珠。

"没事了。以后，只要每天坚持打坐内观，你的元灵能就会越来越稳定了。灵能像是武器，可操控同频率高阶能量；元能最好用于防御，它是你的生命能量，若消耗过度，身体就会受影响，以后若能修成元神，就如你的身体一样可以自由操控。"林教授近乎虚脱，却注意到句成背后的苍狼符纹发生了变化，苍狼毛发下似乎多了一些金色鳞甲图案，不由得大为惊奇。

"好。"

两个月后，Lisa 又回到林教授的茶庄，两人在书房密谈了很久。从书房出来后，Lisa 一直都没有再理会句成。句成对最近一系列事件仍然犹豫不决，既没有勇气去面对这些，也不敢面对 Lisa，于是，像做错事的孩子远远看着她。Lisa 偷眼瞄去，不觉有些可怜这家伙，本来想过简单平静的日子，却莫名被卷进旋涡中，残酷的未来正等着他，想想自己以前的经历，也开始担心他能否应付得来。此时，胡安从外面进来，"林叔，清秋来了，说有要事。"

几人一起来到客厅，清秋起身行了礼，说道："宁南那边传来消息，一座古镇发生火灾，古镇建筑群几乎同时燃烧，事有蹊跷，我想请林叔调派人手去查一下。"

"好，正好你带句成和 Lisa 去，见识见识。"

"这……好吧！"清秋垂下眼帘，犹豫了片刻，还是答应下来。

第七回　碧芳

"清秋姐怎么这一路上都不说话？"Lisa 发现清秋心情沉闷。

"我本来话就不多，也没什么可说的。"

清秋一靠近句成，心就发慌，于是走在前面，心道："奇怪，这是怎么回事，这人身上究竟有些什么经历？"

句成再见清秋，一路上也想找机会和清秋说说话，但见她高冷得紧，又打消这念头，悄悄看着她的背影，有一句没一句地和 Lisa 聊着。

"句成，我向你道歉，上次是我太过了。"Lisa 以为他还在生自己气，见这气氛冷清，先给个台阶下。

"习惯了，没什么。"

"你这什么话，好像我欺负你一样。"Lisa 火大起来。

"好了，别吵，先找个地方安顿下来，晚上去现场。"

Lisa 闭上嘴，似乎十分忌惮清秋。

"为什么要晚上去？"句成问。

"我们要找的东西晚上容易出现。"

三人找了家客栈，又点了一些吃的，边等天黑下来，边打听些消息。

"神仙姐姐，我听说道宗有好多神奇故事，比方说呼风唤雨，什么穿墙术，法术什么的，可是真有其事？"句成问道。

清秋听他这么一叫，脸一阵红："干吗这么叫我？"

"姐姐生得美若天仙，怎么称赞都不嫌多。"

"那我呢？"

"说真话？"

"你找抽是吧，快说！"

"这、这，有可比性吗？"

"什么意思？"

"一个是天上的彩虹，一个是地上的野花。"

Lisa 一脚踢翻句成坐的凳子，骂道"滚！"

清秋听这么一说，脸更红了。

"你们别闹，其他桌的客人都在看着咱们了。"

"好好，不闹，不闹。"句成拍拍屁股，扶起凳子坐下，"神仙姐姐继续说，讲讲那些神奇的道宗法术呗。"

"道宗法术的修炼，以信为入门，以静为道果。相信才可与仙祖建立联系，遣欲才能心常清静，改变眼耳鼻舌身意的接收频率，得仙祖引导，采天地之灵气，将自我超频，便是神通。污浊欲念，仙祖不喜接近，另一些东西倒是喜欢，类似量子纠缠，同频相吸引。现世人专注于争权夺利诸多欲求，我执傲慢，不得清静，灵能便会散乱混浊，也难得修成。"

"我知道了，林叔也讲过要除欲，这样才能接收高频纯净数据。"

"遣欲是初阶，除欲则是高阶，一口吃不成胖子。欲望也是你的能力，要被你所控。有时候欲望可以帮助你，有时候欲望可以毁掉你，用于正道就好。不过最终还是得六欲不生才能达到修行的更高层次。"

"道宗和禅宗有什么区别啊？"

"若论究竟，本无区别。两宗经典都探究到空无所空境，都讲究入大乘探真如本相。三万六千法门，不过是为众生开的方便法门，只因众生根基不同，才有了分门别教。道宗讲究性命双修，修性修的是品德境界，修命修的是长生神通，开悟一层，身家性命实证一层，直至肉身升华。先师们由悟而创下无数道术，本意是用道术来证其所悟，从而增加修行者的信心，可惜有些修行者过于看重术，而忽略悟道，落入歧途，结果反而毁了自身福德性命。禅宗则是今生修来世福，不愿花工夫在修命上、术上，重空性、觉性、自性，快速证悟空性，适合智慧者、愿速入究竟法门者修行。我的理解大致如此。"

"哦，这样啊，可神仙姐姐，修行有什么好啊，就算成了，什么都空了，没了欲望，也就没了乐趣，社会也不会进步啊。"句成道。

"所欲所求一场空，如镜中花水中月，求不得则心生烦恼，求得终究是留不住亦是烦恼，忧苦身心，但沉苦海无边。"

"不识苦哪里知乐，只要值得就行。"

清秋笑着摇了摇头，道："什么是值得的呢？"

"爱情难道不值得？"Lisa 问道。

"哼，有几人懂爱？付出一分便指望拿回一分，不过一场交易，却安了这么冠冕堂皇的借口。"清秋脸色一沉。

"这……神仙姐姐心中的爱是什么？"句成问道。

"海枯石烂终有时，天毁地灭不离君。"清秋头脑突然闪现这句诗，便冲口而出，似乎有人曾经这么说过，细思从何而来，却毫无思绪，只得岔开话题。

只是听了清秋这句，句成心头莫名堵了一块石头。

"留意其他桌的客人在说什么，打听消息是正事。"

果然，隔壁桌的客人在低声说道："好惨，说是烧死上百人，有消息说，镇长被撤，相关部门负责人被刑拘。"

"听传闻说，火是同时在每栋建筑烧起的，在起火的前几晚，夜里总听到有人在叫一个人名。狗啊猫啊啥都跑出镇子了。"

"听说上边还派了部队来调查，整个现场现在都还在封锁。事态可严重了。"

罗南古镇现在已经是一片焦土，整个区域已经被围上铁丝网，设了岗哨，几十名士兵持枪在附近巡逻，每隔 50 米，还安装有摄像头，俨然已成军事部署。黑暗中三条人影悄悄靠近。

Lisa 的两腿外侧挂了两把短弩。清秋背着两把霰弹枪，里面的每颗子弹都刻着符咒，腰间还挂了个布袋。她见句成没武器，从布袋摸出一把青铜短剑递过去。

"你们的那么酷，给我这么个小东西？"

"爱要不要，我还不舍得这辟邪短剑呢。"

"要，神仙姐姐给的我都要。"

"矫情！"Lisa 瞪了一眼句成。

"神仙姐姐我们怎么进去？"句成道。

清秋从包里拿出一张金属符，划出一道弧线，射向天空。

"别说话，就这么进去，他们看不见我们了。"

"这是隐身符。傻子，快走。"

三人进了镇子，只觉阴风阵阵，残砖烂瓦。四处有白色的人形印记。

"死这么多人，该不会有恶鬼吧？"Lisa 的声音有点发抖。

"有，就在你身后，黑乎乎的在拉你的衣服了。"句成阴森地回答。

"啊！句成，你混蛋！"

"鬼有什么好怕，不是你害的他们，他们就不会找你，鬼还怕人呢，人的阳气重。"

"我要跟紧点清秋姐，你这家伙太可恶了。"

清秋摸了下烧黑的柱子，又闻了闻，有一股轻微的酸味，说道："表面看起来没有异常，就是一场火灾，可这些燃烧的柱子却很规则地四处倒塌，而且燃烧程度几乎一致，说明是同时着火。"

"哦，也就是说，有单个火源，应该是从中心扩散出有规律的痕迹。"

"小子，挺聪明的嘛。"Lisa 道。

清秋口中念咒，右手拈个剑诀，左手掏出一张蓝色金属符，射向空中，一道光环扫描这片区域，没多久飘浮在半空的金属符投射出案发现场的全息模拟图像。

几条光影围坐在一处，一名妇女模样的光影抱着孩子，那孩子挣脱妇女跑开蹲在地上看着什么。

清秋走到孩子位置，蹲下又站起，手里多了一根青色羽毛。

清秋收起羽毛，对着那几条光影说道："我为你们做个简单法事，你们去你们该去的地方吧。"

句成和 Lisa 见清秋对着空气说话，又在地上插了三支香，念念有词，不敢再多说半句。

等做完法事，天已蒙蒙亮。清秋拿出一张符，折了只鹤，将那根羽毛夹在中间，手指往空中比画，那纸鹤腾空飞向后山。

"跟上，我们去抓凶手。"

大家进入后山深处，纸鹤落在一条溪流边。清秋示意两人放轻脚步，三人躲在一处灌木丛后，戴上暗能探测器，静待猎物出现。

"那东西能瞬间点火，要特别小心，只能突袭将它快速拿下，否则整座山烧起来，我们都会丧命。我会潜到它附近偷袭，Lisa 远处支援，如果有异动，一箭射死它，随机应变。"

"好！"

清秋见句成面有异色，问道："怎么了？"

"神仙姐姐……"

"不要再这么叫，道宗无论年龄，辈分相同的都尊称师兄。以后叫师兄就好。"

"哦，师兄，我、我尿急！"

Lisa 皱起眉头："懒人屎尿多，躲远点去。"

清秋扑哧一笑，脸颊微红。

"远一点，味道重，不要惊动了那怪物。"

句成答应一声，弯着腰朝南方溜去。

没多久，远处传来声音："碧芳，碧芳。"

清秋和 Lisa 两双妙目对视。

"在哪里叫？"

"南面。"

"不好！"

此时，句成刚要方便，忽听背后有人叫："碧芳。"

句成打了个冷颤，缓缓扭头，只见一块青石上，一只像丹顶鹤的鸟正盯着自己。奇怪的是它竟然只有一只眼睛，一条腿，翅膀黑色，其他部位则是青色羽毛。"碧芳。"那鸟又叫了一声，伸开翅膀，脚下的石头哧哧作响，竟然发红。

句成心怦怦响，眼见异鸟要发作，心想鸟类最喜欢比美，遂决定试试一计。他缓缓展开双臂，嘴里也叫着："碧芳。"

那只异鸟不知所以，也跟着叫了起来。

句成缓缓后退，一脚踩上树枝，噼啪一声，那异鸟受到惊扰，眼露红光，四周气温骤然升高，眼看一场大火就要烧起来。"嗖"！一支铁箭射向异鸟。那异鸟全身笼上一层黑烟，张开黑色翅膀，"叮"的一声拍下铁箭。

"别停下，一起攻击，绝对不能让它燃起大火。"清秋大声喊道，与 Lisa 跃出草丛。异鸟扇动翅膀，一支支黑色火箭射向二女，藏身的草丛立刻燃烧。

"我什么都不会，我该怎么做？"句成大喊。

"你跳舞啊！"清秋没好气地说道。

"碧芳，碧芳，你看我帅不帅，我跳舞给你看，好不好？"句成手舞足蹈，真就似只猴儿上蹿下跳起来。

"这个白痴！"Lisa 骂道。

"Lisa，接住爆炸符，绑在箭上，拖点时间。"

Lisa 一个飞跃接住新符，穿在箭头上，一箭射去，一声巨响，那异鸟被炸出十米远。

"五帝五龙，降光行风。

广布润泽，辅佐雷公。

五湖四海，水最朝宗。

神符命汝，常川听从。

敢有违者，雷斧不容。

急急如律令！"

清秋一支符箭射向空中，乌云凭空忽现，接着哗啦啦地下起雨来。

异鸟身上冒出青烟，燃不起火焰，便飞快向清秋射出黑烟缭绕的黑羽。

Lisa双手抬起两只弩弓连射，"铛铛铛"射落几片黑羽，却还漏下一片黑羽射向尚在请雨的清秋。清秋一声惨呼，一片黑羽穿透肩膀。那异鸟见得逞，翅膀连扇，黑羽如雨点般急射二女。

"不好。"只见一道绿光闪出，Lisa开启灵能，双手将两把铁弩弓舞作一道屏障，叮叮当当一阵，拦下黑羽。

清秋刚想叫好，却见Lisa面色有异。原来这异鸟黑羽劲道十足，竟震得她铁弩几乎脱手，虎口震裂，鲜血直流。异鸟察觉对手的衰弱，再次扇动翅膀。二女命悬一线，却听得一声怒吼，一只野兽眼闪红光从天而降，一把按住那异鸟头部，右手持辟邪短剑将它钉进泥土深处，挣扎几下，终于不动。那异鸟最脆弱的本是颈部，此时已被句成一把扭断。

Lisa欢呼："干得好！"激动得想接近句成，被清秋一把拉住。

只见句成张开双爪，双眼发出红光，冲Lisa一声怒吼，就要攻击过来。清秋赶紧射出一支麻醉针。句成摇晃着走出几步后，一头栽倒。

原来，句成见干扰异鸟不成，眼见队友身处危险，又不知道怎么帮忙，于是捡起石头砸晕自己，让苍狼接管了身体。虽然一举偷袭成功，却也失去了自我意识。

不久，句成醒来，飘忽忽地站起身来，问道："你们没事吧？"

"你、你的头……你是不是傻？"包扎完伤口的清秋发现句成也受了伤，顺手丢给他一个药包。

Lisa走近异鸟尸体，拿出一台数据扫描仪，将数据收集起来："等出山就发给林叔分析，没想到凶手竟然是这么只独眼鸟。"

"快看，那鸟化了。"句成指向那异鸟，几分钟工夫，青鸟尸身化作灰烬，随着山风吹散飘落山林。

"果然是从空间虫洞跑出来的家伙，军方怎么搞的，已经控制不住了吗？"Lisa抱怨道，却没留意清秋脸色已变。

异世二海
觉醒

第八回　旱灾

几人回来后，把这番经历详细讲述给林教授听，林教授认真做了记录，虽然没有给大家讲些什么，但众人从他的表情上，还是看出事态严重。清秋回道观养伤，Lisa 也回公司去办理业务，留下句成继续在林教授指导下修行。在这段时间，句成终于可以在清醒状态下控制苍狼灵能。

"接下来，你要在内观中用你的眉心印堂穴继续探索新的能量源。这个阶段你应该会开始看到很多奇异的世界，记住，始终只能跟随光明和温暖的能量走。"

"林叔，我在内观中看到好多奇异的景象，太美了。"

"嗯，不要太在意这些景象，都是虚象，最终你要进入的是纯能量的空间，浑然一片。"

"为什么？"

"一切有形皆是幻，放空，意守丹田，观眉心至丹田一线，若能将内在虚空浑然一片，便是上了层次了。"

两人闲聊时，通信器发出震动，林教授触碰了一下耳边的脑讯，便离开练功房。片刻，林教授又折回。

"句成，你能去趟中州吗？"

"可以啊。"

"到中州安远街 213 号，找个叫顾无权的人，和他一起调查中州旱情。这旱情发生突然，不到一周时间土地大量沙化，有些蹊跷。石斋居士也在去的路上了，最好能带些物证回来。"

"清秋和 Lisa 不来么？"

"你小子，是喜欢上哪个了？"

"没、没，就是有点想她们了。"

"你去办完事，估计回来能见到她们了。"

"好，那我收拾一下就出发。"

顾无权是个面黄干瘦的中年人，高个子，不爱说话。二人赶到旱灾最严重的中州安远街，远远就听见一人在人群中大呼："多拿点儿吃的，不吃饱，我可没力气干活儿。"

"石斋。"句成远远就喊了起来。

"来了，路上可还顺利，有没有休息好，有没有吃好？"石斋从人群中钻出，一手猪蹄一手鸡腿大快朵颐。

"你不是修禅的嘛，你在吃啥？"句成奔近石斋，一把抢过猪蹄。

"没听过酒肉穿肠过吗？再说，我已经超度它们了。快还我！"

"先说线索，先说线索。"句成狼吞虎咽，转眼只剩下一根骨头。

"臭小子，快还给我！"

吃饱喝足后，石斋带着两人往南方走去。

"那边干涸的水塘边有一组脚印。"

"每个脚印都是三个脚趾，不就是鸟类的脚印吗？"句成说道。

"单看一个没问题，但是，这些脚印不是四个一组，也不是两个一组，而是六个脚印一组，你眼瞎啊。"石斋被气着了。

"六条腿？"

"嗯，你见过六条腿的鸟吗？"

"我刚见过一条腿的鸟，这六条腿也差太多了，是基因突变吗？"

"应该不是。这方圆百里，我全查看过，唯一可疑的就是这组脚印。我们顺着找下去就能找到线索。不过要等我洗把脸，满脸是油星子。"

"都什么时候了，还这么作，我可以揍飞他吗？"句成问顾无权。

三人一路循着脚印到了黄村，黄村的土地已经沙漠化，放眼望去是连绵不断的沙漠。约莫2个小时后，天气越来越热，三人已经汗如雨下，一路上不少动物的白骨犹如一件件死亡的艺术品闪耀在金黄的沙漠中。

"我们越来越靠近危险中心了，前面的动物骸骨越来越多。"

"还好吃饱喝足了，这地方可没吃的。"石斋拿出条香巾抹了抹汗水。

句成热得已经晕了头，脚下踉踉跄跄，半个身子突然陷入沙中。顾无权眼疾手快，那手臂突然伸长，两条机械手臂抓住句成。

空气骤然极其干燥，仿佛抽走了所有水分。

"来了，戴上眼镜。"

三人四周的沙漠开始下陷，一个巨大的旋涡形成。

三只异兽从沙底腾空而起。这些异兽六脚双尾四只翅膀，却有着蛇的身子。三只异兽周围犹如蒸笼，除了顾无权，句成和石斋瞬间就处于脱水边缘。

句成大半截身子埋在沙里，双手死死抓住两条机械手臂。眼见这三人危在旦夕，石斋突然飞身向顾无权撞去。

只听顾无权一声怒吼："你疯了！"三人摔倒在一起，朝流沙旋涡深处的黑暗缓缓沉去。

"我在哪儿？难道我死了？"句成睁开眼，四周白光空旷一片，不远处坐着两人，正是顾无权和石斋。

"你没死，你现在在我的结界空间里。"石斋递过水壶，"来，喝口水，压压惊。"

"结界空间？什……什么东西？"

"你听说过须弥山吗？"

"传说中娑婆世界的中心，不过谁也没见过须弥山。"

"须弥山，只有达到一定境界的修行者，才看得到、进得去。那里的维度与我们这个世界完全不同。"

"依你的意思，我们在另一个维度里？"

"简单说，是在一个只适合我们三人的维度。"

"林叔说你和清秋都是奇人，果然不假，牛！"

"障眼法，算不了什么，不过被夸奖了还是很开心哟！"

"别娘娘腔，我们后面怎么办？"句成一把拍开石斋搭上肩膀的手。

"还没想到，只知道暂时先躲避一下。这三只异兽守在外面，一出去怕是要烤成干尸了。"

"我们岂不是自己造了个监狱把自己关起来了？"

"呃，是，又不是。这个监狱是进不来的，除非我打开。"

"我的天哪，你这是把自己当妖给收了！就怕猪一样的队友啊！"

"别，猪可是聪明得紧，你这队友嘛，嘿嘿！"石斋又靠近了句成。

"等等，你这个娘娘腔老色眯眯地盯着我看干吗？看得我发毛。"

"我呸，我可是堂堂男儿郎，只是见你有些奇怪。"

"我和Lisa一样都是生灵守卫，当然奇怪了。"

"哦，我说的不是这个，是你，但还不是你。你……不完整。"

"你才不完整咧，你全身都不完整。居然说我是残废。我哪里不完整了？顾无权，我又想揍飞他了。"

顾无权还是一脸冷漠。

"你，你的脸！"句成突然发现顾无权的脸皮干成了一道道褶子，就像拧成一团的纸。

"这才是我的脸！"顾无权随手往脸上一抹，脸皮脱落露出一张机械脸孔。

"见鬼咧，你、你是机器人？"

"我是半人半机械，准确讲，属于人类部分的只有大脑了。"顾无权本是一名博击手，为了生活长期打地下黑拳，养活家人，身体机能严重受损。他知道自己活不了多久，预先与一家神秘实验室签了协议。一次比赛中，他被对手打倒昏迷过去，醒来就成了这副模样。后来才知道那家实验室属于"守门人"，那次比赛他心脏破裂，已经无法再醒来，按照协议，他就被改造成半机械人。

"现在只有一个办法了，得有个诱饵，我会打开一个入口，把那些家伙引进来，然后大家再从我打开的出口出去，我再封闭这个空间，这些异兽就会被这里的时空困住。可谁来做这诱饵？"石斋问道。

"别看我，我怕变成干尸。"句成道。

"我去做诱饵，我是机器。"

三只异兽见一个人影凭空跃出，呼啸着扑了过去。顾无权一排火弹射出，激起一片黄沙，转身便跑。石斋与句成见异兽追进了结界空间，便从另一角落打开空间跳了出去。顾无权则拖住异兽掩护他们，不停地射出火弹。

"快出来！要关闭了！"

异兽吐出一口黏液，顾无权的脚被粘住。顾无权见势不妙，两肩枪头端口冒出火光，没想到异兽反应更快，又是吐出一口黏液封住枪头。一声巨响，顾无权整个身躯陷入火海。

"顾无权！"句成大声呼喊，眼看顾无权倒下，就想冲去救人，被石斋一把拉住。

"你去就是送死！"石斋口中开始吟唱，关闭空间出口。

突然一块黑乎乎的物件从空间飞出来，句成接住，吓得哇哇大叫，一把扔得老远，竟是顾无权的头颅。

"你这个白痴！"那头颅大叫。

"见鬼啦，脑袋还能说话啦！"

"顾无权的头不毁掉就不算挂，所有资料都储存在那里，我们把他带回去，重组个身体就行了。"石斋右手凭空一抓，空间缩小，双手快速结印，三只异兽被封印入一个玻璃球中。

林教授看着顾无权发来的视频，脸色愈发凝重，这次的异兽无疑也是《三海》里出现的异兽。他接通一个秘密频道，把分析出的情报发给了对方。一场全力围剿《三海》异兽的战斗即将展开。

几天后Lisa也来了，不知道因为什么事与句成吵了起来。晚餐时，三人坐在桌前，林教授扶了扶眼镜，左右看看，笑了笑招呼两个斗气的家伙吃饭。香喷喷的饭菜似乎也不能扫去两人之间的尴尬气氛，Lisa的筷子左一下右一下地戳着饭碗，埋头扒拉着米饭。

"林叔，你的胸前怎么有个红点？"句成突然看到一个小亮点在林教授胸前。

"不好！"Lisa惊呼一声，扑向林教授。

还是慢了半拍。

"嗖！"一颗子弹从窗外射中林教授，血溅到句成脸上，吓得他呆住。Lisa一脚踢开椅子，句成一屁股摔倒，这才回过神，连滚带爬找隐蔽。

"突突突……"枪声大作，雨点般的子弹，从门、窗口射向小屋，屋顶的玻璃天窗也哗啦一声碎掉，几名黑衣人顺绳而下，边滑落边开枪。

蹲在地上的句成用力把林教授拖到吧台下方，捂住他受伤的地方，血从指缝中汩汩往外流。

"林叔，坚持一下，我们送你去医院。"句成声音哽咽。

"来……来不及了，你听我说，我有一个女儿，东西交给她，帮……帮我照顾她。"林教授已经说不清楚话，手颤抖着摸进口袋，拿出一张沾满血污的照片和一块记忆芯片，"生死轮回本不休，不断因果不入流，我这段旅程该结束了……记住千万别去找龙脉。"

"好，我一定照顾她。"句成的眼泪落下，林教授的手缓缓落下。虽

异世三海
觉醒

然和林教授相处时间不长，句成心底却已经将他当成自己的父亲。

句成看了一眼照片，"林晓雅？"

Lisa双眼绿光大盛，速度火力全开，一拳一个，敌人纷纷被揍飞。

"让开，你们去找东西，我来对付她。"黑衣人中，一个虎背熊腰的大块头，气势汹汹走来。

Lisa冲过去，一拳打去。"嘣"的一声响，那家伙居然连动都没动一下，反倒一把抓住她的粉拳，用力一带，Lisa就像风筝一样被甩飞。Lisa吃了一惊，在空中控制身体贴近墙面，像弹簧般压缩自己的身体，接着如离弦利箭般弹射踢向大块头。大块头见她来势凶猛，双肘并拢护在胸前，挡下这势大力沉的一脚，接着暴吼一声，整个身子横撞过来。就算Lisa动作再快，这么座小山似的大块头突然撞来，也无法完全躲开，只能护住要害，让他撞到身体侧面。"咔嚓"，她的手臂腿骨均被折断。Lisa惨呼一声，倒飞出去，将身后的墙壁撞倒。

大块头大步走近，揪住Lisa头发一把拉起，右勾拳打在她的小腹。Lisa只觉五脏六腑寸寸断裂，嘴角渗出血丝，再也无力反抗。

"把她带走。"

"句成，救我！"Lisa不甘被抓，凄声求助。

句成再也忍不住，操起一把椅子，冲了出来，"哐当"一声砸在大块头脑袋上，椅子成了碎片。

大块头放下Lisa，慢慢转过头，嘴角蔑视地笑了笑，一巴掌扇去。句成顿时成了断线的风筝，摔出20来米。

大块头看了看趴在远处不再动弹的句成，再次抓起Lisa。

"放开她！"

只见句成全身红芒暴涨，双手露出利爪，头发根根竖起，一双红眼恶狠狠地盯着敌人，怒吼着。

"哈哈，两名生灵守卫，这下我赚大了。"大块头也发出雄狮般的吼声，大步流星冲向句成。

两人"轰"的一声撞到一起，又各自弹飞 10 来米。

两人力量、速度不分上下，可惜句成没有搏击基础，只能蛮干。大块头却是招式清晰，看上去受过相当专业的格斗训练，每一拳都能击中他。句成被动挨打，像疯了一样，不顾防守地一次次想抓住对手，却一次次被打倒在地。

"Lisa，我一定要救你回来！"句成愤怒地大吼道。

Lisa 瘫倒在地上，看着这一幕，没想到那个胆小怕死的家伙，此时如此倔强。她双眼已被泪水淹没，心中的爱怜油然而生。

"你的实力太弱了，不是我对手，还是乖乖跟我走吧。"大块头伸手想抓住句成。

句成从地上跃起，拦腰抱住对手，张嘴咬向大块头腰部。

"你找死！！"

大块头吃了一击，气急败坏，手化刀状，直刺句成后心。

眼见句成就要命丧此处，突然一块大石"呼"的一声从身后撞来，大块头连忙丢下句成，反手一抓，石头碎成几块。

"谁在偷袭？"

来者是 6 名英姿飒爽的军人，为首一人大声道："翰唐军人在此，立刻投降，我们的土地上还轮不到你们来撒野！"

"杀了他们，把这两个带走。"

"你们谁也带不走，兄弟们救人。"

"是。"

原来是绰号老刀的陈怀坚带着第 1 队的精英赶到。

第九回　狮子

陈怀坚看着眼前的对手，高壮威猛，眼睛泛着骇人绿光，双手简直是野兽的双爪，仿佛是一头雄狮。他知道自己碰上传说中的超级基因士兵了，自己的特战部队中和他们战斗过的只有一人活了下来，但那人不是自己。

陈怀坚决定试探下对方实力，拉开架势，力贯双臂，全力一招冲拳，直奔对手胸口。大块头见有来拳，也不躲避，对拳上去。一声闷响，陈怀坚被震出十来步，大块头也被逼退三步。

"力量和刚才那小子差了不少，不过作为普通人，还算不错，可惜啊，今天，你就要死在这。"

"好大的力气，看来我要以柔克刚，不能硬拼。"陈怀坚心想，摆出姿势。

大块头双拳护胸，碎步靠近，右手就是一个勾拳，头稍低垂躲在右拳后方，左手肘护住胸口。

一个简单的勾拳，陈怀坚就看出这人用的是由色亚特种部队必杀拳。这种拳攻守兼备，招招置人于死地，最大的特点是以己之强攻彼之弱，用自己身体最强力的部位攻击敌人身体最柔弱的部位。陈怀坚不敢怠慢，头一低，右手使出灵蛇缠枝，顺着大块头右手臂滑出，指尖戳向其咽喉。大块头吃了一惊，左拳变掌，护住咽喉，挡住这一击，接着以掌变爪，想抓住对手手掌。陈怀坚缩掌，左手变刀，左脚前跨，借腰肘合力，以手刀斩向大块头右侧第三根肋骨下方大包穴。

"啊！"大块头痛得叫了起来。

"由色亚拳，哼哼，和翰唐的武技相比，还差得远。"

大块头退了两步，揉了揉自己的痛处，若无其事地打出一记组合拳。

这次轮到陈怀坚吃惊了，想不到被击中穴位后，这蛮汉毫无损伤。

陈怀坚面对雨点般的组合拳，迅速使出八卦掌以力卸力，将对方拳力引向四周，瞅准一个时机，反掌一拉一带，大块头用力过猛，身体被带得横飞起来。陈怀坚跟上，使出一招肘击，砸到大块头命门穴。"嘣"的一声，大块头整个身子被砸到地上并陷进泥土，不再动弹。陈怀坚心想，就算是多年习武之人，被击中命门穴也是非死即残，起码，敌人短时间内应该丧失战斗能力。但没想到，大块头竟然猛地弹地而起，怒吼着，一个猛虎扑食，中门大开，不顾防守地抓来。陈怀坚使出猛龙出海，右腿直蹬向他腹部。只见，大块头嘴角露出一丝诡笑，小腹一收，硬接一腿，迅雷不及掩耳地抱住陈怀坚大腿。陈怀坚心底暗喊一声不好，身体已被大块头扛起，就像被孩子乱摔的玩具一样，轰的一声被摔在地上。顿时，全身几乎散了架。大块头并未停下，抬起右脚，一脚踩向他后背。说时迟那时快，陈怀坚咬牙一个翻身躲过，大块头落脚处出现深深的大脚印。

"我踩死你这只老鼠！"

又是一脚踩来，躺在地上的陈怀坚突然摸出一把匕首，刀尖向上，大块头虽已反应过来，但已来不及收脚，刚好踩在刀尖上。顿时血流满地，大块头痛得嗷嗷大叫。陈怀坚爬起身，冲近前，使出短拳，雨点般攻击其胸口膻中穴，最后猛喝一声"去"，一招寸拳发力，把大块头打出 10 来米开外。

大块头倒在地上一动不动，陈怀坚警惕地看着，不敢贸然靠前。果然，过了片刻，大块头再次慢慢站起。只见他面孔扭曲，肌肉紧绷，毛发竖立，身形变得更大，仿若天神下凡，令人恐惧。

"这就是超级基因战士吗？好强啊！"陈怀坚顿觉滔天杀气袭来，

急忙运起内力护住全身，祭出金钟罩。

只见大块头猛地单手抓向路边的钢柱电杆，轻松拔起，横扫千军般抽过去。陈怀坚赶紧低头躲过，那钢柱带起的气流，刮得脸生痛。

"若不是他脚受伤，我这次怕是要完了，我得靠近他打，要不然会太被动。"

陈怀坚看准空当，贴近敌人，使出快拳，对准敌人的软肋一阵猛攻。可对手的力量、抗击打能力远远超过刚才，只是因为脚伤，在速度上跟不上自己，才被击中。大块头连续受了一阵拳击，由于脚伤又跟不上陈怀坚速度，气得暴跳如雷。突然，他甩开钢柱，双手往道路的水泥地一抓。

"他想干吗？"

只见大块头双手掀开道路路面把陈怀坚震倒在地，顺手抓起一大片钢筋水泥板，就像拿着超大苍蝇拍，"轰""轰""轰"疯狂砸向陈怀坚。陈怀坚再也躲不开，被砸翻在地。

"这下，你这只苍蝇还不死？哈哈哈哈！"一阵猛砸，灰尘遮住两人身影，大块头终于停了手。

等到灰尘散去，只见水泥碎块中竖起一面有半人高的白色长形刺盾，刺盾慢慢向右移开，一白甲战士单膝跪地，双手扶盾。

"昆仑机甲？哈哈哈哈，这下，我可赚大了，把机甲拿来！"大块头顺手抓起第二块水泥板，当作武器，一瘸一拐走了过去。

陈怀坚刚刚紧急启动了右腕上的昆仑机甲，使用护盾，勉强接住敌人这招，不过还是受了极大内伤，右腿已断，身上肋骨估计也断了好几根，眼前一片昏花。此时见大块头又攻过来，他只能强行运起最后一口真气，右手勉强支持着护盾，左手伸到背后。待敌走近，陈怀坚大吼一声，左手四把绝命飞刀甩了出去。

大块头反应也快，两块巨石一合，挡向匕首。

"铛、铛。"

"还好，只挡住两把，另两把命中？"陈怀坚听声音判断。

大块头慢慢移开水泥板，牙齿咬着一把匕首，缓缓走向前。

"什么？没命中？完了。"陈怀坚几乎立刻晕倒。

"大意了，好厉害的飞刀，居然能射穿石头，连子弹都伤不到的我，居然被这飞刀伤到，它们是用昆仑金造的吧，不知道你还有没有后招。"大块头扔掉水泥板，右手从胸前拔下一把飞刀，鲜血四溅，"只要你杀不死我，我的伤就会愈合，你死定了。"

陈怀坚扔下盾，眼睛死死盯着敌人，忍着剧痛缓缓站起，头上的汗珠如雨，摆出马步，左手伸向背后。他知道自己快要倒下了，但此时若是倒下，必让对手乘虚而入，所以装也要装个样子吓住他。

大块头也受了伤，本以为陈怀坚已是强弩末势，没想到他还有飞刀，现在见他站起来还摆出马步，不由得有些害怕，遂停下脚步。此时，远处传来一阵警笛声。大块头一看，对方增援赶到，于是狠狠盯着陈怀坚，双手举枪指向他，慢慢后退，一瘸一拐地消失在黑暗之中。

两台装甲车开近，跳出几名战士。

"队长！"队友们奔向受伤的陈怀坚。

陈怀坚艰难地按了下右腕按钮，收起昆仑机甲，就再也坚持不住，"噗"的一声吐出一大口血，晕倒在地。

黑暗中。

"主人，任务完成，目标已被干掉。"昏暗灯光下，鬼武者向一名白衣男子报告。

"好，剪除掉这个人，他们的情报网必然受挫，就能挑起争端了。"

白衣男子戴着一副鬼武者面具，露出的眼神阴森寒冷，毫无一丝生气。

"我会把那些高高在上的混蛋狠狠踩在脚下，拿回我们的公正。"

在几座无名英雄墓碑前，郭楚南脸色凝重，缓缓抬起手敬礼。他害怕来到这里，每次来都意味着失去了几名优秀的队员。这些英雄牺牲后连名字都不能刻上墓碑，只有编号，留给他们父母的只是一笔养老金，一块奖章，一张印有"为国捐躯烈士"六个字的证书，还有一封让人撕心裂肺的出征遗书。七名队员，还有老朋友林教授的牺牲，让自己这颗心沉痛着。

对于2队的任务失败，他没有批评刘思琪。这次事件很蹊跷，从带回来的小装置看，绝对不是什么外星的产物，而是蓝星上生产的。这说明，有蓝星人在协助那些暗黑兽，他们是什么人？目的是什么？与暗黑兽又是什么关系？不得而知。但从老朋友收集的情报来看，刘思琪任务失败，放走的，是能带来巨大灾害的《三海》异兽。这背后势力能指挥这样一支兵团，简直太可怕了。想到这里，郭楚南不禁打了个寒颤。

第十回 SNA

晚上 12 点，郭楚南在睡意蒙眬中接到一个电话。

"什么？"当听到电话那头关于 1 队的消息，郭楚南一下从椅子上站了起来，自己的心仿佛又被捅了一刀：陈怀坚被鉴定为重伤级别，可能无法再承受 TS 任务。

凌晨 3 点郭楚南赶到医院，隔着重症监护室的玻璃窗，看着他最优秀的战士躺在病床上，郭楚南终究无法克制自己的情绪，眼圈红了。

"指挥官，对手是名超级基因士兵，如果不是队长拼死击退他，我们这次会全军覆没。"

"超级基因士兵？难道是他们？"郭楚南大吃一惊。

"我们还救出上次地铁站发现的那名生灵守卫，已经带回基地监控起来。"

"好，你们任务完成得非常好，好好照顾你们队长。明天一早，我去见你们找到的人，今天太晚了，先让小伙子休息。"郭楚南吐出一口闷气，付出这么大代价总算有了收获。

第二天一早，休息室的门打开。

"休息得好吗？"

句成躺在床上缓缓翻了个身，眼前来了名长者，身材魁梧，不怒而威，身着军官服，立刻站了起来，"您、您好……"他长这么大，还没亲眼见过高级军官，不禁有些拘谨。

"来，坐，别客气。我叫郭楚南。"郭楚南走过去拍了拍他肩膀，问了问他的情况。句成老实地讲出在自己身上发生的事。

"首长，那位救我的大哥怎么样了？"

"他受了重伤。"

"对不起，"句成有些内疚，"可我还能提个要求吗？"

"你说。"

"我的朋友被抓走了，能帮我救回她吗？"

"受重伤的那位叫陈怀坚，是我们最出色的队员，他的受伤是我们战队的巨大损失。不怕你笑话，要救你朋友，目前我们能力上还不足，我们还需要你协助，你愿意成为我们中的一员吗？"

"我愿意，只要能救出我的朋友，什么都愿意！"

"好，但是也不要急，根据情报，你的朋友不会有生命危险，他们也需要她活着。你在这先受特训，一旦准备好就去救援，同意吗？"

"大概需要多长时间？"

"要看你的训练情况。"

句成想了想这段时间所遇到的对手，觉得自己尚缺经验，还无法和训练有素的杀人机器对抗，"只能这样了。"双方的手握在一起。

办公室里，郭楚南叫来刘思琪，"思琪，我准备安排那个人进第3队，你准备一下，这期的特训由你来负责，好好培养我们的尖刀。"

刘思琪心头一震。

"那些潜入的怪物怎么办？"

"我已通知各单位，严密监视周边地区，只能随机应变了。你要好好训练他，这是目前最重要的任务。"

"是！"

句成见到刘思琪，大吃一惊："神仙姐姐！你……你！"

"对，清秋是我的道号，我本名刘思琪，以后请你叫我教官，明白吗？"刘思琪心情很复杂，对着句成总是有着说不清道不明的柔软，但是她也知道，如果不能严格训练句成，到时候受害的还是他，只得板起脸来。

"是！"句成见到清秋，两眼一红，本来有好多话想对她说，但见清秋突然像变了个人，一腔委屈却无法开口。

"我们在哪？"

"SNA 特战队总部，地下 1000 米。"刘思琪冷漠答道。

"这边是搏击训练室。"

看见里面几位战士在真刀实枪地搏斗，句成额头开始冒汗。

"我，我也要这么练吗？我可不喜欢打架。"

刘思琪冷冷地看了句成一眼，没有回答。

"这边是射击训练室。"

"这边是冷兵器训练室。"

"这边是机车驾驶模拟室，那边是飞行器驾驶模拟室。"

刘思琪带着句成逛着总部，心情复杂。虽说句成身上有超乎常人的能力，可意志薄弱、经验不足是他的致命弱点。一想到坚叔这样强大的战士都会被超级基因士兵打成重伤，思琪不免担心，要是遇到比暗黑兽还要强大的异能战士，句成该如何应付？

地下空间大得惊人，除了没有娱乐场所，这里是应有尽有。句成跟着刘思琪逛了 2 个多小时，最后来到由四名士兵护卫的钢门前停了下来。

"这里面是什么？"

"那是第 1 队的地盘，等你成为第 1 队队员才允许进去，就是上次救你的那些战士，第 1 队的训练室、休息室、武器室等全部是单独的。"

"这么牛？"

"是。"

刘思琪走过第 2 队的武器室时停了两秒。随即便带着句成走到第三间，门口只有一名守卫。

门开后，她挑选了一把榴弹枪扔给句成，重量压得他弯下了腰，"我们去靶场。"

来到训练场，第 3 队 35 人已经在那里等着。

"我就是你们的教官，从今天开始，就由我来训练你们，你们将面对世上最艰难的挑战，因为你们将面临世上最危险的敌人，你们准备好了吗？"

"准备好了！"

"全体队员，进入两倍重力模拟室，10 公里越野，15 分钟内不能到达目的地，全部不准吃饭。还有，句成，不允许使用你的异能。"

屏幕外，刘思琪看着气喘吁吁的第 3 队，发现句成果然在最后，心想："不使用异能，这家伙完全无法坚持住啊，这脆弱的意志力，一定要好好磨磨。"按钮按下，顿时电闪雷鸣，狂风暴雨，顿时第 3 队队员叫苦连天。

当句成最后气喘吁吁地跑到终点，刘思琪看了看表，大声吼道："你们就是这么对待你们的队友吗？还有一个落在后面没有按时到达，没看到吗？全体队员，200 个俯卧撑！"

"我不干了！你们都是部队出来的，我不是。凭什么那么要求我！"在他眼里，那个温婉的清秋此时已经变成了魔鬼。

"你可以不干，但是他们，必须为你受罚。就像你的朋友一样，为了救你而被抓。现在你可以选择扔下你的朋友，做个孬种，或者像个男子汉继续训练。全体队员，500 个俯卧撑！每做一个，给姑奶奶我大喊一声，我是孬种，我是菜鸟！"

句成顿时愣住，双眼似乎喷出火来，猛地趴在地上，做起俯卧撑。

等这群人做完，刘思琪又大声命令："由于你们没有完成任务，现在不可以吃饭，10 公里越野，同样 15 分钟。马上行动！"

之后的训练更加残酷，刘思琪在模拟室加入陷阱模式，重力也从两倍增加到三倍、四倍。不断有队员被淘汰，当一周地狱般的训练过后，留下来的队员在体能上都突破极限。没想到句成居然坚持下来，那股守护同伴的意念撑起了他的意志。

"今天先上射击课。我们的武器不会选用轻武器，因为我们的敌人拥有强大的防御体系，轻武器你们能打得准，重武器可不一定。"

"句成，你先试试。"

"哦，好。"

句成把重机枪端起，可根本无法保持瞄准3秒，枪太沉，手一直在抖。队员们有人笑出声来。

句成有些恼怒，静下心来，闭上眼睛用林教授教的法子将灵能聚集，再睁开眼时，一股力量从丹田传递到手臂，轻松抬起，看着200米外那个靶心，就像在眼前一样，扣动扳机，"嘭！"一枪将其击个粉碎。刘思琪和队员们一愣。

句成觉得不过瘾，指着安装在入口处的高架火箭炮，那是用于远距防守地对空导弹的火箭炮，问道："我可以用那个吗？"

所有人吓了一跳，那可是三吨重量啊。

句成走过去，单手用力一提一扭，将火箭炮硬生生拆下来，在目瞪口呆的队友们面前，"咚"的一炮，火箭弹把一公里外的靶子炸个粉碎。顿时，队友们的掌声"噼里啪啦"地响起。

"比上次见他诛杀毕方火鸟时又强了不少，这就是生灵守卫的真实力量吗？这是什么样的怪物啊？"刘思琪这才明白指挥官为什么那么在意生灵守卫。

异世三海
苏醒

这天，到了搏击课。

"我们翰唐人和西洲人体质不一样，力量上要差一些，但是灵活性更高，所以当我们遇上强敌，就要学会以柔克刚。现在，句成出列，你有特殊的灵能，用你的能力和我切磋一下。"

早就憋了一肚子火，既然这丫头不讲人情，处处针对自己，就趁这机会教训教训她。

两人摆好架势，刘思琪招了招手。句成大吼一声，灵能灌注双臂，以迅雷之势冲了过来。

刘思琪原地转了个圈，单掌劈在他背上。句成站立不稳，狠狠摔了个狗啃屎，惹来观看的队友哈哈大笑。

句成恼怒地爬起，一个冲拳打向对手胸口，这次他吸取教训，不再乱冲，站稳了才挥出拳头。刘思琪见拳风刚劲，斜身避过，在拳到尽头后，突然搭上他的手臂，抓紧扭身一带，稍稍半蹲，将手臂避开，用力一拳打在他胸下第二根肋骨处。

句成惨叫一声，痛得几乎无法呼吸。

"水能克火，柔能克刚，世间万物，莫不是相生相克。从今天开始，你们不要当自己是人，你们必须是战神，因为你们的对手就是野兽、魔鬼。现在，告诉我，你们是谁？"

"我们是SNA，我们是战神。"

句成看着眼前威风凛凛的女子，由衷生出一片敬意。

渐渐地，朝夕相处的刘思琪在他眼中也从恶魔变成了可敬的教官。刘思琪开始给句成开小灶，除了常规的搏斗，将自己的绝学无极八卦掌也一并传授给他。之后的每天，天蒙蒙亮，茶度山顶，薄纱般的晨雾中，就有两个轻舞的身影……

第十一回　昆仑机甲

大洋的另一端，美达索帝国加利亚市郊区，一处普通农庄。

里奥走进一间小房，关门，按住墙边一个按钮，指纹认证后，整个房间往下坠落。5分钟后，"房间"停下，门打开。巨大的中庭出现在眼前，四周是机械守卫和重机枪。

"请验明身份。"里奥走到中间一处竖立的矮柱，弯下腰，通过瞳孔认证。通道打开，只见通道两侧和天花板布满激光武器，守卫森严。

"编号，K12。"

"声音认证完毕。允许进入基地。"通道尽头的门打开，门后开阔的空间里满是忙碌的工作人员。

"K12，将军正在等你。"一名年轻女军官迎来。

一扇门打开，里面的人背对着自己。

"任务为什么没有完成？"

"对不起，将军，我们遇到翰唐国军方的阻击，没能带回目标。"

"哼，还有普通人可以拦得住你？"

"他们使用了昆仑机甲。"

"是吗？翰唐军方果真拥有了这项技术。"修长的身形听到这消息，猛地转过身来，50来岁，脸色阴沉，一双老练的眼睛闪着贪婪的光芒。他是怀恩，美达索帝国第八局负责人。

"这是用昆仑金制成的飞刀，我就是被这武器打伤的。"

怀恩看着这把刀，思考了片刻。

"把它送到科研室。"接着按了按对话机，"通知K03，来我这一趟。"

怀恩："我有个计划，你和 K03 好好合作，演出好戏，我们急需昆仑金的所有资料。"

"好戏？"

在刘思琪 3 个月的重点关照下，句成的成绩迅速提高，灵能和他的身体也融合得越来越好。现在他已经不想再等下去，Lisa 一点消息都没有，生死未卜。"今天，我一定要去问老头子，什么时候可以去救人。"

"吭"，房门打开，刘思琪面无表情地走进来，闪身一让，身后是郭楚南。

"首长，您可来了，我们什么时候可以去救人？"

"呵呵，别急，思琪已汇报你的成绩，我认为你很优秀。今天我先带你去看你的装备，看看它们听不听你的话。"

"装备听我的话？"句成顿时云里雾里。

"嗯。"

来到第 1 队营区下方，一扇红色钢门打开，里面机关重重，一路下来，句成看得直吐舌头。接着又到下一层，里面是一间有半个足球场大的研究室，很多穿着白色防化服的工作人员在紧张忙碌。研究室中心，竖立着巨大容器，装着一团两人环抱大小的由白色金属丝缠绕成的球体，轻轻蠕动，好像是一团活物。

句成贴近防护罩，看着那"家伙"，仿佛能听见那团活物在说话，突然那团活物兴奋起来，似乎也感应到句成，在容器中游动。

"你看到的，是我们的核心机密，昆仑金。"刘思琪解释道。

"昆仑金？"

"嗯，80 多年前，我们的考古学家在三星堆发现了夫兮吕至图，这是已经公开的消息。同时还发现了这件远古兵器——昆仑金。这物质不属于蓝星，被列为国家机密，不可对外宣传。它的强大之处在于能极限放大人体属性的能力，究竟能发挥它多大威力，取决于金属操控者自身潜力，而作为生灵守卫的你，潜力远远超出常人，希望你能发挥出它的最强威力。"刘思琪进一步解说。

"厉害，这就好比装了个能力放大器嘛。能放大我任何能力吗？哈哈。"句成道。

"严肃点儿，这里是军队。"刘思琪瞪了他一眼。

"呵呵，不是那样，我们讲的人体属性，是人的五行属性——金木水火土，每个人都有一个主要属性和附加属性，总共有八项可以重复，也有每种属性完全平均的人。"郭楚南道。

"哦哦，这个意思啊，我要是每种属性都有，能有什么特别吗？"

"这需要你在使用过程中去发现了。"

"明白，明白。"

郭楚南挥了挥手，一名科研人员拿着小箱子过来。郭楚南示意句成拿着箱子进到一间监控室。

"昆仑金会认他吗？"

"应该会。"

郭楚南看着监视屏，对句成说："打开箱子。"

句成打开，看见一件能戴在手腕上的装置。

"戴上它，按它边上一个小按钮。"

句成照做。突然，从装置内部伸出无数条白色金属丝线，转眼间将他整个人都快包裹住。

"喂喂喂，它快包住我嘴巴鼻子了。"

"你可以告诉它，给你留个孔呼吸。"

"我怎么告诉它，它又听不懂人话。"

"用你的意识而不是语言。"

句成吸了口气，用意念控制那团东西，脑海里想着不要包住头。果然，金属丝线把整个身躯包裹住后，就不再继续，成了一副白色护甲。

"好玩儿。"

"你可以想象将它变成任何样子的盔甲。"

句成兴奋起来，想象着电影里中世纪盔甲。果然，身上的盔甲就变化成那样子。

"这个智障，尴尬死了。"刘思琪看到他接下来的举动，不由得心里骂了起来。

原来，句成用战衣来了个服装秀，一会儿转化成 DC 超人的披风加内裤外穿，一会儿又转化成整套黑色皮衣。

郭楚南却是一脸惊怔，他没想到，句成可以这么快就能随意改变昆仑金状态。

"好，我正经点。"

刘思琪一看顿时恨不得冲进去揍他一顿，原来句成变化一套女仆装出来，冲着摄像头，做了个萌萌的"爱你哟"动作。她带出这样的队员，消息传出去，要被所有人嘲笑死。

"现在，你试着用意念变化出武器。"刘思琪赶紧引导句成走上正轨。

句成想了想，身上的昆仑金开始逐渐变薄，转化出一辆银白哈雷摩托。

"别乱来，这是用来作战的机甲，不是让你用来耍酷的。我说的是武器。"

"嘿嘿，别急。"

那银白哈雷摩托前轮两侧，迅速变化，形成 2 挺机枪，只是句成身上因此没有了机甲保护。

"机甲不能无限变化，只能转换成相同体积的武器和护甲。使用中要考虑到这一点，做到兼顾攻守。你这样，身体就没有一点保护了。机甲和冷兵器是我们首选。"

"哦，明白了，可要是我喜欢枪械，那子弹从哪去弄？"

"可以用昆仑金去制造，但是每发射一发，就消耗一点金属，没有到最紧急的关头，是不允许的。我们都是自备弹药。同样，你要是弄出哈雷摩托车或者小型飞行器，就得带上电池燃料。"

"我弄着玩儿而已。太有趣了，感觉自己是变形金刚。这玩意儿抗压性如何？"

"它可以无限抵抗物理攻击，也能探测出暗能，但无法长期处于强腐蚀环境，也无法长时间处于1000℃高温环境。这倒不是它会损坏，而是热量会传导，你的身体会承受不住。"刘思琪回答道。

"明天我就开始学习机械分解。"说完，句成将昆仑机甲化作一辆小型飞行器。

这让郭楚南和刘思琪惊奇不已，从战队成立以来，就没有见过能如此灵活使用昆仑金属的人。

"思琪，明天给他各种枪械和机甲资料，这小伙子很有意思。呵呵。"郭楚南心想，或许句成能成长为这里最优秀的队员吧。

通过测试后，句成走出监控室，问道："有这么强的武器，为什么还担心无法抗衡那帮带走 Lisa 的人？"

"不是每个人都能被它认可，只有最强的战士才被认可。第1队都是被它认可的战士，加上坚叔不过才6个人，是否能完全开发出它的潜力，我们也无从知晓。而像你这样的自然系生灵守卫非常少见，一个野生物种只有一到两只有机会与人类元灵能结合，可惜蓝星上被灭绝的物种太多了。而根据情报，带走 Lisa 的是美达索帝国的某特殊部队，他们那边至少有5名 TS 战力，有超级基因系也有自然系。陈队长受了重伤才勉强击退一人，你要是能把昆仑机甲的力量发挥到极致，或许能与他们一战。"刘思琪停了一下，看了眼郭楚南，郭楚南示意她继续讲下去。

"第1队的护甲武器都是由昆仑金变形产生，不包括枪械子弹。第2队只有冷兵器是昆仑金。第3队只有普通重武器和机械外骨骼。这种金属太稀少，总共只够做出二三百套，所以你要珍惜。"

异世三海
苏醒

"知道了，教官。不过，还有个问题。"句成道。

"说。"

"如果多弄两套在身上，是不是可以做出更强的武器，或者机甲？"

"想都别想。"刘思琪瞪了他一眼。

"不是不愿配给队员，这昆仑金传说是上古神女吕至用来补天的石头，力量过于强大。一套装备，队员的身体负荷已经到了极限，如果两套，会带来灾难后果，一旦昆仑金战胜意志，最后身体会被它彻底吞噬掉。这些金属是有生命的。"郭楚南非常严肃地回答。

句成听得瞪大眼睛。

正在此时，郭楚南的耳麦传来两条消息。郭楚南脸色大变，"句成，你可以去第1队找副队长肖平报到了；思琪，你立刻回第2队，准备行动，那帮逃出的怪物找到了！"

刘思琪看了一眼句成，流露出不舍的神情，瞬间又恢复严肃，"是！"

句成走出几步突然折返跑回，给了刘思琪一个熊抱，"谢谢你，务必小心，教官！"依依不舍转身离去。

刘思琪一脸惊愕……

第十二回 伏击

第2队来到一处污染严重的造纸厂区，跳出装甲车，当地武警部队看到这些先进机械机甲，惊讶得合不拢嘴。

刘思琪问武警队长："都疏散了吗？"

"已……已经疏散了。"

"好，你们守住外围，全部佩戴暗能视镜，见到异物不要留情，一律诛杀。"

"异物？"

"嗯，注意开启暗能探测镜，多调配重武器。"

"一组，设防护罩，这次就算死，你们也要守住防护罩。"刘思琪摸出几张金属符咒，向空中射去，燃成灰烬散落，双手结手印，心中默念："临、兵、斗、者、皆、阵、列、在、前，金甲神兵速现。"隐约中，战士身后金甲神兵幻影出现，战士的机械机甲被强化。众人看了不禁称奇。

"二组、三组跟我来。"

刘思琪率领两组队员走进厂区大门。

"古乐，电磁脉冲手雷上。"经过上次的惨败，刘思琪多了个心眼。电磁脉冲手雷，能使那个隐身装置彻底毁坏。

两组队员在手雷的掩护下，冲进去。

果然，几十只暗黑兽在厂区游荡。暗黑兽形若赤身巨狼，鼠目虎爪。据林教授建立的资料库显示，这是獢狙。

"合金网发射。"

"嗷，嗷，嗷！"被网住的暗黑兽在网中左突右冲。

子弹"突突突"地形成密集火力网。经过金甲神兵符强化的机械机甲发挥出比以往更强的战斗力，暗黑兽的力量被压制，很快就消灭十几只。

此时，一个巨大的火球从厂房旁的巨大污水管道突然射出，战士们急忙躲避。火球击到地面，火星四射飞溅，凡是沾到火星的地方，都"哧哧"发出青烟。

"不好，火球有强腐蚀性，大家小心。"刘思琪大声提醒。

"嗷"，一声巨吼！一只铜头铁骨、兽身人面、铁尾虎爪、身长 8 米的巨兽奔了出来，其眼睛竟然长在腋下。

"这是什么？"刘思琪利用头盔芯片快速检阅郭楚南提供的资料库，很快结果投影到眼罩屏幕上，竟然是四大凶兽之一的饕餮。

"呼，呼，呼"，饕餮吐出三个火球后，一声长啸，腥风四起。金甲神兵哪里能抵御这上古凶兽，立刻被驱散，更多暗黑兽从污水管钻出，蜂拥而上。

"啊，啊，啊……"有队员躲避不及，被饕餮吐出的火球点燃全身，惨不忍睹。饕餮奔上前来，竟然生吞一名战士。

"古乐，用昆仑箭，掩护我！"刘思琪举着两把霰弹枪边射边跑，寻找饕餮的弱点。那些子弹、炮弹打到它身上，就像是给他挠痒痒。

古乐拔出合金箭，"嗖嗖嗖"连射，其中一箭射中饕餮眼睛。饕餮惨叫一声，果然，只有昆仑金属对它有效。

饕餮受伤后异常狂暴，火球如连珠般射出，古乐四处躲藏，险象环生。

刘思琪在高处留意到这凶兽全身鳞甲，只有后颈有处软肋。她抬头看了看四周，突然有了主意。她用两柄霰弹枪身弹出双剑，迅速爬到一处厂房屋顶，对着耳麦说："古乐，把它引过来。"

"收到。"

古乐引着饕餮，左躲右闪，飞奔至刘思琪的位置。饕餮的火球在他身后炸开。

等饕餮来到厂房边，刘思琪飞身跃下，双剑朝下，狠狠地朝饕餮后颈软肋处插下去。顿时尘土飞扬，饕餮受伤后横冲直撞，火球乱爆。

古乐找到一面墙做掩护，一边射击向他围来的猲狚。他刚消灭一只，回头发现刘思琪悬挂在饕餮背上，如吊坠一样被甩来甩去，浑身是血，随时都有生命危险。古乐从掩体中一跃而出，大声招呼队员："队长危险，快救队长！"

古乐冲向饕餮，一箭一箭连射过去，誓要救下刘思琪。其他队员也纷纷冲出，形成火力屏障将越来越多的猲狚射倒。这样一来，队员们位置暴露，反被猲狚围住。剩下的队友聚集在一起，在怪物包围圈中，艰难地向刘思琪方向突围。愤怒的子弹雨点般射向怪物，却无法抵挡越来越多的猲狚。这样下去，恐怕有全军覆没的危险。

饕餮疼痛难忍，转身朝来路奔去。

"我来对付它，你们守住工厂，死也不能再让一只猲狚逃出去。"情急之下刘思琪大声命令道。她拼死抓住剑柄，狠狠往深处扎去。饕餮的血喷涌而出，渗透进昆仑机甲，她的四肢、胸部、腹部开始被腐蚀。"糟了，饕餮的血有毒，昆仑机甲抵抗不住了。"刘思琪痛得几乎晕死过去，咬牙空出一只血淋淋的手，掏出匕首，一刀刺向饕餮的另一只眼。饕餮惨号一声，在管道中四处乱撞，突然奔出管道，带着刘思琪一同摔下深沟。

随着饕餮的离去，剩下的猲狚似乎失去战斗意志，攻击开始迟钝。"兄弟们，冲！"古乐见有机可乘，立刻率领余下战士扑向敌人。

刘思琪的半边脸已经被饕餮的毒血腐蚀烂掉，伤势严重，身体已经无法动弹。仅存的一点意识，让她朦胧中看到一名白衣蒙面男子，走向一动不动的饕餮。"我的朋友，怎么搞成这样了？那个女人，还真是顽强啊。"顺手拔下饕餮双眼的匕首和利箭，轻柔地抚摸着饕餮的头颅。

异世三海

钤醒

饕餮紧闭的兽眼，突然睁开，再次露出凶残的眼光。刘思琪心想："完了，这样都没弄死那怪物，还来个神秘人。"吐出一口鲜血，绝望地闭上眼睛，脑海中竟然浮现出句成傻呵呵的笑容，慢慢地飘荡开去，越来越远。血肉模糊的身体顺着污水河，缓缓流向远方。

武警们冲进防护罩，里面的景象惨不忍睹，第一组战士牺牲在防护罩四角，其他战士和猰狙的尸体横七竖八地混在一起，整个厂区鬼火燃烧，他们终于知道，这些勇士是与什么在战斗。武警们举起手，向这些英雄敬礼。

"咳咳……"

"还有人活着！"

"快救人！"

陈怀坚躺在病床上，突然梦到刘思琪血流满面地站在床头，顿时惊醒，冷汗直冒，一看时间，已经是上午9点。这时门打开，是郭楚南来看他。郭楚南看着自己的爱将，不禁想起前两天主治医生的话："他的伤太重，即使好了，也不能再执行高强度任务，所以，请首长重新安排他的工作。"

陈怀坚见到领导来了，赶紧想坐起敬礼。郭楚南示意他躺下。

"怀坚，我有个任务交给你，想让你去飞飞洲带领国际维序部队。"郭楚南极力控制住自己的难受，装作冷静地说道。

"我不去，我要留在特战队。"

"胡闹！你这些年执行那么多危险任务，该休息一下了。再说，你带领维序部队，是代表国家荣誉去的。"

"特战队是我一生的荣耀，死也要死在特战队。现在任务这么重，我不能走。"

"个人荣誉重要，还是国家荣誉重要？你是军人，要服从命令。任务这边，你放心。要相信你的战友们。你们救回的TS战力，叫句成，

已经成长起来。再说了，你也就过去个两三年，回来，继续带你的第 1
队。"

听到还能回特战队，陈怀坚才极不情愿地答应下来。

"什么时候去？"

"明天。"

郭楚南回到基地，总觉得忐忑不安，不知道第 2 队任务执行得怎么
样了。这时，警卫员报告说总指挥官秘书也来了。郭楚南有些惊讶，难
道有什么大任务？

"将军，我们收到一条消息，呃……"

"有什么快说啊，和我还绕什么弯子？总指挥官有事？"

"不是，我是代表总指挥官来慰问您的。"

"慰问我？我要什么慰问？"

"是刘思琪顾问……她昨天牺牲了……尸体还没有找到……这件事
是高度机密，总指挥官安排我来看您。"

郭楚南脑袋嗡嗡作响，已经听不清秘书说什么，眼睛一花，几乎
晕倒。他瘫坐在椅子上，双手捂脸，泪水从指缝中滴落到地上。"思琪，
是爸爸害了你！"原来，刘思琪是郭楚南的养女。18 年前，郭楚南的
助手刘三喜临死前将才一岁的亲生女儿托付给他，从那以后，郭楚南便
将刘思琪当成自己的亲女儿一般养大。刘思琪从小极有天赋，11 岁自
己就学会一身本事，12 岁那年被一名道长看中并传其道法，回来后坚
持要进 SNA。郭楚南只好答应，没想到真就在自己手上出了事。郭楚南
缓缓站起，背影佝偻，仿佛一下子老了二十岁，步履蹒跚地走出大门。

异世三海
觉醒

第十三回 好戏

刘思琪牺牲的消息没有人告诉句成，毕竟句成半路进队伍，怕他受到刺激。句成每次问起，大家都支支吾吾，他以为是机密任务，也不再多问，或许是不敢多问。在半年的朝夕相处中，虽然刘思琪大多数时候凶凶的，但句成总是能感受到她内在的温柔，如细雨润物，如春风醉人。

这天，郭楚南召集第1队队员开会布置任务，他的头发已在数日内一片雪白。

"这是刚送来的情报，境外特工，代号猛狮，原名里奥·克雷斯，已潜入我境内，先行与他们交手的其他兄弟部队的特种精英全部消失无踪，只能我们出马了。"

"这是照片。"

"是这混蛋！"第1队队员一见，纷纷激动起来，原来就是和陈怀坚对战的大块头。

句成恨得咬牙："这次一定要逮到他，救出Lisa。"

"由第1队实施追捕，肖平暂代队长，句成加入第1队，能完成任务吗？"

"一定完成任务！"

"奇怪，为什么他会主动现身在基地这片军区附近的茶度山区？"郭楚南隐隐觉得有问题，"通知下去，各单位加强警戒。"

第1队肖平、胡奔向、尚武友、陈俞、赵英俊、刘人、句成被空投到目的地后，由胡奔向追查敌人踪迹。

晚上 12 点，胡奔向找到了敌人位置，对方共 5 人。

凌晨 4 点，肖平攻击手势一下，队友悄悄摸了上去，撂倒放哨的守卫。警觉的里奥已经从地上跳起，立刻指挥反击。

第 1 队装备上昆仑机甲，迅速撂倒敌方 4 人。只剩里奥还在负隅顽抗。

里奥拔起大树横扫众人，对抗中肖平被树干扫倒受伤不起。胡奔向、尚武友、陈俞、赵英俊四人一起进攻，只能打个平手。

"这家伙力量又大，速度又快，真扎手。"

"让我来。"句成见对手只有一人，自己这边人多势众，胆子也大了。

第一次执行任务，句成心怦怦跳，但一想到林教授的死，Lisa 被绑架，一肚子火便腾起，狠狠盯着里奥。

里奥双拳摆出攻击姿势："原来是你这只菜鸟，来，让我再好好教训教训你。"

句成深吸一口气，大喝一声，身形暴长，苍狼灵能灌注双臂，直拳打去。里奥见来拳卷起一阵旋风，不敢怠慢，全力相对。

双拳一撞遂激起冲击波，周围 30 米范围内碗口粗的树被冲击波拦腰斩断。里奥"噔噔噔"地被弹出 10 米远，而句成双脚陷入地中，纹丝不动。

里奥也认真起来，释放出体内雄狮灵能，两名 TS 战力混战在一起。

只见这两人拳来拳往，飞沙走石，劲风霍霍，招招致命，看得众人不禁心惊。

里奥直来直去，攻守兼备，势大力沉。句成使出刘思琪教的无极八卦掌，以柔克刚，待对方一个腾空脚靠近，力量从脚顺胯到腰和大臂，一掌大力打去。里奥见状，在空中收膝抱作一团。句成这一掌打在对方坚硬的小腿上，没有多大效果。他暗觉不妙，本该顺势使出推手化解下一步，可里奥一肘子已砸在自己肩膀上。"咔嚓"一声，句成知道自己右手已经完了，身子被硬砸进地里。句成忍住疼痛深吸一口气，单手抱住里奥腰部，昆仑机甲在后背加强。里奥见状，双肘凶狠地砸向他背部。句成被猛烈的肘击震得眼冒金星，咬着牙推着里奥朝山石撞去。

队友一见不妙，正要赶来帮忙，却见句成的昆仑机甲突然变化，将里奥的全身紧紧缠住，动弹不得。句成大吼一声，将里奥扛上肩头一个背摔，把里奥整个身躯砸入山石。里奥挣扎了数下，不再动弹，似乎已经晕了过去。队友们看得目瞪口呆，没见过这么使用昆仑机甲的，不禁佩服这小子的歪招儿。

"句成，有两下子啊。"

"哎，哎，别碰手臂。"

第1队连夜审讯敌人，发现对方的任务就是带着Lisa寻找林教授的调查资料，搜集关于生灵守卫与暗黑兽的情报。打探到关押Lisa的位置后，第1队在基地支援部队的配合下顺利攻击了这群人的另一个据点，活捉了十几名特工。当句成出现在自己面前，Lisa欣喜得冲过去一把将他抱住，"啵"就是一个香吻。句成的脸红到脖子，想推开，却被Lisa紧紧抱住，双手忍不住搂住Lisa的腰身。"这是真的吗？"周围队员全部起哄。

一行人返回基地，将敌犯押进控制室。郭楚南才松了口气。

句成介绍Lisa给大家认识，这么活泼性感的女神，自然是受到大家追捧，众人都乐意带着她逛逛。

郭楚南叫来句成。

"Lisa怎么说也是你的朋友，也和我的老朋友有交情，我想，你或许能说服她加入特战队，一来你们可以在一起，二来也能互相保护，你看怎么样？"

句成拍了拍胸脯，乐呵呵地说："没问题，包在我身上。"郭楚南看着幸福的两个年轻人，心中不禁一阵抽搐。

"句成，你刚才那盔甲，好酷，哪里来的？"

"基地配发的，等你加入我们，也会有的。"

"真的吗？"

"我哪敢骗你呀"。

"嗯。"Lisa 羞涩地抓住他的手臂，"以后我就跟着你了。"

"啊！"

"怎么，不乐意啊？"Lisa 对着抓起的手狠狠咬了一口。

"疼、疼，愿意、愿意！"

半夜，一黑衣人悄悄将控制室的士兵打晕，接着门被打开，10 来
名黑衣人闯进基地。他们训练有素，兵分两路，一路人马将被抓的里奥
一行人放出，另一路人马直奔科研室。里奥接过耳麦。

"准备爆破，只有 5 分钟，拿到东西，立刻撤退。"

"是。"

一声爆炸，郭楚南一下被吵醒，是从基地传来的，暗想："糟了。"

警报声响起，所有战士拿起武器搜索闯入者。

枪声、爆炸声、呼喊声乱作一团。

句成一边穿衣服，一边推开挡住路的战士，大声呼喊："有没有看
到 Lisa？ Lisa，你在哪儿？"

突然上方一颗子弹射来，句成低头躲过，抬头望去，只见几名黑衣
人正往顶层的通风口风扇快速移动，其中两个人影分外眼熟。句成飞快
地追了过去。

"K03，你带人去爆破，我拦住他。"里奥冲那人说。

句成抽出两把匕首，"嗖嗖"飞射出去。里奥赶紧躲开，却发现进
攻目标不是自己，而是身后的 K03。

身形娇小的 K03 头一偏，飞刀将面罩击落，一张熟悉的面孔呈现

异世三海
觉醒

在眼前，竟是 Lisa。

句成顿时一脸震惊，大声叫道："Lisa，你在干什么？"冲过去想拦住她。里奥一触手环，迅速装备上盗来的昆仑机甲，拦住去路并一铁拳打在句成小腹。句成疼得弯下腰，里奥左手化作一把斩刀，就要砍向他。

"不许伤他，K12，否则我杀了你！"

"哦，好的，大小姐。"里奥看着跪在地上的句成，"你真够笨的，她可是 TS 战力，能那么容易被我打倒吗？哈哈哈。还有，告诉你一件事，你们那位漂亮的女队长，据我们的可靠情报，已经死了。走了，goodbye！"里奥将手上遥控按钮一按，基地内预藏的炸弹全部被引爆，基地一片火海。

里奥一行人从炸开的缺口处鱼跃而出，一架隐形战机从下方升起，接住众人。句成爬到缺口处，看到飞行器里的 Lisa 对自己张了张嘴，那口型似乎在说"Sorry"。

句成听到刘思琪牺牲，心如刀绞，四周是烟，耳中是刺耳的警报，眼里是滑落的泪。"教官！"所有的美好在这一刻全部失去，一瞬间似乎又回到那个冰天雪地，瘦小的孩子在风雪中瑟瑟发抖。

郭楚南赶到基地，只见一片狼藉。他铁青着脸，沉思着，一个大胆的计划浮现脑海，他接通一个频道，"尊者，你还欠我一个人情，我需要你的帮助。"密谈后，郭楚南叫来卫兵，"把句成带来见我！"

审讯室里。

"指挥官，我……"句成想要解释。

"你勾结境外势力偷窃机密，我要把你送上军事法庭！"郭楚南一拍桌子。

"我没有，我不知道他们是一伙的！"

郭楚南走近，偷偷塞了一个昆仑机甲手环给他，弯身耳语："半路上逃走，一定要查出怎么回事，我相信你！"

句成感激地看了眼郭楚南，将东西紧紧抓在手里。

"不要再狡辩了，录像视频证据在我这，你还是老老实实说清楚，否则你必将受到法律制裁。"

两人演起了"双簧"……

飞机飞到半空，句成偷偷打开手铐，迅速击晕看守。几名士兵赶来拿枪对准他："你跑不掉，这是在半空，我们同归于尽也不会让你逃走。"

"兄弟，还是活着好。"句成猛地拉开机门，一跃而下。

"疯子，这么高，摔也摔死了。"看着空中坠下的小点，一名军官喃喃自语。

"你们就带回这么点东西？几套昆仑机甲？K03。"

"是的，我们只找到这些。"

"看看你们带回的视频资料吧，最核心的东西没带回来。"

怀恩打开屏幕，显示出圆形科研室中心，一个装置中两人合抱般粗的金属液体球。

"那才是昆仑机甲的原材料！"

"对不起，长官。"

"算了，算了，你们不是他的对手。"怀恩摸了摸自己右手只剩半截的拇指，"郭楚南，你这个老狐狸！"

异世三海
觉醒

第十四回　埋骨之地

　　陈怀坚来到飞飞洲卢卡旺达负责维序行动，已经有一个月时间，做的都是鸡毛蒜皮的小事，主要负责化解各个部落之间的矛盾，防止安全区受到暴力武装冲击。对于他这个兵王来说，即使身手没有以前灵活，对付那些小毛贼也是小菜一碟。翰唐国在飞飞洲投资巨大，谦虚温和的翰唐人很受当地人欢迎。陈怀坚每天开车逛逛森林草原，看看野生动物，倒也自在。这天，当地一名警察卢向他求助。一批偷猎者来到附近的草原偷猎金蟒，持有重武器装备，光靠本地数量不多的警察已经应付不来。金蟒是飞飞洲珍贵的国家一级保护动物，因其鳞片有黑金两种颜色故被称为金蟒。成年金蟒有 5 米长，无毒，行动非常迅速，其蟒皮可以做成珍贵皮包，蛇胆可以提炼成名贵药材，所以成为偷猎者的目标。陈怀坚痛快答应，打开车库，开出吉普，示意卢坐在后面。

　　卢瞪大眼睛看着他："你不多带些人？"

　　"放心吧，朋友。"

　　"这……"卢眼珠子骨碌碌直转，颇为紧张。

　　开车 1 小时左右，远远看到前面草丛里有一些秃鹰围着。开近一看，几条蟒蛇的尸体躺在那里，皮被剥掉，最可气的是有一条小蟒也遭到毒手。

　　"可恶！"

　　陈怀坚跟着偷猎者留下的踪迹，脚下油门一踩，加速追去。

　　傍晚的飞飞洲美不胜收，金黄的草原一望无际，远处的面包树撑开自己的大伞坚挺在草原上，偶见野生动物迈着慢悠悠的步伐回家，勾起远客的乡愁。山脚下，陈怀坚追上了这些人。20多人，搭好了帐篷，正喝着啤酒，有的嘻嘻哈哈，有的大声喧哗，似乎很满意今天的收获。陈怀坚喊卢先撤，叫更多的人来押解偷猎者，自己先潜伏下来。

入夜，四周突然传来"呲呲"声。偷猎者拿出武器，聚在一起，东张西望，甚是紧张。一条蟒蛇冲出，咬住一名偷猎者的大腿，将他扯入草丛。其他人立刻猛烈开火，在密集的火力中，蟒蛇被杀死，而他们的同伴也中枪死亡。慌乱中，两条金蟒从草丛一侧扑了过来。偷猎者的武器吐着火舌，子弹如雨般射了过去。陈怀坚担心再等下去，两条金蟒也要被屠戮，于是一个箭步奔去，两把匕首握在手里，对准偷猎者手、腿割去。"哇哇"，响起一声声惨叫，这些人哪里是兵王的对手，枪口还来不及对准他，就失去了战斗能力，很快倒了一片。但愤怒的金蟒也冲了过来。毕竟是人命，罪不至死，陈怀坚赶紧拖开倒地的偷猎者，忽觉后背发凉，闪身躲过。

只见一条白鳞金蟒，身长10米，张开血口袭来。地面也跟着颤抖。陈怀坚冲过去，瞅准机会，身形一闪，一个翻身骑到白鳞金蟒身上并紧紧夹住，双臂扣住七寸，任凭它左右翻滚也不松手。白鳞金蟒左冲右突，时间一久，终于力竭，安静地伏倒在地。其他金蟒见头领服输，也安静地待在原地。陈怀坚满头大汗，站起身来，那帮偷猎者已经吓傻。他拿出十来副手铐，将这伙人全部铐上车。安排好后，陈怀坚回身走向白鳞金蟒，摸了摸蟒头："对不起了，大个子，咱们也算不打不相识，这帮人我把他们抓起来了，会替你们报仇的。"

"哒哒哒"，突然一梭子弹射来，有个漏网的偷猎者冲陈怀坚开了枪。愤怒的金蟒冲过去，片刻工夫就将偷猎者吞入肚中。陈怀坚倒在血泊里，隐约感受到自己的身体被白鳞金蟒托起，慢慢隐没在森林中。

当陈怀坚再次醒来，发现自己躺在一块巨石上，巨石正面对着一个巨大山洞。他摸了摸伤口，还好，子弹只是射穿自己的软肋。要不是自己在千钧一发之际躲开了要害，怕是早死在当场了。

陈怀坚正感叹自己命大，那条白鳞金蟒示意他跟着走。陈怀坚有些好奇，蹒跚着跟过去。

走进山洞约 20 米，陈怀坚吃了一惊，借着射入洞内的微弱光线，所见之处全是巨大的金蟒骸骨。"怎么会有这么多金蟒残骸？"正寻思着，山洞深处传来一阵洪亮的吼声。陈怀坚掏出随身携带的手电，走了进去。转过拐角，里面空间突然开阔，一条金鳞巨蟒出现在眼前，尤其奇怪的是那蟒头上竟然有两只龙角，身形竟比白鳞金蟒又大了几倍。陈怀坚不禁惊呼："蟒皇？"

陈怀坚看着它，只觉那双眼睛亲切熟悉，仿佛很久以前就已相识，心中恐惧缓缓消去。只见这时，神兽冲陈怀坚点了点头，示意他走近。当陈怀坚伸出左手，轻轻触碰神兽时，怪事发生。蟒皇突然被金光围绕，一股力量从它身上直贯陈怀坚胸膛，炙热得似火烧一般。陈怀坚浑身大汗淋漓，竟痛得大叫起来。渐渐地疼痛感消失，蟒皇也在金光中越来越模糊。当金光散去，陈怀坚解开衣服看了看自己胸膛，一条威风凛凛的金鳞巨蟒符纹已出现在那里，陈怀坚大惊："生灵守卫？"

此时，陈怀坚只觉得力量充满全身，自己的伤口也不再疼痛。走出山洞，他向一块约莫 2 吨重的巨石走去，运起灵能伸手抓去，手指嵌入其中，接着大喊一声，用力一提，竟双手把巨石举过头顶。

卢带来帮手，把偷猎者关进笼子，唯独不见陈怀坚。

"昨天那个翰唐国人去哪里了？"

"他不是人类，金蟒都怕他，后来他被打死了，金蟒把他带走了。"

"什么屁话，他是好人，好人不会死，他去哪儿了？"

正在问话时，森林里传来"噼啪"树枝断裂的声音，卢回头一看，陈怀坚骑着一条白鳞巨蟒向他们走来。卢小心翼翼地靠近，与跳下的陈怀坚拥抱了一下。

"陈，有封短信给你。"卢掏出个信封递给陈怀坚。一拆开，里面是张空信纸。陈怀坚仔细看了看信封，信封背面写着两个字——"家书"，是郭楚南要求他立刻赶回基地的暗号。

陈怀坚大急，匆匆与白蟒告别，跳上汽车，赶回营地。

午夜，陈怀坚突然被隐隐约约的飞行器声音惊醒，获得灵能后，听觉灵敏了很多。他迅速穿上衣服，走到营地空地，仰望天空，感受到一股压力袭来。陈怀坚命人迅速拉响警报。

警报的长笛划破夜空。

"立刻拿上武器，准备战斗，哨兵，注意你的上方。"陈怀坚拿起扩音器大喊。营地的士兵训练有素地跑向各自的战斗位置，等待着下一个命令。

"上校，我们没有看到目标。"

"很快就会到。"

话音刚落，陈怀坚突然举起身边一辆小皮卡车，向天空用力甩去。一旁的战友看得目瞪口呆。

轰的一声，只见200米外的天空中闪现出闪电火花，一架隐形飞行器在天空中若隐若现。飞行器舱门打开，迅速降下十来名黑衣人，1名白甲战士直接跳了下来。

"哒哒哒"，两方迅速交上火。

白甲战士刀枪不入，速度奇快，赤手空拳就放倒好几名士兵。这边，陈怀坚也不手软，瞬间移动到敌人面前，"噼里啪啦"，黑衣人的枪支被他拧成了麻花。

"喂，你的对手是我！"陈怀坚冲白甲战士大喊。

对手也不答话，飞奔过来，同时一腿踢来。

陈怀坚运起神力，一拳迎上。双方各自震开。

"见鬼了，你是何人？好大力气。"对方道。

"你怎么会有昆仑机甲？"陈怀坚大喝。

白甲战士眼神犀利，手里转化出鹰爪般的尖刀，忽地刺来。

陈怀坚知道机甲厉害，不敢硬拼，迅速一个翻滚。对手的力量即使穿上机甲也不如自己，毕竟神兽灵能和普通的生灵之力还是有差别的，但是陈怀坚身无机甲，灵敏度远逊于对手。果然，没过多久，陈怀坚就被刺了好几刀。

"你只要乖乖跟我走，我不会为难你。"

"我为什么要跟你走？"

"我没有恶意，我们是同类，我只是来邀请你加入我们。"

"你还真会讲笑话，我可是军人，依我看，你倒是应该跟我走。"

"如果我没有昆仑机甲，或许你我有一拼，现在，我占上风。"

陈怀坚艰难躲闪着，如果不是对手不想杀他，恐怕已经挂了。

"嘭"的一脚，陈怀坚被踢飞，撞在背后的两台汽车上，砸得车变了形。

陈怀坚假装受伤，双膝跪地，待对手走近，猛地发出两道黄光围绕双臂，双拳击地，顿时地面剧烈震动，大地突然陷落出一个大坑，白甲战士一个没站稳，掉了下去。陈怀坚迅速抓起身旁两台汽车，狠狠砸下大坑。白甲战士刚想跳起的身躯，又被砸进地里，使不上力。见大坑里没了动静，陈怀坚才停下手，挪开汽车，只见护甲变成球形将对手保护起来。陈怀坚暗喊不妙，球体打开，白甲战士闪电般冲近，双手化刀插向陈怀坚腹部。好个陈怀坚，躲开要害，任由刀刺进身体，顶住伤痛，死死抓住其手腕，一按装置按钮，"嗖"的一声，护甲收缩回手环，露出一头金发，一张年轻的俊脸。

"就等你近身。"陈怀坚奋力夺下手环，一个勾拳，打在那人脸上，没有护甲保护，那家伙被打得头破血流。

"见鬼。"金发小伙的背后突然长出两对翅膀，一下甩开陈怀坚，飞到半空，原来是名白鹰生灵守卫。

"你等着，我们一定会再找你算账！"

"呵呵，我等着你们。"陈怀坚站起，打开手上的昆仑手环，用机甲覆盖住伤口。

没了机甲护身，金发小伙不敢再战，仓皇飞向远方。

陈怀坚看着飞远的对手，不禁奇怪，"我才获得能力不久，他们怎么就知道了？"

为免夜长梦多，陈怀坚简单包扎后连夜赶到维序部队飞飞洲总部，搭乘飞机回国，一路再无麻烦。

杰克·特里气急败坏地回到飞飞洲里比亚支部。

"混蛋，你没带回人就算了，还弄丢了护甲！"

"头儿，对不起，那名 TS 战力真他妈强，力大无穷，又狡猾，我……我……"

"行了，刚和总部联系过了，他叫陈怀坚，翰唐国特种兵，在他还不是 TS 战力时就打败过里奥，这次是我情报工作没做好，以为只是个普通角色。只是你弄丢了护甲，将军知道了怕是要处罚你。"

"头儿，你可要帮我啊。"

"好吧，还好没丢了探测装备，听说这个，可是花了大价钱的。"

"头儿，加地石油厂区出现空间虫洞。"一名士兵报告。

"妈的，还让人消停不？"山姆厌恶地把纸杯扔得老远，"走了老鹰，杀狗去，人家给了钱，得替人消灾啊。"

石油厂区静得惊人，当山姆和特里带队员赶到时，只见遍地都是烧焦的尸体，地面上印着一串串的脚印，好像石油燃烧后留下的污渍，"这是什么鬼东西，立刻向总部汇报。"突然前方侦察队员传来一声惨叫，两人立刻冲了过去……

异世三海
铠醒

第十五回　E8

两个月后，加利亚·怀恩正在接待一名鸟岛国男子。

"听加藤先生说，您是他们的第一高手，这次能协助我们，十分感谢，飞飞洲那边出现新的怪物，这是发来的视频。我们飞飞洲支部遭到毁灭性打击，2 名 TS 战力失踪，其他的非 TS 战斗人员全部阵亡。我们需要您协助调查。"

"嗯。"田中纪南眼睛看着远方，似乎眼前的怀恩并不存在。

"另外，总部的探测器探测到我们这里有 3 名非法入境的生灵守卫，其中一人的生灵之能量大得惊人，只怕和田中先生您不分上下，我们需要他们的力量，所以请您协助我们抓捕。"

"是吗？除了加藤先生，灵能在我之上的人还没出生，他就交给我了。"田中冷哼一声就扬长而去。

"这个家伙，真是傲慢，如果不是给加藤先生面子，哼！"

陈怀坚回到基地，一连串的打击接踵而至，基地被袭、句成逃跑、郭楚南被停职，更痛心的消息是刘思琪的牺牲。刘思琪是在他亲手调教出来后才进入 SNA，是他最好的战友。几年下来，刘思琪在陈怀坚心中就像是自己的亲妹妹。这次偷偷潜入美达索帝国，SNA 并不知情，是监狱中的郭楚南交给他的两个命令，一个是要调查基地被袭事件；第二个就是找到幕后支援暗黑军团的人类势力。

Lisa 的公司在美达索帝国国达曼市 13 街区金山大厦，他决定先去碰碰运气。深夜，陈怀坚打开昆仑机甲，顺着玻璃幕墙爬到 33 楼，割开一块玻璃，钻进大厦。Lisa 公司看来已经停业很长时间，满是灰尘。陈怀坚打开手电，寻找着线索，终于在纸篓查到一些碎纸片，有张 3 个多月前加利亚消费银行卡的回执。陈怀坚打开 Lisa 的电脑，潜入系统，找到一些财务信息，有一部分资金是打向鸟岛国卡布西智能科技公司的，数额巨大，引起陈怀坚的注意。他继续搜索卡布西智能科技公司，资料显示，那是一家军民通用高科技设备公司，创始人是一名鸟岛国女性加藤贺枝子，再无其他关键信息。陈怀坚决定先去加利亚，隐约觉得句成也会去那里找 Lisa。

"上啊，打啊，干掉那只猴子！"观众一片欢呼。

铁笼里的巨人拳手，一记又一记重拳打在句成身上，越打越心虚，对手无论怎么被打倒，都能爬起来。

句成抹了抹脸上的鼻血，干脆背对着对手，手伸出铁笼外，抓了瓶威士忌，猛灌了一口。对手见他背对着自己，感受到侮辱，冲过去一脚端在他腰上。句成噗的一口血吐在酒瓶中，叫道："妈的，我的酒。"一拳反扫回去，对手立刻被打飞，倒在地上再也爬不起来。

"获胜者，翰唐苍狼王！"主持人疯狂地叫喊着。

观众席上，两名戴帽子的人站起身，匆匆离去。

句成看着他们离去的背影，嘴角一丝轻蔑："哼，总算找到你们了。"

这几个月，句成混迹于地下拳手酒吧，一边打黑拳赚钱，一边寻找 Lisa 曾经提到过的所有美达索帝国城市。一路上不断有暗黑兽追杀自己，但他最终都脱离险境，终于在加利亚，找到那晚袭击基地的组织的蛛丝马迹，句成就是希望他们自己上门。

"找到目标，将军。"

"好。"怀恩挂断通信器，吩咐手下，"把田中先生请来。鱼来了，该收网了。"怀恩一脸狞笑。

句成拎起酒瓶，走出酒吧，专挑僻静小路，等待着敌人的来袭。这段时间，刘思琪的死讯和 Lisa 的欺骗让他陷入疯狂，他心中的怒火一直在燃烧，那怒火快把自己逼疯。自己真是个傻瓜，被耍得团团转，基地那么多兄弟死伤，都是这个可恨的女人带来的，这个仇一定要报。

"小子，胆子不小啊。"一个熟悉的声音响起。

"哼，你来了。"

里奥从一处房顶跳下。仇人相见分外眼红，两人立刻交上手。此时两人的力量已经没什么差距，你来我往打得好不热闹。突然，另一道人影堵住里奥。

"陈队长！"句成的声音有些激动。

"好久不见，我们联手抓住他。"

"好。"

"想抓住我，没那么容易。"

里奥全面开启狮子的潜能，犹如一辆坦克，向陈怀坚冲撞上去。哪知里奥只是虚张声势，侧身一闪，飞逃而去。二人赶紧追过去。从地面追至屋顶，却发现里奥消失。

他俩正担心丢失目标，突然见一道熟悉的身影在前方晃了一下。

"是她。"句成一见，火冒三丈，急追过去。

两人在加利亚的街头巷尾、高楼大厦之间急追了许久。到了一处地下入口，句成毫不犹豫地钻了进去。

"小心陷阱！"陈怀坚心觉不安，但已来不及阻拦，只好跟着追去。

前面又出现三条巨大管道。

"我们分头追，我左你右，小心一点，保持联系。"陈怀坚说道。

"好。"句成冲右边入口追去。

一路上果然有不少阻力，几名 TS 战力守着几处关口，句成花了一些工夫才击败他们。到了最后一处关口，眼前大亮，他竟然到了地面，一座圆形角斗场出现在面前，陈怀坚血迹斑斑正站在场中。

"陈队。"

"小心，可能有埋伏。"

两人背靠背警惕地看着四周，缓步走向中央。果然，从其他出口，慢慢走出九个人，有男有女，气场极强。为首的是一名鸟岛国白衣忍者，背着两把武士刀，而Lisa、里奥也跟在那人背后。

"我去，都是扎手货。"句成见眼前阵仗，紧张起来，身躯微微发抖。

"害怕了？"

"有一点。"

"有我在，别怕。"

"嗯。"句成看了一眼陈怀坚，那彪悍的身躯如一座稳稳的大山，心安稳了下来。

"两条路，要么投降，要么死。"对手叫阵。

"送你们两个字，滚蛋。"句成骂道。

"句成，这帮家伙基本装备了从我们基地偷来的机甲，硬来肯定不行，我们先集中攻击一个点，有机会，你就跑。"陈怀坚低声说道。

"不，队长，有机会，你先走，都怪我气晕了头，把你也害了。"

"放心，我有办法出去，听我命令，先攻击那边长头发的家伙，他离通道最近。"

"嗯。"

两人立刻行动，开启昆仑机甲，以雷霆之势，攻向长头发的斯潘。另一方，除了白衣忍者和Lisa，其他六人也向他们攻过来。

队员斯潘变化出钢刺，迎向两人。他双手刚挡下对手的攻击，陈怀坚的巨拳就打在其腹部。斯潘痛得刚弯下腰，下巴又挨了句成一记重勾拳。两人瞬间对斯潘进行了十多次攻击，迅速放倒，等其余六人反应过来，自己这方已少了一名战斗力。陈怀坚冲句成使了个眼色，闪电般冲向最近的通道。里奥几人也不是吃素的。队员弗兰克的一条变形锁链

"哗啦"地从后方缠住句成脖子，用力一拉。句成被扯得摔倒在地，迅速被拖向六人的包围圈。陈怀坚双手用机甲转化出一条长棍并灌注灵能，几个箭步冲近，横扫六人。里奥不甘示弱，用机甲变化出重剑，迎棍而上。"铛铛"的巨响，里奥虎口被震得裂开，重剑几乎脱手，大呼："妈的！好大的力量！"

陈怀坚不等他反击，长棍当胸砸下。里奥身边立刻伸出两柄长矛，又是一声巨响，两名持矛的帮手被震得手臂发麻。陈怀坚这边也被震得眼前金星乱舞，但是当下若示出半点弱，就会被这帮怪物吞了。三人虎视眈眈地摆开三角阵势将陈怀坚围在中间。那边，句成趁乱站稳，扯住锁链，用力反拉，将弗兰克扯了过来。弗兰克顺势临空一脚横扫。句成眼睛红光大盛，侧身闪过，看准时机将锁链一抖，反套住弗兰克，接着往地面一抖将他摔个狗啃屎。弗兰克还来不及爬起，句成又来一刀。情急之下，弗兰克就地一滚，勉强躲开一刀，另两人抢上前来，又将句成围住。八人你来我往，战成一团。陈怀坚有力量和拳术优势，勉强与里奥三人打个平手，句成则是险象环生。远处，Lisa咬着嘴唇，一颗心怦怦直跳，紧张地看着局势的变化。

"句成，你们别打了，还是投降吧，我们只是希望你们能加入我们。"

"住嘴，你这个骗子！"

Lisa眼泪再也止不住，哗啦掉落。这段日子，Lisa一直思念着句成，觉得对不起他，心被撕扯成一片一片，可自己也不得不服从上级的命令，此刻被一骂，顿时委屈、愧疚一起涌上心头。句成听到Lisa说话，怒火更大，也不顾其他人的拳脚，耍出无赖打法，盯着弗兰克猛打，心想："老子就算死，也要干掉你们一个。"

弗兰克心里直骂："这个混蛋疯了，就盯着我一个人打。"毕竟生灵之力存在差别。弗兰克被劈头盖脸地打倒在地。句成不肯收手，骑在他身上，一拳又一拳地攻击，而自己也被另两人一拳又一拳地打在身上。

句成终于支撑不住，和弗兰克一起晕了过去。

陈怀坚几次想过来救援，都被里奥等三人拦住，此时见句成倒下，心中大急，一步走错，腿被扎了一矛。陈怀坚腿一软，顺势倒地一滚，滚到句成身边，对面五人也一起杀向陈怀坚。

陈怀坚立刻将昆仑机甲化作一面巨大的盾牌，将两人盖在下面。五人同时一击，只听到天崩地裂一声巨响，强烈的冲击波将地面剥开一层皮。尘土散去，陈怀坚浑身是血，青筋暴起，双眼发出黄光，身后仿若出现一条金色飞蟒。里奥等五人摇摇晃晃，终于支持不住倒地不起。陈怀坚危急中将元能发挥至极限，祭出绝学金钟罩，以蟒皇灵能灌注于护盾，在双重保护下，硬扛五人的攻击。此时，陈怀坚已经没有多少抵抗的力气。敌人尚有二人还未出手，他更不敢露出破绽，摆出架势，凭着一股硬气强撑着身体。

"终于学会元灵融合了？元灵融合居然花那么长时间才领悟，真是低等的存在啊。"田中轻蔑冷笑。

田中竖起一根指头。

"一根手指，我只用一根手指，你们若能战胜，我便放你们走。"

"狂徒。"陈怀坚的金钟罩已破，但他仍然顽强地用长棍进攻。

"试试不死鸟的力量吧！"田中小指对着陈怀坚。

"噗！"一股灼热的黑烟直奔陈怀坚竖起的盾牌，竟然绕过盾牌，将陈怀坚贯穿。陈怀坚一口鲜血喷出，轰然倒地。与此同时，势大力沉的长棍也飞到田中身前，仿若撞上屏障，"铛"的一声掉落在地。

田中狞笑着拔出双刀，"昆仑机甲不过如此，只有低等的战士才需要这无用的保护，现在你们两个，乖乖受死吧。"突然一股劲风直扑后背，田中躲避不及，"嘭"的一声，往前摔出几步，衣服碎裂，后背露出一个神秘的黑鸟符纹。"我说过，谁要敢伤害句成，我就杀了他。"原来是 Lisa 在背后踢出闪电般一脚。

"不愧是 K03，美达索帝国 E8 特战队第三人，也掌握了元灵融合。

不过，你知道在背后偷袭我的人都是什么下场吗？死！"

田中转过身来，眼露凶光，张开五指，对准 Lisa "噗噗噗……"五道黑烟迎面攻去。Lisa 激起灵能，双掌一搓，用昆仑金化作一张盾牌，盾牌上泛出一层绿光。眼见黑烟快撞上盾牌，田中五指微曲，瞬间黑烟转了方向，绕过盾牌打在 Lisa 身上，顿时将 Lisa 身躯打飞出去。

"K03，你是第一个让我用上一只手的，看在怀恩先生的面子上，我不杀你。"

田中转身继续走向陈怀坚，"看来你就是怀恩先生所说的入侵者三人中最强的一个，哎，可惜，我要杀了你们。"

田中正要一刀结果陈怀坚，Lisa 强支身体扑了过去，死死扣住他的脖子，"我知道不是你对手，怀恩可没允许你杀死 TS 战力，所以我绝对不能让你杀了他们。陈队长，你们快跑！"

"谁说我会听从怀恩的命令，找死。"田中回肘重击，Lisa 痛得弯下腰，田中连续几拳砸向她后背，直到把她打趴在地，晕倒的 Lisa 抱住田中的脚仍然不松开。

田中怒火一起，重拳向下，朝着 Lisa 背心砸去。

第十六回　白狐

海边的沙滩上，一对少年正在练习技击。

"哥哥，你的心不静。"

"我们被陷害，扔到这蛮荒之地受尽苦难，我一定要找他报仇。"

"放不下对仇人的怨恨，时刻念着、想着。备受煎熬的人，是你，却不是你的仇敌。你若还不放下，心必受蒙蔽，看不清我的出招，更无法战胜我。"

"不可能，正是仇恨和愤怒让我更疯狂地修炼，我所做的一切都只为打败那个家伙，报仇雪恨。"少年的攻击几近疯狂。

少女边招架边退，看似要败下阵来，跟不上少年的节奏，露出腹部一个大空当。少年不假思索地攻了过去。

少女微微一笑，轻轻一带，少年的攻击顿时落空，身体失去平衡。少女见状，挥出被五彩光芒缠绕的手掌，轻轻打在少年后背。少年立刻被打倒在地，刚一转身，一把剑就抵住他喉咙。

"哥哥败了。"

"你、你使诈。"

"规则就是分出胜负，胜负就是结果。你若能静下来，便能看透我想做什么，想清自己的出招。致虚极，守静笃。至静而出，无所遁形。夫物芸芸，各归其根。万般变化皆有归处，你若找到归处，又怎会不处处占尽先机？"

句成走近少男少女，感受到那男孩身上一股肃杀戾气，女孩却纯净温暖，不觉惊奇。他们继续着对话，似乎句成根本不存在。句

成伸出手想触碰一下，却是一片虚幻。

"我在哪儿？发生了什么？"

"你在过去的时空。"一名身着黑衣、满脸凶狠的武士不知道从哪里走来。

"你看得到我？"

"不，是你看得到我。"

"你是谁，告诉我怎么才能出去？"

"我？打败我就告诉你。"

"好！"句成一声断喝，驱动灵能，单掌化刀刺去。

黑衣人侧身让过，一个膝顶撞中句成腹部。

黑衣人伸出一只手说道："你弱得无法想象，我就用一只手，双脚若移动就算我输。"

"你现在如这少年，为心所困，哪有胜机？幻由心生，魔由念起，斩断杂念，就能走出幻象。"黑衣人背后突然出现一位泛着微光的白衣男子，缓缓说道。

"又是你来坏我好事！你这家伙还真是阴魂不散啊，可那又怎样，你不过是个幻影。"

句成见有机可乘，催动灵能，苍狼灵能彻底释放，身边激起强烈气浪，如旋风一般扑去。

"哈哈，来得好，试试我愤怒的海啸吧。"黑衣人单掌挥出，他身后似凭空激起千层气浪，铺天盖地压向句成。

句成只觉泰山压顶，身体动弹不得。

白衣人又道："心念一动，万象生，本心化幻想，哪里是岸？彼岸，彼岸，放下便是彼岸。"这话似一道灵光射入头脑，句成的神志逐渐安静下来，想起林教授所教的法子，清空杂念，渐渐入定，调整身心，一丝火苗突然从丹田燃起，然后越燃越旺，力量源源不断地从丹田产生，全身似乎燃起大火，这大火渐渐融合成一股洪流冲击自己每个穴道。随着句成的一声大喊，这股洪流竟然汇集成一条白龙，与白衣人融合，黑衣人的惊涛骇浪化作一颗颗晶莹的水滴倒飞到空中。句成伸出一只手掌平静地按在黑衣人头顶，说道："放下吧，我的愤怒，我不再与你争斗，我只要你不再痛苦。"黑衣人神色大变，缓缓单膝跪下，句成全身放出光明照亮黑衣人全身，黑衣人渐渐在白光中消散。

幻象冲破，眼前慢慢有一丝光亮，越来越亮。一道白影出现，正是田中。他手持利刀正要扎向 Lisa 背心。

"住手！"句成一声大喝，"嘿，你刚才说，只要能打败你一只手指，就放我们走，说话可算数？"

田中吃了一惊，停手看向句成，"是又如何？"

只见句成缓缓站起，拍了拍手上的灰尘，拉开架势。

"我上了！"

"来吧。"田中"嗖"的一声射出一股黑烟，句成抬起右拳，罩满白光。两者碰撞，冲击波横扫过去，整个圆形角斗场的地面，就像沸腾的开水一样几乎翻了一遍。

田中手指微颤，一滴血悄悄滑落。

句成看了他一眼，说："你败了。"

田中的脸愤怒得扭曲起来，双臂打开，猛地一拍，双掌合十，使出八成功力，凭空燃起两道火墙，左右合并将对手夹在中间。

句成大吃一惊，左右手臂作圈状挥舞放出白光，抵挡火墙。火焰的持续高温，通过昆仑机甲导热，烤得他大汗淋漓。

"鸟岛国的武士就是这么不要脸吗？"一蒙面人站在圆形角斗场更高的装饰柱顶喊道，听其声音，应当是一女子。田中一愣之间，立刻收手，火墙消失。句成单膝跪地大口喘着粗气。

"你们两个，走吧。"田中指着句成和陈怀坚说道。

"田中先生，你放他们走，你就不怕受罚吗？"里奥已经醒来，却见田中要放走句成他们，心中大急。

"谁敢拦，我就杀了他！"田中脸色铁青，又指向蒙面女子，"但是，你，不能走。"

蒙面女子一个空翻，跃下，激起地面一阵灰尘，由半蹲姿势缓缓站起。

"先让他们走，我们再斗。"

"快滚，不要让我改变主意。"

句成扶起陈怀坚，感激地看了一眼蒙面女子，速速离去。

蒙面女子见两人离开，拉开架势。田中张指一弹，一支黑箭射出。

蒙面女子右掌画圆，一引一带，那支黑箭竟然乖乖围绕在她掌尖翻转；接着，左手上画圆，右手下画圆，一沉一带，腰身一旋转，"嗖"黑箭居然被反射了回来。

"又一名会使用元灵融合的，不过，都没用，你胜不了我。"

十指连射，十支黑箭当胸射去。

蒙面女子一看不好，闪电般后撤，双掌连连画圈，在胸前形成一道旋风，一直后退 50 来米，才将几支黑箭带离方向，消去力道，接着身体旋转，娇喝一声："去！"黑箭又被反射回去。

"确实小看你了。"田中拍下反弹的黑箭。身形一缩，只觉他附近空气都变得稀薄，脚下的草都开始枯萎。

蒙面女子刚才用尽全力，并未将黑箭全部反弹，其中一支还射中她的肋部，只是不敢让对手看出，此时见田中的气势，便知道再不能拖延下去，甩出几张发光的符咒。田中定眼一看，立刻喊道："不好，都闭上眼睛。"但已经来不及，一阵剧烈的白光闪过，田中几人，眼前一片白茫茫。当他们能够看清四周时，蒙面女子与 Lisa 已不知去向。

蒙面女子速度奇快，架着 Lisa 追上句成。一行人半路偷了辆车，迅速逃离加利亚。傍晚时分，Lisa 带着众人潜入一片森林，那里有一处她为自己建立的隐蔽藏身点。

"好了，我们暂时可以在这里休息一下。"蒙面女子一摸腹部，满手的血。

"你受伤了？"

"没事，生灵守卫没那么脆弱。"蒙面女子轻轻撕开腹部衣物，进行紧急包扎。

陈怀坚一见那娴熟手法，不禁生疑，这明显是自己军方的紧急处理方式。

"Lisa，现在你可以把事情说清楚了吧？"陈怀坚问道。

"15岁那年，我意外获得驯鹿灵能，成为一名生灵守卫。但不久，暗黑军团就跨越空间虫洞找到我，杀害了我的父母。我被怀恩救下，为了报仇，加入正在全世界招募生灵守卫的E8。也正是E8第一个被命名为"TS战力"的生灵守卫，即"Top Super"。后来，我们发现空间虫洞的出现与各种污染有关，包括核能、石油等污染源，污染越重，空间虫洞出现的概率就会越大。联合国方面开始重视，五大常任理事国知晓TS战力可以对抗暗黑力量，都开始积极招募，甚至抢夺，于是TS战力者成了各国争夺的目标，一旦不能拉拢就格杀勿论。现在鸟岛国也加入争夺行列，而且由于他们有一种能追踪TS战力能量的探测器，我们便和鸟岛国开始联手搜索更多TS战力。"

"据我所知，美达索帝国的超级基因计划可以培养更多的超能战士，他们已经是顶尖的异能军团了。"

"是的，但是国会担心这项技术会带来毁灭性灾难——人类基因污染，不允许再研究下去。只有生灵守卫实力强而且对人类威胁较小，便成为首选。可惜太多物种灭绝，即使有可以匹配的人，获得这种能力，也成了奢望，我们这边只有我和队长兄弟是TS战力。"

"所以你们就盯上了昆仑机甲？"

"是，翰唐国在80年前发现了另外一项和生灵守卫有关的秘密，就是昆仑机甲。它甚至能让普通人变得强大，产生不可思议的力量。所以，即使翰唐国没有 TS 战力，也拥有和 TS 战力相抗衡的资源。更是因为近几年，全球空间虫洞出现得越来越频繁，即便是 TS 战力也开始抵挡不住。据 AI 模拟，不出十年，空间虫洞将会在全球范围爆发，美达索帝国要自保就一定要得到这项金属提炼技术。我们也曾经与贵国政府商讨合作，共享资源，但是翰唐国以该技术不存在为由屡次拒绝，我们才不得不硬抢。我们知道你们军方特别需要 TS 战力，就用了苦肉计，利用句成接近 SNA。"

"卑鄙无耻。"句成冷哼一声。

"哪里是不给，是真没有这项提炼技术，这种金属元素是传说中的补天石，根本就不是这个世界的东西。"陈怀坚苦笑道。

"啊？"

"哎，可惜你们不相信啊。"

蒙面女子听到这，轻轻拉下面罩，"总算水落石出了，郭指挥官和句成没有问题。"

句成一见，不是刘思琪是谁？顿时心花怒放，一把抓住刘思琪双手，欣喜若狂地喊着："教官，你没死，你没死！"刘思琪脸羞得通红，推了几次也推不开。旁边的陈怀坚也顾不上受伤，激动地站起，三人相拥在一起。Lisa 面露愠色，眼见句成只顾着刘思琪，心中不满，一双杏目瞪着刘思琪："哼，你不是清秋吗？原来也是在骗人！"却见无人理睬，忽地站起，扭头跑出，站在屋外喊道："句成，你的命是我救的，你给我出来，有话问你！"句成这才从激动的心情中回过神来，松开二人，冲刘思琪傻笑道："我先去看看什么情况。"

"哼，随你便。"刘思琪冷冷答道，想着那丫头是对头，这小子居然还走那么近，也是不快，但似乎还有别的那么一种情绪，难道是嫉妒？刘思琪脸色刚刚恢复，又升上一丝绯红。

等句成跟过来，Lisa 一把抓住他的双手说道："你必须跟我走，空间虫洞最容易出现在污染严重的地区，你们国家是重灾区。其实从 30 多年前，一些帝国就发现这个现象，所以将众多污染企业迁至贫穷国家。你们是无法独自抵抗暗黑军团的，在众多国家中，只有我们具备最强的对抗实力。"

"我从小是孤儿，从来没有家人关心，可我在基地，找到了家，每个队友都像兄弟般对我，指挥官像父亲般对我，刘教官像姐姐般对我。何况你们还杀死了林叔，我怎能跟你走？"句成冷冷甩开她的手。

"林叔的死，是个意外，我非常难过。"

"一句难过就算了吗？那是人命。"

"哼，我就知道你放不下那个清秋。你喜欢她是吗？"Lisa 醋意大发。

"不是，我只觉得她很亲切，像家人一样。基地被袭击之后，我不知道该怎么和你相处，也许，分开一段时间想清楚更好。"

"她不也骗了你？好，我拼了命救你，你居然这么说！你会后悔的。"Lisa 咬着牙，眼睛一红，抬手扔了一个袋子给句成，"这里有探测 TS 战力的探测器，方圆 10 公里内，能探测到所有 TS 战力踪迹。还有一份证据，可以证明你的清白，你看着办。"转头奔去。

"Lisa，Lisa！"句成在身后喊了两声，想追去，又觉不妥，犹豫半天，还是决定先和坚叔一起回基地。

"傻子，大傻子，句成，你混蛋，你竟然选择她！"Lisa 又气又难过，其实扔出那个探测器，一方面是想帮助他躲避田中追杀，一方面是想让他通过探测器找到自己，可他终究没有跟过来。一想到长这么大还从来没有人这样忽视自己，Lisa 哭起来。

另一边，陈怀坚问起刘思琪是如何脱险的。

"那天我受了重伤，顺着河道漂远，蒙蒙眬眬之中，感觉有一只白狐唤醒了我，就有了异能，胳膊上就有了一个白狐文身。"

"或许是你师父加在你身上的封印解开了。"

"也许是吧，但感觉封印没有完全解开。"刘思琪继续说道，"我本想回基地，但越想越不对，那次任务是个陷阱，我在昏迷前看到一名神秘男子，从体形看应该是蓝星人类，不过他居然把饕餮当是朋友。在晓南城马部村执行任务时，我们就发现有蓝星人协助它们，我怀疑和这神秘人有关，于是决定隐藏起来调查究竟。后来听说，句成和我父亲出了事，就改变主意先来调查基地被袭事件。"

陈怀坚倒吸一口凉气，四大凶兽之一的饕餮居然出现在蓝星，说明事态已经非常严重，直觉告诉他，一定还有更可怕的事将要发生。

"我来时指挥官交给我两个任务，第一个现在基本完成，第二个就是查出协助暗黑军团的幕后黑手。我在 Lisa 的财务账面上发现有巨款流向鸟岛国的一家公司，他们专门收购高科技产品，但从 Lisa 所在这个组织来看，美达索的 E8 以消灭暗黑军团为主，暂时可以排除他们的嫌疑，所以可以先从那家公司调查。"

"嗯，必定有利害冲突才会有动机，不过拥有能让本是高科技大国的美达索国也艳羡的技术，说明那家公司是有足够能力协助暗黑军团的，值得去查一查。"

"是，传闻鸟岛国有股势力，诸多国家都在巴结，实力高深莫测，和我们交手的那名忍者应该也属于该组织，跟踪他或许能打探些消息。"

这时，句成折返回来，把 Lisa 给的证据和探测器，交给陈怀坚。陈怀坚大喜："这下方便多了，你们把证据带回去交给首长，我去追踪白衣忍者。"

"不，还是我去，你的伤是内伤，一时半会好不了，我恢复得快，而且我的能力比较擅长追踪。"

"也好，我们按计划行动。"

"刘教官……"句成没想到这么快又要分开，颇有不舍。

刘思琪看了一眼句成，似乎想说什么，最终低下头匆匆离去。

第十七回　S级任务

"你居然敢帮助他们逃跑！"怀恩愤怒地朝 Lisa 咆哮着，眼角瞥见田中站在一旁冷笑，气不打一处来。

"对不起，将军，他们是翰唐国军方的人，我不认为他们会投降，如果杀死他们更会引来翰唐的强烈报复。"

"闭嘴，你被撤职了，里奥，把她带下去，送她去该去的地方。"

"将军，请给她一个机会，她的能力有目共睹，这些年战绩显赫，不能因为这次犯错，就送她去军事法庭啊。"

"你听好，Lisa，我再给你一次机会，只要你再犯一次错，我就亲自送你去监狱，都给我滚！"怀恩咬牙切齿地说道。有人趁这次精英倾巢而出的机会，偷偷摸进总部，试图盗取那件宝物，幸亏自己早有防范，对方盗走的是赝品。看着他们两人退去的背影，怀恩心里叹了口气："她长大了，开始不听话了。郭楚南，你真是个狡猾的狐狸，咱们走着瞧。"里奥、佛兰克、Lisa 这些队员，都是十来岁就来到基地，怀恩训练他们，照顾他们，虽然严厉了点，但大家都像一家人那样互相照顾。更何况大家要面对的都不知道是什么怪物，也不知道哪天就会死在战场，到时连块带名字的墓碑都不会有。怀恩没有孩子，早把这些年轻人当成自己的孩子。脑海里，又浮现起那个坐在地上哭泣、浑身是血的女孩。

　　"别怕，以后，我就是你的守护者。"

　　"我不认识你。"

异世三渡

觉醒

"没关系，我想我们会相处得很好，你还会认识更多和你一样的朋友，在那里再也没有怪物敢来伤害你们，而且，你们会成为英雄受人尊敬！"

"真的吗？"

"当然，这是我们的约定！"

想到这，一直严肃的他，嘴边不经意间露出一丝温暖的笑容。

陈怀坚与句成回国后，将证据交给上级，当然免不了一番审核程序。几个月后，两人正式回归部队，郭楚南也官复原职，看上去一切都如常进行。郭楚南得知刘思琪没死，自然也是喜出望外，但是他们带回来的另一条情报又让他寝食难安。这天，他接到总指挥官直接安排的任务，不敢怠慢，叫来陈怀坚。

"S级任务，保护重要人员。"

"S级任务不用第1队去吧。我才刚刚教会他们如何使用元能，还没最后成型呢。"

"没办法，等不及了，这次任务让你们去，一是第2队上次损失太大，人员不齐，二是这次是总指挥官点名要你们负责保护。"

"谁面子这么大？"

"丁贝尔诺物理奖获得者，林晓雅博士。"

"女的？"

"怎么？这可是我国第一位获得该奖项的女性。"

"不是，我们都是男人，不太方便。"

"不方便也得方便。这次的会议号召各国一致面对共同危机，极为关键。还有，上次搞破坏的美达索国特工，应该也会在场。你要管好自己的队员和他们好好合作。之前你们带回的证据，我们已经可以用外交手段换取我们想要的利益，这件事对我们很有利。国家之间没有永远的敌人也没有永远的朋友。你们只需要专注于完成任务。"

"失望，我真想好好和他们较量一番。"陈怀坚呵呵一笑。

"你小子！想都别想，快滚。"

"是！"

约拿，美达索帝国最大的金融城市，这里有世界最大的金融交易市场，是全世界顶级富豪聚集的地方，也是联合国总部所在的城市。

快餐店，几名厨子面无表情地斩着鸡块，这些鸡块皮厚肉粗，有的长得很畸形，都是快速催大的产品。斩好的鸡块炸得金黄，然后塞进面包。

咖啡厅，服务生将一勺勺面粉掺入牛奶，加入色素粉，泡出一杯杯咖啡。

快餐店、咖啡厅的外送员按客户订单将食物送往各交易所。

金融城的一天开始了。

金融市场内，开盘的一万只股票在几分钟内纷纷暴涨，所有交易市场沸腾了，交易员们兴奋地狂呼着，击掌相庆，数亿股民紧张地看着电脑，"涨，涨，涨！"这行情百年难遇。而各个基金操控者却急疯了，不知什么原因，账户的资金全部流往股市，一场大规模的黑客入侵正在进行。

另一边，SNA 特战队已经与博士会合。

"林晓雅？"句成惊讶得合不拢嘴。

"你认识？"肖平凑过来。

"是啊，我认识她父亲，你看，这是她的照片。其实三年前，我在泰吉国旅游时就见过了。"

"你小子咋回事啊？尽招美女啊。"

"哪有，别乱说，我现在怕女人，女人心，海底针，难懂，难懂。"

"哈哈哈。"第 1 队笑作一团。

"第 1 队注意。5 分钟后准备出发。"

两三年不见，林晓雅成了亭亭玉立的大姑娘。套装穿在她身上，玲珑有致，女人味十足。第1队队员在那里挤眉弄眼，被陈怀坚一顿臭骂："没见过美女啊，看你们这熊样儿。"

这时林晓雅已经走过来，一眼瞅见句成，甚是惊喜，顾不上矜持，一把抓住句成的手："你怎么在这？"

"我，说来话长，想不到，你竟然是博士啊。"

"呵呵，有压力了？"

"这……"句成不好意思起来，拿出一个信封交给林晓雅，"林叔让我交给你的。"

"嗯，谢谢你……"林晓雅眼睛一红。

"时间到了，出发。"

一路上，林晓雅黏在句成身边，像只小鸟般叽叽喳喳地问个不停，弄得句成不知所措。他干脆掏出手机玩起来，尽量避开炙热的目光，有一句没一句地答着，脸早已红到脖子。

抵达联合国总部后，大家不敢松懈，严密监视周围。句成看着台上专心讲解的林晓雅，不觉走神，暗想："她父亲去世，她是怎么挺过来的？真是个坚强的女孩儿。"

这时耳麦传来陈怀坚的声音："句成，太平静了，我感觉不太对，多注意观察四周情况。"

"是！我这就四周看看。"

台上，林晓雅正专心演讲。

"平行宇宙的概念，并不是因为时间旅行悖论而提出来的，它是来自量子力学，因为量子力学有一个不确定性，就是量子的不确定性。平行宇宙概念的提出，得益于现代量子力学的科学发现。在 20 世纪 50 年代，有的物理学家在观察量子的时候，发现每次观察的量子状态都不相同，也就是所有物质都处于可转变状态，包括生命本身。如果量子的运动状态超出我们能认知的范围，我们将对那样的世界一无所知，每一个世界都在不同的量子运行范围，数量无限，我更愿意称这个宇宙为层级宇宙，包含无数平行或非平行世界的层级宇宙。

"量子运动的高频界与低频界处于宇宙的两端，超越了时间或空间影响，一个运动频率远超光速，另一个远低于光速。由此推论，最高频的量子界就是宇宙的源头，以最活跃、最单纯的量子运动形态存在，介于虚空边缘，这样的量子界我称之为宇宙之心。而在最低频的量子界中，所有量子运动几乎停止，我称之为宇宙边缘。而我们中频世界处于中间，受时间和空间影响。时间由物质产生和湮灭的周期而定，恒星又决定了该恒星系的物质生灭周期。所以每个恒星系统，对时间的定义都各不相同，而量子的存在几乎是永恒的，也就意味着，量子世界可以是超维度的四维、五维，甚至是无限的。"

"这只是假设，你怎么证明你说的多重维度存在？"

"决定我们世界的是我们的认知而不是所谓的真实。已知量子的质量为零，不带电荷，其能量为普朗克常量和电磁辐射频率的乘积，$E=hv$。层级宇宙中总有一些重叠区域，如果能控制的电磁辐射频率远超光速，并形成稳定环境，我们就能创造出其他未知世界的量子运行状态区域。而当我们置于这片区域一个微型虫洞，将会连接上另一个未知世界的相同量子运行区域。

"我们将打开一扇大门，通往天堂或者地狱的大门。翰唐传说中的六界，天界、修罗界、人界、兽界、鬼界、地狱界，将不再是传说。它们或许就存在于我们这个宇宙。"

"喔！"台下一片惊呼。

"关键在于形成稳定的磁场和诱发源。我准备了一套量子转换器。"林晓雅边说，边示意工作人员从设备箱中将两套设备拿到展示台上，摄像机对准了这两套设备。

"我将一块重度辐射的泥土放在左侧实验箱里，让它在高频电磁粒子轰击下产生高频运动的量子。接着利用小型粒子对撞机制造出微型虫

异世三海

苏醒

洞，如果右侧的实验箱内产生强烈能量，就意味着另一个维度的量子运动区域在我们的世界出现。其实最好的量子转换器就是我们的大脑意识，只是力量太微弱，况且我并不想烧掉我这么棒的大脑。"

台下一片轻笑。

林晓雅将泥土放进左侧实验箱，打开开关，不一会就制造出球形电磁场，只见能量检测指针微微出现偏转。突然，指针猛地转向底，林晓雅吓了一跳。

"怎么回事，怎么会这样？"林晓雅冷汗直冒，不可能产生这么大的能量，这个能量一旦爆发，将可能炸掉整个会场。

"林博士，发生了什么事？"

台下已经有人感到不安，纷纷站起。

"应该是设备问题。"林晓雅冷汗直冒。

陈怀坚此时亦感到巨大压迫，"它来了，第 1 队队员，注意！"

"立刻疏散所有人。"

果然，不多久，一个空间虫洞在会场门前广场打开，像一台吸尘器，将杂物吸入。不久，虫洞中传来轰隆声，由远至近。人们四处逃散，惊声尖叫。

"见鬼，这里没有大的污染源，怎么会产生空间虫洞？"陈怀坚大惊。

"哗啦"一声，第 1 队队员打开昆仑机甲，激起元能，严阵以待。

"呼……"一团巨大的火球喷射出来。

"开盾。"7 名队员打开合金盾，"嘭！"火星四射，一旦沾上就立刻燃烧起来。从虫洞里冲出 20 多个身高 3 米的黑甲士兵，全身燃烧着火焰，手持火焰兵器，状若鬼魅。最后出来的是一只巨兽，铜头铁骨，兽身人面，铁尾虎爪，眼睛长在腋下，身覆黑甲，四足着地。它两手举着巨斧，10 多米高，不是饕餮是什么！二次进化后竟开始有了人形。

"这些家伙为什么可以现身？"林晓雅惊讶不已。

"句成，保护目标撤退，其他人跟我拖住它们。"陈怀坚大喊一声，冲了出去。

一看这阵仗，句成早就心惊胆战，当然不敢冲到第一线。听到陈怀坚这么安排，那是再好不过，赶紧拉着林晓雅逃离这里。

哪知道，林晓雅甩开他的手，拿着那台量子探测器，对着饕餮方向，眼睛瞪圆了，盯着指针，兴奋地喊着："好强的暗能，这是跨越维度的生命体，太不可思议了，那身黑甲，怎么做到的？"她一会又拿着能量检测器，对着陈怀坚他们，指针偏向了中间一些："天啊，你们身上居然有不属于这个世界的净能，这战服，简直是奇迹，句成，你身上的净能频率高得惊人，还有……"

"听不懂你在说什么。"句成突然伸手一掌，打晕林晓雅，扛起来就跑。

领头的黑甲士兵举起火焰刀，一刀劈下。只见火光冲天，一道火墙将会场劈成两半，火焰所碰之处"噼里啪啦"地立刻燃烧。热浪逼得陈怀坚众人只能后退。饕餮吐出连环火弹，一些不知厉害的保安冲它开枪，被火焰烧为灰烬。

第1队队员发动元能，与昆仑金属盾合力产生气墙，勉强挡住火弹。眼看快要支撑不住，空中"嗖嗖嗖"地跳下10道人影，穿着昆仑机甲，为首一人大喝："翰唐国朋友，你们先撤，我们的地盘，我们来守护。"来者正是美达索帝国E8战队。

异世三渡

觉醒

第十八回　约拿遭遇战

　　为首的是特里·肖恩特，40来岁，一头金发，脸上棱角分明，高高个子，眼神犀利。昆仑机甲在他手上变出一架重型冲击炮。只见他冷静地扛起冲击炮对准怪物，周围激起一阵风，空气变得稀薄，地面的混凝土竟然裂出细缝，仿佛一切物质都在源源不断地为他供给能量。随着"嘭"的一声，一记冲击波射出，一名黑甲士兵手中转动黑盾，上来就硬挡一波，冲击波反弹，大厦的玻璃被震碎。周围的黑甲士兵见状，张牙舞爪地扑来。E8队员迅速迎战，好几人武器上围绕一层雾气，显然，他们会使用元能。

　　陈怀坚见状，更是惊叹，才几个月时间，美达索国的E8战队居然这么快就能灵活使用昆仑机甲，可见战斗素养非凡。

　　"那是我们的队长，肖恩特。"一个女声在他身边响起，正是Lisa。

　　"陈队长，你们快撤往西街，军队正在那边形成一道防线，把这帮家伙引过去，全部消灭。"

　　"好，你们小心，第1队队员，跟我撤！"一群人刚撤出联合大楼，整座大楼就轰然倒塌。

　　饕餮似乎心不在焉，连射几团火球，突然往地下一钻，只见地面裂缝朝南迅速移动过去。

　　"句成去哪了？"Lisa边协助撤退边问陈怀坚。

　　"他先向南边撤了。"

　　"不好，这个笨蛋。我去追他。"Lisa飞速离开。

　　肖恩特连续放倒两名黑甲士兵，那名黑甲头目见状持刀横扫过来。

里奥、斯潘两人连忙持盾迎上，刀盾相撞，两名 E8 队员被打得倒飞出去，头发胡子被烧焦。然而这一刀，并未停下，带着熊熊火焰卷向肖恩特。只见肖恩特背后突然长出翅膀，飞向天空。停在半空中又是一发冲击波。黑甲头目立刻化出火盾，挡下一击。"混蛋，它们的机甲也能变化。"肖恩特一愣，一条黑色锁链"哗啦"地缠住他双脚，他顿时失去平衡，狠狠摔在地面。黑甲头目一手拎着火刀，一手持盾，大步走向他。

其他队员眼见不好，纷纷想靠近肖恩特，无奈被黑甲士兵缠住，渐渐落了下风，这样下去，将很难战胜，速度和力量都不占优势。何况黑甲士兵身上的火焰，所到之处皆成一片火海，昆仑机甲无法长久对抗高温。

弗兰克正被一黑甲士兵追砍，身形一躲，那一刀正砍在消火栓上，顿时一条水柱喷射而出。水落在黑甲士兵身上，冒出一阵阵青烟，黑甲士兵发出哇哇怪叫，火焰渐渐熄灭。弗兰克乘机一锤子砸去，这次黑甲士兵没那么能扛，反倒被砸退几步。

弗兰克大喜，大呼："他们怕水，水可以让他们变弱。"

这下形势立刻逆转，队员纷纷打碎身边的消火栓，顿时，战场上下起大雨。火焰熄灭，黑甲士兵力量和速度明显下降。肖恩特也趁乱将冲击炮转化成利刃，注满灵能砍断锁链，与黑甲头目战成一团。黑甲头目自是比其他士兵强大，虽然没了火焰，仍然力大无穷，震得对方手臂发麻。肖恩特突然有了主意，"嗖"的一声飞向天空，将身上机甲化成金属网，当头兜下。黑甲头目还来不及撕开网，肖恩特将铁链一收，金属网化作圆刃套住那头目的脖子。黑甲头目双手死死抓住圆刃，肖恩特已飞身赶到，刀一挥，黑甲头目的巨头就滚落地上。其他 E8 队员，也纷纷占了上风，凭着灵活的战术，将黑甲士兵一个个消灭。黑甲士兵纷纷摔倒在地，凝聚成一颗颗缩小的黑色球体。

当最后一个黑甲士兵被消灭，大家站在废墟上，深深松了口气。肖

异世三海

觉醒

恩特站在大家前面，盯着地面一块块黑石，不敢懈怠，大声呼喊："大家小心点，恐怕没那么容易搞定。"

果然，地上的黑色球体一颗颗颤动起来，突然重新燃起火焰，然后一块块靠拢。一团更巨大的身躯开始形成。肖恩特大骇："快撤退，到西街防线防卫。通知消防队集中所有消防车到西街待命。"

陈怀坚六人撤到西街后不到半小时，只见一队人迅速奔来，正是肖恩特他们。身后，一个30多米高的巨人全身燃着火焰，犹如地狱魔鬼降临，挥舞巨刀，追杀而至。巨人火刀所斩之处，楼屋倒塌，火蛇乱舞，停在路边的汽车一辆又一辆爆炸，来不及逃跑的人全身燃起大火、四处乱奔。两架悬浮于空中的战斗飞行器迎上，射出导弹。爆炸过后，巨人被打缺一块，可很快，散落的黑石再次聚合补上缺口。巨人张嘴连喷，两颗火球就像长了眼睛一样命中飞行器。队员的耳麦中传来飞行员惊慌失措的呼喊声，眼睁睁看着飞行器坠毁爆炸。四辆激光坦克冲出，发射激光炮，巨人被打得火星四溅，可除了造成火星所溅处燃起大火外，还是无法阻止巨人一步步走向防线。很快，四辆坦克就被烧成铁砣。巨人的破坏力确实骇人。

弗兰克接近特里，低声道："嘿，头儿，我有个主意。"

"你有什么主意？"

"将它的身体全部打烂后，分开，用冷库车装走。"

"好！大家注意，我、里奥、弗兰克、斯潘几个主攻。消防车喷水在那家伙身上，其他人将掉落的黑石运到冷库车上。通知各单位，紧急调动冷库车，10分钟内必须到达。"

肖恩特大声布置着任务，然后拨开士兵队伍，走到最前面，直面巨人。巨人见到仇人，呼啸着射出一颗火弹，陈怀坚冲上前打开金钟罩，将火弹挡下。肖恩特欣赏地看了眼陈怀坚，赞道："陈队长，给我争取点时间！"用机甲化出冲击炮筒。

"好。"陈怀坚走到队伍最前，将机甲化作巨盾，所有灵能缠绕在盾身。肖恩特的队友将手搭在肖恩特右肩，将所有机甲合成一台巨大的冲击炮。

肖恩特感激地看了看身后的支持者，大声说道："记住，我们只有3次机会。"

"现在，报仇的时候到了！"冲击炮口发出白光，"轰"一声巨响，巨人应声倒地，散落一地黑石，不出5分钟，又再次聚合。冲击炮再次射击。巨人再次倒下。

数十辆冷库车终于按时赶到，此时巨人已经再一次站起，怪叫着冲向肖恩特这几人，然后挥舞大刀当头劈下。

"混蛋，去死吧。"肖恩特冷笑一声，"嘭"的一声，最后一发超级冲击弹射出。巨人轰然倒地，黑石散落一地。

"就是现在，go、go、go！"肖恩特与陈怀坚几人筋疲力尽，瘫倒在地。其他队员鱼贯而出，将黑色小球迅速收集，装到不同冷库车。冷冻车立即启动，开向不同方向。只是，地面一粒被遗漏的细小黑石子，再次剧烈颤抖起来。

句成背着林晓雅，埋头狂跑，突然听见背后呼喊，回头一看，正是身穿昆仑机甲的 Lisa。

"快疏散，大家闪开，有危险！句成，右转往中心公园跑！"Lisa见汽车堵塞，脚底用昆仑机甲化出吸盘，踩着大厦的玻璃幕墙，飞奔赶来。

远处，地面犹如翻江倒海般，仿佛有只鲨鱼潜藏在下方，道路两旁的汽车被震得七零八落。句成见状，吓得结结巴巴："我去，这……这是什么东西，追……追我们干吗？"于是往中心公园处没命般奔去。

"呼叫总部，快疏散中心公园人群，筑起防线，5分钟后有个大家伙要来！"Lisa 对着耳麦呼喊。

"明白，附近的警卫队很快就到。"

异世三海
觉醒

当句成与 Lisa 赶到时，警卫队三架反引力战机、五辆激光坦克已经赶到。饕餮紧随其后钻出地面，抬手就是一斧，一条火墙顿时燃起，地面被斩出 2 米多宽、50 多米长的大口子。警卫队在地面空中立刻同时开火还击，顿时爆炸声、子弹呼啸声不绝于耳。饕餮似乎被打痛，发狂冲近，左掀右翻，见人就咬，势不可挡，眼见这条防线就被轻易冲过。

句成乘机将林晓雅放到安全处，扭头看了眼气喘吁吁的 Lisa：“要……要不你留在这保护她，我去引开那家伙？”

“你一个大男人，你不去，还我去呀？”

“我……我去试试，你要随时支援我啊。”

“好，如果你有危险就赶紧跑，我会看情况支援你。”

“嗯。”

句成迎向饕餮，硬着头皮射去一枚子弹，内心想：“打不过，我就把它引到陈队那边去，他应该有办法对付。”

饕餮见有人袭击，带起一股劲风撞过来。句成见它冲近，不敢硬碰，用机甲转化出锁链，朝它四肢横扫过去，要将饕餮捆住。饕餮竖起大斧往前一挂，缠住锁链，接着往上一挑，想把句成挑到半空。句成双眼红光一盛，激发苍狼灵能，双脚犹如生根，运起元能，用尽全力扯住锁链。

饕餮看扯不动，张嘴就吐出火弹，句成双手正在用劲，见状就地一滚，躲开火弹。饕餮乘势一抬斧子，尚未站稳的句成如风筝一般被扯到半空，与此同时饕餮张嘴“嘭嘭嘭”地射出连环火弹。

句成在半空中，再也无处躲闪，心想这下要糟了。一道人影腾到半空，举盾挡下致命攻击，原来是 Lisa 迅速赶到支援。句成松了一口气，有 Lisa 出手相助，多少能壮下胆。二人落地，Lisa 手里化出双弩，射出昆仑金属箭。

“句成，快上。”

"明白！"句成飞速围绕着饕餮转圈，手中锁链一收紧，饕餮轰然倒地。

句成心中一阵狂跳，见有胜算，正想发动攻击，那饕餮突然发出一声怪吼，顿时喷起一阵带着腥臭味的灰色迷雾。

"小心，别吸入迷雾。"Lisa发现不妙大声提醒，不料自己已吸入一口迷雾，顿觉头脑发晕、浑身麻痹，失去控制。

句成屏住呼吸，发现Lisa眼露异色，抬起射箭的手对准自己"嗖"的一箭射来，心中大骇，惊呼道："Lisa，你怎么了？"

"快跑，我……控制不了身体。"Lisa咬牙挤出几个字来。

句成赶紧躲开，一发导弹又射到面前，爆炸让句成摔了个跟头。那三架战机，竟然也向自己开火。

"我去，自己人，别开火啊！"句成突然手上一紧，人再次被带飞，撞向饕餮。饕餮挣脱锁链站起身来，双手举起火焰斧，当头劈来。句成不得不收回锁链，转化出盾牌。"轰"的一声巨响，震得他气血翻腾。他还未缓过劲，饕餮又连续射出火弹。此时昆仑金属已经开始导热，句成不得不收了昆仑机甲，而火弹的残渣溅入衣服，腐蚀着他的皮肉。

句成狼狈不堪，躲避着自己人和饕餮的围困，腹背受敌，危险重重。三十六计，走为上策，句成顾不了许多，丢出烟幕弹，逃出包围圈，还没逃远便转化出枪械远远射出一梭子弹，他想把饕餮引向陈怀坚那边。饕餮见句成逃走，却不追赶，转身向傻傻站在不远处毫无防备的Lisa奔去。

116

"不好！"句成见饕餮不跟来，反而冲向Lisa，着急大喊："快躲开，Lisa快跑！"他将冷却的昆仑机甲化出一辆摩托车与一把重剑，又向饕餮追去。饕餮待句成追近，突然转身射来连环火弹，居然是佯攻Lisa而意在句成。句成以苍狼灵能缠绕重剑，以元能保护身体，用剑身挡开火球，火星溅射，烧到了头发和眉毛。句成此时似乎忘却了恐惧，不顾身体被烧得剧痛，接近饕餮。饕餮横扫巨斧，摩托车被卷向半空，句成收起摩托车后瞬间转化出一对机翼，从空中朝饕餮当头劈去。饕餮以火斧迎上，剑斧相撞，激起巨大冲击波，将空中不受控制的战机都震落下来，方圆 500 米内，树木全被斩断，近处的 Lisa 被冲击波撞到，也是倒地不起。

Lisa 这才从迷惑中清醒过来，见句成身上已燃起大火，正与饕餮战成一团，想站起却全身无力，只能大喊："快跑，快跑！"

"我他妈跑了，让你们去送死啊！"句成咬牙切齿道，鼓起最后力气与饕餮缠斗在一起。饕餮的火本是毒火，这样一来，句成的伤势也越来越重，渐渐地神志开始模糊。

"哪有你这么乱来的？"空中落下两人。

Lisa 一看，是田中纪南，暗道："完了，冤家路窄，又来个对头。"但见他背后的女子竟是刘思琪，一时呆住，不知是什么情况。

刘思琪双掌一搓，用一团白色气雾裹住句成，灭了他身上的火焰，扶住他身躯。句成一看是她，再也支撑不住，晕了过去。而田中则张开黑色巨翅，升入空中，双掌拍向饕餮，两道黑火化作两只巨大黑鸟将它撞开。饕餮故伎重演，发出怪吼，灰色迷雾再次笼罩，田中朝刘思琪喊道："打开你的元能场，护住他们。"

只见田中、刘思琪二人身外形成两个一黑一白的元能场。刘思琪更是将 Lisa、句成包围在她的元能场内，不再受饕餮迷惑。

饕餮见迷雾不再有效，火焰斧一挥，黑色迷雾在空中逐渐汇集，形成一个个黑球。

田中暗道："不好！"双手连弹，无数支黑箭拖着黑烟射向饕餮，但是一到饕餮身边就撞上防护罩爆炸。饕餮的火焰斧朝田中一指，只见漫天升起无数黑球，黑球在半空中突然燃烧，漫天火雨极速冲向田中。田中张开两对黑色翅膀，飞到空中，手指连弹射向黑球，可惜黑球实在太多，"嘭嘭嘭……"巨大的爆炸声此起彼伏。只听惨叫一声，田中从半空中坠落。饕餮得手，再次聚起黑雾，形成漫天黑球，这恐怖的招式再次形成火雨，扑向倒地不起的田中，誓要将田中杀死。

刘思琪再也不能旁观，冲近田中，将机甲化作保护罩并灌注元能挡住攻击，只觉得机甲的温度越来越高，每个火球的攻击都打得她手臂发麻，暗想，这次怕是真要死在这了。背后一只手扶住她的肩膀，一股力量从后背贯通全身，只听田中虚弱地说道："至虚至静，万物相通，元灵共鸣，天人合一。"刘思琪立刻明白，深吸一口气，激发元能收集大地草木中的水灵，四周的水分子在身边形成一道水雾，无数水气汇集起来，越聚越多，形成巨大的水盾。火球碰到水盾威力大减，机甲的温度也开始降低。待到饕餮这波攻击结束，田中低声说道："就是现在。你将水雾导向我的攻击里，我们二人联手对付这怪物。"说完，冲出刘思琪的保护罩。

刘思琪点头示意明白。田中围绕饕餮极速飞行，顿时，天空昏暗，刮起一道旋风，刘思琪也立刻将水雾灌入旋风里。"呼"的一声，田中全身突然腾起无数黑刃，而刘思琪的水雾遇高温，形成滚烫的龙卷风，然后将黑刃卷入，犹如一条黑龙围绕饕餮撕咬。饕餮被卷在其中，几次想逃出，无奈被吸回，在空中乱射火弹，但火弹遇到水雾便又失去威力，只听半空中哀嚎连连。终于，旋风散去，这怪物重重摔在地面，浑身冒着青烟，挣扎着却无力站起。

田中浑身都是伤痕，摇晃着几乎站不稳，他走近并举起双刀奋力将饕餮的头颅砍下。没多久，饕餮巨大的身躯化作灰烬被风吹得无影无踪。

林晓雅不知道什么时候醒了，躲在后面看到这惊心动魄的一战。"天啊，这一切简直太不可思议了。你们都是些什么怪物啊！"

"真是啰唆。"田中轻蔑地瞄了林晓雅一眼。

"哎，我可是物理学博士，你们几个只知道打架的野蛮人，懂不懂科学啊？"

"啊！你怎么了？"林晓雅回头看见句成浑身是血，躺在草地上一动不动，哪里知道发生了什么，吓得她扑过去紧紧抱住句成，急得快要流下泪来。

"死不了，白痴。"Lisa白了一眼林晓雅，她的女性直觉似乎察觉到林晓雅对句成也有那么一丝情愫。Lisa不禁产生醋意，想拉开这情敌。

"你们，你们……还有没有同情心啊？"林晓雅似乎不知道生灵守卫都有强大的恢复力，心疼句成，见Lisa这么说，也是生气。

只听见怀里句成轻哼了声："疼，疼啊，轻点，小姐姐。"

句成虚弱地睁开双眼，看见田中和刘思琪一起，张了张嘴。刘思琪看透他心思，说道："田中不是敌人，一时半会儿说不清，我们见到坚叔再说。"

句成点了点头，疲倦地睡过去。

两天后，警卫队的飞行器找到他们，接上一行人前往一处临时基地，与肖恩特、陈怀坚等会合。一路上田中继续黑着脸，只有刘思琪与他说话时，那张脸才挤出一点笑容。几个人在机舱内，Lisa和林晓雅一左一右挽着尚未完全恢复的句成，叽叽喳喳地吵个不停。句成望着刘思琪，一脸惆怅。众人下了飞行器，来到基地，刘思琪终于见到陈怀坚，向他汇报这次鸟岛国调查的结果。

第十八回

约拿遭遇战

第十九回　地下宫

原来，刘思琪来到鸟岛国后，借助Lisa给的探测器找到了TS战力的踪影。她发现正是田中纪南，遂一路跟踪他来到冬城，没想到在一座雪山下却失去了他的踪迹。此时正值樱花盛开，满山樱花如雪，花瓣随风飘落，美不胜收。刘思琪看得如痴如醉，多年的拼杀，让她早就忘了自己也是女人。她看着穿着传统和服的鸟岛国女性迈着碎步轻声细语，顿时感慨万千。

忽见两人神色匆匆，明显与前来游玩的游客不同，刘思琪不禁起疑。她尾随过去，七弯八拐，来到半山腰，两人进入一间普通民宅就再没有出来。刘思琪等到天黑，摸了进去。进去一看，里面空间原来还挺大，像是武道场。正在寻找是否有其他通道，屏风后鱼贯而出三十来名忍者。刘思琪立刻拉开架势。中间一名忍者问道："你是什么人？这里是私人地方，请你出去。"

刘思琪打开语言翻译器："我来找我的一个朋友，他叫田中纪南。"忍者一听，愣了一下，原来田中纪南这个名字在他们当中属于机密，这个女人既然知道，一定不简单。忍者大声说："这里没有这个人，请你立刻离开，否则，我们不客气了。"

"你们鸟岛国不是号称友善之邦吗？我看是伪善之邦吧，这么对待客人？"

忍者听到这里，大喝一声："上！"三十来名忍者就"叽里呱啦"地冲了过来。

刘思琪哪里把这些普通人放在眼里，她机甲都不用打开，十几秒工

异世三海

觉醒

夫，就把这 30 来名忍者打得东倒西歪。道场中间的地道突然打开，刘思琪见状，警惕地走了下去。一条 3 米宽的过道，每隔十来米就有一座忍者精钢塑像，刘思琪觉察到异样，冷哼一声。果然，当她走近这些雕塑，那些雕塑便挥着武器砍来。

"真是够了，这么老土的剧情。"刘思琪用手腕上的昆仑机甲幻化出两把利刃。平日削那些暗黑兽都不在话下，这些机关对 TS 战力来说，简直就是小菜一碟。身形一晃，那些机器忍者就成了废铜烂铁。前方似乎已经没有去路，刘思琪四处寻找机关，按下一块墙砖，侧墙又开了一扇门。她小心翼翼地走了进去。

这个房间四周都是水帘，中间也有一道水帘。刘思琪感觉有些奇怪，当她穿过中间的水帘时，感觉体内的元能似乎被抽走一部分，这让她诧异不已。正在怀疑，两旁的水帘突然出现异样，居然走出六名和自己长得一模一样的水人，她们迅速朝自己移动过来。刘思琪不禁头皮发麻，从背后抽出两把霰弹枪，一边射击一边稳步后退。只是水人被子弹射中后，依旧毫发未伤。

这样一来，几乎完全没有胜算。刘思琪边战边退，情急之下退出水帘，而水帘再次出现异动，又出现六名水人。这下，十二名水人将她包围住，攻击过来。刘思琪见势不好，以昆仑机甲护体，并转化出利剑，缠绕灵能，与水人战作一团。时间一长，刘思琪逐渐落入下风，心想，如果不快点找到这些水人的弱点，必败无疑。刘思琪激发元能场，探索水人弱点，终于发现水人的头部有一个小亮点，因在高亮灯光下，小亮点比较隐蔽。刘思琪抬手一枪射向亮点，"嘭"一声爆炸，亮点熄灭。水人立刻化作一摊水。刘思琪见有效，接连射出子弹，接连消灭好几个水人。可水人速度极快，剩下的几名已经近身。刘思琪还没来得及射出子弹，自己腰部就中了几拳，肋骨断了两根，右胳膊也被打伤而无法抬起，她再也支撑不住跪倒在地。一名水人重拳击来，刘思琪只觉后脑一痛，晕了过去。

不知过了多久，刘思琪醒来，发现自己躺在矮床上，身上穿着鸟岛国衣服，昆仑机甲手环被摘除，只是身上的伤已经被自己的元能修复。她慢慢起身，拉开房门。门外是一座庭院，正望去是汉白玉金丝小桥，清澈的小溪围绕四周，素雅的枯山水中种植着一些不知名字的奇花异草，水晶凤凰雕塑点缀其间，空中白云流动。刘思琪不禁惊叹这小园林的精致。

不一会儿，一女子端来茶水饭菜。刘思琪思量，对方要杀自己，早就杀了，还怕什么！正好肚饿，于是大大方方地把饭菜吃个精光。茶饱饭足后，又来一女子，说是主人要见她。刘思琪跟着女子出了院门，不禁惊讶，眼前竟然是一条宽阔的道路，一排排院落在道路两边显得整齐划一。道路尽头是一座古城。不时从其他院落出来些男女，刘思琪能感受到他们身上强烈的气场，隐约看到有些家伙身上有着图腾符纹，难道是自然系生灵守卫？这一眼望去，怕是有上百个院落。刘思琪倒吸一口凉气，想不到鸟岛国竟然笼络了这么多能人。

门口停着一辆悬浮车，女子做了个请上车的手势，刘思琪一弯腰，坐了上去。在车上，女子说道："这座城叫幻城。在这里大家有什么需要，可以向主人申请。只有三项规定不可违背：禁区不能去；生灵守卫间不可互斗；未经允许不能出城。违令者，死！"

"果然，这里聚集的都是生灵守卫，凭这实力，就算是称霸世界也足够，为什么躲在这座隐蔽小城里？"刘思琪满心疑问。

悬浮车在一座古老的宫殿前停下，屋脊上两只金色的凤凰脊兽格外抢眼。刘思琪走上台阶进入宫殿，宫殿两侧站立着孔武有力的战士，田中纪南赫然站在其中，正中一把龙椅上端坐一位白发老者。刘思琪心想："好一副皇帝派头，莫不是得了失心疯，什么年代了。"刚进门没走几步，卫兵示意刘思琪停下等待。

一名卫兵走上前，恭敬道："主人，上个月的情况要向您汇报一下。"

异世三海
觉醒

"上个月，全球空间虫洞开启五十四次，东州十八次，飞飞洲二十一次，北洲六次，西洲五次，南洲四次。污染严重的地区是重灾区，入侵的大多数是暗黑兽，但是飞飞洲出现暗黑士兵入侵。总体比前一个月增加二十一次，不知道什么原因使得入侵频率增加。还有一份双方交战具体损失表呈交给主人。"

"饕餮没有再出现？"

"自上次击退饕餮后，再没有出现。击退饕餮的，就是这名女子。"

"哦，确实不错，有点实力。"老者示意卫兵将刘思琪带到面前，"我想知道你是怎么击退饕餮的。"

刘思琪心想："本来我是来刺探情报的，没想到对方的情报工作做得这么好，真是没脸了。"她见老者问起，于是大致讲了下情况。

"哦，原来是这样。"

"我并没杀死它，因为有人救了它。"

"什么？有人救了它？"老者瞪大了眼睛。

刘思琪十分奇怪，如此有实力的头目，怎么听到这消息会如此紧张。

"一名白衣蒙面男子。我当时快昏迷过去，并没看清楚他的样貌，他似乎称饕餮是他的朋友。先生难道怕了这人？"刘思琪语气中流露出不屑。

"住口，你是在嘲笑我们吗？"一名战士大声说道。

老者示意战士住口。

"在二百多年前，我的祖辈们获得这份力量，就一直在和暗黑势力作战。开始我们听命于政府，但是却被当成侵犯他国的工具，很快，更糟糕的事情发生，暗黑军团如影随形，暗中追杀生灵守卫，吸食元神。我们家族二十多人，只剩下我和孙女。我建立这个王国，不过是为了将生灵守卫聚集起来，不让他们成为权力的牺牲品。"

"老先生说笑了，你们现在拥有二百多名生灵守卫，若要侵犯他国，谁能抵挡？至于暗黑军团，我们又不是没和他们交过手，胜多负少，你们为什么不站出来？"

"没错，我若要称霸世界是轻而易举的，可我为什么要称霸？整个世界，还有哪股力量能威胁到我？我为什么不站出来？除了饕餮有些实力，现在来的暗黑兽不过是些虾兵蟹将，还用不着我们出手，只要灵王不出现，暗黑军团就不会大举进攻。在灵王出现前，我要保护好他最后的卫队。为了迎接即将来临的战争，也为了取得最终的胜利。暗黑兽不过是暗黑势力的卒子，真正可怕的是他们背后的那股神秘的力量，那力量强大到能轻易毁灭这个世界，我仅仅感受到他的气息就深感恐惧。你们以为打败几只暗黑兽就了不起了？"老者的声音变得越来越严肃，"饕餮出现，看来应该是灵王已经醒来，只有他才会吸引那么强大的对手。"

"那力量是什么？"刘思琪听得毛骨悚然，她不知道这老者经历过什么，但知道他没必要骗自己，看来自己把整个事情想得太简单。

"老夫不知道是什么，只是我的生灵力量能感知到那邪能正在地狱深处蠢蠢欲动，暗黑军团正是受他驱使的。"

"那你说的灵王是谁？"

"蓝星人的金字塔尖，生灵守卫的最强者。灵王身上有着创造或毁灭这个世界的宝物——灵珠，或许只有灵王与灵珠合为一体，才能与那股恐怖的势力抗衡。所以那些躲在暗处的爪牙也想将这灵珠据为己有，一旦灵王继承者出现，暗黑兽就会出现，追踪灵王寻找灵珠。我们必须赶在敌人之前，找到灵王，或者……杀掉灵王。"

"哼，杀死灵王？靠背叛同类保全自己，老先生真是有能耐啊。"

"灵王觉醒，灵珠就会出现；灵王消失，灵珠也会消失。如果灵珠被暗黑势力夺取，后果不堪设想。牺牲一人，换来整个星球的平安，我这么做有什么不对？"老者大怒，"嗖"地站起，"呼"的一声脱掉上衣，胸前露出两条巨大伤疤。

"你真以为我没有拼死战斗过吗？你以为你有多大的力量保护这个世界？"老者身后显现出巨大的火鸟幻象，灵能外泄，激起一股滚烫的热浪，散向四周。四周的战士，露出恐惧的眼神，纷纷后退。

"啊，这火鸟难道是凤凰？怎么可能，那是传说中的神物啊。"刘思琪从古书上见过这神物，立即运起元能罩，保护全身，又激发灵能，身后泛出白色光芒，如一匹十丈白绫。热浪冲击到白绫，竟然有所减弱。

"看这灵能形态，难道是她？"老者有点惊讶，火鸟立刻收敛，渐渐消散。

"主人息怒，我们还需要她的帮助。"田中纪南说道。

"嗯，你带她去我们的密室，既然她是生灵守卫，有些事应该让她知道。她的潜能还未激发，这段日子，你指导指导她。"老者拂袖而去。

刘思琪奇怪田中和老者为何要帮自己，不过既来之则安之，先了解更多情报再做打算吧。

第十九回 地下宫

第二十回　幻城

"这是什么声音？海浪声？"刘思琪第二天醒来，发现自己在一间陌生的房间，简单的家私，现代的床铺，房间的层高也高了很多，不似昨日那样低矮。窗台上一盆向日葵格外耀眼。推开窗子，刘思琪惊得目瞪口呆，自己所住的院落已经消失，现在的屋子不知道怎么到了海边。蓝的天，蓝的海，上百座红屋顶白墙别墅错落有致地点缀在小山包上，绿树成荫。要不是有几名生灵守卫在街道上行走，刘思琪真以为自己到了地中海。"是什么时候搬家的？被移动这么远都不知道，我太大意了。作为特工真是丢死人了。"

门外传来敲门声，门打开，还是那名女仆。她往桌上放了早餐，转身正要退出。

"站住，你们昨晚搬家了？"

女仆扑哧一笑，说道："这里是幻城，我们经常搬家，我们大小姐喜欢住不同环境。"

"大小姐？"刘思琪想到，昨天老者有提到一个孙女，但是一想到这么大的动静居然都能让自己不知道，这组织的实力也真是高得太出乎意料了。

"客人您先吃完早餐，过一会儿田中先生会来接您。"

刘思琪刚吃完早餐，就有女仆通知田中已经在门口等着。刘思琪出了门，冲田中打了个招呼。田中还是那副死鱼脸，示意她进悬浮车。

悬浮车窗全是关着的，看不到车外，车里没有驾驶员，自动导航。"这大清早，谁欠了他钱似的，板着苦瓜脸。"想到这，坐在车里的刘思琪问道："你们怎么办到的？我怎么会到这里？"

"我们没动你，是你周围的环境变了。"

"环境变了？"

"是，大小姐控制着环境。"

"你们这组织简直不可思议。"刘思琪这才明白幻城之名的由来。

"你主人的灵能来自传说中的凤凰？"

"嗯，灵能分三个层次，第一层是控制元素，第二层是拟物，而第三层是灵能本体外显，如生命一般自主攻击，以我所知世界上只有我主人才办得到，他就是最接近神的男人。"

"哦，那昨天你为什么要帮我说话？"

"敢当众骂我主人还能活下来的，只有你一人。"田中想起昨天主人的话，心想："主人如此青睐这女子，说不定她真是寻找灵王继承者的关键。"

"你不会是因为我敢顶撞他才帮我的吧？"

"当然不是，我在主人面前就说过了，我们需要你帮助找到灵王。"

"我怎么会知道灵王下落？"

"你是不知道，可你的父亲知道，而且，他还隐藏着一个天大的秘密。"

"呵呵，别说我父亲不知道，这么机密的事就算他知道也不会告诉你们。"

"早晚会告诉我们，因为有一天你们也会寻求我们的帮助。"

"让你们找到灵王，然后伤害他？"

"我并不赞成伤害灵王，能为灵王而战，才是我的荣耀，只是……主人也有他的难言之隐。"

刘思琪冷冷盯了田中一眼，不再理他。车开了约莫10分钟停下来。刘思琪下了车，已经进到一间封闭大厅。两人穿过一扇扇铁门，最后进入一间巨大的球形大殿。大殿中心安放着两台机械主座椅，座椅四周围绕着八台副座椅，每台座椅前都有一个长方形平板。球体四周是立体成像全息监控屏，将世界各个主要城市模拟成像出来，手触碰到座椅前的长方形面板，就可以将影像放大缩小，放大后甚至可以看到地面的人和汽车。

刘思琪感到不可思议："难怪他们的情报工作做得那么好。只是为什么要让自己看到这些，难道这都不算秘密吗？这里更像一座中心控制室。"

刘思琪通过一条长长的自动隧道，远远地听到前面传来悦耳的声音，似乎是梵语，幽远神秘。他们来到一扇厚重铁门前，按下开关，推门进去就是大厅，声音便是从这里传出。放眼望去，阳光透过屋顶玻璃洒在地面，大厅有八根半人高的短柱，四周竖立着巨大水晶群，令人叹为观止。刘思琪走近摸了摸水晶柱，这些稀罕之物具有强大的洁净能量，内心都似乎变得明亮许多。

"我们是在地下还是在地上？"

"无可奉告，我只能说我能说的。你看地面上。"

刘思琪这才发现地面用金线勾勒出八边图形，而刚才的短柱，每一根都竖立在八边形一角，每根短柱上都飘浮着物件。走近一看，柱端飘浮着球体，分别是气、水、木、火、土、金、光、电八种球体。刘思琪好奇地用手摸了下光球，手立刻被刺了一下。

"不要随便乱摸，那些都是灵体，高频灵能的载体，人类叫它们精灵。"

"这就是精灵？"刘思琪瞪大眼睛。

"你以为精灵是长翅膀的小人吗？我带你来这里，就是让你学习怎么和它们沟通。现在，你先仔细看我怎么做。"

田中走进八边形中央，盘腿坐下，调动灵能，慢慢地一股热力散开，火球开始颤动，然后慢慢接近田中，围绕着他转动起来，火球渐渐地，越来越活跃。

128

过了一会儿，田中收起灵能，火球也就慢慢停下来，最后回到柱子顶端。

"你是怎么做到的？"

"静下心来，用心与精灵沟通，当它认可你的时候，就会把你当同类了。任何存在灵能的物质，原则上都可以沟通，不过取决于你本身属性的匹配灵能。我最擅长的力量是火。关于人体属性，你是知道的。"

刘思琪盘腿坐到中心，激发灵能散开，可是半小时过去，精灵球半点动静都没有。

"蓝星上每种物质都是不同等级灵能的结合体，高等灵能决定并指挥低等灵能。区别在于运动频率不同，动物运动一下不过几秒，而树木运动一下需要几年。星球也是灵体组合，只是星球的成长就更加漫长，我们就像它身上的寄生虫。你需要加快或减慢自己的灵能频率以与精灵同频，你作为修行者对这再清楚不过。天下速度最快的可不是光，是心，心念瞬间一动就可以是 10 光年、100 光年的距离，以心驾驭灵能，改变灵能频率，便能与精灵沟通。"

刘思琪闭上眼睛，慢慢进入状态，四周水晶柱能量源源不断地被她吸入丹田。又过了几小时，几个精灵球微微颤动起来。刘思琪的四周开始出现雾气，最终水精灵球飘离柱顶，其他七个依然在颤动。

"我好像与水精灵沟通上了，多谢你的指导。"刘思琪突然睁开眼睛欣喜地说道，而水精灵球立刻恢复原位。

"我不过是完成主人交代的事情，不用客气。"虽然田中依然一副冷峻的表情，心中却感到十分惊讶："她与八个精灵球全部有感应，未来完全可以操控所有灵体啊。"

"接下来我要做什么？什么时候可以离开？"刘思琪问道。

"在这里修炼，借助精灵球的力量，你的元能会提升很快。"田中回答道，心里却想："主人曾经告诉我，能控制所有灵体的，只有灵王。难道她就是灵王？"

"真当我会在这里常住了？"刘思琪暗想。

"别多心，等你掌握好，就会让你走，你不出去，我们怎么找灵王？"田中似乎看透刘思琪心思。

刘思琪这才定下心来。接下来的这些天，每天都有车来接送，每天她居住的环境都会变化……

这天，田中带来一条消息。

"主人让我俩立刻去约拿一趟，我们已侦测到巨大暗能在约拿形成。这是你的昆仑机甲。记下这组密码，可以随时联系我，待会儿不知道会发生什么。"

"谢谢！"

两人登上飞行器迅速赶往约拿，这才有了与饕餮的一场恶战。

陈怀坚听到这里，也是惊讶万分，一时不知道怎么说才好。这时临时指挥部里传来争吵声，他与刘思琪赶紧过去看个究竟。

异世三海
苏醒

第二十一回 灾难

"头儿，今晚去哪儿庆祝？"里恩问。

"庆祝？这些混蛋毁掉整整一条街，上百人遇害，不把这群混蛋全部挖出来，我绝不放手。"肖恩特恨恨地说道。

"快看新闻。"

"约拿所有交易所今天经历一场罕见的动荡，开盘几分钟股市暴涨，之后随着一场恐怖袭击，千股跌停。"

"今天约拿遭遇一场恐怖的非自然袭击，现场极为惨烈，这是街头一名男子拍的视频。"

"这些家伙不知道从何处来到这里，天哪，它们毁了联合会议厅。快看，快看，赶来一队士兵，他们和怪物们交战了……"

"这些士兵简直就是超人，是蝙蝠侠，真的有超人存在，感谢上帝。"

"我们不禁要问这些所谓的英雄究竟是什么人，我们美达索政府究竟还有多少骇人的秘密隐瞒着纳税人？"

"这些人是受控制的吗？他们能战胜那些怪物，能保证他们不滥用力量吗？我们强烈要求政府将他们控制起来，说不定怪物就是冲他们来的……"

"真是混蛋，我们这么卖命，这些家伙还这么说。"里奥心里非常不爽。

"关了电视，我们还有正经事要做。"肖恩特最近心情相当不好，弟弟特里在飞飞洲失踪，一直没有消息。他有种直觉，弟弟一定还活着。本想亲自去飞飞洲调查一下，没想到，约拿这边又闹出这么大乱子。

"哼，什么英雄，就是一群杀人放火抢劫的强盗。"有人低声嘀咕着。

"谁、谁说我们是强盗？"里奥大声吼起来。

"我！怎么了？你们跑到我们基地去杀人放火，抢东西，和强盗有什么分别？"正是句成。

"你小子欠揍。"里奥冲上前就想揍人。

"住手！"肖恩特大声制止。

"我非常抱歉，这件事如果是我事先知道，一定会阻止。有时候，我们是各为其主，身不由己，但那已经成为过去。现在，我们有共同的敌人，不是吗？"肖恩特站起身来。

"来点儿实在的，先把东西还回来。"句成自从拥有了异能，脾气也是见长。

"句成，住口。"陈怀坚和刘思琪两人已经进来，赶紧控制局面，"上头已经把那些机甲送给他们，共同对抗暗黑势力，今天你们已经看到形势正在急剧恶化。"

"我没那么高境界，我只知道我们好多兄弟伤在他们手里，这事不能就这么算了。"

"对，陈队，不能就这么算了。"其他翰唐士兵也嚷嚷着。

"这是命令，你们是军人，不是街头混混。"陈怀坚瞪眼一扫，顿时没人敢说话。

"这次如果不是我们联合行动，将敌人炸成碎片，后果将无法估量。未来不知还有什么危险在等着，是时候放下分歧，团结一致了。我想说的是，只要我在一天，就绝对不会让 E8 与 SNA 成为敌人，我发誓。"肖恩特大声说道。

战士们听到这里，虽然很不服气，但见对方这么说，也不好再吭声。

林晓雅突然发问："碎片，你们怎么处置碎片？"言语十分紧张。

"那些暗黑士兵被打倒后会碎成黑色小球，然后重新聚合成人形。为防止它们复活，我们将黑球装进十来个冰柜，运往不同方向的军事基地去了。现在走了1小时左右，应该还没有出约拿市。"

"不好，是圈套，这些家伙本就无法长期在我们的频率里生存，他们的频率比我们要低很多，好比一个压缩的弹簧，来到我们的世界就会迅速膨胀，他们身上的盔甲应该也是为了抑制膨胀，让他们生存更长时间。正常情况他们被杀死后会分解，温和地释放能量。如果凝聚成黑色小球，相当于重新压缩，此时压缩弹簧一旦反弹，就如同引爆一枚炸弹。"

"糟了，车正开往郊外，还没出市区。"肖恩特听到这，大吃一惊，迅速联系警卫队。

没过多久，几声巨大爆炸声从远处传来，接着地动山摇，肖恩特所在的建筑像醉汉般摇晃，房间里的所有东西都在转动，吊灯触到了天花板，桌椅好像在相互追逐。"咔嚓、咔嚓、咔嚓！"不一会儿冲击波袭来，窗玻璃"哗"地被震成碎片，如雨水般四处散开，滚滚的尘土如惊涛骇浪般席卷整个基地，四周一片惊呼。当"暴风骤雨"过后，肖恩特站起身来，联系约拿那边，已经联系不上。

"快，安排飞行器，赶去约拿救援。"

三架飞行器起飞，只见约拿方向浓烟滚滚，一路低空飞过，约拿城外围，尸横遍野，断壁残垣，煤气管道不时爆炸，冲起一道道火柱，道路张开大口吞噬无数汽车，未倒塌的高楼摇摇欲坠，哭声喊声，撕心裂肺，惨绝人寰，犹如人间地狱，那座繁华的金融之都，完了。

林晓雅看到这幅景象，不禁落泪。肖恩特怒火中烧，咬牙切齿。陈怀坚则紧锁眉头，面色凝重。田中脸色如死灰，一言不发。

句成的手颤抖着，他感到恐惧，非常恐惧，如果自己没有及时撤出，那可能也会死在那里。

第二十一回 灾难

"为什么会这样，这么多人，眨眼就没了？为什么善良的平民会遭受如此灾难？这个世界就这么昏暗吗？这是一场噩梦吗？"句成面如死灰，喃喃自语，隐隐约约感觉所有的一切被一只大手掌握着……

"弗兰克呢？"

"弗兰克不见了？"

"什么？"

美达索帝国总统府内，幕僚们正在进行秘密会议。

"约拿完了，这次国防部、情报局成了重点批评对象，国会也正在讨论是否弹劾总统先生。"

"我们必须采取行动，否则，街上那些人会活剥了我们。"

总统府外，成千上万人正在游行。

"有谁能告诉我，究竟约拿发生了什么？为什么会有怪物和超级战士？"布鲁斯总统生气地问道。

"他们是第八局的，也称 E8，怪物是来自其他空间的暗黑势力。"

"第八局？"

"是的，第八局是个影子部门，外界根本不知道它的存在，它专门应对各种超自然力量，它的作战队员也都具有超自然力量，除非有特大事件出现，一般不会上报给总统知晓。据情报，几个大国，如俄尔加帝国、翰唐国都有类似部门。"国防部长约华德回答。

异世三海

铁醒

"特大事件？混蛋，约拿被毁还不是特大事件？为什么出了这么大事才让我知道？"

"这次事件出现得相当突然，第八局完全没有意料到。暗黑力量袭击并不是第一次，已经有数十次袭击，都被第八局挡下。但是这次袭击，它们改变了进入通道，把我们打了个措手不及。"

"通道？"

"是的，每次通道的打开，都有固定规律。对于污染源附近形成的空间虫洞，我们只要监视或移走污染源就能有效阻击暗黑势力入侵。所以，从上次世界大战过后，我国和西洲联盟就开始将污染垃圾运送到落后国家。但这次约拿事件，没有污染源也打开了空间虫洞，一定是有人预谋。我们分析，应该有恐怖组织在约拿打开通道，具体是什么方法我们还不清楚。"

"该死的，第八局才是最该被谴责的。你去告诉他们，让他们找到那帮幕后者，否则，第八局就给我从蓝星上消失。现在，我们该怎么面对民众的抗议？"

"这次，第八局和超级战士已经彻底在媒体面前曝光，如果他们有事，我们也难辞其咎。所以最好的办法是让他们走向明处，让民众们知道有群超级战士在保护他们，不能让我们自己人做替罪羊，最好把国内矛盾转移到我们国外的对手身上。"

"哦？"

"上次约拿费曼剧院的恐怖袭击，我们找到了艾拉组织做替罪羊，这次，我们可以找另一个。"

"哎……也只能这样了。但我们需要一些拿得出的证据。"

"我们会找到证据的。"

"但愿如此。"

联合国会议上，各巨头正争论得面红耳赤。

"我们绝不会容忍这样的恐怖袭击，不，这样的战争行为，记住，这已经是宣战。"

"没有足够的证据证明是利里亚国干的。"

"约拿的灾难就已经是事实，还需要什么证据，难道等下次袭击吗？他们不止一次威胁要袭击我们，所以有最大嫌疑。我们要先发制人，把潜在威胁消除，至于证据，我们会找到的。"

"我们建议各国冷静下来，组织一个联合调查小组，负责调查真相，我们不希望出现第二次艾拉事件，那次被证明是一次完全没有可靠证据的颠覆他国政府的行为。而这次，如果错了，那将是可怕的种族屠杀，犯了反人类罪。”

听到这里，美达索国发言人才稍微收敛了一些，道："我会将各国意见回馈给总统。"

一个月后，联合国通过一项决议，一致同意成立联合调查小组调查约拿事件，但是在时间上只给了联合调查小组六个月时间，六个月查不出真相，美达索国将对敌人发动军事袭击。

"对了，联合国决定成立联合调查小组一事，你知道吗？"郭楚南问陈怀坚。

"我已经知道了。"

"嗯，这事定下来，我会派你和古乐去，这段时间，你好好带队训练。"

"是。"陈怀坚应道。

"那我有什么任务呢？加藤多次提到灵王一事，还说您知道内情。"一旁的刘思琪问道。

"不要打听，我自有安排。"

"是。"

郭楚南心中掂量着，该不该把那件事告诉刘思琪。

美达索帝国。

"肖恩特，我们已经决定成立联合调查小组，经过争取，各主要成员国终于同意由我方做主导。你带几个人去吧。记住，必须有个合理的结果，明白吗？"怀恩道。

"明白。"

怀恩默默对着窗站着，内心五味杂陈，藏在约拿城的宝物还是丢了，那是300多年前从翰唐国前朝皇室掠夺来的半张龙脉地图，赔了夫人又折兵，怎能不气？总统在刚刚打来的电话中把自己骂个半死，并威胁要把整个部门关闭。自己辛苦打拼几十年，才有这摊子，如果真散了，那帮家伙该怎么办呢？看来只有找加藤那个老家伙了。

第二十一回　灾难

第二十二回　轮回

　　早上，郭楚南叫上句成到山路上晨练。6点多钟的空气清新香甜，寂静的小路，像条丝带围在大山的脖子上，两旁翠绿的竹林被清风微微扫过，发出沙沙的细语，这平静却掩盖不了郭楚南内心的波澜。

　　"句成，现在你必须做个决定了。"郭楚南突然停下，语气凝重，两眼关切地看着他。

　　"怎么了，指挥官？"句成冲郭楚南傻呵呵地笑着说。

　　"你和美达索国特种部队的Lisa是什么关系？你喜欢她？"

　　"只是好朋友，指挥官，您可别瞎猜。"句成抓了抓头发。

　　"她所在的部门曾经袭击过我们，这事已经被捅到总指挥官那里。"

　　"啊，那怎么办？"句成吓了一跳，呆在原地。

　　"所以你必须做出选择，要么和她断绝一切联系，要么……就要离开这里，毕竟我们是讲纪律的部队啊。"郭楚南艰难地说出这番话。

　　听到这里，句成不禁呆住，他刚刚在这里找到家的感觉，大家如兄弟姐妹般相待，而郭叔在严厉之外更像慈爱的长辈，但是现在要自己背弃Lisa，这无论如何都办不到。

　　"郭叔，Lisa虽然是他们的人，却三番五次舍命救我，甚至背叛了她的组织，我不能那么没义气。我没有那么高的境界，只是一个普通人，偶尔有了能力，可我心里只想过平淡的日子，拥有朋友和爱人。"说到这里，句成已经哽咽得说不清话了，"我也舍不得这里，大家就像一家人，您就像我的父亲，刘思琪教官就像……我……我……"句成的喉咙像吞下一堆火炭，这火又烧到心里，疼痛无比，不禁眼圈一红。

异世三海
觉醒

"我知道，我知道。"郭楚南走近，拍了拍他背部。

"我不想离开这里，我……我……也不能背弃 Lisa。"句成的声音小得几乎自己都听不到了，这件事正是他担心的，没想到还是来了。

"有时候并没有两全其美的事，作为男人，我们必须做出选择啊。"

"如果、如果一定要选择，我……我选择……离开……"句成拿袖子抹着鼻涕眼泪。

"我知道你是重情义的，去吧。"郭楚南又拍了拍句成的肩膀。

"郭叔，您放心，我绝对不会帮他们做事，不会做损害国家利益的事。"

"好，你去吧。"

句成抬起手，敬了军礼，恋恋不舍地转身，走了几步突然跨步狂奔起来，只留下郭楚南的身影在背后慢慢地消失。

"爸，您为什么要将句成赶走，这事完全有商量的余地。"刘思琪生气地冲郭楚南大声嚷着。

"冷静点，思琪。"郭楚南示意刘思琪冷静，"从句成获得能力的那一天起，一切都开始发生转变，每次几乎都是他在哪儿，大事件就会在哪儿发生。我有种直觉，他一定是关键角色，说不定能靠他找到灵王。"

"句成的符纹是苍狼，传说，灵王的符纹至少是神兽，他不可能是灵王。"

"我没说他就一定是灵王继承者，但是万事没有巧合，饕餮对他穷追不舍，必定有原因。我想弄清楚是什么原因。或许他是打开灵王秘密的关键所在。他待在基地，无法引出背后的势力，只有放他出去。"

"您是拿他当诱饵？我一直怀疑，凭您的谨慎，上一次 Lisa 怎么能带人袭击基地，夺取昆仑机甲？或许，又是您的什么计划，您这是要利用句成！"

"住口！""啪"的一声，郭楚南狠抽了刘思琪一个耳光，可立刻意识到自己做错了，手微微颤抖着，想去抚摸那印下五个指印的脸。

他的思绪回到发生袭击事件的前几天。

"我们得到情报，美达索帝国计划盗取基地的远古武器昆仑金。"总指挥官秘书说道。

"哦？那我回去立刻加强防备。"郭楚南吃了一惊。

"不，让他们来，上边从大局考虑，已经决定与美达索国合作，早晚会分享一些装备给他们，只是尚未最后确定。上边认为不如将计就计，趁这个时间差，来个'换子'，至少能在外交上占主动，这样我们可以提出我们的要求，拿到我们想要的东西。"

而现在，那半张地图已经被郭楚南派出的一支神秘队伍顺利从暗黑势力手中夺回，龙脉的秘密就要揭开了。

"如果句成有什么危险，我会恨你一辈子，我永远都不会原谅你……"刘思琪甩手打下父亲的手，愤怒地摔门而出。

郭楚南深吸一口气，一声长叹，打开通信器："守门人，我需要你们协助。"

句成回到家，瘫倒在床上，望着楼板，想着部队的点点滴滴，眼泪不知不觉流下，内心空落落的。门外突然响起敲门声，句成打开一瞧，一年轻男子站在门口，身着帅气风衣，一双桃花眼有说不尽的妩媚。

"石斋师兄，你怎么来了？"句成怎么也没想到他会来。

"想你了呗，知道你有事我怎能不来？"石斋做了一个鬼脸。

"你怎知道我有事？我好着呢。"句成有些不快。

"哈哈，有没有事，我可看见了，你的眼睛还红着呢。"

"进来说吧，什么事都瞒不过你。"

句成把石斋让进房，泡上一壶好茶，把自己近来的一些经历讲了一番。

"造化弄人，不过，你小子艳福不浅啊，两个大美女都给你泡了，哥哥我眼馋得很了。"

"别乱说，我可不是随便的人。还是说说守门人怎样了？"

"顾无权暂时管理着守门人，而且，林晓雅也回来了，由他们两人打理，我也放心。只是你，让人不放心啊。我琢磨着，这郭老头早晚还是要找你回去的，你别担心。"

"我本事又不大，何况有陈队、清秋他们，多我一个不多，少我一个不少，回不回去无所谓。"

"哦，没信心啊，你不想知道你是谁、有多大潜力吗？"

"我是我啊。"

"你能指给我看看，哪个是你？"

句成指了指自己的身体。

"你这里面装的是脓血屎尿，因缘化合之物，怎会是你？"

句成一愣，指了指自己的心。

"一坨血肉，和动物没什么分别。"

句成傻了眼，说道："我的意识呢？我的意识是我。"

"意识的形成不过是一堆经验数据，饿了想吃，困了想睡，孤单了想找人陪，你的所思所想，无非是数据集合，你能说，你就是数据？"

句成这下傻眼了，问："那、那……我在哪儿？"

"对呀，你在哪儿？"

"我想知道自己是谁了。"句成来了兴趣。

"不急，我先问你，你是否感受到时而清醒、时而迷糊？"

"这你也能知道？"

"那就是了，你目前还不完整。"

"我去，你又来。"

"道宗有个说法，人有三魂七魄，一魂名为命魂，是主神。命魂丢了的人，则命不久矣。

"第二魂叫天魂，灵，就是人和天地沟通的本领。高等天魂可以穿越六界，却不会常驻肉身。

"第三魂是地魂，亦是生命的源头，是人界万物生生不息的源头。

"那七魄分别是一魄：吞贼，就是现在所说的免疫功能；

"二魄：尸狗，主对周围环境的感知；

"三魄：除秽，主排出污物；

"四魄：臭肺，人休息睡着了还要呼吸，主呼吸；

"五魄：雀阴，爱情鸟飞来的影像，主生殖功能；

"六魄：非毒，分散身体毒素，主除病；

"七魄：伏矢，主意识。

"我怀疑你的魂魄丢了一部分，不能聚体，心理学上叫脑身心不同步。所以你时而清醒、时而迷糊，你的能力也无法全部施展。而天魂就是揭晓你身份和能力的关键。"

"怎么说呢？不太明白。"

"林晓雅在老会长的研究基础上有突破性发现：每个人都有个高阶数据库在暗中指导我们完成一些任务，它只有在我们的深意识或者更深层的无意识才能找到，这和蓝星一些灵性研究学者所讲的"高我"不谋而合。现在处于中灵能频率空间的我们，叫做"本我"，"本我"的终极任务是寻找方法提升灵能频率，最终进入高灵能频率空间。而且不只存在一个"本我"，每个生死过程都是一个"本我"，都在做着任务，这和轮回论吻合。不过，每个生死阶段的高阶数据库只开放给我们需要知道的一部分内容，否则就会被前阶段的数据所干扰，除非这个任务是连续的，不是段落式的。而天魂，就是进入高阶数据库的灵能载体。"

"乖乖，晓雅真是了不得，真不愧是博士。难怪我在内观中会出现一个发光的我，助我突破。轮回，真有其事？"

"有没有，你自己会感受到，那是你的一部分。如果你同意我进入你的深意识，我可以试着找找答案。我要带你去看看你的轮回，或许可以找到丢失魂魄的原因。不过要先给哥哥我弄些吃的来，饿了我可啥都干不了。"

二人吃饱喝足，再休息一个时辰之后，面对而坐，石斋轻声说道："现在你开始放松自己，进入内观，只要你允许我进入你的数据库，我便可以带着你找到'高我'。"

"嗯，我允许你进入我的数据库。"

句成进入内观，心中升起一片光明，对万物生起慈爱心，整个身子也亮了起来，穿越天空中一条光的隧道，耳边听到石斋温和的细语："放松，放松身体，放松心灵，跟随光明找到天空那座图书馆，那里藏着你的秘密。"

句成跟随印堂的光明穿过光的隧道，在一片空白中终于到达一座宫殿，光芒四射，温暖袭来，句成知道那就是隐藏的图书馆了。门打开，远处一团耀眼的金光。飘近后，金光竟幻化成中年的自己。句成惊得张着嘴，不知说什么才好。

只见那中年人冲自己微微一笑，问道："有什么可以帮到你的？"

"我想找到关于我轮回的记忆，可以让我看看吗？"

"跟随这亮光，它会带你找到。"中年句成微笑着，手掌托起一颗明珠般大小的亮光。

亮光飞起，句成跟随其后，只见附近是无尽的书架，空中也飘浮着无数的书架，摆满古铜色封皮的书籍，整整齐齐，有薄有厚。亮光一直往高层飞去，直到最顶层一间圆顶的圆形书室。亮光在最上层的一本厚书前停下。句成取下这本书，小心翼翼地翻阅着。那书中画着很多的图画，似乎每页都记载着不同的故事。句成在其中一页停下。纸上画着一名风华绝代的女子，那女子的美貌闻所未闻，见所未见。看着看着，突然感觉自己被吸入画中，与那女子合为一人，穿越到她那个时代，见自己正翩翩起舞，王公贵族看得如痴如醉。画面一转，自己与当朝太子在高楼幽会，两人本是浓情蜜意，却突然被恋人从高楼推落。坠落的自己在半空中留下一滴滴泪珠，似乎领悟这场爱不过是权力交易、空中楼阁。

句成脱离书中之画，缓了缓心情，往前又翻开一页，那画中是名将军，不觉又被带入。自己已经在战场上，挥剑冲锋，千军万马奔腾，杀声震天。画面一换，已是身处一片血海，一将功成万骨枯，明明是胜了，心中却高兴不起来。接着班师回朝，皇帝封赏，光宗耀祖，门庭若市，风光无限。画面再换，却被推上断头台，龙颜一怒诛九族，还是黄粱梦一场。

句成再次抽离画外，叹了口气，往前快速浏览，形形色色的画面，男男女女的角色栩栩如生。再往前翻，又有很多豺狼虎豹，只要神志一停留，便被带入，仿佛真的经历了画中主角的一切。

翻阅至后半部书页，见自己非僧即道，潜心修行，似乎在寻找什么。句成心念一动，翻向最前书页，却发现全是空白书页。正感奇怪，却听一个声音从空中传来："时机未到，你的远古记录不可泄露，回去吧！"一阵白光过后，句成竟被赶出图书馆。

句成不甘心又试了几次，再也找不到图书馆，只好从内观中抽离。

但见石斋满头大汗，脸色苍白，身子微微颤抖，似乎受了重伤。句成大惊，连忙问道："石斋师兄，你怎么了？"石斋突然"哇"的一声吐出一口鲜血，抓紧句成手臂，说道："快、快去找清秋的师父谢无思道长，我已找到你主魂在鬼界，让他再帮你一把即可。"话刚说完竟昏迷过去。句成见状不妙，赶紧联系刘思琪。不多久，刘思琪调用一架军用飞机赶到，三人一同飞往泊玉观。

异世三海

苏醒

第二十三回　夜叉

　　原来，石斋进入句成意识，本来一片光明，却见那光明深处竟藏着一道黑暗，一缕白衣幽魂在黑暗深处飘来荡去，竟似句成的身形。石斋赶紧跟去，哪里知道，到了黑暗前，竟被吸了进去。不知过了多久，石斋来到一片昏暗的世界，万物不生，远望是光秃秃的黑山，近处是一片低矮的房屋，几点昏黄的鬼火闪烁，四周散发出阵阵恶臭。石斋见前方那缕幽魂飘飘荡荡，迅速跟上，想知道这缕幽魂会去什么地方。远方传来动静，呜呜声并伴随着撕咬声，石斋定眼一看，顿时毛骨悚然，原来是一群瘦骨嶙峋的饿鬼在互相撕咬。

　　"我来到了鬼界？句成的魂魄为何会来到此处？"正在思索，前方突然传来大吼声。石斋望去，一个身高三丈、青面獠牙的红发夜叉试图驱散团团包围他的饿鬼。那夜叉挥舞着钢叉左冲右突，钢叉上一颗明珠在黑暗中发出白光，白光过处，饿鬼烧得身冒青烟，可无奈寡不敌众，夜叉始终处于下风。石斋知道那夜叉是维护鬼界秩序的执事，这些饿鬼本该害怕才是，怎会主动攻击夜叉？想到这，石斋施展封印法术，低声吟唱，将那些饿鬼封住，这才走近夜叉。夜叉见来了位青年男子的天魂救助自己，迎上单膝跪地拜谢。

　　"发生了什么？鬼界本由十殿阎罗管辖，又有地藏王辅助，更有夜叉罗刹执事，怎么变得如此？"

　　"法师不知啊，这里原是我王萨尔顿管辖的伤矮星，属鬼界太明玉完天。太明玉完天是贪念深重的鬼民聚集的小千星系。鬼民贪婪多欲，争斗不休，各行星缺少光明，夜长昼短，物资贫乏。幸有各星球夜叉王的王宫和夜叉的明珠可放光明，生产些作物，分与鬼民，让他们勉强维持生计。众夜叉王受十殿阎罗之命镇守各行星，原本平安无事，但一百年前，落入鬼界的恶神挑拨恶罗刹，攻入太明玉完天夜叉王总部苦焰星，强占夜叉王长老殿，熄灭明珠并诛杀各星球夜叉王，鬼界从此混乱不堪，鬼民也互相残杀起来。剩下的夜叉罗刹不屈于恶神统治，在我王萨尔顿率领下，逃亡至太明玉完天的偏僻星球，东躲西藏，伺机反击。多年前，有位高人的天魂来到我王处，用他的光芒点燃夜叉手中明珠，夜叉才勉强支持到今天。只是那位高人的天魂时隐时现，难觅行踪。我潜入伤矮星原本为打探军情，却没想到那位高人在这里出现，我本想请他回我王处，却被饿鬼围住。"

"什么恶神如此厉害，夜叉王都无法匹敌？难怪人间这百年来暗黑入侵屡屡发生。"

"您有所不知，那恶神原是吕至大神时期的魔星后卿，死后降至本界。他铜头铁骨，法力无边，更有恶罗刹追随，我等只得四处躲藏，伺机反抗。"

"什么？这等魔星出现，可是了不得的大事。"石斋又问道，"那位高人的天魂，去了何处方向？"

"去了这里的夜叉王宫，恶罗刹聚集之地。我要赶紧回去复命，告知我王这消息。法师千万避开饿鬼，他们现在已经穷凶极恶了。"

"多谢。"石斋谢过夜叉，往所指方向追去。

146

石斋心中疑惑，自己因掌握封印空间的能力，天魂才可进入此界，其他能入饿鬼界的要么是受业力支配由各界至此，要么是天人界天人施展神通至此，句成的天魂怎会来此界？

"难道他是天人界天人？"石斋摸了摸怀中物件，"我一定要带他的天魂回到肉身，或许能解开身世之谜。"

山顶，是金碧辉煌的伤矮星夜叉王宫，王宫中央，一口光井放出无限光明。王座上一名红衣白发年轻男子端坐在王座上，脸无血色。他翘着腿，看着恶罗刹将收集到的夜叉明珠投入井中。

"快了，只要收集足够的明珠侍奉'天梯'，就能成为直通人界的通道，王的大军就能重见天日，我的王，我一定不会辜负您的期望。"

"将军，我们找到了那缕天魂的踪迹。"

"好，它的光明远胜千颗明珠，把摄魂鼓敲得更响亮，全力抓捕他。"

那缕天魂飘荡许久，来到一处黑山林，四周怪石嶙峋，冷风嘶吼，山顶一阵阵鼓声传来，一步步吸引着他，走入猎人的陷阱。

土冷星夜叉王宫，夜叉王萨尔顿正埋头看着星图。鬼界大部分行星已落入敌手，他正发愁，一位少女扑进他怀里号啕大哭："萨尔顿，呆瓜不见了，你要帮我找呆瓜，呜呜！"原来是夜叉公主，夜叉女紫罗兰。这饿鬼界鬼民大多丑陋，夜叉男子亦丑陋无比，唯独女夜叉却婀娜多姿，美貌如花，除了一对獠牙，外形也与常人无异。

"宝贝女儿，你说什么呆瓜？"

"报，夜叉呼里间在伤矮星发现光使天魂踪迹，正往恶罗刹占领的夜叉王宫方向去。"

"一定是呆瓜，一定是我的呆瓜，老萨尔顿快去找他。"

"什么？宝贝啊，那哪里是你的什么呆瓜呀，那是光使啊，你怎么不早告诉我，这可误了大事了。"

"谁叫你们都不陪我，我只好藏起呆瓜，让他陪我。"紫罗兰受到责备，眼泪汪汪。

"难怪我手中宝剑的明珠重获光明，原来光使之前就藏在王宫之中，是我大意了。传我命令，王子阿齐骨集合夜叉罗刹精锐，无论如何都要接回光使天魂，绝对不能让他落入那个家伙手中。"

黑色的乱石后方，埋伏着一群恶鬼，等待着猎物上钩。一道发光的天魂正接近这埋伏圈，为首的恶鬼见时机已到，跳出乱石，吹起号角，"呜呜"声在整个黑山谷回荡，成千的恶鬼鱼贯而出，张牙舞爪，嘶吼着奔向猎物。

"守护，守护。"天魂口中低吟，身上射出数道白光，瞬间击毙接近的恶鬼，但更多恶鬼扑来，很快就形成一道包围圈。那天魂发出长啸，身放白光，方圆百米，照得如白昼一般，白光境内，恶鬼化作灰烬。一声号角传来，围攻的恶鬼立刻停止进攻，不再近身，在天魂百米外形成包围圈，如狼群捕食一般，你进我退，你退我进。此消彼长，天魂光芒渐弱，恶鬼的包围圈越来越小，待到天魂白光消散，恶鬼一拥而上。

"金光现。"天魂低吟一声，身上射出无限金光，一里之内金光灿烂，围攻的连同躲在乱石后的恶鬼，惨号一片，均化作灰烬。一阵号角再次传来，几名身形高大的恶罗刹士兵骑着暗黑兽狂叫着掩杀而来，其后是更多的恶鬼。天魂爆发后似乎已力竭，倒地不起。眼见要落入敌手，身后骤然响起夜叉号角，空中一艘夜叉飞船射出炮火，一百名高大的夜叉罗刹战士挥舞钢叉从半空呼啸而出，队伍前一名夜叉骑着马身黑尾、虎爪虎牙的异兽驳，正是夜叉王子阿齐骨率小队穿过传送门赶到。顿时杀声震天。阿齐骨掷出手中钢叉，叉身镶嵌着三颗明珠，如一道闪电，射入敌群，将靠近天魂的恶罗刹贯穿。阿齐骨站上驳背，一个空翻挡在天魂身前，从后背抽出一把短刀，几个回合砍翻另一名恶罗刹。两只暗黑兽聚集，张开血口从左右两侧攻来，却被一道道光箭射翻，精英夜叉以手中钢叉发出光箭。阿齐骨用左臂挽起天魂，右手从敌人尸身上抽出钢叉，大呼一声："掩护我们撤退！"

"是！"小队聚合成坚墙。

这支精锐部队兵力不满百，即便骁勇善战，也无法挡住几千恶鬼，防线前恶鬼尸身堆积如山，夜叉排成的坚墙眼看就要被冲破，损失惨重。

敌军恐怖的号角第三次响起，"轰隆隆"，地动山摇，由远至近。恶鬼们发出欢呼声。数只嗜血怪物，高三丈，牛身虎首、三目九尾、锐爪利牙，狂奔袭来。勇猛无比的夜叉在这些怪物前似乎不堪一击，他们的武器也只能让怪物受点皮肉伤。几个回合下来，一名夜叉就被咬死，因为这怪物是这片世界最强大的生物土伯。

"快撤，是土伯，快撤！"阿齐骨将天魂推上驳背，自己一跃而上，沿着来路急退。掩护的夜叉一个又一个倒下，土伯的追击越来越近。眼看就要被追到，另一道天魂从天而降，一掌击地，大地一阵翻腾："无上大明封印！"一道无形墙把阿齐骨与土伯、恶鬼隔离开来。撞上封印的恶鬼、土伯头破血流，几只土伯恼怒发狂，将挡住前路的恶鬼撕个稀烂，顿时一片大乱。阿齐骨感激地回头望向恩人，正是赶过来的石斋。石斋向驳背上的阿齐骨大喊道："夜叉，把这个定魂珠放在他身上，只要你们焚香诵读往生咒，他就会清醒过来，人间就能唤回天魂。他叫句成，一定要送他回到属于他的世界，否则六界将有大难。"阿齐骨伸手接住定魂珠，点了点头，两腿一夹驳背，向传送门飞奔而去。

"居然有人敢拦我！不知死活，拿我弑神弓来。"魔星后卿坐在王座，似乎看到一切，猛地睁开眼。

座下八名恶罗刹士兵扛来一把血弓。后卿手拉弓弦，瞄准远方，一根血红的箭射至千里之外。牢不可破的无上大明封印"嗖"地被射穿，又射穿几名保护石斋的夜叉，直至射中石斋身体。石斋大痛，知道如果主魂在这里消失，自己必死无疑，赶紧放出大光明，口中吟唱般若波罗蜜心经消失在这世界。当回到人界，石斋睁开眼，肋部一阵绞痛，再也忍受不住，一口鲜血喷出。

"回来了，回来了，王子回来了。"

阿齐骨血迹斑斑，扛着昏迷的天魂进入王殿。

萨尔顿兴奋地从王座迎上，问道："光使如何？"

"没事，只是昏迷过去。"

"好，来人，快送光使入寝宫休息。"

萨尔顿两眼放光，拍了拍王子宽厚的肩膀，道："好样儿的，我儿不愧是夜叉族的骄傲。"

寝宫内，紫罗兰一见昏迷的天魂，大急："呆瓜你怎么了，你快醒醒。"奔到床边，抱住他大哭起来。

"不可对光使无理，光使只是暂时昏迷，不过你要给我讲清楚，你是怎么遇到光使的。"萨尔顿脸露愠色。

紫罗兰见父亲真的生了气，这才缓缓道来。

5年前，夜叉王萨尔顿退守太明玉完天土冷星，与后卿势均力敌。紫罗兰的飞船误入后卿行星势力范围，被恶鬼袭击，刚好句成天魂出现救下自己。不过，句成天魂呆呆傻傻，似乎在寻找什么。紫罗兰被天魂的温暖吸引，偷偷带回土冷星宫中，结果发现，凡进到天魂附近的明珠都能放出光明，本已枯萎的奇花异草也重获新生。她不由得起了私心，心想父亲、兄长正与后卿开战，没工夫搭理自己，一旦交出，势必会被带走，自己就再无人陪。紫罗兰便将句成天魂藏了起来，说说心里话，反正是个呆子，说什么，他也不会说出去。前几日，天魂消失，她这才把此事告诉夜叉王。

"你呀，差点误了大事。光使天魂昏迷不醒，如何是好？"夜叉王道。

"救光使的人还有位来自人界的法师天魂，他让我把这定魂珠放在光使身上，我们再诵读往生咒，必能唤醒光使。"阿齐骨拿出一颗明珠。

夜叉王欣喜万分，将明珠放在句成天魂身上，吩咐鬼差准备好供品香烛，与众人为句成天魂诵读往生咒。果然在众人诵读百遍后，天魂发出白光，竟照耀得大家不能睁眼，王宫众多明珠齐放光明。

"不可以死，你们怎么会死！你们不可以死在我面前，绝对不可以！"句成天魂在迷糊中吼道。众人不知所以，面面相觑。

"都是我的错……我说过，我会永远保护你们！回来，你们回来！"句成天魂握紧双拳，猛地睁开眼，一看四周，不由得大惑不解，"我在哪儿？"句成问道。

夜叉王拉着儿女，连忙跪下，那一干夜叉罗刹也跟着跪伏。

"恭迎光使。您现在在鬼界太明玉完天。"

"鬼界？"

"呆瓜，你不认识我了吗？"紫罗兰娇羞地问道。

"你，紫罗兰公主？"句成天魂这才想起自己身处何处。

"我是夜叉王萨尔顿，这是我的女儿紫罗兰和我的儿子阿齐骨，就是我的王儿把您从魔星后卿手中救出。您有光明的力量，能点亮我们的明珠，驱散黑暗，敢问您可记起您的身份？"萨尔顿恭敬地说道。

"我有个名字叫句成，我记得我来自一座空中之城，有山、有水、有金色屋顶的宫殿，还有……我怎么想不起来？我头好痛。"

夜叉王众赶紧低下头，深深俯拜。

"您的天魂尚未完全苏醒，从您目前的状况来看，必定来自天人界。"

"你们起来说话。您说我来自天人界，是什么意思？魔星后卿又是怎么回事？"

"六界处于我等生存的世界的四维上下，分别名为地狱界太皇黄曾天、鬼界太明玉完天、兽界清明何重天、人界玄胎平育天、阿修罗界元明文举天、天人界七曜摩夷天，又统称欲界。据说欲界之上还有天上天。我等修为太浅，从未去得六界之外，光使能轻松穿越六界，必定来自天人界。而那后卿原是战神赤龙的手下大将僵尸王，肉身被灭后来到本界。谁料此贼仍然贼心不改，竟然发动暴乱夺取夜叉王宫，试图打开'天梯'救出战神赤龙。我们败退至此，伺机反攻，还望光使协助。"

"原来如此。现在我依稀记得我来此地寻找一件东西，一直浑浑噩噩不知所以，之后听到鼓声，便失去意识，再后来我就在这里了。现在有个声音在不停催促我赶紧回到肉身，我不能留下来帮助你们。不过，在走之前，我会点燃这里所有的明珠。"

"谢光使大恩。"夜叉王宫一片欢腾。

"你会忘了我吗？"紫罗兰问句成。

"不会。"

"你会回来吗？"

"会。这里有我要守护的……朋友。"

第二十四回　谢无思

翠绿的山林里，一架悬浮战机的轰鸣声打破宁静，机身在一块巨石上停下，刘思琪一跃而下，身后是句成背着石斋。三人急匆匆奔向山腰一处简陋的道观，这便是那泊玉观了。

"教官，你师父住这儿吗？这么简陋啊，城里好多寺庙道观都贼有钱。"

"若求富贵，还修什么行？一场笑话。"

他们抵达目的地，一位仙风道骨的老者已经迎在门口，正是刘思琪的授业恩师谢无思道长。

刘思琪飞奔过去，向老道行跪礼，说："师父，想死徒儿了。"

"哈哈，你这孩子，别让客人笑话，快进屋。"

句成跟进屋，将昏迷的石斋放到床上，弯腰便要给老道长行礼，被老道一把拦下，"不必，不必。"

刘思琪疑惑地看了一眼道长。

"快让我看看这位小师父的伤势。"道长走到床边，探了探石斋的脉搏，"他像是受到很大刺激，血脉逆行。给他赶紧服下这丹药，休养几日便会好。"道长交给刘思琪一瓶药。众人这才放下心来。

刘思琪喂完药，见师父一直打量着句成，又时不时盯着自己，不自在起来，便问："师父，您这是怎么了？我这位朋友有什么问题吗？"

"哎，你身上的封印还是松动了，这劫是躲不过了。就看你二人的造化了。"

"和我们有关？是什么样的劫难啊？"

"天机不可泄露。"

"道长，我有一事不明，想向您请教。"句成道。

"小兄弟请讲，不必客气。"

"石斋师兄是在引导我入轮回寻找失散魂魄时受的伤，师兄让我向您求助。不过，我看到的那些轮回是真的吗？"

"你既然问了，便是心动，世间万物莫不是心造，心动则有，有则生，生则烦恼妄想忧苦身心，不得解脱。不过一场幻境，何必在意？就算是真，你又怎知，你所经历的真就是真了？真亦假来，假亦真，不过是你的一念。就当作故事，讲讲你看到了什么。"

"我见到一本书，每一页都画了一些图画。我一旦盯着看，便进入画中，如亲身经历一般，或是将军，或是王侯，或是倾城绝色女子，或是书生，或是修行人，甚至有豺狼虎豹猪狗等畜牲。或得，或失，或苦，或悲，或喜，或乐，或生，或死，始终不得踏实，心中惶恐不安，只觉人生如戏，世事无常。现在回想起来，似乎这些角色都在为内心找一条出路，却始终不得如愿。"

"这些就算是你前世之事，你如何知道这些事就是真实不虚了？人生如戏，偏入戏；世事无常，心有常。你惶恐不安，因看不破无常，你寻找，却觉察一切或是虚幻泡影，如露如电。心中装着一个我，又怎能找到真如本相？这个世界，不过是以幻替幻的障眼法。"道长答道。

"啥？您是说，整个宇宙都是虚构的？"

"无名天地之始，有名万物之母，无名灭则万物俱灭，有生有灭即为虚空，不生不灭方是真如本相。"

"敢问道长，什么是真如本相？"

"不可说，说不得，一说即生，有生则有灭。真如本相说不清，道不明，可入不可得啊。"

"那我又如何寻到真如本相？"

"心念一动，便入我执。唯有视之不见，听之不闻，不起一思，不起一念，致虚极，守静笃。内观其心，心无其心，心中再无杂念妄想；外观其形，形无其形，眼耳鼻舌身再无感受；远观其物，物无其物，意念所到之处空空如也；观空亦空，空无所空，才入真境。世人不见真相，因有我执，我执生幻想，如何入真如本相？"

"不起一思一念，那我不成石头了？"句成满脸疑惑。

"无中生有，有生一，一生二，二生三，三生万物。石头又怎能生万物？真如本相亦只是暂名，哪里有真如本相？这真如本相啊，一说就错，看破无常也只是上了一条道船，离了苦海而已。"

"我明白了，您的意思，真如本相如无边无际的海洋，我们只可往前探索，却永远也抵达不了彼岸，却可离了无边苦海。既然一切虚幻，我们还有什么必要守护这个世界？"句成又问。

谢无思道长突然大吼一声："拿你命来！"吓得句成、刘思琪脸色大变，句成更是吓得一屁股从椅子上摔了下去。

"哈哈哈，你看，你虽明白了道理，知道一切虚幻，可却走不出这幻境，始终难逃苦海。一切只因你并未筑起坚定心，肉身又未能突破。你若不能度己度身，终会受其所制。眼耳鼻舌身意不空，哪里能真的看破？道宗性命双修，性是领悟，命是身体宇宙，需循环渐进，一层悟，一层证。你我身边所发生的所有事件，莫不是对于证道的考验。悟道难，证道更难，等你证到证无可证，才可无中生有，脱离苦海，才谈得上看破无常啊。"

听到这，句成若有所思，突然跪倒在地向谢无思道长"咣咣咣"磕了三个响头。

道长赶紧扶起，说道："句成，我先试试能否召回你的所有魂魄，你只要按清秋提示上香拜谢三清道祖即可。"随后便领着刘思琪去到后屋。一会儿工夫，道长与清秋穿好黄冠法衣，并备好香烛供品举行法事。半日过后，这场仪式才终于结束。

三人坐下喝茶，谢无思道："句成，你的三魂七魄丢了主魂，命魂也不齐，我仅能帮你寻回主魂，不需多日必回，只是……这命魂却似被一股力量阻住，贫道尚无解决办法！"

"啊，他竟然命魂也不齐？"刘思琪这才明白，为何句成始终像一个心智并未成熟的孩子。

"能找回主魂也是不错了。道长，我还有个疑问。内观中我曾见愤怒化作一条黑龙，恐惧化作一名瘦弱男孩，贪念化作一名持碗恶鬼，色欲化作一名面具男子，怀疑嫉妒化作一条毒龙，傲慢化作一只神通广大的猴子。只是后来，都被一位全身发光的白衣武士降伏。不知是什么缘由。"

"道宗说三毒六欲，是阻碍修行的大碍，这三毒是贪嗔痴，六欲是眼耳鼻舌身心。凡人皆困其中，你所见这几个人物便是心魔所化。那光明武士便是由你的天魂来指引，只是这天魂不能常驻。只有入常静，才能让天魂常驻。你将诸毒具象、降伏，也真是造化了，最后还是要彻底破除，才可不再反复。"

"受教了。"

"还有，我察觉到你身体内还有一股极大的潜力被封印，贫道不敢妄论！"

"林教授在指导我内观时，我曾到一个地方，那里有无尽能量涌入身体，差点将我炸成碎片，后来林教授教我关闭了那个通道，就再未找到那个地方。"

156

"找不到更好，这个世界不能承载高维世界的能量，开启之日便是你离开之时，不过也不是没办法。"

"师父，您老肯定看出些端倪了，怎么解，说说嘛。"刘思琪撒了撒娇。

"说不得，说不得。只是记得无论遇到什么，切莫当了真。"

里屋忽然传来咳嗽声。

"那位小师父醒了。去看看吧。"

石斋醒来，一见道长便要起床行礼道谢。谢道长赶紧拦下。

"道长，鬼界出了大事，远古彦煌帝时期的魔头后卿怕是要重现人间了。"

"竟如此严重？那魔星后卿原本是后土娘娘胞弟，原随彦煌帝征战，战死后因无人收尸，怨彦煌帝不义，魂魄飘荡，怨气渐起。碰巧的是，妖王犰的一份魂魄恰好飘游至此，此魂魄虽然只是四分之一，但是作为和吕至娘娘相斗的上古凶兽，其神通也是强大无比。犰对吕至娘娘心存怨恨，而后卿也对彦煌帝心存怨恨，二者一拍即合，后卿将自己的三魂七魄奉献给犰，化为四大僵尸始祖魔星后卿！"

"阿弥陀佛！嗔念一起百祸生。听清秋说，约拿闹出大灾祸，黑暗士兵、饕餮都已经现形，为众人所见。不知道长怎么看？"

"哎，三恶道界本是业障深重的灵界，若其中的生灵现于世间，为人所见，只能说人心恶念已接近三恶道界限。恐怕后卿出现只是祸端的开始，若他放出地狱界的那几位凶神，只怕天地难存啊。这消息重要得紧，我要赶紧出门一趟，还望你们通知其他有能力的组织，做好大战的准备。"

临走前，谢无思道长将刘思琪拉到偏僻处，悄声嘱咐："句成命魂不齐，怕是活不过三年了，你要好生照顾他。"

"啊！"刘思琪听到这消息，顿如五雷轰顶，呆在原地，眼泪便掉落下来。

谢无思道长第二天清晨就匆匆离去，临行前送了一本《清静经》给句成，嘱咐他按经修行。石斋休息两日后离去，留下刘思琪指导句成接引主魂。句成此时在内观中已经可以不需要用平移法来排除干扰。

"内观其心，心无其心；外观其形，形无其形；远观其物，物无其物。"句成依照《清净经》三句口诀引导，静下心后，印堂与丹田之间浑然一片，便觉身体轻了，飞速进入太空。身边星辰离他远去，金河系全貌映入意识。他继续飞升，无数星河如白驹过隙一闪而过，不禁暗感惊奇。渐渐地，星辰愈发稀少，直至再无一颗，前方忽现一片光明世界。当他进入这光明世界，四周光芒或红或橙或蓝或绿或紫，直至稳定成半透明白光，散发出温和的能量，伴随他一起飞升。句成的脚下忽生一朵金色莲花，将他托向半空。句成望向前方，大吃一惊。一片金光大盛，无边无际。

"难道，我到了道宗说的妙有玄真境？"

句成定眼望去，金光中一双金光灿烂的神足逐渐幻化而现，而刚才随他一起飞升的白色光环此时幻化成仙人，安坐在一朵七彩云朵上。句成抬头望向高空，心潮澎湃，那仙人竟是真身显现的玉皇大帝。玉皇大帝温暖慈祥，以金光照耀在句成身上。句成莫名感动，不由得立刻跪拜起来。他再抬头，发现大帝身边站着的正是王母。她身着仙衣，手持如意。

待到句成足下云朵飞近，玉皇大帝也不说话，微笑着，伸出拇指，轻轻在句成额头一点，一道金光顿时贯入他的体内，令其全身血液沸腾。句成忽觉身上似有一物回归。王母见状，亦微微一笑，口念秘诀，以手中如意发出三道紫光射向句成。句成只觉头顶双肩有三道紫色火焰燃起，接着紫光汇集，从头与双肩笼罩到整个身体，再从脚下"嗖"地散开，顿时能量冲得自己每个毛孔无不舒服。他赶紧意守丹田，将这珍贵的礼物收下。丹田里一颗明珠大小的内丹若隐若现，又形成一朵金色的莲花。

158

句成拜谢过后，渐渐从内观中醒来，只觉身轻如燕，清爽无比，简直脱胎换骨，感动得热泪盈眶，却不知后背的苍狼符纹变成了一只金鳞苍狼的图案。刘思琪在厨房亦感受到一股巨大能量充满道观，赶紧放下手中活去看个究竟，只见句成身上似有白、金、青三道光明，顿时看呆了，竟被这能量深深吸引，心中小鹿乱撞。

句成不知刘思琪亦在这两日的修行中有所突破，她的本体封印逐渐解开，深层意识逐渐觉醒，元灵能更是上了一层，依稀记起轮回往事，脑海里总是浮现一名对己而言极为重要的白衣男子。刘思琪隐约觉察到那男子不是别人，正是句成。心中起了涟漪，现在那涟漪越来越强烈，似一口火山岩浆要喷涌而出，却又被自己强压下去，究竟和他之间发生过什么，也只有慢慢去发现了。

再过几日，刘思琪接到命令，被特战队召回执行任务，二人就此依依不舍地道别。

第二十四回

谢无思

第二十五回　群英会

这日，句成闲来无事，随手抓条黄瓜，一边嘎嘣嘎嘣地嚼着，一边看着电影："这些电影真不靠谱，主角超级英雄个个不用吃饭的，还那么有钱，去咧，我这超级英雄不得不就着泡面啃黄瓜！"

"嘀嘀嘀"，电脑收到一封邮件，一点开，是一封邀请函：鸟岛国邀请全世界的 TS 战力精英进行一场超能大赛，胜利者可获得一千万世界币和一把上古神器。当看到署名，句成心头一震，那正是加藤一夫的签名。

"那不是刘教官提起过的世界第一生灵守卫——凤凰王吗？"

此时，门外传来敲门声，他起身开门一看，不禁喜出望外，门外竟然是林晓雅和顾无权，还有一名魁梧的虬髯大汉。原来他们也收到邀请，便来寻队友一起去参加比赛。

句成将众人迎进屋内，林晓雅暧昧的眼神就没离开过他。

"顾无权就不必介绍了，这位是吴天爆，是守门人的长老之一，精通道法。"

"哇，你知道清秋不？你会什么法术？"

还未等吴天爆开口，林晓雅便插嘴道："清秋也是我们的长老之一，你说认不认识？会法术有啥神奇的。道法通过修行，以超频的自我元灵能获得支配低频能量的能力。同理，基于量子纠缠理论，通过某种易于改变量子频率的中介，让中介超频也可以支配其他能量，好比我们利用工具达到目的，高级的中介比如……这个。"林晓雅从包里摸出一只手环。

"昆仑机甲，你怎么会有？这是SNA的神装啊。郭首长曾经讲过，只有元能强大的人，才可匹配昆仑机甲。"

"这可是合法获得的，你忘了我父亲是谁吗？好多资料都是我们提供给军方，只是我以前贪玩儿，一直都没修炼元灵能。"林晓雅想起父亲，不禁黯然神伤起来。

"吴师兄入道宗多久了？"句成见她伤感起来，赶紧岔开话题。

"我自幼入道宗修行。"

"那你才是真正的高人啊。"

"过奖，过奖。"

"晓雅，那你有啥本事啊？"

"世界第一的智商结合世界第一的超级机甲，不服气呀，让你见识见识。"林晓雅轻移脚步来到内院，按下护甲按钮，"哗啦"一套红色机甲展现。

"我配备上量子计算机，这盔甲就可即时规划出最佳攻击路线，输入战斗技能，自动进行防御和攻击。再给你们配备上神经通信系统，便可心意相通，咱们这组合必然天衣无缝。"

"我和你们一起去，有啥好处？"

"那把上古神器，万雷降魔剑，我要得到它，用来做研究。钱归你，剑归我，怎样？"

句成的双眼已经被想象中大大的"钱"字给迷住。

接下来的几天，这支临时组成的战队都在训练。

4月27日，鸟岛国西京竞技城，人群熙熙攘攘，来自世界各地的异能战士汇集在一起，竞技场外的宽大屏幕上正播放着广告。

"面对黑暗，世界需要你们，来吧，一展你们的实力，获得最高荣誉。第一届异能大赛欢迎你们的加入！"

众人进入辉煌的接待大厅。数百服饰各异的选手早已聚集在内。负责办理手续的机器人来回穿梭，安排着众多选手的比赛赛程。

大厅一块巨大的电子屏幕上，预选赛对战表在翻滚。一百支参赛队伍在预选赛就会被淘汰大半，再选出八强，捉对厮杀，积分第一者获胜。

4月30日是比赛的第一天，熙熙攘攘的人群走进赛场。没过多久，主持人拿起话筒："来自世界各地的观众，欢迎你们来到这盛大的赛事，你们将看到不可思议的竞技，这场竞技将展现人类的未来、人类进化的巅峰。这些世界的守护者是第一次呈现在你们面前，机不可失，时不再来。我们的竞技场是平行空间，所有的战斗都无法穿透该空间，现场观众可以安全地观看比赛。现在，让我倒数三个数字，第一届世界异能大赛正式开始。3、2、1，开始！"随着主持人开场白的结束，一百支队伍开始轮流对决。

5月15日，经过两周的预选赛，八支队伍脱颖而出。

1/4决赛对阵安排如下：天鹰帝国的炼金术士对战印加索的密咒师；德西亚女巫团对战华兰西的魔法师；美达索帝国的美洲狮队对战北海战神组；翰唐的消失部落对战翰唐的麻辣战队。

"我说咱们队叫翰唐战神怎么样？"

"太low了，得威风点又远近闻名，而且一看就不好惹。"

"啥？"

"麻辣战队！"

"哎哟，我去！"林晓雅一脸嫌弃。

竞技场的观众席，一片沸腾。

"是里奥他们，快看，美达索的里奥。大猫、大猫，我在这儿，看这儿！"句成挥着手。

里奥奉命带队来参加比赛，夺取降魔剑，却碰上最不想碰到的人。

"真是麻烦，那小子也来了。"里奥头顶一团乌云，装作没听到。可突然脖子一紧，一只胳膊已经搭上，另一只手已经在揪着自己的金发，那人还不停地嚷："大猫、大猫！是我呀！"里奥不得不强行压下心中的烦躁感。

5 月 18 日，竞技场人山人海，在欢呼声中，主持人高声宣布，"1/4 决赛第一场，天鹰的炼金术士对战印加索的密咒师，现在开始！"

竞技场一片欢呼。

"密咒师有 4 个人，炼金术士只有 3 个，我赌密咒师赢。"句成说道。

"那可不一定，炼金术士一直都非常神秘，擅长制造各种幻境、操控金属、下毒，不知不觉中就能让人着道，厉害着呢。"林晓雅回道。

"打赌。"

"200 串麻辣串，谁输了，一个人要吃掉又麻又辣又烫的麻辣串。"林晓雅笑嘻嘻地说。

"成交。"

炼金术士这边分别是幻影术士威廉、毒蛇术士亨利、黄金术士高纳迪。密咒师分别是火神阿米尔、千手德布拉、白象王索黑兰、河神摩洛。

战斗一开始，白象王就主动发起攻击，四人当中，以他力量最大。一拳挥出，刮出一股沙尘，同时奔向高纳迪。"咚"一声响，高纳迪手臂化作黄金手臂，接下这一拳，却也被弹开十步。

"炼金术士可以将身体金属化。这索黑兰力气再大也没用，碰上硬石头了。"

一团火球从侧面攻来，阿米尔出手。场内突然出现十来个铜镜，火球没入其中，犹如泥沉大海。正是幻影术士威廉的技能。

"镜子会吃掉攻击？"句成看得来劲。

"恐怕不是，金属只会传递，不会彻底吸收，也就是说，会……"

第二十五回　群英会

林晓雅话音未落，一团火球从另一面镜子射出，直奔千手德布拉。

河神摩洛拿起水袋，猛喝一口，吐出水柱，撞向火球，一片雾气散开。

"别试探了，拿出实力来吧。"毒蛇术士亨利冷冷说道。

"好，那我们就不客气了。"白象王一声大吼，身后显现出一个巨大白象战士的幻影，笼罩全身，手持双斧，劈向高纳迪。高纳迪身形一晃，全身已完全金属化，双臂迎向巨斧。巨响过后，高纳迪整个身体被击飞，撞向竞技场边缘。

"好大力气……"观众席惊呼。

白象王正要趁势追击，突然身形不稳，巨大身躯轰然倒地，尘土飞扬，不知什么时候，一条金属大蛇缠住他的双脚。巨蛇张开大口，冲他喉咙咬去。此时从天而降一只巨拳，将大蛇砸入土中，原来是德布拉出手了。

"试试这个。"毒蛇术士亨利往地面扔出几管药剂。地面震动，窜出七八条大蛇，向对手四人咬去。

德布拉双手合十，一阵铁拳从天再降，场上发出密集的咚咚声。

突然一把刀刺穿德布拉，德布拉吐出一口鲜血。不知什么时候，他的身后出现一面镜子，高纳迪竟然从镜子中钻出，一刀将德布拉刺成重伤。阿米尔怒不可遏，召唤出一条火龙，奔向高纳迪。高纳迪不敢硬拼，赶紧躲进镜子，那火龙亦追了过去。

"你逃不掉的，我已经在你身上做了标记。"

果然，镜内传来一声惨呼。高纳迪从另一面镜子跳出，全身是火，那条火龙追出来，张口就咬，情况甚是危急。

威廉刚想去救，却被一条水龙缠住，整个人被包在水龙里，憋得脸通红。

"你也被我的水龙标记，逃不掉了。"

另一边，白象王双眼放出白光，身形倍长，变得狂暴起来，竟将七八条大蛇拧成麻花。反手一斧，又把亨利打飞。

"想不到这么厉害啊，炼金术士完败？"

"没那么容易。"

白象王迈出巨大左腿，想要抓起亨利，正要迈出右腿，却站立不稳。那条左腿竟突然被利器割伤，"轰"的一声再次倒地，白象战士的幻影也因其灵能散乱而消失，索黑兰失去保护。

"你们要是不想死，全都别动。"亨利摇晃着身躯站起，"全场已经被我布满了坚韧无比的细丝，一动你们的身体就会四分五裂。"

四个密咒师仔细看向四周，发现自己遍身都是比头发还细的金属丝，吓得再不敢动弹。

"哇。"全场沸腾起来。原来前面所有铺垫只为让亨利布下一张杀人于无形的巨网，他瞬间扭转战局。毒蛇最可怕的不是其毒液，而是不知道什么时候它会悄然咬你一口，给予致命一击。

"获胜队伍，天鹰帝国的炼金术士！"

"句成，你输了。"

"什么嘛，对方险胜而已。"

"这几个炼金术士根本未尽全力。"林晓雅接着说道。

"啥！他们都见血了还没尽力？"

"炼金术士擅长控制金属，灵魂可在肉身与金属间转换，几乎是不死的存在，流点血不过是他们故意装的。他们最擅长化学药剂的研究，可以说是登峰造极，所以至少还有一半实力没有展现。"

"厉害了，和我们碰上，我们不就有危险了？"

"那可未必。"

第二十六回　魔法对决

"给我水，给我水，要喷火了。"句成已经满脸通红，额头冒汗，随手抓了条毛巾擦脸。

"别，毛巾上有好多……"

"哇，我的眼睛！"

"辣椒油……"

5 月 19 日，1/4 决赛第二场：德西亚女巫团对战华兰西的魔法师。

"这场好看了，女巫和魔法师，一对死敌。"

"今天谁会赢？"句成虚弱地问道，昨晚闹了一夜肚子。

"咱们再打个赌？"

"不公平，你知道太多了。"

"才不是呢。你，我就不了解。我最感兴趣的是你，真想把你带回实验室，剁成一段段好好研究研究呀！"林晓雅装出一脸邪恶。

句成立刻躲得远远的。

"来了，来了，女巫团好美啊。"观众席躁动起来。

三位穿着黑衣的美丽女子入场，楚楚动人，不知对手待会儿怎么下得了手。她们分别是黑蜘蛛丽波莉卡，傀儡师罗兰，吞噬者海瑟希。

"来了，来了，怎么、怎么上场的有个孩子？"观众席传来惊呼。

只见一位身材魁梧、满脸络腮胡子的壮汉肩头坐个小女孩，壮汉手上还提着一把椅子。小女孩大约 7 岁，穿着一套粉红色的小盔甲，似乎刚刚睡醒，正打着呵欠，揉着眼睛。当她看向四周，那水汪汪的大眼睛似乎柔软了所有人的心，可爱的萌萌表情，把所有人的视线都吸引过去。

"这些人怎么回事，怎么能让这么小的小孩儿来这危险地方？"句成说道。

而一旁的林晓雅却脸色十分严肃，冷汗直冒。

"如果我没猜错，这孩子才是最可怕的对手。我真没想到，她会亲自上场，看来这把剑真是上古神器啊，连她都来了。"

"她是谁？"

"你知道的，生灵守卫要依靠昆仑机甲才能发挥出自己最强的实力，但是进化到觉醒阶段，昆仑机甲的辅助效果便可以忽略不计了。比如加藤一夫。而这孩子既没有进化到觉醒阶段，也没有昆仑机甲，就已经能和觉醒的生灵守卫相抗衡，因为她的武器是……光。"刘思琪说道。

"你怎么知道这么多？"

"守门人几十年来的情报搜集工作，可不是瞎吹的。"

此时坐在塔顶的加藤一夫，看到这两人登场，嘴角露出一丝笑意。

几天前，华兰西魔法公会会长狄道夫的孙女莉莉丝驾到，加藤不敢怠慢，不仅是因为势力强大的魔法公会是前任灵王的盟友，更是因为这位莉莉丝亦是光灵继承者。前任灵王冷血无情，唯独对这孩子疼爱有加。算来，狄道夫也是老朋友了。

"喂，老家伙，你竟然把哥哥的剑拿出来做赌注，我要把你关进笼子里。"

"莉莉丝大人，你可误会了，这把剑才能引出你哥哥呀，你不想找到哥哥？"加藤道。

"想，但是哥哥样子已经变了，莉莉丝样子也变了，哥哥再也认不出我了，呜呜！"

"莉莉丝大人，可别哭啊，哥哥样子虽然会变，但是他的本事可不会变的哦。到时你就能知道谁是他了。"

"真的？"

"我怎么敢骗你？"

"嘻嘻，那我要亲自上场，赢到那把剑，亲手交到哥哥手里。"

"大人，不可冒险啊！"

"我说可以就可以！"

"将臣，放我下来，我还想睡一会儿，你快去把她们收拾了。"

"是，主人。"将臣放下莉莉丝，又放下小椅子。莉莉丝小声哼着歌，在椅子上坐下，哼着哼着竟然睡着了。

"竟敢小瞧我们，姐妹们，把他们撕碎吧。"黑蜘蛛从衣袖中射出的无数毒丝，立刻就缠住将臣，转眼间就把将臣包得严严实实。突然大地震动，一条巨大沙虫从地底钻出，张开血盆大口要吞掉莉莉丝。场外一片惊呼。刚一开场，女巫团就上大招。一声大吼后，将臣徒手撕开蛛网，纵身一跃，从天而降，似一颗流星砸向沙虫。沙虫轰然倒地。

黑蜘蛛衣服里突然飞出无数毒蜂，把将臣团团围住，犹如一只黑茧。将臣身上突然燃起熊熊大火，毒蜂躲避不及，烧个正着，发出"哧哧"的声音而纷纷掉落。

"哪里来的火？姐妹们守住，他已经中了我的毒，很快就会死掉。"

果然，将臣的行动似乎变缓，沙虫转头准备一口吞掉将臣，却突然扭动巨大的身躯，"哗啦"一声突然四分五裂。全身焦黑的将臣，从沙虫尸体中站起，从指尖长出指剑，突然闪现到吞噬者身前。海瑟希身体被刺穿，倒在地上，却慢慢变成一只木偶。

"将臣恐怕是远古僵尸体质，不怕火烧水淹，不怕刀斧，亦不怕毒，小心了，妹妹们。"傀儡师罗兰终于出手，身后站出海瑟希，原来在紧急关头，傀儡师罗兰用木偶代替海瑟希来承受攻击。

"我来控制将臣，你们迅速对女孩出手，她才是最可怕的。"罗兰在胸口结出手印，向将臣一推，几根银针射出。只见将臣身体似乎被控

168

异世三海

苏醒

制，努力挣扎着想要冲过来，却再难移动半步。

海瑟希、波莉卡立刻施展黑魔法，召唤吞噬沙虫、毒蜂、毒蛛。场内气氛骤然紧张起来。眼见莉莉丝就要被毒虫吞没，场外观众突觉一道光刺了一下眼，就像被顽皮的孩子拿镜子照了一下眼睛。当观众再看清场内情况时，却发现场内毒虫全都化作灰烬，女巫团定在原地一动不动。

"太可怕了。"罗兰说出这最后一句话，身上射出无数血线，顿时成了血人，两个姐妹落个同样下场，便知莉莉丝手下留情，若是真下手，怕是已经变成碎块。在观众的一阵惊呼声中，三人赶紧灰溜溜地退出竞技场。

小女孩从椅子上蹦了起来，噘着嘴一只手指指向将臣，"你真没用，让她们吵到我了。"

将臣的身体由黑转白，被烧焦的皮肤恢复原状，跪伏在莉莉丝面前，双手小心翼翼地捧起主人，将她轻轻放在肩头。

"华兰西的魔法师，获胜！"

看台上一片沉寂，突然爆发出雷鸣般的欢呼声。

林晓雅戴着一副光速摄影机，冷汗淋漓。

"晓雅，这、这、这是怎么回事？"

"那将臣能承受巨大的伤害，必是远古僵尸。而那小女孩莉莉丝，我用光速摄影机，也无法捕捉到她的任何动作，可场上明明有一道光闪过啊，肯定是在那时候，莉莉丝发出必杀技。太可怕了，我们遇到他们要想活命，最好直接认输。"

句成张大嘴巴，哑口无言。

坐在近处的里奥听到后也是吓傻。

餐厅里，林晓雅等人垂头丧气。

"要是石斋来了就好了，他的封印术，至少让莉莉丝无法攻击我们。"

"是呀，石斋师兄来了就不怕了。"

突然一只手搭上句成肩头，众人吃了一惊，竟然有人这么靠近都没发现。回头一看，一位仙女站在身后，正是刘思琪。

"教官，哇，你怎么来了？"

"你们不要命了，也来蹚这浑水？"

"嘻嘻，还不是为了那把剑嘛，难道你不是吗？"林晓雅眯着双眼看着刘思琪。

"我的任务只是搜集情报，看那加藤搞什么鬼，上边儿不清楚他搞出这么大动静，目的到底是什么。"

"加入我们吧，有你在，我们就有机会赢了。"

"我可没那工夫，不过你们还是小心北海战神组，尤其是组长阿卡斯，他的实力恐怕不比莉莉丝弱。"

"那完了，我们一点胜算都没。"

"那也不一定，只要这家伙醒来。"刘思琪目光转向句成。

"我？"

"嗯，你的天魂已经回来了，只是不知道为什么还没觉醒，还像个小孩儿一样。但愿比赛那天你能醒来，实在不行，你们就认输吧。"

第二十七回　红狐

5 月 20 日，1/4 决赛第三场，美达索帝国的美洲狮队对战北海战神组。

"大猫加油，大猫加油！"句成兴奋地喊着。

北海战神组三人竟然只上了两人，阿卡斯没有出战，只有沙漠之王兰波尔、时间使者布拉德。美洲狮队这边则上了狮子里奥、音障索兰图、迷幻班西卡。

这是一场完全意想不到的战斗，一开场索兰图就制造强大声波，让兰波尔和布拉德失去战斗能力；班西卡又制造出幻境，困住两人，就等狮子里奥放倒对手。一个完美的开局，却没有一个完美的结局。布拉德似乎知晓这战术，假装中招，暗地里兰波尔制造沙漠流沙，直接活捉了美洲狮队三选手，转败为胜。

"句成，跟他们对战，自己脑中千万别出现执着的意念，他们能知道你大脑里的一切。"这是里奥离开前告诉他的一句话。

5 月 21 日，1/4 决赛最后一场，翰唐国的两支队伍中只能有一支晋级。句成等人对战最神秘的一支队伍"消失部落"，即使是刘思琪也没有任何情报来源，只能见招拆招了。

消失部落上场五人，对阵屏幕上显示对手名号是贪吃鬼韦尚虎、风行者莫娜、碎骨者石勇、追魂剑毕万年、淘气鬼阮红玉。五人中三人着黑色斗篷，或高或胖；另外两人身形娇小，一人着红色斗篷，一人着绿色斗篷，可惜都戴着面具，看不到他们的真面目。

"战术侦察，顾无权上，其他人警戒，防守阵型。"顾无权双臂的武器打开，"噗"的一声，射出 12 枚火箭弹。然而火箭弹到了 5 人面前，突然消失无踪，那体态稍胖的家伙身体似乎膨胀了一下，其他人斗篷也只是被劲风吹动。

"好快，对手吃掉了我们进攻的火箭弹。"

"什么？吃掉！"

"对，对方动作非常快，肉眼跟不上，但我的计算机可以跟踪。根据能量辐射模拟，其中一人张开大嘴吃掉了火箭弹。"

"那得多大一张嘴啊？"

"老顾，变轨飞弹，避开我之前给出的范围。那张嘴不可能覆盖这么大的范围。"

"好。"又是一片飞弹射出。

对手身边爆炸声四起。那腰挂双武士刀的家伙，身形一闪，回到原地，此时正将双刀缓缓收入剑鞘。

"好厉害的合剑式，据说是可以劈开子弹的刀术，飞弹被他破坏了，大家可要小心。句成，元能罩开启。"

"好。"

"你们玩儿够了吗？我们上了哟。"红衣女子银铃般的声音响起。

石勇双手化出黑色大锤，莫娜射出一支响箭，毕万年双剑斩出两道剑气，排山倒海般劈向正保护队友的句成。

句成只觉受到一股巨大冲击，"噔噔噔"地退出三步。对手亦不好过，毕万年被震飞，一个鹞子翻身倒退十米开外。那石勇也被弹出十来步，持锤的双手微微发抖。他们没想到句成的力量如此强大，二人合力也无法占上风。

"攻击那红衣服的，就她没亮牌了，老吴封住那张臭嘴，老顾负责发射分裂弹。"林晓雅在昆仑机甲上输入命令。

毕万年一个闪现，突然出现在林晓雅身前，双剑斩下。

"就知道你会来，开启自动反击！"林晓雅用昆仑机甲化出一刀一盾，以盾挡下攻击，刀从盾后刺向对手，超级电脑接手昆仑机甲自动开启攻击。"叮叮当当"一阵声响，林晓雅竟然不落下风。

莫娜见顾无权的飞弹射来，立刻开弓射去。见那飞弹分裂出数十枚小弹头，立刻后退，手摸向后背，抽出 4 支箭速射过去。接连射出 12 支箭，空中发出阵阵爆炸声，腾起烟雾。突觉一阵劲风破雾而来，闪身向右躲去，那劲风竟然随之转向，一把掐住自己喉咙，竟然是一条机械手臂。莫娜反应也算快，抽出短刀斩向手臂，却被另一只手臂抓住动弹不得，一个身躯飞近撞过来，她当下晕去。

贪吃鬼刚想张口，却被一张破雾而来的定身符贴在嘴上，无法动弹。他瞪着一双眼，骨碌碌地看向阮红玉。

石勇见句成长着金属翅膀飞在半空，直逼阮红玉，大喝一声跃起，抢起大锤使出全身力气向句成砸去。句成也是不惧，一把重剑迎上，火星四溅，巨大冲击波冲向四周，撕碎神秘部落身上的斗篷和面具。

石勇哪里顶得住句成全力一击，从半空落下，半个身子陷在地里。句成乘势飞近阮红玉，一剑就要斩去。却见那阮红玉长发散开，一双眼含情脉脉，吹弹可破的脸蛋一抹羞红，真是沉鱼落雁，闭月羞花，人间尤物，美若天仙。

"哥哥，你要欺负我吗？"

句成顿时心头大震，急忙收手，"不不不，我，我……"

阮红玉突然一丝诡笑，双目放出摄人魂魄的光芒，"哥哥，那几个人是坏人，都想欺负妹妹，尤其那个女人，我最讨厌她了，帮我杀了她！"阮红玉不知为何，见到林晓雅便怒气难平。

"这是摄魂术！小心，都不要看她眼睛。"吴天爆大喊。可为时已晚，句成已经着了道，眼前出现幻境，林晓雅等人变化成暗黑士兵。句成大吼一声不由分说地向林晓雅攻来。石勇乘机撕掉韦尚虎嘴上的定身符，救出同伴，挥着巨锤攻向林晓雅。韦尚虎大吼一声，身形骤然巨大化，竟化作一只巨大的蛤蟆。吴天爆刚想射出符咒，被那只巨蛤口中射出的长舌捆住，大惊失色。吴天爆大呼："小心，他们用的是异术！"

顾无权见状，冲阮红玉大喝："妖女，快放开我兄弟，否则我杀了这女的。"一只手掐紧莫娜脖子。却见红光一闪，一把尖刀贯穿莫娜的胸膛。"这么没用的手下，要你何用！嘻嘻。"那阮红玉竟瞬移到顾无权身边，连莫娜身子一起一刀刺透。

顾无权没想到此女如此歹毒，被阮红玉一根锁链捆了个结实。

林晓雅顿时陷入危机，立刻用昆仑机甲包住全身，却又难以顶住三人的攻击，被巨大的冲击波震得头晕脑涨。

"句成，快醒醒，快醒醒。"林晓雅在对讲机里大声呼喊。

此时，句成内心深处升起一点火苗，丹田的那朵金色莲花同时燃起紫色火焰，"内观其心，心无其心；外观其形，形无其形，远观其物，物无其物；一切虚空幻境，醒来"。双肩、头顶三道紫色火焰腾起，又燃覆全身，能量骤然爆发，头发根根竖起，双眼射出骇人的紫色火焰，手持巨剑犹如战神降临。灵能具象化出一只身披铁甲的金鳞苍狼，冲众人发出长啸，迅速扑向石勇，连人带锤咬翻在地。

句成一把抓起毕万年，举起后再砸入地里，身体深陷进去。毕万年刚想爬起，又被一脚踩在后背，惨叫一声不可动弹。句成反手一挥，一道剑气割断那巨大蛤蟆舌头，蛤蟆的本体韦尚虎痛得哇哇直叫。吴天爆得以挣脱出来，一串爆炸符射出，将韦尚虎炸得恢复人形，遍体鳞伤倒在地上。

阮红玉见句成变作如此模样，心头大骇，惊呼："这就是你的终极形态吗？我绝对不会让你赢过我的。"

阮红玉以红光笼罩身体，灵能凝聚，身后红光大盛，凝聚成一条十丈红绫卷着百把血色长枪刺向句成，同时手持两把长剑，也扑杀而来。

"难道她是妖狐？这怎么可能？"看台上的刘思琪心头一震，却觉得这阮红玉似曾相识。

异世三海
锐醒

吴天爆见神仙打架，怕殃及池鱼，赶紧扶起顾无权、林晓雅，躲到远远的角落。

阮红玉的红绫所到之处，劲气激荡，大地翻腾，千丝万缕化作千刀万剑，又如一条全身是火的巨蟒，将句成卷在其中。

句成也不搭话，紫火大盛，竟突破红绫，在空中仿若一个紫色大钟将阮红玉的红绫笼罩其中。阮红玉只觉对手的能量源源不断没有尽头，紫色大钟似乎能吸收一切攻击，巨蟒在紫钟内翻江倒海，却如石沉大海，动不得紫钟分毫，渐渐耗没了力气。阮红玉气得收了神通，扔了武器，一屁股坐在地上号啕大哭起来。

句成走近，轻轻摸了摸阮红玉的头，叹了口气说道："我无意伤你，回去吧。"

阮红玉弹地而起，打开句成的手，手指指着句成大骂："我认识你吗？你别假惺惺，你算什么东西，低劣的种族，你等着，我会报仇的。"带着众人退出场去。

句成见阮红玉离去，收了紫焰，似乎要晕了过去，摇摇晃晃栽倒在地。

"翰唐麻辣战队，胜！"观众席沸腾起来。

刘思琪看着场内的战斗，内心无法平静："他终于醒了吗？"

而另一端一双眼睛也看着，嘴角露出冷笑："你终于出现了吗？哼，我会向你讨回我失去的一切，灵王。"

第二十八回　北海战神组

5月28日，半决赛第一场，北海战神组对战华兰西的魔法师，由冰山阿卡斯、沙暴兰波尔、时间使者布拉德对决闪光莉莉丝、钢骨将臣。

神秘的阿卡斯终于露面，穿着一套旧皮甲，健硕的身躯；满脸的胡子茬，却掩盖不了他的英武豪气；一双蓝眼睛，深邃悠远；金色的短发在阳光下闪闪发光，肩膀上一只刺背神龟的符纹格外显眼。

"那个阿卡斯是什么来头啊？"

"传闻他的实力与加藤一夫有得一拼，是生灵守卫里的后起之秀，觉醒的生灵守卫。这下好看了。"

"厉害，我啥时候才能成为像他那样的人啊？"

"对面的猥琐大叔，剑是我的，谁都不许抢！"莉莉丝捏着两个粉拳，跺了跺脚。

"哈哈，这小娃娃倒是好霸气。"

"不要小看那小娃娃，兰波尔。"时间使者布拉德说道。

"是的，那孩子可是光之护法。"阿卡斯话音刚落，将臣已经扑了过来。

兰波尔立刻操控沙尘，遮挡视线。

"小心，那家伙不靠视线来行动，靠能量感知。"布拉德大呼。将臣的拳头已经砸在兰波尔脸上，打飞了兰波尔。

"哈哈，兰波尔，看你还敢大意，没事吧？"

"没事，老大。"兰波尔摸了下嘴角的血丝，一跃而起。

"布拉德，你盯好莉莉丝。兰波尔制造更大沙尘，其他让我来。"阿卡斯冲向将臣。

将臣挥舞双拳与阿卡斯战作一团，莉莉丝拿着根棒棒糖，一边哼着歌，一边蹦蹦跳跳，见沙尘又起，皱了皱眉头，一道闪光，无数光箭射向兰波尔的位置，却似射到什么的上面，光箭失去准头，胡乱反射到四周。

莉莉丝打了响指，场上的观众、场内的战士竟都放慢动作，最后像雕塑一样静止不动。莉莉丝哼着歌，蹦跳着穿过尘雾，一股寒气扑面而来，让她不禁瑟瑟发抖。

"好冷啊。"莉莉丝才发现四周全是透明冰墙，那些光箭被尘雾阻挡，再射到冰墙上被折射得失去准头。

"这可难不倒我。"莉莉丝双手化作光刀，"刷刷"地劈开冰墙，顿时呆住了。

"哈哈哈，太好玩儿了。"冰墙破开，竟然是一座冰雕游乐场，各种漂亮的冰雕、滑梯，让莉莉丝开心得不得了，自个儿玩了起来，哪里还记得是在比赛中。时间停止被解除。

另一边，将臣却被冻成了冰雕。原来阿卡斯在同将臣激斗的同时，竟分出灵能做出一座冰雕游乐场，一下抓住莉莉丝的心。这一切早在布拉德的预知之中，早早就布下这个陷阱。

"由于华兰西的魔法师失去战斗意志，这场获胜的是北海战神组。"

莉莉丝这才回过神来，哇哇大哭起来。"你们骗小孩子，都是坏叔叔。"

观众席上爆发出欢乐笑声，都被莉莉丝的可爱逗乐了。

"阿卡斯果然名不虚传，但是他们最强大的武器却是那个家伙，先知布拉德。"陪同一起观看比赛的刘思琪说道。

"是的，教官。我们要碰上他们该怎么办？所有行动都被预知，怎么赢啊？"

"先别考虑这些，你们还有个令人头疼的对手，炼金术士。他们操控金属的能力一流，也就是说，你们的机甲根本无法发挥出威力。"

"啊！"林晓雅当下愣住。

"不靠机甲，除非能操控好那股力量，才有胜算。"刘思琪和林晓雅对视一眼，往句成那方向看去。

"别看我，我完全不知道发生了什么。要不就认输吧，我怕被他们割成碎块，就太难看了。"

"哎！"

5月31日，半决赛第二场，天鹰帝国的炼金术士对战翰唐的麻辣战队。

由于顾无权全金属身躯，这一场林晓雅直接让他观战，场上三对三。随着主持人一声开始，毒蛇术士亨利往地上扔出几支药剂，六条大蛇破土而出；黄金术士高纳迪身体化作5个铁拳呼啸袭来；那幻影术士威廉更是在场上布满铜镜，飘浮在半空，无数倒影难辨真假，在三人眼里那就是无数毒蛇、铁拳从四面八方袭来。

"9点方向，11点方向，是真身。千万不要让你的盔甲接触到那些铁拳。"林晓雅紧张地分析出位置，传递给句成和老吴。

句成用机甲化出钢爪，就地抓起一大块土块扔向铁拳，两者碰撞，土块四散，扬起尘土。林晓雅用机甲化出机翼飞在半空，吸引六条大蛇追着自己，两挺机枪"哒哒哒"地冲着幻影术士威廉一阵狂射。

威廉见势不妙，躲进镜子。林晓雅知道他会如此，掉头直扑毒蛇术士亨利。

亨利知道毒液对机甲完全不起作用，立刻指挥大蛇追击。却不料林晓雅折返冲入蛇群，那几条大蛇回头便咬，纠缠到一起，轰然摔倒。亨利气急败坏，掏出一瓶试剂一口喝光，六条金属大蛇消失。脚下大地震动，一条巨蛇从地底钻出，一口吞掉亨利。这一下，引得众人惊呼。

异世三海

镜醒

却听巨蛇说话："夺取他们的护甲，他们就废了。"这才知道，亨利与这巨大金属蛇合为一体。巨蛇张开口，吐出绿雾。林晓雅的电脑立刻发出警报，紧急通知。

"屏住呼吸，有毒。"

句成这边也是窘迫，那5个铁拳势大力沉，土块难以抵挡，几次差点被抓到机甲。此时，那些铜镜突然碎裂，化作无数利刃，刺向吴天爆。三人中只有吴天爆没有机甲保护。句成见势不妙，顾不得许多，化作大盾挡在吴天爆面前。天空开始变暗，一团乌云不知什么时候飘到竞技场上空。

一个惊雷劈中巨蛇，巨蛇顿时瘫倒在场内。场上下起大雨，毒雾在这倾盆大雨中也消失殆尽。而攻击吴天爆的无数利刃，此时失去控制。原来，吴天爆不仅用符咒召唤出雷电，更是制造出电磁场，这无数利刃单体重量太轻，被吸入电磁场内，既无法汇集，也无法分开。局面陡然转换。观众席一片惊呼。

"别忘了，还有我。"

句成的盾前，高纳迪一铁手乘乱抓住盾牌，昆仑机甲抽丝般被他吸取。"好美妙的感觉啊，不愧是最强机甲，我感受到无穷的力量灌注全身。"句成的昆仑机甲被吸走。高纳迪飞出双拳，这两拳有了昆仑机甲的力量，无比强悍，将句成和吴天爆击出20多米远，两人嘴角流血，倒在地上。

"那我的也给你，如何？"林晓雅驾驶机甲冲向高纳迪。

"哈哈，找死。"高纳迪化出铁爪，一把抓住林晓雅机身。很快，林晓雅的机甲也落到高纳迪手中，林晓雅摔倒在地。

"我们赢了，哈哈哈。"高纳迪仰天长笑。笑声夏然而止。高纳迪不停颤抖扭曲，身体被一层层白色金属丝缠绕，越收越紧。高纳迪发出阵阵惨叫声，身体火星四溅，像极了燃放的烟花。他的身体竟然被昆仑金切割出几块废铁，被金属丝牢牢困住。

179

"白痴,上当了,昆仑机甲可不是随便什么人都能穿的,穿两套它会吞了你。"林晓雅笑嘻嘻地从地上爬起。

"胜利队伍,翰唐麻辣战队!"

亨利此时恢复了原状,单膝跪地:"请放过我的兄弟。"

句成、林晓雅收起护甲,让高纳迪慢慢恢复。恢复过来的高纳迪,捡回一条命,向众人行了个谢礼,一瘸一拐随着亨利离开。

进入决赛,众人开起庆功宴。

"哥哥!"

一声童声传来,一个身穿粉红衣服的小女孩一下扑到句成怀里,"哥哥,我可找到你了。"正是莉莉丝。将臣紧跟其身后。

"我不是你哥哥啊。"

"呜呜呜,你就是哥哥,哥哥不要我了,哥哥不认识我了。"莉莉丝号啕大哭起来。一看惹哭了小萌娃,句成急得满头大汗,"别哭,别哭,哥哥逗你玩儿呢,怎么会扔下莉莉丝呢。"

莉莉丝这才破涕为笑:"哥哥背我。我要哥哥背我。"她不由分说地溜上句成后背,再也不肯下来,连吃饭也要爬在句成身上。刘思琪与林晓雅众人面面相觑,不知道发生了什么。

"该回去睡觉了,莉莉丝!"夜深了,句成困得不行,莉莉丝还是不肯下来。

"将臣,快把你家小姐带走啊。"

将臣刚想靠近,被莉莉丝狠狠瞪了一眼,吓得赶紧摇头,躲得远远的。

"哥哥要赶我走,哇哇。"莉莉丝又哇哇大哭起来。

"别哭,别哭。"句成手忙脚乱慌作一团,头痛欲裂,心道:"天啊,这小怪物说不得惹不得。我招了什么孽啊!"他见刘思琪、林晓雅一脸嫌弃的眼神,心中十分无奈。

"救命啊!我不是你哥哥啊……"

第二十九回　没有对手的决赛

夜深人静，西京城东城，布拉德走在空无一人的街道上，背后一阵杀气袭来。

"你来了？"

"不愧是预知者。你大概也知道结果是什么了吧？"

"是的，我只有一个请求，让我知道你是谁。"

"好，死人是不会说话的，就满足你，我是……"

决赛前夜，阿卡斯发现布拉德心事重重，安慰道："兄弟，别担心，我们会赢的，那小子的能力一会强一会弱的，其他三个也不足为惧，早点休息。"

"哦，我不是为这个担心，我只是预感到一场巨大威胁降临，我想看清楚，却被一股强大力量阻碍，或许我的宿命来了。"

"别乱想，有我在绝对不会让你有事。"

半夜，阿卡斯被一股邪能惊醒，那邪能似乎有无尽的黑暗，他不由得打了个冷颤。

"布拉德！"阿卡斯推开门，果然，布拉德已经不在房间。

阿卡斯立刻追踪那股邪能的源头。当他赶到西京东城一条偏僻街道，远远看见一具干尸倒在地上。"不，不，布拉德！"阿卡斯认出队友服饰，大惊失色。

布拉德全身体液似乎被抽干，早已气绝身亡。

"不！"阿卡斯抱住布拉德尸身，双眼喷出怒火。

"是谁？是谁？"身后一道曼妙身影忽现。阿卡斯抬手，一阵冰箭射出。

"住手，我不是你的敌人。"一声娇喝，那身影也是一阵冰箭射出，两股冰箭在空中对撞，"噼啪"地碎裂并散出冰雾。

阿卡斯见一女子，竟然能发出和自己一样的招式。左手势一抖，一道冰墙封住刘思琪退路，右手拍出一条冰龙，"哗啦"扑向女子。女子双手连拍，复制出同样一条冰龙。两条冰龙互相撕扯，冰屑散了一地。

"你是谁？为什么会复制我的招式？"阿卡斯停止攻击，大声问道。

"翰唐SNA特战队，刘思琪。我可以迷惑住众多种类的灵体，尤其水灵，也就能复制你的招数。"

"翰唐军方的人？"阿卡斯这才从愤怒中冷静下来，刘思琪身上没有那股邪能。

"是。我追踪一股强大邪能到此，你的朋友不是被我所杀，这个现场，没有激烈打斗的痕迹，对手实力远在你我之上。"刘思琪走近，半蹲下去，查看现场。

翻转布拉德尸身，刘思琪有了发现，布拉德手心有一颗金属球。

"这是记录仪。"阿卡斯一把抓起，赶紧放入播放器，然而除了一阵"哗哗"声响，就再无收获，似乎已损坏。

刘思琪掏出一张金属符，向半空扔去，符咒收集墙壁、地上、空气里残余的能量，一道光闪过，一幅模糊画面被模拟出来。画面中布拉德的身影似被无数细丝穿过，能量似水流般流动，毫无反应就被吸干。他的身影前是一道身形娇小的人影，极有可能是女性。

"记录仪借我试试。"刘思琪接过金属球，把它放进昆仑机甲内置电脑，几次试探后，终于出来一段录音。

"好，死人是不会说话的，就满足你，妖王让我来除掉你。"

"你是谁？"

"我的名字重要吗？我只是一个被父亲背叛的女人，被你们背叛的女人。”

留声机里传来嘶嘶的杂声，再没有讯息。

“你怎么做到的？”阿卡斯问道。

“我怀疑对方能操纵时间，那样所有音频便会集中在一个点，我将音频拆分并排序组合，就得到这段话。”

“原来如此。”

“你的敌人是传说中的兽族。”

“兽族？这个仇我一定会报，谢谢你，有机会再见，我先告辞了。”阿卡斯知道了仇人，扛起布拉德尸体，消失在黑暗中。

刘思琪突然想到一个突破口，阮红玉一行人会异术，莫非……想到这，刘思琪匆匆赶去阮红玉等人的落脚地。果然，阮红玉一干人已经连夜离开了住所。刘思琪追踪了半日，也不见阮红玉等人的痕迹，只好折回，心想："这小狐狸果然狡猾。"

决赛场上，只有句成四人组出现。观众们正期待着北海战神组出现，奉献一场精彩的比赛。主持人接到一条讯息，吃惊片刻，宣布："由于突发事件，北海战神组退出比赛，获胜的是翰唐麻辣战队！"

虽然，没有和北海战神组交锋，在句成心中留下遗憾，不过毕竟一大笔奖金在等着。句成让林晓雅三人先回到酒店，自己从屋顶偷偷溜进房间，见房内空无一人，莉莉丝不知跑去了哪里，不由得松了一口气。昨晚闹了半夜，才把熊孩子哄睡，实在是累坏了。句成赶紧洗完澡换了衣服，盛装等着。没多久，加藤派来的豪车便停在门外。"教官去哪儿了？"

"早上就没见到她。"

"哦！"

句成躲在柱后面看了看四周，不见莉莉丝的影子，猫着腰躲在林晓雅等人身后潜行。突然小腿一紧，吓得尖叫起来："怎么又来了，妈呀！"莉莉丝不知道从哪里钻出来，一把搂住他小腿。

"哥哥，带我去玩儿，带我去玩儿。"

"救命啊！救我啊！"句成一脸生无可恋地望着林晓雅。

"爱莫能助！"林晓雅笑嘻嘻地钻进豪车。

接待冠军的大厅金碧辉煌，古翰唐风，透着一股油漆味儿，看样子是刚装修不久。

在众多记者面前，加藤拿出一把生锈的青铜长剑。台下发出质疑声，这难道就是传说中的上古神器？只有林晓雅知道，这把剑是真的，那剑身发出不同寻常的微波，被自己的仪器侦测到。她两眼不禁发光，迎上前就要接住。加藤微微侧身，避开林晓雅，径直走到句成面前，弯腰行礼。句成接过铜剑，不由得大吃一惊，感觉自己正被吸入剑身，耳边响起无数的凄厉叫声，吓得一哆嗦，把剑扔给林晓雅。林晓雅如获至宝，赶紧接住。加藤眉头微皱，当着记者面也不好发作，默然退到一边。礼仪小姐拿出一张支票，送到句成手里。眼见金钱到手，句成眉开眼笑，兴奋不已，这一辈子都花不完啊。

授奖结束后，加藤邀请众人参加庆功宴。

莉莉丝自然也是跟了过来，和林晓雅又起了争执。

"剑是哥哥的，还给哥哥。"

"我才是队长，我也有份。"

"你是坏女人，抢哥哥的东西。"

"你这小丫头，没教养，我和你哥哥讲好的，我得剑，他得钱，凭什么说我是坏女人？句成，你说，是不是讲好的？"

"是是，莉莉丝，我们来之前就说好了。"

"那剑就是哥哥的，好久好久以前就是哥哥的。我不要别人拿哥哥的剑。"莉莉丝大声叫起来。

门外突然传来一个声音："谁敢说我孙儿没教养？"一道强光出现，室内出现一道光门，健硕的身躯缓缓走出，白须白发，却有一张年轻英俊的脸，红唇白齿，目如星河，自带威仪。那双眼扫过众人，众人只觉心头一震，竟被强大的能量场压制得动弹不了。加藤收心凝神，摆脱控制，赶紧弯腰行了一个礼："圣尊莫怪，小孩子拌嘴，莫怪莫怪。"来者正是华兰西魔法公会的会长狄道夫。

"爷爷、爷爷，我找到哥哥了。"莉莉丝蹦蹦跳跳地迎向老头。

狄道夫见莉莉丝指向句成，微微一愣，却冷哼了一声，道："莉莉丝，你跟我回去，以后不许你再见这个人。"抓起莉莉丝的手便走，只留下一阵莉莉丝远去的哭闹声和面面相觑的众人，这老先生也太霸气了。

待到那一老一少离去，众人才松了口气。

加藤赶紧圆场："诸位莫虑，老朋友，呵呵，老朋友。"

句成问道："那位圣尊看上去和莉莉丝一点都不像啊，怎么会喊爷爷？"

"那孩子本是圣尊最小也最疼爱的弟子，两岁便已精通中阶光明魔法，五岁便已经掌握高阶魔法，是千年难遇的奇才，可六岁那年突遇横祸，差点丧命。圣尊为救她，封印了整整五十年。一年前她醒来，心智却还是六岁孩子，圣尊心疼这弟子，就让她改口叫了爷爷。"

"可这莉莉丝为什么要叫我哥哥？"

"这个，老夫不好说，等你完全觉醒，自然会知道。"

"都在说我觉醒，我不就醒着嘛！"

"你觉醒之日，便是腥风血雨之时，哎！"加藤心中叹了一口气，"来来，喝酒。"

几杯酒下肚，众人都趴下了，只剩句成与加藤这一少一老。两人渐渐打开话匣子。

"加藤先生家里几个人？"

"我有一个孙女儿，你呢？"

"我是孤儿。"句成情绪低落，这个话题一直是自己的一道坎。究竟自己的父母是谁？他们为什么要把自己扔在这个世界？他始终无法

185

释怀。

"做父母的放弃自己的孩子，绝对是件非常痛苦的事，或许有他们的苦衷。"加藤安慰道。

句成猛灌了一口酒，闷声不说话。

"我的孙女儿在八十年前就瘫痪了，我没保护好她的父母，也没保护好她，让她遭遇了一场事故，成了植物人。这些年我四处奔走想救回她，一直没有成功。如果不是在我身边，她就不会变成那样子。"加藤说到这，话音哽咽，"这么多年，看着躺在病床上一动不动的她，我每天都在责怪自己，每天都在恨自己。如果不是出了那样的事，她已经结婚生子，说不定，我的重孙都和你一样大了。"

"加藤先生，那不是你的错，我想你孙女儿不会怨你，对她来说，能和家人一起成长才是最开心的事。您无法想象没有家人的孩子有多可怜。如果是我，即使会有生命危险，也愿意待在父母身边长大。"不禁想起那个飞雪的冬天，那些孩子的父母拥抱着他们，而自己只能在风雪中瑟瑟发抖，那时多么渴望父母温暖的怀抱啊。眼泪在句成的眼中打转。

"哎，谢谢你，小兄弟。"

"真没有办法救您孙女儿了吗？"

"办法是有的，但是救她的人，必须交出他最宝贵的东西，一件比生命还要重要的东西。"

"哦，原来是这样。如果是我，一定愿意交出这件东西。"

"真的？"加藤眼睛放出光芒。

"嗯，因为我见到挚爱分离会难过。"想到Lisa，失去父母的她当时也应该很痛吧。

两人干了一大杯。

"句成，你怕死吗？"加藤突然发问。

"怕，当然怕。可你知道我死过多少回吗？"句成已经有些大舌头，

"好多好多次。死太多次就发现，最可怕的不是死亡，而是永无休止的轮回。"

"永无休止的轮回？"

"嘿嘿，吓到你了吧。我感觉自己已经很老很老了。经历过荣华富贵，也经历过贫穷苦难，我真的不想再玩儿下去。这一切，如梦如幻，不知何处是出路。"

"哈哈，小兄弟，过去已不存在，未来还未到来，不如珍惜眼前。"

"好，喝酒。"

两人左一杯右一杯，时而大笑，时而大骂，当真如祖孙一般，最后皆烂醉如泥。

第二十九回

没有对手的决赛

第三十回　方舟

　　刘思琪回到西京，听说加藤在接待厅宴请冠军队伍，她怕出什么事，顾不上休息就赶紧跟来，却见一群人醉得东倒西歪，唯独不见句成。林晓雅抱着古剑酣然入睡，怎么都叫不醒，刘思琪不免担心。空气中一丝酒气吸引了她的注意，那酒气一直引向屋顶的露台。刘思琪飞快冲向屋顶，感觉到屋顶有一股气流在翻腾，却不见一物。她抬头向半空扔出一把钩爪，果然抓到异物，手中绳索一紧，人被带向空中，原来那异物是隐形飞行器。

　　飞行器迅速升到高空，向东飞去。

　　过了不久，飞行器在高空中减速。前方的天空似被什么割开，张开一道口子，那口子内灯光隐约可见，是一扇舱门。飞行器缓缓驶入，原来半空中竟隐藏更大的母舰。从舱门的大小和空气的气流分析，这母舰大得惊人。刘思琪贴紧飞行器底部，随着它一起进到深邃神秘的舱道，舱道散发的金属味道让刘思琪感到似曾相识。她正在思量，有几个人在飞行器上出现。

　　"把客人带到休息舱，好好照顾。"

　　"是。"

　　"到、到哪了？"句成迷迷糊糊中问了句。

　　"到家了，小兄弟。"

　　待到众人离去，刘思琪从飞行器底钻出，揉了揉发酸的肩膀。放眼望去，舱道高大宽敞，尽头收缩成一个亮点，四壁遍布巨大金属齿轮，

异世三海
觉醒

齿轮咬合转动却没有噪声，一道道光束时不时顺着齿轮表面上下穿梭。舱道顶部非常忙碌，浮游着许多奇怪设备，形态各异，有圆的，有方的，有的像长蛇，有的像膨胀的河豚，有的又像只老鼠在快速奔跑，发亮图案在其表面一闪一闪，似一只只生物盯着自己。刘思琪蹑手蹑脚地顺着舱道走到尽头，地面是一道发光的金属圈，似乎是传送口。她见无路可循，小心翼翼地站上传送口试试，没有反应。四处望去，右边有块浮板，浮板上刻着十来个奇怪文字。刘思琪不敢乱来，一时间竟不知如何是好。正在思量中，不小心踩到地面的一块金属圆环，身躯一震，被强光围绕，刺得双眼无法睁开，只听"唰"的一声，当刘思琪再次睁开双眼，发现自己竟来到另一处通道，不禁暗自称奇。眼前的这条通道四壁从下至上"哗啦啦"地流着水帘，正对着自己的，也是几处水幕。一见这里，刘思琪背后一丝凉意，这不就是上次闯入加藤地下城时所遇的陷阱吗？

　　"难道之前到过的那座城竟是在一艘太空战舰内部而不是在地下？这战舰得有多大啊。"

　　刘思琪小心绕过这些障碍，走到通道尽头遇上第二扇传送门。传送门四周的金属壁上，雕刻着数条盘旋的龙。那龙眼闪烁的绿光十分诡异。刘思琪轻轻踩上传送门的金属圆环。突然，金属壁上雕刻的龙挣扎起来，竟挣脱束缚，面目狰狞，张着钢齿密布的大口，向她直扑过来。

　　刘思琪吓了一跳，迅速后跃，用机甲在空中化出一根长棍，躲过群龙袭击。落地一掌拍出，空气骤然变冷，一道冰墙将那几条钢龙封住。可转眼间，冰墙被钢龙震得四分五裂。刘思琪见不能起效，长棍一指，娇喝一声，冲入龙阵。那几条钢龙扭动身躯上下翻腾，龙尾犹如钢鞭，啪啪抽出震耳欲聋的响声，尖爪如钩，利牙如锯，鳞甲如盾，上中下三路，极有配合地攻击着刘思琪。刘思琪运起元能罩，眼观六路，耳听八方，一根长棍舞得密不透风。怎奈那钢龙十分耐打，长棍打在龙身上火星四溅。钢龙被扫倒打飞也只是暂时的，很快又回身攻击。刘思琪心

第三十回　方舟

想，再这么下去，一旦力竭必败无疑，不能硬拼。打死钢龙是不可能，但可以困住它们。她用眼睛余光扫到身后水幕，顿时有了主意。刘思琪瞬间后退，在水幕中穿梭数次。果然，两旁的水壁中哗啦作响，6个"刘思琪"水人被复制出来，作势便要攻击本体。

"帮手来了。"刘思琪嘴角一丝冷笑，双眼蓝光大盛，那6名水人凝结成冰，头部小芯片被冰挤碎。她又射出6张金属符咒，6名冰人转过身去，飞速攻向钢龙并与之缠斗在一起。刘思琪腾出手，把机甲化作几条铁索，手一挥，几条钢龙本与冰人战成一团，胡冲乱撞，你缠我，我绕你，竟纠缠在一起，被昆仑钢索捆个结结实实，再也动弹不得。刘思琪将几条钢龙捆成大铁球，知道自己这么大动静，行踪已暴露，在水幕中来回穿梭十来回，顿时身后是一支庞大的"刘思琪"复制体队伍。她用剩下的昆仑机甲化成双刀，英姿飒爽地往队伍前方一站，单刀临空一指，大声喝道："加藤，把我们的人还给我，否则我砸烂这地方！"她将铁球冻成一团，一脚挑起大铁球，"轰"的一声砸向钢壁。顿时，铁渣飞射，那数条钢龙变成碎片，又融合起来乖乖回到原来位置。

"哼，小姑娘脾气不小啊。站上传送门吧。"

刘思琪收起昆仑机甲，走进传送门。

一道强光散去，刘思琪身处巨大圆形内厅，是以前田中带她来过的操控室。在那把主控制椅上端坐着的，正是加藤一夫。

"加藤先生什么意思？是要为难我们这些普通人吗？"

"刘思琪小姐或者清秋居士，欢迎来到方舟号，不用这么生气，我没有恶意。士别三日，当刮目相看，没想到，你这么快便能掌握水灵的控制方法。这你可要感谢我。当然也要感谢我们的灵王继承者。"

"我不否认你帮助我掌握了水灵，但你也不能随便带走我们的人。句成不是什么灵王继承者，只是名普通生灵守卫。"

"我办这大赛的目的就是要找出灵王继承者，这小子的表现，你也看到了，难道不奇怪吗？外面那些暗黑势力正对灵王的灵珠虎视眈眈，

异世三海
觉醒

你们就这么让灵王继承者单独一人在外，如果遇到危险怎么办？还不如让老夫带走，将他保护起来。”

“哼，你不是说会杀了灵王吗？现在冒充什么好人。”

加藤缓缓说道：“我已经告诉过你，灵王继承者出现也会吸引来黑暗，他们的战争也会给人类带来巨大灾祸，暗黑时代，两次世界大战，莫不有灵王和暗黑军团的身影。每次都是对人类的一次清洗。在第二次世界大战中期，老夫曾追随前任灵王舒尔曼洛夫，在敦克尔与暗黑势力爆发了决战。那位灵王继承者智力超群，却冷血无情，刚愎自用，为达目的不择手段。他在没有得到灵珠的情况下，带领包括我孙女在内的300来名生灵守卫，与30名暗黑势力精锐正面进行了一场惨烈的战斗。”加藤说到此处情绪突然激动，“为了胜利，他说服我孙女儿枝子去做诱饵。深爱着舒尔曼洛夫的枝子，竟相信他，瞒着我去实施他的计划。计划成功了，我孙女儿也受了重伤，昏迷到现在。当我恳求他救枝子时，舒尔曼洛夫为了保存自己的力量断然拒绝，最后与黑暗骑士同归于尽，那巨大的冲击波殃及敦克尔双方交战的士兵，造成几万人死伤。”

“我知道那场战争，交战双方卷入一场神秘的风暴，死伤无数，也是世界谜案之一。”刘思琪这才知道加藤为什么那么恨灵王。

“在舒尔曼洛夫的眼里，我们都是棋子，随时可以被牺牲的棋子，那无数的平民更是草芥。他根本不在乎生命，甚至是他自己的生命。他把一切看成是一场游戏，他的脑子里只有赢和战斗，他就是个疯子。”加藤已经咬牙切齿。

刘思琪一时语塞，不知道说什么好。难道，灵王真如加藤说的那样疯狂？

“可句成并不是那样，他善良胆小，根本不像你描述的。我也不能凭你几句话，就相信他就是灵王继承者。”

“是不是灵王继承者，做个测试便能知道，我这次来也是想确定这件事，并把他的剑还给他。不过，正如你所说，他确实与前几世的灵王继承者不大一样，或许，他会愿意救醒我孙女儿。"

"通过了怎样？不通过又怎样？"刘思琪自是不会完全相信加藤的话，但是从进入巨型战舰那一刻起，自己身上的信号就已被切断，援军一时半会找不到这里。更何况，加藤的力量深不可测，若在西京闹大，将不可收拾。

"如果他通过不了测试就放了他；如果通过了就交给我保护。现在的局势非常不妙，饕餮都已出现，这是从未有过的危机。大敌当前，我和我的战士已经不能独自抵抗，现在我们需要他的力量，而你也希望能找到灵王吧。"

"好，我就暂且相信你。我会在这里等待结果。"

刘思琪对即将到来的测试既渴望又担心。渴望的是，这个谜团终于就要解开；担心的是，若句成真是灵王，他双肩将承受难以想象的重任，他想过的平凡日子就再也不复存在了，他撑得住吗？

异世三海

铭醒

第三十一回　测试

"我在哪儿？"句成醒来，发现自己身处奇幻的水晶宫殿内，水晶宫四周有白云围绕，竟似飘浮在空中。白水晶墙上端是蓝水晶斜面屋顶，用黄水晶做成拱门和回廊，用紫色水晶做成挑高窗框，用白银为柱梁勾勒出精致绝伦的花纹。透过大面水晶玻璃看到内庭，种植着不知名字的花儿，竞相怒放。阳光透过水晶照射进室内，幻化出五彩光晕，让人惊叹。突然，晴朗的天空变成暗红，那血红色让人无比压抑，远远传来一声声爆炸巨响。句成吃了一惊，迅速推开门，穿过内庭，走上露台。从露台远望出去，才发现自己所处的地方竟是空中花园，远处山谷是一片片高大又巧夺天工的白色建筑，正在浓烟中一片片倒塌，慌乱的人群四处奔逃，无数飞行器在空中交火，暗红天空中挂着三轮血月，似乎预示着一场更大的灾难就要降临，战争正要爆发。

"这是哪儿？邪门，我怎么老遇上乱七八糟的事情，有完没完啊。"

"快，叛军攻过来了。"嘈杂的声音传来。

句成回头一看，室内十来名高大士兵簇拥着一名衣着华丽的少妇准备撤退。句成连忙跟过去。

他跑下几层楼梯，来到一处宽敞的通道内，只见两排白甲士兵单膝跪立在两旁，对着少妇一行人行礼，看起来这位少妇身份极高。句成追得太急，一下冲了进去，想躲也躲不及，原本以为会被发现，却不知为何士兵们毫无反应。

"奇怪了，难道我是透明的？"句成心想，小心翼翼地低声打了个招呼："喂，你们好。"见没有反应，又走近士兵，伸手触摸过去，指尖竟从士兵身体划过。

句成瞪大眼睛，"看不见我吗？管他呢，先去看个究竟。"

远处，那行人进入一条光柱，句成追去。

进入光柱，眼前一片白光。当白光散去，来到的竟是一片战场，交战声震耳欲聋，四周是黑压压的黑甲士兵挥舞尖刀"哇啦哇啦"地迎面扑来。一队铁甲精锐正护送少妇杀进重围，左冲右突像一束白光刺透黑夜，杀得黑甲士兵丢盔弃甲，溃不成军。这群人冲出重重包围，天空中突然落下八团火球。火球落入铁甲士兵队伍中，来不及躲闪的铁甲士兵当下就被炸得粉身碎骨。

火焰散去，八名身材高大浑身黑烟缭绕的武士出现。白甲士兵用长枪对外摆出阵型，硬要闯过去。黑甲武士们手上的巨斧立刻砍向白甲士兵，只见刀光剑影，血肉横飞。激战过后，白甲士兵损失惨重，拼死撕开条口子，护着少妇出去。少妇双掌拍出，一阵浓雾将方圆百里团团围住，顿时一行人失去踪迹。

浓雾散去，句成惊恐地发现，自己竟陷入黑甲武士的包围中，一股劲风袭来，其中一人用燃烧着熊熊大火的巨斧砍过来。

"难道他们能看见我？"句成心惊胆战，双手化出一把重剑，一股寒冷灵能从四周涌入剑身，凭空卷起一股水浪迎斧而上。火焰被压制。

"再接我一招。"句成手上重剑寒气大盛，寒气让那把斧头结上一层冰，并迅速蔓延到那名黑甲武士的双臂。黑甲武士拼命挣扎，双臂从结冰处断裂，倒在地上惨号。另一名赶紧迎上，一拳击地，从地底突然冒出一堵巨大石墙，将冰弹挡下；接着，巨大石墙四起围绕四周，又轰隆倒塌，将句成压个正着。

使用土术的黑甲武士稍有松懈，从崩塌的石墙中闪现一抹绿色，一株植物迅速生长起来，疯长的几条藤蔓将石块一块块顶开，将石块绞得粉碎，似毒蛇一般扫向周围的敌人。藤蔓中心，巨大的叶子包裹一颗硕大果实，将其慢慢托出废墟。黑甲武士们见状，一时愣住。突然果实绽开，句成从中一跃而起，双手持重剑，化出一片绿雾扑向使用土术的武士。那武士的身体里立刻疯长出无数五颜六色的蘑菇，而武士本人竟被这些蘑菇分解吸收，成了它们的养料。

"今天让你们好好见识见识 SNA 的厉害。"句成见对手不是太强，自信起来，挥剑斩向其他武士。

从黑甲武士当中射来一道绿光，竟是来自从大地冒出的一朵巨大的食人花。句成身上金光一闪，双臂长舒，指挥战场上的利剑飘浮。随即令下，众剑如暴雨般袭向食人花和那群黑甲武士，顿时也是秒杀。

句成正在得意，身后"噼啪"一声，一道闪电射中左肩，痛得他喊出声来。

"谁？不要脸，偷袭！"

句成转身右手一抓。无形中，使唤电的黑甲武士四周空气被完全抽空，一个真空球将他锁住。电流没了载体，再也无法射出。武士身体却像只气球般膨胀，浮向半空，体内强大的气压冲破每一个细胞，"嘭"的一声炸得粉碎。

此时句成犹如神助，见招拆招，本能地打出应付的招式。现实中，密室内气流翻滚，监视这座密室的监控器竟同时被震碎。

室外的刘思琪见句成浑身颤抖又喃喃自语，想冲向前叫醒他，却被加藤一只手拦住。

"灵王继承者可以操控所有精灵。在这里能将灵王体内的潜力全部激发，只要八个不同属性的精灵球全部感应到，就能证明他就是灵王继承者。"

刘思琪点了点头。

八个精灵球还是没有动静，句成的神情却逐渐恢复自然。加藤脸上露出失望，回头向刘思琪说道："测试已经结束了，我先带你去个地方，等他再睡会，就可以带他走了。"

刘思琪见句成已无大碍，点了点头。内心一块石头落地，另一块石头又压上心头，"既然他不是灵王继承者，被卷入这场风暴，真的好吗？那真的灵王继承者在哪里？"想到这，又不免觉得不妥，"我这般在意他的感受又算什么，真的爱上这个笨蛋了吗？不可能……"

　　所有人退出秘间，突然，八个精灵球剧烈震动，同时飘浮到半空，又缓缓落下，只是再没有人看到这一幕了。原来，句成强大的灵能，竟压迫得这八个精灵球不敢动弹，直到收回灵能，这八个精灵球才从压迫中恢复正常。

　　加藤一夫似乎感受到这股强大灵能，嘴角露出一丝不经意的笑容。

　　刘思琪跟着他来到一处传送门前，门口守卫着八名生灵守卫，个个眼神深邃，一看就是狠角色，她猜想着里面必定有个大秘密。加藤看了她一眼，让她和自己站上传送门，道："这里面是本社禁地，除非我或我孙女儿允许，外人不准进入。"

　　强光散去，几名黑色金属机械人在门口将炮口对准他们。

　　"欢迎主人。"黑色机械人验明身份，将炮口挪开。

　　门打开，刘思琪放眼望去，四周是一片的屏幕，有的画面是各国美景，有的画面是一对夫妇带着可爱的女孩玩耍，有的画面是一名鸟岛国女子倚靠在一名俄尔加国男子肩头坐在红枫下。

　　"你又想他了，哎，都说你很多次了。若不是他，你现在怎么会躺在这里？"画面闪起了雪花。

　　加藤幽幽说道："这就是我孙女儿，她躺在这很多年了。"

　　刘思琪走近一看，一座冰棺里，一名女子穿着鸟岛服装躺在其中，一头乌黑长发，瓜子脸，俏皮的鼻子，长长的眼睫毛，微红的嘴唇，白皙的肌肤，像极了传说中的睡美人。只是冰棺上接满电路，连接到上方悬挂的主机。

　　"你看到的都是她的回忆，我将她的大脑同主机联系起来，看着这些回忆，我就能感觉她还醒着，能听到我的声音。我等待灵王继承者多年了，等待有一天灵王继承者能救回她。"

"如果灵王拒绝救她呢？"

"哼，那我就杀了他。灵王对我而言，只有这点存在价值，这些年我每天都在痛苦中度过，只有救回我孙女儿，我才能解脱。"加藤怒气冲冲。

"灵王救回她要怎么做？"

"只要灵王愿意将灵珠借我一用，就能办到。"

刘思琪心道："灵珠威力巨大，若是加藤拿去，会发生什么，谁都不知道。灵王会同意吗？"

"你又如何能让那么多生灵守卫听命于你？"刘思琪又问道。

"我原是灵王的火部，这些守卫本就效命于灵王，所以大多数人都愿意追随于我，即使有少数不愿听命，枝子的心灵控制借助这强大的方舟，也能将他们掌控住。"

"哼，莫不是也想这样控制住句成！"刘思琪想到这，说道："我可以带走句成了吗？我想趁他还没醒带他回去。"

"可以，你们要好生保护他，他是个很好的小伙子。"

加藤望着他们远去的背影，心想："这小子必然是灵王没错了，可惜被什么力量压制，灵珠还没出现。既然他愿意救我孙女儿，这次我就不难为他，让他在外也好帮我找到灵珠，到时我再去找他。"加藤轻抚着手中的东西，那是一个跟踪器。

刘思琪带着句成回到酒店，林晓雅等人正焦急打听着他俩踪迹，见二人平安无事，也就松了口气。第二天清晨，因急着对古剑做研究，林晓雅同众人匆匆离去，留下刘思琪照顾句成。

"教官，你去哪儿了？"句成醒来，丝毫不知道发生了什么。

"调查些事情。"刘思琪说道。

"什么事情？"

"北海战神组的布拉德被杀害。"

"啊，难怪他们放弃了比赛，只是，那布拉德是预知者啊，怎么会预知不了危险？"

"除非对手强大到即使预知了也无法避免的结局，所以他做好了准备，牺牲自己换来情报。"

"凶手找到了吗？"

"只知道是兽族干的。"

"还有兽族？"

"世界之大，无奇不有。只是他们一直隐藏行踪，现在突然出现，怕是有什么阴谋诡计。你还记得和你对战的阮红玉吗？那一行人就和兽族脱不了关系。"

"她呀，我只记得只要看到她那双眼睛，然后就迷糊了。"

"你中了她的魅惑术。"刘思琪叹了口气，心想："若是他的天魂时刻保持清醒，哪里会中招，怎么回归这么多日子还是未能完全恢复？哦，对了，师傅曾说他体内还有一道封印，或许压制了天魂。"

"对了，加藤先生你见到没？我喝断片儿了，什么都给忘了。"

"加藤先生可不简单，你最好防着点儿，离他远些。"刘思琪说道，心里却叹道："这小子，哪里斗得过加藤这老狐狸。"

"嗯嗯。只是我脑子没那么好使，比我傻的我不用防，比我聪明的，我又防不住，索性不理了，斗心智，想想都累啊。"

"你就不怕上当吃亏啊？"

"别人怎么着，不知道，可我知道自己，坏事来就来吧，一切自有安排。我所经历的一切，看似匪夷所思，却不是偶然，每次陷入绝境，似乎都会有某种力量在控制局面，传递出信息，指导自己成长，仿佛我只是在执行某种程序。当我不能察觉这些信息，灾难就会来临，提醒我注意。所以一切发生的事情，都和自己的成长有关，哪有好坏分别。约拿事件，那么多活生生的生命瞬间就没了，如果他们能察觉生命无常，

异世三海
觉醒

或许都会选择放下无奈，做真实的自己吧。"

"如果有人要加害于你，怎么办？"

"打得过就打，打不过就跑，你不知道，我逃跑的本事大着呢。"句成说道。

"这……"这番话，竟让心思缜密的刘思琪一时无语。

"林晓雅说，这股力量是宇宙的数据库，只要心能常静，排除干扰数据，就可以找到它。我现在总算有点明白了，她可真是了不起，什么都知道，不愧是博士。"

"哦，是吗？看来她的研究和我们道宗的修行之道相当接近啊。"刘思琪心中升起一丝妒忌。

第二天，句成与刘思琪返回翰唐。刘思琪返回部队，句成也回到宁城家中，拿着奖金一顿挥霍。

第三十二回　联合调查组

　　联合调查小组开始行动。

　　这天，炙阳刚刚在海平面上露出个小脸，刺透灰蒙蒙的雾气，一行全副武装的家伙就来到罗顿军事海港。此时海港已经热闹起来，随处可见训练的士兵、紧张调试设备的工作人员。但所有人的目光不禁被这群家伙吸引住，那燃烧般的气势，仿佛整个海港只有他们几个。俄尔加帝国的莎莉娃·西莫奥夫娜、尤里·南科契夫，天鹰帝国的史密斯·汉密尔、布伦·普拉特，鸟岛国田中纪南，美达索帝国的特里·肖恩特、斯潘·休斯亚特、Lisa，翰唐国的陈怀坚、古乐，还有四人来自其他国家，正是联合调查小组成员到来。

　　罗顿海港，是美达索帝国第三大军事港，此时肖恩特正招呼各队友登上一艘大型太空战舰潜行者号。这是一次联合行动，但肖恩特更喜欢神不知鬼不觉地一个人行动。人多意见就多，组员来自不同国家，大量力气要耗费在协调上，太麻烦，所以当陈怀坚走过时，肖恩特眼睛就亮了，一个想法冒出来。

　　进入潜行者号内部后，古乐从口里发出一声响亮的口哨声。古乐在上次化工厂作战中表现上佳，被提到1队，他头脑灵活，鬼点子多，所以被郭楚南派来协助陈怀坚。

　　"好家伙，量子计算机配量子加速器，世界上最快的空中战舰，这是要逆天啊。哎哟，我去，这操作指南图上还有单人房间、健身房、模拟游戏机、酒吧，真是会享受啊。"古乐嬉笑着大声说道。

　　"我要去看看实验室。"天鹰帝国的史密斯更关心这架空中战舰有什

异世三海

觉醒

么好东西可用来做他的配方。其他几人寒暄几句，各顾各地找自己的房间。

大家安顿好，来到会议室，肖恩特已经在等候众人。

"OK，各位，我不想说太多废话，只想说我们面临共同的威胁，这次联合行动是符合各国利益的，所以，希望大家能团结一致。在开会前，我要做个决定，我需要一名副手，也就是副组长。"听到这里，各国成员都提了提神，斯潘更是满心期待着队长发话。

"我提议由来自翰唐国的陈怀坚做我的副组长。"

斯潘对陈怀坚的硬气相当钦佩，Lisa 自是不必说，天鹰帝国与美达索帝国是盟友也无反对，只是俄尔加国来的莎莉娃和尤里不太认账。

"为什么是他？"美丽的莎莉娃提高了银铃般的声音。

"因为这里，我说了算，我是队长，我坚信我的任命是正确的。"

对于这个任命，陈怀坚当然不会推辞。陈怀坚刚才一直用心观察队友，除了田中与肖恩特，还有一人的能量场非常强，就是俄尔加国的莎莉娃。修长的身材，一头金发，明亮的双眼，白皙的皮肤，性感的红唇，好似怒放的玫瑰，高傲美艳，又透露出坚强，典型的俄尔加美女。心想："美达索与俄尔加两国素来不和，这心高气傲的女士怕是会搅局。"果然，在接下来的情报交换环节，莎莉娃就不愿配合。

"我们加入调查组的任务只有一个，就是监督这个小组，不给美达索国有做假证的机会。"

"哼。"田中冷冷地瞪了莎莉娃一眼。

"你哼什么，没教养的鸟岛人。"莎莉娃立刻和田中杠上。

"如果大家不通力合作，那么发生在约拿城的悲剧，就可能发生在任何国家，包括俄尔加，我相信这不是大家想要看到的。"陈怀坚大声说道。

这句话一出，各队员就立刻不出声了，谁都知道这意味着什么。

"从我们谍报七局与 E8 的情报来看，约拿并无污染源也没有移动污染源来制造那么大的空间虫洞，所以只可能是人为打开后门。我们知道虫洞打开，需要先进的电磁场控制技术，目前电磁技术领先的国家，只有美达索、俄尔加、翰唐；民间机构有鸟岛国的加藤科技公司、天鹰国的普休斯旗下的索斯特科技创新公司、由色亚国的米索特·兰博旗下的桑利亚能源科技公司……"史密斯开始介绍一些基本信息。

"作为国家机构来说，不太可能做出这样的事，风险太大，只能集中力量对民间的一些科技机构进行排查，或许还有些隐藏的。"陈怀坚道。

"我们也需要调查清楚这次袭击的动机是什么，从而找到有哪些组织会为此动机而冒险。"肖恩特道。

"动机？美达索国全世界横行霸道多年，树敌可不少。"莎莉娃嘲笑。

"喂，你有完没完，我可是忍你很久了。"Lisa 不禁火大。

"生气，女人可就不美了。"

"你管我，本小姐爱咋样就咋样。"

"谁要再吵，就给我滚下战舰。"肖恩特瞪着眼从每个人脸上扫过，空气似乎变得稀薄，让人透不过气。肖恩特的威名在约拿一战成名，众人颇有些忌惮，不再捣乱。

"在座各位都是各国精英的代表，而且这次调查非同小可，没有哪国能独善其身，约拿被袭击，几十万人死于非命，想想那些逝者，我们还要一盘散沙吗？你们先看看这份资料，看看我们面对的是什么对手。"陈怀坚大声说道，将林教授研究三海世界的资料分散给队友。

众人看了这份资料，目瞪口呆，《三海》里记载的那些凶兽山神，每一个都会带给世界巨大的威胁。

肖恩特见众人不再说话，冲陈怀坚点了点头，说道："为节约时间，史密斯和布伦做支援，留在潜行者号，我带 Lisa、田中、尤里一组，陈队带古乐、莎莉娃一组，兵分两路，对民间机构进行排查。这是联络

异世三海 觉醒

器，有情况随时汇报。就算是全球最远距离，我们也能在 1 小时内赶到。”

“好。”

“尤里，留点心。”莎莉娃见两组都有自己人，也不再有异议。

肖恩特第一站决定先到飞飞洲利里亚支部，有情报显示那附近曾经出现巨大电磁干扰，直觉告诉他，一定隐藏着什么秘密，弟弟杰克·特里和分队长山姆就是在那消失的，而且第 1 队人形暗黑士兵就出现在那儿。飞飞洲南部到了夏天就格外闷热，空气中弥漫着干草和动物粪便的味道，原始的野性让人有种血脉偾张的感受。白天，肖恩特等人在分部搜索了一天，除了已经掌握的资料，并没有其他新发现，于是决定到事发地石油开采区去寻找线索。来到目的地，Lisa 打开探测器，显然有电磁辐射，说明这里曾经打开过空间虫洞，而且是很大的空间虫洞，否则，不会这么长时间还有遗留辐射。除了这条线索，并没有其他发现。此时天色已晚，肖恩特决定就地宿营。

Lisa 是第一班岗，半夜，肖恩特来接替她，两人坐在漫天星斗下聊了起来。

“你真的喜欢翰唐国那小子？”

“嗯。”

“那家伙什么方面吸引我们的明珠啊？一见强敌撒腿就跑的家伙。”肖恩特笑道。

“他虽然胆小，还小气，也没有什么大志向。可是，不知道为什么，那次里奥袭击林教授家时，他拼了命也要带走我时，我就觉得自己属于他，就想和他长相厮守，永不分离。只要和他在一起，我就感觉到安全，他在什么地方，我就想去什么地方。一个肯为我而死的男人，我还求什么？”说到这，Lisa 羞涩地笑了笑，想起句成傻傻的样子，心里甜甜的。

"他喜欢你吗？"

"那当然，本姑娘可是集才华、财富与美貌于一身的女子。"

"嗯，听你这么说，我明白了，他尽力守护着重要的伙伴，而我却没守护好他。"肖恩特长叹一口气，双眼望着满天星斗，想起自己和弟弟流浪街头，被混混们欺负，两兄弟背靠背互相支持的一幕，心里满是牵挂。

"头儿，别难过，我相信特里还活着，我们会找到他的。"

"嗯。"

突然，宿营地传来"嘶嘶"的声音，接着，半空中闪烁起电火花。

"有情况，快走。"两人迅速向宿营地跑去。

田中和尤里已经警觉，四人盯着半空。半空中电火花逐渐扩大，最后形成直径六七米的空间虫洞，虫洞的另一面是一片黑暗，那电火在这黑夜显得妖艳诡异。

"来了，注意。"

"嗖嗖嗖"7道人影从空间虫洞飞出，落地激起一阵震荡波，激扬的尘土将帐篷荡出老远。每人长着一对巨大的黑色翅膀，身穿黑甲，并将他们的脸完全遮住，看不清真面目。这7人中有6个身高都在3米以上，剩下一人，个子虽与常人无异，但身上散发的杀气却让所有人不寒而栗。

众人拔出武器，就要冲上，肖恩特突然大吼一声："等等。"

"怎么了，头儿？"Lisa急切问道，双眼满是疑惑。

肖恩特语气充满悲痛，眼睛露出血丝，一字一顿低吼道："那是我兄弟，杰克·特里。"

第三十三回　我陪你

　　夜幕下的丹尼斯港，几条货船正缓缓航行，黑色的海水拍打着海岸，发出哗哗的声音。昏暗的灯光闪烁不定，一群群昆虫围在灯光下胡乱飞舞。港口的集装箱场，散发出铁锈与货物发霉的味道，偶见几只老鼠飞快地跑过空地，这里看上去如往常般平静。

　　"听说G.B帮的老大是个怪物，我们要小心点。"

　　"别担心，我们人多，又有DRW-F2，他们还能怎样？"

　　集装箱后，几名身穿防弹衣的黑人正在低语。远方的暗处，全副武装的人员若隐若现，一看便是训练有素的特种部队。这群人所处的另一角暗处，有三名西装革履的人，似乎是指挥官，他们身上散发出凌厉气场。

　　"头儿，这两兄弟太狡猾了，我们三番五次帮他们拦下那些东西的追杀，一点儿也不领情，还是不愿投靠我们。"

　　"这次没那么便宜，一定要逮住他们。"

　　"嗯，我倒喜欢他们两个，尤其哥哥，有股狠劲，头脑也冷静，有原则，是块好料，这次绝不能再让他们跑了。"领头的人身材修长，只是右手少了拇指。

　　"来了，不要再说话，他们头儿的耳朵可是很灵的。"

　　DRW-F2是死光武器，AK帮的王牌。此时，AK帮这帮军火贩子联合军方正等着G.B帮进入埋伏圈。G.B帮是芝加迪黑帮后起之秀，除了军火不碰，其他黑帮生意都做，成立仅仅3年，整个芝加迪地下生意都是他们的了，因为他们有一个比怪物还可怕的老大。

半个月前，G.B 帮抢了 AK 帮的地下钱庄，这让他们的后台老板极为愤怒，下达死命令一定要消灭 G.B 帮。所有帮派都知道，AK 帮不好惹，他们背后有军方支持，没人敢打他们主意，除了 G.B 帮。

远处，5 台黑色奔驰 SUV 正在靠近港口，突然一辆白色皮卡横穿马路，拦在车队前方。黑色奔驰车门打开，十几名着装不一的大汉手持全自动枪械立刻跳出，枪口对准这不速之客。白色皮卡车上，下来一名 17 岁左右的少年，一头金发，英俊的脸上稚气未脱，身穿一件黑色 T 恤，脚蹬一双白色球鞋，此时双眼似乎要冒出火来，毫无畏惧，冲着前方车队大吼："肖恩特，你给我出来。"

肖恩特心里暗骂一声，停下车，慢悠悠低头钻出车门。

"特里，你别在这里碍手碍脚，赶快给我滚回家。"

"不，你知道你在干什么吗？这三年，你净干些无恶不作的事，你忘了父亲怎么跟我们说的吗？"

"别提那老家伙！母亲死的时候，他在哪儿？我们两兄弟受难受苦的时候他在哪儿？还有你，没资格教训我，没有我这几年拼死拼活，你怎么能有钱上最好的学校！怎么能过上最好的生活！"肖恩特越说越激动。10 年前，父亲突然失踪，母亲带着他们寻找父亲时，发生意外，车坠落悬崖。两兄弟命大，摔出车门，被悬崖上巨大的树枝挂住才得以逃过一劫，却也在悬崖的秘密洞穴中，意外获得白鹰族的生灵之力。接着遭到诡异的追杀，两兄弟东躲西藏几年，一贫如洗。为了让弟弟过上正常人的生活，肖恩特放弃了一切，混迹黑帮。

"OK，好，我不愿再欠你的，我不去上学了，我跟着你，你走到哪里，我都跟着你。"特里鼻子一酸，哽咽地说着。

肖恩特叹了口气，走近特里，一把搂住他后颈，头抵近特里额头，低声对他说："特里，听我的，快回去，你不要卷进来，我已经这样了，你一定要出人头地，不要像我。今天这里是个陷阱，我老远就闻到军方的味道，太危险，你赶紧走。"

"不，你进天堂，我也去；你下地狱，我陪你。"

"你这个混蛋。"肖恩特气得咬牙切齿，右手一把揪住特里的衣领，左手挥拳就想揍过去。突然右手抓到硬物，松开一看，一条银白的项链散落在特里脖子上，是母亲留下的十字架……

现在，那十字架就正挂在小个子黑甲战士的脖子上。

肖恩特一字一句地对田中等人说道："那小子交给我，你们对付其他人。"

"好。"田中应声，双刀一挥，和众人冲了过去。

黑甲战士一字排开，哗啦一阵声响，转化出武器，"突突突"就似使用全自动枪械一样射出乌黑的子弹。

尤里左肋不幸中了一枪，那子弹并未穿透他的左肋，而是在中弹处延伸开来，像章鱼的触手，黑色的黏稠液体开始包裹他的身体。

尤里只觉得半身开始麻痹，大声叫道："不要被射中，我快动不了了。"

Lisa迅速移动到尤里身边，打开盾，挡在二人面前。肖恩特见状不妙，冲田中使个眼色，刮起一阵旋风。风沙顿起，两人迅速冲入敌阵，迫使对手没有时间再射击。田中全身燃起黑火，双刀刺向一名黑甲士兵的双腿，那黑甲士兵手中武器化作黑盾，往下一磕，震得田中手臂发麻。另两名士兵也挥刀从背后斩到，田中双刀一交，靠向后背，"铛"的一声，田中被震得向前飞起，竟然落个下风。另一边，特里退后一步注视着肖恩特，手一挥，旁边的三名黑甲士兵将武器化作冷兵器，攻向肖恩特。肖恩特手化长矛，舞出一阵风，长矛上包裹住一团迷雾，与之战成一团。时间一长，二人渐渐势弱。

肖恩特催动灵能控制气灵，从长矛上打出一片冲击波，撞退敌人，大喊一声："田中，我们两个联手。"

田中明白肖恩特意思，一跃冲天，化出两道黑火墙。肖恩特手中长矛飞速转动，制造出巨大的龙卷风。这龙卷风和田中的黑火结合，卷起的漫天尘土，让六名黑甲士兵睁不开眼。肖恩特操控起空气，将四周的氧气源源不断地注入龙卷风中，田中全身的黑火大作，顿时形成体温高达1000℃的火龙，呼啸着卷向敌人。六名黑甲士兵即使是来自地狱的恶魔，也无法承受如此高的温度，顿时化作灰烬。突然，特里张开双臂，冲天狂吼一声，张开口像是在吞噬着什么。龙卷风四周的空气竟逐渐抽离，没有了空气，风就无法存在。肖恩特灵能消耗很大，累得大汗淋漓，他无法想象，自己的兄弟不知从哪里获得这般力量，竟然也学会了操控气灵。

没了氧气，田中脸憋得通红，"咚"的一声从半空摔落，龙卷风消散得无影无踪。特里从怀中掏出一小瓶，倒出黑色的黏液洒在沙地上。只见黏液在所滴之处开始扩散，很快形成黑色黏稠的大坑。特里又掏出一把黑色芯片类的东西倒进大坑。不久，从大坑里开始爬出新的暗黑士兵，他们全身滴着黑色黏稠液体，呼啸着扑向田中一干人等。一道绿光闪过，Lisa射出弩箭，射中的暗黑士兵发生爆炸。几名暗黑士兵见有弓手，立刻分出人手，包围Lisa。肖恩特见状折返支援，打出强劲的冲击波，一声巨响，将散兵打飞，接着长矛直指特里，蓄势待发。特里飞向半空，竖起一根手指，指甲上一团黑气若隐若现地在凝结，暗黑士兵似乎害怕，竟不敢聚拢。

肖恩特盯着那团气球，突然想起什么，大声疾呼："快撤，我们不是对手，快撤！"

众人急速撤退。只见，特里指尖的黑气球体飞向地面。"轰"的一声，地动山摇，一阵巨大的爆炸，发出刺眼白光，将整个采油厂炸得沸腾起来。气浪将仅有的几栋建筑扫得灰飞烟灭，冲天大火照得夜幕如白昼，大地张开一道道裂缝，泥土似乎都已融化板结在一起，半空中升起一朵蘑菇云。几百米开外的众人被冲击波又震飞到几百米开外，若不是

异世三海

苏醒

肖恩特发现得早，与田中及时打开元能罩保护众人，大家都要折在这儿。

"快撤，在他制造更可怕的核爆之前，撤离这里。"肖恩特的元能在抵抗这次爆炸中已消耗巨大，想重启元能罩，要花不少时间。

田中抓住受伤的尤里，肖恩特与Lisa张开翅膀，四人紧急撤离。

地面的特里，见四人要逃，"呼啦"一声伸开黑色羽翼，手中化出一把自动枪械，紧追不舍。

肖恩特紧跟田中飞行，边躲闪呼啸而来的子弹。手腕上的通信器里传来史密斯的呼叫声："头儿，我们来接应你，潜行者号就在你们前方，3分钟后就能赶到。"史密斯见肖恩特过了联系时间仍未报平安，通过卫星导航发现他们处境危险，遂赶来支援。

"来得好，我们后面跟了条尾巴，有办法干掉吗？"

"没问题。"史密斯立刻从随身的包里掏出一瓶药水，洒在一张用来兜住装备的网上，一阵绿烟过后，那网似乎如活物一样蠕动。

另一边，肖恩特在飞行中突然听到身后Lisa的一声惊叫。

"怎么了？"

"我后背中弹了……"Lisa的声音开始衰弱。

"糟了，必须快点。"

特里越追越近，前方天空，潜行者号结束隐形状态，突然出现在面前。

几人迅速飞高。

一张巨网撒下，刚好套住紧追不舍的特里，只听一阵怪叫，特里摔下半空。

肖恩特看着弟弟下坠的魔鬼身影，心里像扎了无数钢针："兄弟，等着我，我一定会带你回来，无论是天堂还是地狱，我陪你。"

第三十四回　黑暗骑士

肖恩特和田中回到战舰，立刻把 Lisa 和尤里扶到医务舱，将二人平放在病床上，医务官连忙赶来查看伤势。

"这、这……我从来没见过这种伤啊。"医务官的冷汗从额头滑落，手足无措。二人的情况让医疗经验丰富的他根本不知道如何下手，那医务舱窗外一盆油绿发亮的仙人球，一身尖刺挺立着，仿佛在嘲笑着他的无能。此时，尤里的整个身子几乎被黑色黏液包裹，只露出头部，已经没了意识，而 Lisa 整个后背也被黏液铺满，情况十分危急。

"我不能动了，头儿，我……我会死吗？"Lisa 急得眼泪都快掉出来。

"放心，我不会让你死的，我会想办法救你。"肖恩特故作镇定地说道，喉咙里却似要喷出火来。

史密斯将操控交给布伦，赶来看看情况。只见黑色黏液，在尤里身躯表面缓缓地流动，仿佛野草一般，渗入肌肉里，似乎那些肌肉就是它的土壤和肥料。他拿来一把镊子夹着小棉球，小心翼翼地从尤里身上取下一小块样本，放到一根试管中，盖上盖子，摇了摇，眉头皱起。

"我先分析下这里面的成分再说。"

"需要多长时间？"

"快就十来分钟，慢则几小时，不过，最好先把尤里关到隔离室观察。"

"嗯，我也是这么想。"

隔离室外，焦急的肖恩特透过玻璃看着同伴。

异世 三海
觉醒

"我们或许是碰到黑暗骑士了。"一旁的田中缓缓地说。

"黑暗骑士？你说特里是黑暗骑士？那是我兄弟，你知道吗？"肖恩特情绪激动，一把揪住田中衣领。

"冷静点，你先听我说完，还记得二战时期的敦克尔战役吗？"田中抓住肖恩特肩膀。

"记得，怎么？那次战役双方损失惨重，但不是双方所为，而是被一股力量袭击，后来被列为世界十大奇案之一。"

"敦克尔事件，不是简单的战争。当时，在敦克尔附近的一处山谷，一个大型空间虫洞不知什么原因被打开，引来一次暗黑入侵。当时，我的主人加藤先生与近 300 名生灵守卫，赶去堵住空间虫洞，遇上暗黑势力阻击，大战一场。那一仗打得天昏地暗，鬼哭神泣，牺牲了大半，包括灵王继承者，才最终惨胜，并殃及正在敦克尔交战的人类双方。加藤先生的孙女儿就是在那时受的重伤，到现在还一直躺在冰棺里昏迷不醒。从此，主人不再参与战斗。要知道，当时的对手只有 30 多名。"

"30 多名？他们人数是对方 10 倍，才勉强获胜？"肖恩特倒吸一口冷气。

"是的，因为对手来了四名强手，黑、暗、骑、士！暗黑军团的精英战士。"田中一字一顿说出这个名字，极为严肃。

"难怪我们二人合力连特里的身都近不了。以前的非自然入侵，暗黑势力均是隐形出现，可现在这些黑暗骑士似乎完全不再顾忌，显形出现在这里，为什么？"肖恩特长叹一口气，松开了手。

"肖恩特，如果对手不再隐形，只说明问题更加严重。"

"哦？"

"还记得那个在约拿发表演讲的翰唐女科学家吗？按她的解释，暗黑势力显形说明它们已经找到在我们这个空间维度稳定生存的方法。"

"那就麻烦了，可他们的目的又是什么？"

"黑暗骑士的出现就是为了抓捕灵王，因为灵王身上有他们要的东西。"

"灵王？什么人？"肖恩特多次听到这个词，不禁发问。

"灵王是生灵守卫之王。只有他才有资格继承灵珠，一件可以创造或毁灭这个星球的终极武器。"

"暗黑势力为什么不趁灵王未出现就入侵蓝星，找到那终极武器，一切不就在掌握中了吗？"

"没用的，灵王不出现，灵珠也不会出现，他们来了也没用，两个世界频率不同，它们活不了太长时间。所以主人才会说，万不得已，杀了灵王，就能阻止暗黑军团。只是现在，它们居然找到在这个空间维度稳定生存的办法，这就可怕了。"

"如果真是这样，留给我们的时间就不多了，一要迅速查出内鬼，二要找到灵王继承者。"

"灵王继承者我们已经找到两个疑似者，都在翰唐国，只是在没有确定前，我不能说出他们的名字。不过，我主人加藤先生已经找到灵珠的踪迹。"

"啊？"

"传说灵珠藏在龙脉中。加藤先生也一直派人寻找龙脉的下落，天道酬勤，经过这些年的努力，我们终于打探到一个机密。八十多年前，翰唐的考古学家找到夫兮吕至遗迹，还找到你这件上古武器，但这是'公开'的秘密。"田中停顿了一下，指了指肖恩特手腕上的昆仑机甲装置。

"哦？"肖恩特看了看手腕。

"他们还隐藏了一件宝物，半张地图，记载着翰唐国运命脉的地图——龙脉。"田中道。

"半张？那另外半张在哪儿？"

"这张图的另外半张不知为什么落在300年前翰唐的皇室手中，又不知怎么流落到美达索帝国怀恩将军手里，可惜在约拿会战时，被人趁乱盗取了。"田中说道。

"啊，这我就不知道了，怀恩将军绝对不会告诉我们这种绝密情报。现在看，要彻底击败暗黑军团，必须要找到完整地图啊。"

田中刚要回答，史密斯拿着化验报告结果赶来。

"主要成分是各种烷烃、环烷烃、芳香烃的混合物，接近石油。奇怪的是，这些东西好像有生命，像寄生虫一样，同化身体内的碳元素。如果探索到源头，这种物质其实是以死亡的生物组织为主。这或许就是尤里失去意识的原因了。"史密斯道。

"见鬼，这是说我们没有办法了吗？"肖恩特说道。

"不，每种物质都有灵体，例如，你能操控的是风暴，而我能操控黑火。如果找到能操控所有元素的生灵守卫如灵王，又或者是木系治愈型生灵守卫，就能救他们。"田中说道。

"见鬼，我到哪里去找灵王和木系生灵守卫？"肖恩特有点焦躁。

肖恩特呆呆看着隔离室里，突然，尤里张开眼睛坐了起来，慢慢走近玻璃窗，那双眼睛没有一点眼白，黑洞无光。

"不好。"肖恩特话音未落，尤里一拳已经将那防弹玻璃击个粉碎，张牙舞爪地向肖恩特扑来。

肖恩特侧身闪开，从后背使出一招锁喉技。失去意识的尤里力量大得惊人，即使是肖恩特这样顶尖的生灵守卫，都差点无法将其控制住，众人赶紧帮助控制尤里。

肖恩特让昆仑机甲化作无数细丝，将尤里捆成了粽子，放倒在地。尤里发出恐怖的号叫声，肖恩特听得心烦，干脆将尤里的嘴也堵起来，只留下两个鼻孔呼吸。他心里惦记着Lisa的情况，让田中将尤里安置好，匆匆去探视。

Lisa的病床前，肖恩特揪着自己的头发，沮丧地看着自己的战友，喃喃自语道："Lisa，你可要坚持住，我知道遥远的翰唐国，还有句成等着你。"

Lisa 听到句成名字，昏迷中突然抓紧了拳头。

"有知觉了，叫医务官！"Lisa 的这一反应让肖恩特惊喜过望。

"奇怪，她的情况没有恶化，而且黑色的寄体开始枯萎，明明有好转啊，只是为什么还昏迷不醒？"医务官一脸迷惑。

"你们很愤怒？"Lisa 突然说话，双眼紧闭着，眉头紧锁，突然抽泣起来，"我能感受到你们的痛苦……"被子滑开，小腿露了出来。没多久，Lisa 的情绪开始平静，双眉渐渐舒展。

众人你看看我，我看看你，都不知道什么情况。

"肖恩特，你看。"突然史密斯惊叫起来，手指向窗口位置。

众人看去，窗口的那盆仙人球顶端，一朵鲜红的花怒放着，娇艳欲滴，仿佛生命的新生。

此时肖恩特注意到 Lisa 的符纹："奇怪！Lisa 的灵能本来是驯鹿符纹，为什么现在这驯鹿似有七彩？"果然，Lisa 右小腿肚上那个普通驯鹿符纹竟然变成一只七彩驯鹿。

"翰唐传说中有一只七色鹿，是森林的守护神，我想她就是木系生灵守卫。"田中说道。

"为什么还不能醒来？"肖恩特问。

"医生能治别人的病，却往往无法治愈自己，我想到一个人或许能救 Lisa。"田中犹豫再三，还是说了出来。

"谁？"

"刘思琪。按属性，水能生木。"田中把刘思琪在加藤总部试炼时的情况讲了出来。

"那还等什么？"

这天，句成又见到刘思琪，不禁喜出望外。

"教官，你怎么来了？"

"Lisa 出事了，肖恩特队长刚把人送来，你快跟我走，我需要你

协助。"

"啊，好的，我这就收拾下跟你走。"

"以后不要叫我教官，我已经不是你的教官。"

句成听到这，心里一阵难过，又见刘思琪开口道："你可以叫我清秋。"

"嗯！"句成重重点了下头，心情愉快起来。

Lisa 感受到两股暖流注入丹田，缓缓睁开眼，一道小溪从身边绕过，四周奇花清香淡雅，柔软嫩绿的草地像地毯般延伸到密林深处，耳边传来潺潺流水声，不知名字的鸟儿叽叽地叫着，难得一片静谧的小山谷。轻转过头，就见到刘思琪和自己朝思暮想的句成正扶着自己的双肩，不禁欣喜得叫了起来："你怎么在这？"

句成满头大汗，还没回答，旁边刘思琪已经吼开了："你马上给我坐好，集中精神融合我们二人的元能，将邪毒祛除，稍有不慎，我们三人都完了。"

"哦哦，知道了。"Lisa 调皮地朝她吐了下舌头，知道刘思琪所言不假，刚才打岔的工夫，几道元能就已经开始在丹田胡冲乱撞，再不敢开小差，闭上双眼。

不多久，Lisa 心门打开，仿佛看到身边无数绿色光点在汇集，时而聚集成一只飞鸟，时而聚集成一团云雾，时而聚集成一条大鱼。冥冥中，Lisa 伸出双手想去触摸它们，却又被它们调皮地躲开。

突然，不知哪来的一团黑色迷雾横冲直撞，将那团温暖的绿光撕得粉碎，竟又在 Lisa 面前幻化成孩童哭泣着。Lisa 克制住自己的不安，小心翼翼伸出双臂，将孩童搂进怀里。丹田的一股暖流传到指尖，Lisa 全身发出温暖强烈的绿光将孩童缠绕。渐渐地，哭声没了，黑雾逐渐褪去，孩童忽然化作绿芒飞向半空。Lisa 心眼观去，半空中绿芒越聚越多，越聚越密，仿佛美丽的蝴蝶漫天飞舞。突然，绿芒停止聚集，竟急速冲进她的身体，那剧烈的冲击，让身体不停地颤抖起来。

Lisa 神游的过程看似短暂，刘思琪和句成却不吃不喝过了三天。两人见 Lisa 全身颤抖起来，身上的黑色开始消失，知道到了关键时刻，更是不敢松懈，元能源源不断输出。终于，Lisa 停止了颤抖，再次睁开双眼，冲二人莞尔一笑。

"句成，清秋姐，可以了。"

两人松了口气，此时周围奇花遍布山谷，竟是受 Lisa 的治愈力量而觉醒，迎风怒放。

刘思琪见这二人眉来眼去，心中五味杂陈，不是滋味。

"清秋姐，肖恩特队长在哪？"Lisa 问道。

"他送你来我们这，就匆忙离去，说是已经安排好，过些天有人会来接你。"刘思琪内心矛盾着，也不愿夹在中间尴尬，冷冷回了句，转身欲离。

"清秋，你去哪儿？"句成问。

"我回总部，还有任务。"刘思琪不再搭理二人，径直离开。

"嗯，晚点联系。"句成大声说。

手臂突然一痛，Lisa 掐了他一把："都叫上清秋了，很亲热啊，你不想单独和我处一会儿？"

"哎、哎，疼、疼，想、想……"

刘思琪远望二人在这漫山花草中低声细语，轻声说道："你若快乐，我便心安。"叹了口气，黯然离去。

异世之海

觉醒

第三十五回　鬼武者

陈怀坚决定带着第 2 组队员从军火贩子身上找线索，直觉告诉他，给暗黑势力提供隐形装备和制造空间虫洞的是同一伙人，因为那些隐形装备属于目前顶尖的武器之一。俗话说，隔行如隔山，要查出内鬼，就要从军火贩子那里着手，他们消息极多，涉及范围广。甚至那些军事技术开发公司，不太方便自己出面销售，也会找他们做中间人。所以陈怀坚第一步就是追踪世界最大的军火贩子集团——AK 帮。陈怀坚怀疑 AK 帮的幕后支持者就是加藤枝子卡布西智能科技公司，刘思琪带回的情报虽然显示隐形怪兽和加藤家族没有什么关系，但是这样强大的力量对打击怪兽居然毫无作为，不合理，总觉得有问题。最佳的选择是从旁敲打，找出蛛丝马迹，又避免打草惊蛇。

"莎莉娃，古乐，我们需要做场戏。"

"怎么做？"莎莉娃有点漫不经心。

"买军火。"

陈怀坚安排莎莉娃冒充俄尔加国军火买家。这些年，俄尔加国受到西洲封锁，成了世界上最好的买家，开的价码够高。陈怀坚讲了他的计划。听到自己有机会穿上美丽的晚礼服，不用打打杀杀，只需演场戏，莎莉娃有了兴趣。

"但是资金从哪里去找？"

"我们需要分两步来，一开始就谈隐形设备，一定会失败，而且不知道有没有，我们需要先做成一笔小生意。这部分资金 100 万美金就行，这点资金我们还是可以筹到，第二笔资金就要靠我们的电脑天才古乐了，我们要来招瞒天过海。"陈怀坚冲古乐笑了笑。

"没问题，包在我身上，嘿嘿。"

坦加迪巴特酒店。卡西奥正搂着两名美女从玻璃后面看着舞池中如醉如痴的人们。巴特酒店今晚有个派对，政要、演艺界的名人来了不少。卡西奥很喜欢这种气氛，能让政要名流巴结自己的感觉真好。这些年，AK 帮的势力越来越大，几乎控制了整个世界的军火高端交易，国会一半议员都是自己人，就连 A 国总统竞选都需要 AK 帮的支持。喝了口美酒，卡西奥不禁有些飘飘然起来。

"老板，来了个俄尔加买家。"

"多少钱？"

"一百万美金。"

"这么点小事，你去处理。"

"可那名买家非要你出面。"

"哦？是谁？"

手下把画面切到一个镜头。一名女子，穿着黑色低胸礼服，金黄的云髻透着女王般的高贵，一双蓝色的大眼睛仿佛是清澈的蓝宝石。高挑的身材，像水杉一样挺拔。走在泳池边上，目不斜视，飘逸的倩影，就像在跳性感的拉丁舞，让人心神荡漾。正是莎莉娃。

"OK，带她来见我。"卡西奥嘴角露出一丝邪笑。

"你们先出去。"卡西奥斜眼看了看身边的两名女子，和莎莉娃比，简直天上地下。

两名女子努了努嘴，一扭一扭地走了出去。

莎莉娃与陈怀坚被带到一个房间外，两名手下在门外用探测器仔细扫遍他俩全身。门打开，莎莉娃被带到一名穿白西装的猥琐男子面前。莎莉娃优雅地坐到对面的沙发椅上，伸出手背。

"莎莉娃·西莫奥夫娜。"

异世三海

觉醒

卡西奥连忙接过玉手低头轻吻手背，"艾蒙·卡西奥。没想到大名鼎鼎的俄尔加黑帮 4A 的老板竟然是位绝色佳人。"

"我也没想到 AK 帮的老板居然是位绅士。"莎莉娃轻柔地抽回手，点头微笑。

"哈哈哈，谢谢。莎莉娃女士，本来这么小的单我不会亲自出面，您是例外。"

"哦！只可惜我最感兴趣的东西没有，对那样东西，多少钱我都愿意买。"

"是吗？说说看是什么。"

"全隐形技术。"

"呵呵，你看来是在开玩笑，我怎么会有这种技术。"卡西奥有点惊讶。全隐形技术不同于飞行器隐形。现在普遍的隐形技术是通过超速影像技术进行空气镜反投，利用反雷达隐形涂料吸收雷达波，达到隐形效果。但全隐形技术是利用量子模拟变形技术，改变形态时也能即时隐形，还能屏蔽掉能量辐射，所以一直都只是传说中的技术。

"你这儿没有？好吧，看来我是白跑一趟了。"莎莉娃假装站起要离开。

"等等，如果有的话，你愿意出什么价？"

"这得看你开什么价。"莎莉娃轻轻拨弄了下头发，空气中轻轻地散开一丝香气。

"呵呵，我只是随便问问，我这儿也没有。"卡西奥偷偷瞄了眼莎莉娃胸部，吞了下口水，"但是我的朋友或许能弄到，只是不知道莎莉娃女士有没兴趣陪我去个好地方。不过眼下，我们先完成这次交易吧。"

"如果真有，我当然愿意陪你走一趟。"莎莉娃冲着卡西奥一个媚笑，把卡西奥的魂儿都快勾了出来。卡西奥凑近莎莉娃，伸开手臂就想搂住她的细腰，却被玉手捏住下巴，轻轻推开。"等找到我要的东西再说，别急。麦克，打电话过去，通知汇钱。"

第三十五回

鬼武者

"是。"身后的陈怀坚按预定计划通知古乐汇款。

交易顺利完成，卡西奥的疑虑也消了大半。莎莉娃起身拿上包，低头轻吻了下卡西奥额头："坏家伙，找到东西了，打电话给我。"扭转腰肢，带着陈怀坚翩然离去。

卡西奥看着远去的靓影，莎莉娃曼妙的身姿，似乎还在眼前，不禁口干舌燥，"这个女人，老子一定要搞到手。"

回到监控车里，古乐一见莎莉娃就叫起来了："香艳啊，太香艳了。"

"你给我住嘴。"莎莉娃瞪了他一眼。

古乐吐了吐舌头。

"看样子，鱼儿是上钩了，接下来他应该还会去摸莎莉娃的底细。古乐，你安排好了没有？"

"放心吧，队长，我已经潜入俄尔加国情报局资料库和 AK 帮的通信网络系统，现在他们查到的，都是我制作的内容。"

"干得好。接下来，我们就等消息吧。"

过了两天，卡西奥的电话来了，通知莎莉娃去私人机场，他自己会在目的地等他们。莎莉娃与陈怀坚两人来到机场，上了飞机，卡西奥手下为两人准备了两套貂皮大衣。几个小时的飞行后，只见飞机下方一片一望无际的雪白，一座座冰山漂浮在蔚蓝的海面，原来是到了极南。离极南最近的是坎奥岛，各国政府在这里建了一座联合城市，但该城实际是一座监狱，数百万全世界穷凶极恶的准罪犯，被扔在这里自生自灭。恶劣的生存环境，四周冰海连绵，没有破冰船，谁也无法逃脱这片死亡之地。

一名老人正倒在街角的血泊里，手里的面包被一名年轻人抢走。年轻人跑过一条街，却被一辆破旧汽车撞飞。驾驶员慌忙下车拖着受伤的腿逃向大道，身后三四辆车载着持枪的帮派追来。驾驶员窜上大道，无数持枪者正在攻打市政厅。爆炸声、叫喊声乱成一片，四周是燃烧的浓烟。市政厅内，大腹便便的市长满头大汗，正指挥手下反击："今天打退他们，一人赏一罐鱼油、一星期的面包。见鬼，M先生去哪儿了？"今天这座罪恶之岛正发生着大规模暴动。

下了飞机，雪橇车将几人带往一座冰山脚下。一块巨大的岩石移开，里面是巨大的山洞。两旁是全副武装人员。一辆悬浮车将二人接上，开了10来分钟，到了尽头。众人走进山洞，约莫走了10分钟，出现一个门厅，门厅内有一部古铜色电梯。众人上了电梯，径直升到十八楼。当电梯打开，豁然开朗，只见四处金碧辉煌，白色花岗石柱子，柱端是拜占庭风格雕花，四壁有西洲风格壁画，地面是皇家暗红地毯配黑金沙花岗石，屋顶有黄金骨架水晶吊灯，那宽敞的落地玻璃外白茫茫一片，视野开阔。来迎接他们的是位性感美人，扭动着屁股，带着二人来到一间房间。卡西奥和一名着黑色西装的棕发中年男子正在里面等候，那男子身形魁梧，却戴着一副鬼武者面具。

"听说坎奥岛发生暴动？"莎莉娃问道。

"哦，没什么，那个破地方经常这样。听说逃出七名犯人，这么冷的天，冻也冻死了，还没有人能逃出那个岛。"

"就是你要货吗？准备好钱了吗？"

"当然，不过你应该先为我们展示一下。"

"啪"，鬼武者打了个响指。顿时八名大汉突然出现在陈怀坚等人身后，皆戴鬼武者面具，每人手腕上戴着一只黑色手环。

陈怀坚吃了一惊，自己已是生灵守卫，这几人悄然无声站立背后，自己却浑然不觉，鬼武者果然不简单。

黑衣人抬起手，他手腕上也有一只黑色手环，轻轻一碰，瞬间消失得无影无踪。莎莉娃正在惊讶中，那黑衣人又突然在自己身旁出现。

"这项技术是非卖品，但是我们可以为你们定做设备，就像我们手上戴的。不知道莎莉娃女士有没有兴趣。"

"嗯，既然是这样，我们要好好谈谈价格了。不知道阁下怎么称呼？"

"你可叫我 M 先生。"

"哈哈哈，来、来、来，我们坐下来谈，价格好说，价格好说，啊，哈哈哈。"

卡西奥见双方都有做成生意的意思，连忙招呼着众人坐下，吩咐手下端上准备好的美酒美食。

"我去趟洗手间。"宴席中的 M 先生起身离开座位。

陈怀坚感觉不对，轻轻靠近莎莉娃，捏了下她手心。

"你或许觉得计划进行得很顺利吧？陈怀坚先生，联合调查小组副组长。"M 先生的声音在两人身后响起。

两支枪抵住两人的太阳穴。形势突变。

陈怀坚刚想采取行动，M 先生又说道："最好别动，我相信，TS 战力被子弹射中脑袋，怕是无法再复活的。"

"哼，你觉得这样就能控制住我们吗？"

M 先生立刻扣动扳机，子弹在枪膛内爆裂，原来不知什么时候，陈怀坚用昆仑金将整个枪口完全堵住。而另一边，莎莉娃身后的人一声惨叫，像触到高压电般扔掉了手枪，整个右臂再也抬不起来。

突然整座建筑开始剧烈晃动，陈怀坚脚下的地板"哗啦"一声，大厅里的所有人都掉了下去。

第三十六回　冰封

　　陈怀坚半空中搂住莎莉娃细腰，打开元能金钟罩，落到地面，砖石砸在金钟罩上发出嘭嘭声响，定眼看去，所处竟是巨大冰窟。

　　"可以松开了吗？"

　　陈怀坚这才惊觉，顿时脸颊一热，赶紧松开。

　　莎莉娃见陈怀坚窘态，忍不住笑出声来，心里暗想："这家伙还真是绅士。"借着微弱的灯光，见不远处卡西奥被压在混凝土下一命呜呼，心想这叱咤一方的军火贩子就这么死了。

　　"当心，那九个鬼武者肯定还活着。"陈怀坚提醒莎莉娃。

　　话音刚落，莎莉娃只觉背后一阵凉意，弯腰躲开后，"刺啦"一声一把武士刀贴身刺过，将她的礼服划破。

　　"啊！"莎莉娃一见，气得咬牙切齿，"你们竟敢弄坏我的礼服，你们死定了。"莎莉娃双眼冒出一丝神秘的幽蓝，浑身被蓝色的电弧围绕。又化出两把武士刀，鬼武者戴着隐身器，不见本尊。此时莎莉娃已经有了防备，刀刚接近电弧，强烈的电流便将鬼武者震飞，敌人手腕也因此显现了出来，一会工夫又失去踪迹，这让他们一时不敢靠近。莎莉娃见状，顿时明白一定是自己的电弧对鬼武者的隐身器造成损坏，一双长腿左踢右挡，只可惜，看不到人影，不免落在下风。陈怀坚被另外四把武士刀迫开，凭着昆仑机甲和金钟罩的保护，鬼武者伤不到他半毫。但他却无法迅速击倒这些出没无定的鬼武者。一时刀光剑影，两人仿佛与鬼影作战。一阵叽咕声，似乎 M 先生在跟手下吩咐些什么。刀剑失去踪迹，过了半会，刀剑再次出现，集中攻击莎莉娃。莎莉娃顿时陷入危险，刀尖划破礼服，在她白皙的皮肤上拉出一道道血口。陈怀坚大急，挡在莎莉娃身前，充作肉盾，反而被莎莉娃的电流击中，狼狈不堪。这二人联手，简直惨不忍睹。两人边战边退，退至冰壁，莎莉娃干脆不再使用电弧，躲在陈怀坚身后。陈怀坚左挡右架，却攻击不到对方，又气又急。

"鸟岛国的忍术配上隐身，真是不容小觑。"陈怀坚久支之下难免露出漏洞，忙乱中当胸挨了一脚重击，身体往后撞去，撞在莎莉娃身上。

"哎呀！"莎莉娃一声惊呼。

"对、对不起。"陈怀坚脸一热，情急中运起灵能调动土灵，大喝一声，单拳击地，前方的地面立刻翻滚起来，头顶的石头如雨般掉落，只听哇啦一阵鬼叫，鬼武者停止了攻击。

"把这个戴上。"陈怀坚取下昆仑机甲护腕，递给莎莉娃。

对于这物件，莎莉娃从进入联合小组时，就详细打听过，作为特工任何有用的情报都不会放过，此时可以亲身体验，自是不会拒绝。莎莉娃戴上昆仑机甲手腕，触动按键，机甲立刻随她心意改变形态，大喜过望，道："陈，你能创造更多火花吗？"

"火花？哦，明白了，你想……"

"对。"

"我试试看，能不能用山石的碰撞产生些热能。"

"我能操控静电，本来这里电灵极少，你刚才那招，产生不少热能，如果收集到更多，我就有办法编织出强电磁，将他们手上的装置破坏掉，只是有点担心你怎么躲开我的攻击。"

"那太好了，别忘了我是生灵守卫，恢复力强。我再来一次，你准备好。"

"这……好吧。"莎莉娃有些犹豫。

陈怀坚单膝跪地，双掌拍在地上，只见整个冰窟都似乎要崩塌，地面泥土飞腾，石块冰块乱撞一气，碰撞的火花刺刺乱射。鬼武者"叽里

异世三淘

觉醒

哇啦"地一阵骚动,似乎在慌乱躲避。

"就是现在,陈,你小心。"莎莉娃凌空浮起,身上机甲出现无数金属回路,吸收热能转化成幽蓝电光,一会工夫,整个冰窟都充斥着刺耳的噼啪声。突然一阵巨响,洞穴被无数道刺眼的电弧照亮,只听惨号连连,鬼武者被电得全身焦黑倒在地上,不过还是难逃饱和的电弧打击。莎莉娃回头见陈怀坚仍然跪在地上,身上冒起黑烟,暗道:"不好!"伸手轻轻一碰,陈怀坚竟然咕咚一下倒地昏迷不醒。莎莉娃大急,果然陈怀坚也没能躲开自己这招。莎莉娃按住他胸口拍打急救,见没效果,"你说你能保护好自己的,你干吗骗我!"情急之下,低下头打算做人工呼吸。

"我……我没骗你,我说过,我死不了……好痛。"陈怀坚痛苦地低声说道。

莎莉娃喜出望外,道:"呀,你没事,你没事!"

"咳咳,你那招好厉害,现在,你快去看看,有没有活口。"

"1,2,3,4,5,6,7,8,还少一个,应该是 M 先生。"莎莉娃搜索着冰窟,大声告诉坐在地上的陈怀坚。

"快去找。"

远处一阵响动,一道黑影晃动着,正朝冰窟深处逃去。

"是他,莎莉娃,追!"

"我不能丢下你。"莎莉娃扶起陈怀坚,朝黑影尾随而去。

冰窟越往里越宽敞,时不时,光线透过冰缝射下,像一道道利剑刺入洞穴。悬挂在洞顶的冰柱,好似怪兽的尖牙,随时准备咬破入侵者的喉咙。两人顺着 M 先生的脚印一路追踪,不知道过了多久。此时陈怀坚已经清醒很多,不禁惊叹,这外表柔弱冷艳的俄尔加女子怎么拥有如此强大的力量,鼻子里传来淡淡的花香,却不敢再看那双迷人多情的蓝眼睛。莎莉娃扶着陈怀坚,感受着他身上浑厚的男子气,心中小鹿乱撞,想着他的勇敢和绅士,嘴角便有了甜甜的微笑,真希望这路可以再长些。

远处似乎有很多亮光，二人立刻警惕。

二人靠近亮光，只见 M 先生正端坐在巨大石座上，石座上方的半空，是巨大的环形金属圈。现在，那金属圈正"噼里啪啦"地冒着火花，一条通道已经形成。

"你们终于跟过来了吗？哈哈哈，可惜，来晚了。"M 先生见到二人发出狂笑。

"你最好乖乖受擒，你的隐身器已经没用了，这次看你逃到哪里！"

"逃？谁说我要逃。我不过引你们来这里而已。"M 先生从座椅上缓缓站立。

"糟了，那金属环可以制造空间虫洞！这里基本没有污染，怎么能开启？我们要赶紧毁了那东西，否则不知道要跑出什么来。"陈怀坚紧锁眉头，低声告诉莎莉娃。

两人飞速冲向空间虫洞。突然，一股巨大的寒流从虫洞涌出，冰冷刺骨。接着，无数支冰箭伴随着野兽的嘶吼声喷射而出。二人连忙躲闪，陈怀坚没有昆仑机甲保护，躲避不及，身中数支冰箭，顿时鲜血从伤口流出。

"陈！"莎莉娃惊呼。

"听说过混沌吗？"M 先生得意洋洋地说道，"翰唐《三海》记载的上古四凶兽，混沌便是其一，最喜吃人，你们是我献给它的最好祭品。"

从通道中一下奔出二十多只红头狼似的暗黑兽，张牙舞爪地冲二人扑来。"是獍狙！"陈怀坚喊道。他同莎莉娃两人立刻与暗黑兽陷入苦战。更糟糕的是，那通道中还有一个巨大的黑影在靠近。

陈怀坚刚扭断一只獍狙的脖子，另两只便咬住他的双臂。陈怀坚也顾不上疼痛，舞起两只獍狙，将凌空扑来的獍狙扫倒。他的双脚连连踢出，转眼打翻六只獍狙。

莎莉娃将昆仑机甲化作长长的电鞭，将咬住陈怀坚的獍狙抽翻，又

异世三海
苏醒

将电鞭舞作一圈。那些獝狙刚一靠近，便被抽得皮开肉绽，闪在一边冲二人号叫，不敢靠近。

通道中，混沌逐渐露出真面目，高约五丈，赤红如火，光滑无毛，四肢粗壮，圆头圆脑，并无眼耳，只有一张布满尖齿的血盆大口，口边一对长须，背后一双翅膀。那怪物似乎靠感觉来确定二人位置，张口一团冷雾便喷射出来。

"躲开！"陈怀坚大声警告莎莉娃。

莎莉娃也不敢怠慢，闪身躲过。只见冷雾喷到地上，立刻结上厚厚的冰层。如打到身上，后果不堪设想。

冷雾接连射出，陈怀坚抄起一块岩石抵挡，那冷雾在岩石上结上冰层，并不停止，迅速向陈怀坚手掌延伸。陈怀坚大惊，赶紧扔掉手中岩石，不得不四处躲闪寻找大块岩石来抵挡。

莎莉娃用电鞭画圈激起气浪挥向冰雾，但是刚碰到冰雾，那鞭子上的电流就消失，变得僵硬，如果不是由昆仑机甲化成的，恐怕都裂成几段。

一时间，两人只有躲闪的份儿。

"莎莉娃，这样下去不行，我们要想点办法。"陈怀坚朝混沌扔出巨石后迅速移动到莎莉娃身边。

"待会还是由我来掩护，引开混沌，你趁乱一定要抓住 M 先生，毁掉电磁通道。"

"不，这次由我来掩护。"

"相信我，我和同等级的凶兽战斗过，有经验。我会引发强震将怪兽封在这地下冰洞里，不能放它出去。"

"我也可以试试。"

"刚才的打斗毁了电池，我即使有昆仑机甲，也无法飞出去。你可以将机甲化作飞行器，用你的电能提供能量，只要你能出去，就有机会救我。"

"那你被埋在里面怎么办？"

"我的属性，怎会困住我呢？"

"好，你可要小心，不可以有事，否则我饶不了你。"莎莉娃深情地说。

陈怀坚避开那双柔情眸子，低应了一声："一言为定，上了。"全身肌肉紧绷，一声长啸，全身金光大盛，背后似乎站立一金光闪闪的蟒皇神兽，双拳向天紧握，随后砸向地面。顿时洞顶、地面、四壁巨石飞舞，山崩地裂，扬起浓浓的尘土。混沌"呼呼"射出冷雾，被陈怀坚刮起的巨石挡住。

"上了，莎莉娃！"

莎莉娃用机甲化出双鞭，一条电鞭从浓尘中射出，抓住钢环。莎莉娃迅速从浓尘中闪出，跃到半空，另一条电鞭狠狠抽下，一声娇喝，将铁环一劈为二。M先生见状刚想逃，便被电鞭缠上，颤抖着瘫倒在地。

"陈，好了。"莎莉娃道。

"好，你快走，我掩护。"

"不，要走一起走。"

"快走，我挡不了太久，洞要塌了。我一定会出去找你。"

混沌长鸣一声，身上散发出漫天冷雾，冷雾所触之处立刻化作坚冰，形势危急。

"你会和我约会？"莎莉娃听到后顿时心花怒放，这时，陈怀坚说什么都是真的了。她将昆仑机甲化作一台小型飞行器，捆住M先生，从冰缝中呼啸而出，在蓝天上划出一道幽蓝闪光。

陈怀坚见莎莉娃逃出，心中石头落地，只见混沌的冷雾越来越盛，石头筑起的屏障越来越抵挡不住，身体里的血液似乎都开始凝固，知道自己难逃此劫，大吼道："混沌，你今天别想逃出去，我死，也要与你同归于尽！"他运起全身灵能调动土灵，顿时发出轰隆隆巨响。整座雪山轰然倒塌，将陈怀坚和混沌冰封在厚厚的冰雪下。

异世三海

觉醒

第三十七回　弗兰克

"莎莉娃回来了。"

当舱门打开，双眼布满血丝的古乐就赶紧迎上。

"你们一上飞机，所有信号就消失，可急死我们了。"

"先把 M 先生扣押起来，你们快来几个人跟我去救陈队，快！"

"啊，陈队怎么了？"古乐大叫起来。

"我们遇上怪物了，都是这混蛋放出来的，那怪物叫什么'黄豆'。"

"黄豆？"

"不，她说的是混沌。"田中神情极为严肃，"这下真是不妙啊，黑暗骑士和凶兽都接二连三地出现了。"

"别管那么多，这家伙交给你了，剩下的人赶快跟我去救人。"莎莉娃已经极不耐烦。她在寒冷中飞行了近 1 个小时，才回到战舰，顾不上多喘口气，一想到陈怀坚要独自应对那可怕的怪物，就觉得很不安，急切想去寻找。

"肖恩特带着 Lisa 去找能医治她的人了，你的同胞现在正关在禁闭室，情况很不乐观。"史密斯叹了口气。

"尤里？"莎莉娃这才稍稍停下来听其他人说话。

田中带着莎莉娃来到禁闭室门外，透过防弹玻璃，莎莉娃看见一条黑乎乎的人形，被 TS 金属丝捆得结结实实。那人形黑洞的眼睛此时正凶狠地盯着门口，张着黑牙冲空中乱咬，发出恐怖的号叫。莎莉娃头皮发麻，皱起眉头问道："尤里怎么会变成这样？"

"我们也遇到袭击，尤里就是被那群家伙弄成这样。Lisa 也受了伤，不过她能治愈这种怪症，所以组长带她去找人先把她的伤治好。"史密斯回答道。

莎莉娃焦虑得咬起手指甲，道："也只能这样了，现在，你们谁愿意跟我去救陈？"

"我。古乐当然要去。"

"这样，你们两人一起去找陈副组长，我和史密斯几人继续在潜行者号，审讯你带回的人。我们也好在你们身后随时支援。"田中道。

"好，就这么办。"

夜幕下的亚加西港口，两道一高一矮的黑影在荒无人烟的偏僻处窃窃私语。

"头儿，多亏你们大闹一场，让我有机会找到他们的地下基地，但是防守太严，很难混进去。从周边的行动看，情况非常严重，大批军用材料正送往那里，这些材料足够组建一支舰队，一定要尽快警告各国，早做准备。这个是在基地附近找到的。"矮者道。

"生物芯片？"

"嗯，这家废弃石油厂表面是利里亚政府所有，实际是被卡布西智能科技公司控制，厂区下方有地下巢穴。有很多戴面具的忍者和一些低等怪物混在一起，我听那些人叫那些怪物为都图姆。怪物都是用这种芯片生产出来的。"

"见鬼，那是加藤的公司，如果真是那家伙，就麻烦了。"

"还不能说就一定和加藤有瓜葛，但是运输的车辆、货箱上都有加藤公司的标记，要尽快解决。"

"我会尽快把情报传回去，我需要你混进基地内部了解更多信息，查明他们的首领是谁。"

"除了你们引走的那家伙，没有其他人了。不过那些低等暗黑士兵都图姆和面具忍者相当棘手。"

"我们引开的黑暗骑士，你要特别小心他，他是……特里。"高个子正是肖恩特。

"啊，是特里，怎么会这样？"

"所以你要去弄清楚原因，特里现在已经是黑暗骑士，能力惊人，我与田中联手，都不是他对手。"

"头儿，这……"

"你有变色龙能力，乔装打扮，是你的强项，靠你了，兄弟。"

"好，我只有再试试了。"

"嗯。我等你好消息。"

弗兰克从约拿灾难发生后，就人间蒸发似的，表面上是出了馊主意，畏罪潜逃，实际是被肖恩特安排秘密调查特里和山姆·特里逊的下落，让他能有洗脱罪名的机会，因为肖恩特非常清楚自己的手下，不会是叛徒。眼下，既然找到了特里，不弄清发生了什么，肖恩特是不会罢手的。

看着弗兰克远去的背影，肖恩特深深吸了口气，现在线索指向加藤，怀恩将军与加藤来往密切，会不会也有牵连？黑暗骑士，还有驾驭饕餮猛兽的白衣人，这一次，他真的感受到恐惧。

弗兰克缓缓将黏稠恶臭的石油浇满全身，这能掩盖住自己的味道，但那臭味熏得自己几次欲呕，"真是不想干了。"

弗兰克一脚踢飞油桶，思绪却回到 15 年前。

怒河镇全镇居民不知怎么了，带着武器全聚集在弗兰克家前院。老弗兰克正拦在门口极力安慰着镇民。

"你儿子是怪物，他还引来怪物，杀死我们的牛群。让他出来，我们要烧死他！"人群发出怒吼。

"你们相信我，我儿子绝对不是怪物，杀死牛群的不是他，我已经到镇警局报警，他们会调查清楚的。"

"废话，我亲眼看见弗兰克皮肤能像变色龙一样变化，还和几只怪兽像野兽般厮斗，怎么不是怪物？"

小弗兰克身上流着鲜血，半小时前，他和尾随而来的地狱犬恶斗一番，已经精疲力竭，可眼下父亲处在危险的人群中，他不能不理。他想挣扎着站出来，却被母亲一把按住。

"孩子，现在你不能出去，会被他们杀死的。"母亲哭泣着。

"妈妈，他们为什么不肯相信我们？"

"人类对未知和不同总是会害怕和排斥，就像人们不知道死后会去哪里，因此害怕死亡一样。我的孩子，你的能力让他们害怕了。"

"我不要这该死的能力，我不要，我要一切都和原来一样。"弗兰克大哭起来。

"嘭"的一声，伴随着老弗兰克的一声惨叫，嘈杂的人群冲进弗兰克家一层。

"弗兰克。"母亲尖叫着，发疯般扑向楼梯，去寻找自己的丈夫。

很快，老女人被人群撞倒在楼梯上，滚到楼下头破血流。

小弗兰克犹如被激怒的狮子，尖叫着冲向人群。很快，已经身受重伤的他，就被人群击倒，被五花大绑押向屠宰场。身后是挣扎在泥地里的父母，哭喊着自己的名字。

屠宰场中心，摆放好的一堆干柴上已经浇上汽油，人们像黑暗世纪时期烧死女巫一样，要烧死这可怜的少年。

突然，一声巨大的车喇叭声响起，人群纷纷散开。一辆装甲车开着刺眼的车灯缓慢开进人群。

车开到中心，门缓缓打开，下来两名身材魁梧的金发年轻人，一身作战军装。

"嘿，你们是想乱用私刑吗？他是我们要找的人，交给我们吧。"

年纪大点的年轻人，叼着烟，一根手指临空划在地上，顿时地面划出一条长线。

"谁都不许踩近一步，不听话的，我不会客气。"那年轻人将捡来的一块石头捏个粉碎。

年纪较轻的，走到弗兰克身边，两根手指一撮，将铁链捏断，轻声在他耳边说道："你到家了，兄弟。"

弗兰克想到这些往事，叹了口气，径直朝地下巢穴走去。

第三十八回　魔晶（一）

　　肖恩特返回潜行者号，莎莉娃一行人也返回战舰，一场暴风雪阻碍了他们的搜索。古乐垂头丧气地坐在椅子上，陈怀坚在他心中就像一座山，永远不会倒的山，可现在，这座山消失了，联合调查组翰唐方代表只剩下他。

　　古乐思考着，如果是陈队长在这，他会怎么做？莎莉娃面无表情地咬着手指甲，心里却无比担忧，但她仍相信那大山似的男人，会回来。

　　"第2组找到线索，抓了一名俘虏，但是陈怀坚遇到大麻烦，现在生死未卜。"田中汇报着。

　　肖恩特忧喜交加："陈队是名硬汉，我相信他会回来。只要没见着他的尸体，我就绝对不会相信他死了。"不知道为什么，肖恩特对陈怀坚有着无比的信任，不仅仅是相信他的为人，更重要的是相信他的实力。

　　"我们不能停止工作，剩下的时间不多了，不能辜负陈队的努力，各位，打起精神来。"

　　"我和史密斯对俘虏进行了审讯，这家伙很顽强，什么都不说。"

　　"好，带我去见他。"

　　M先生被捆在钢柱上，精神萎靡，身上伤痕累累，看得出吃了不少苦头。他见肖恩特一行人进来，冷笑起来："别想从我这得到什么，我不会告诉你们的。"

　　肖恩特从身上掏出个小盒子，打开，里面是几支药剂和一根注射器，交给史密斯。

异世三海
苏醒

史密斯接过来，给 M 先生打了一针。不一会，M 的眼神开始迷离。史密斯接着将几条数据线贴在 M 先生的前后脑。

"这是神经纳米机器人。既然你不说，我们就从你大脑里找答案。"肖恩特打开审讯室的屏幕，又把小盒子的夹层打开，在一组微型按键上飞快地按了组数字，屏幕上开始出现一些影像。影像模模糊糊，现出一些人影。M 先生恭恭敬敬站在一名魁梧的身影下，不停点头哈腰。接着是工厂生产的影像。田中看着，不禁神情大变，双脚移动似乎想退出审讯室。肖恩特突然发动，急速冲到田中背后，一个锁颈，将田中牢牢锁住。

"田中，我知道，你认识那个人，你的实力我很清楚，不过你仍不是我的对手，劝你不要反抗。"

"不会是他！"田中发出痛苦的吼声。

两人僵持的时候，M 先生大脑影像的画面开始剧烈晃动。

"他要醒了。"史密斯说道。

M 先生睁开眼，看到眼前场景，知道已经暴露情报，仇恨的眼睛狠狠盯着田中，"叽里呱啦"地怒吼一阵；然后奋力向右扭头，竟然强行扭断脖子，气绝身亡。

这一幕惊得众人目瞪口呆，不承想鬼武者竟然如此倔强。

肖恩特见田中不再挣扎，慢慢松开手臂。田中低头垂下双手，慢慢靠墙滑落，蹲下，用双手抱住头，缩成一团。这位从未流露过自己情绪的冷血杀手，竟落下一滴眼泪。

"他死前对你说了些什么？"

田中没有搭理。

"他死前对你说了些什么？田中先生，请想清楚，你应该站在哪边。"肖恩特极为严肃地再次问道。

田中身形一震，缓缓回答："他、他说我是叛徒，主人以为是我背叛了他，不会放过我的。"

"你还有什么要告诉我吗？田中纪南。"

"对不起，我现在很乱，你，你能给我些时间吗？"

"想好你的立场，告诉我你的答案。"肖恩特见田中不似想反抗，命令斯潘用昆仑金将田中捆紧，带进另一间监控室。

肖恩特安排好一切后，顿时觉得身心疲惫，似乎整个人被掏空一般。一连串的事件和证据都指向加藤一夫，稍有不慎就会引起世界大战，该如何是好？

弗兰克为了潜入，颇花了些时间，当他混进一队都图姆，跟随进到洞穴深处，一名鬼武者拦住他们，让他们抬走一堆大箱子。弗兰克接过箱子的时候，那重量压得差点脱手。搬运途中，弗兰克假装脚下一滑，箱子中散落出黑色组件。他看了一眼，差点叫了出来，这些组件正是当日袭击约拿市的那群暗黑士兵身上穿的黑甲组件，难道又有暗黑士兵要出现了吗？其他都图姆奇怪地盯着他，弗兰克赶紧将组件装进箱子，若无其事地挥挥手。一行人将箱子抬上货运车，在深深的地穴中缓慢行进。一路上，恶臭的锅炉里，工人正将一些生物芯片倾倒进去，都图姆正被批量生产。约莫一小时后，车外逐渐传来震耳欲聋的轰鸣声。

当车停下，弗兰克钻下车，眼前是巨大的地下洞穴，巨大的机械臂忙碌地将建材吊起放下；滚烫的锅炉吐出血红的火舌；穿梭的运输车像搬运食物的蚂蚁；无数条生产线纵横交错如蜘蛛网一般布置在洞穴；生产线上一艘艘奇特战舰正在组装。数目众多的都图姆苦力和穿着防辐射服的人类正在生产线上紧张操作，鬼武者时不时挥舞皮鞭抽打在都图姆身上，啪啪声夹杂着都图姆号叫声与机器的轰隆声一起组合成奇异的地狱交响曲。弗兰克倒吸一口凉气，这些武器足够发动一场超级战争了。

"啪"，突然一根鞭子抽在弗兰克后背，火辣辣地痛。

"嘿，你，野兽，给我滚下去干活，怎么跑到这儿来了，不想活了吗？"一名鬼武者发现了他。

弗兰克点头哈腰，走到暗处，左右张望了一下，见无人注意到自己，将手腕上的昆仑机甲化成一把飞刀，旋转身躯，反手一刀。那名鬼武者连吭声都来不及，喉咙便被飞刀贯穿。

弗兰克将尸体拉到暗角，扒下衣服换上，见前方一队鬼武者护着一个小铁箱，在头目带领下匆匆赶往右侧通道，便跟了过去。

眼前是一个圆形平台，一个空间虫洞在平台打开。弗兰克赶紧随众人跪倒在地，大气不敢出。一会儿工夫，一名红衣男子出现，他身后的黑甲士兵也抬着一黑色箱子走了出来。看样子，红衣男子是为了取这东西。

"大人，我的主人希望能用魔晶召唤出更多黑暗骑士。您看如何？"一名鬼武者头目问道。

"哼，你是不想活了吗？魔晶储藏着战神所有的神力。每召唤一名黑暗骑士都要消耗战神的元神，一名已足够应对那些杂鱼生灵守卫。再说，有了天族的生物芯片技术，鬼武者可以生产足够的都图姆。不如抓紧生产黑甲，到时我更多的战士可以穿越虫洞来支援你们。"

"是、是，大人，息怒。黑甲虽是仿制昆仑机甲，但黑甲的材料非常稀有，我们已经在努力增产。我们加强力量，也只是为您和战神提供更好的服务，不是吗？那些用芯片制造的都图姆，毕竟无法抵抗蓝星军队和 TS 战力的联手攻击啊。"

"等你们抓到灵王，我会再送给你们更好的礼物。有消息说，灵王已经出现，我要拿他祭天梯，让战神重返人间。"

"是，是。"头目颤抖着，挥了下手，身后的鬼武者将铁箱交给红衣男子。

弗兰克伏在地面，头不敢抬，红衣男子强大的能压，让自己透不过气，直觉告诉自己，这男子绝对不简单。

铁箱被带走，空间虫洞也关闭。鬼武者头目带着众人离开，弗兰克走在后面，跟了过去。沿路见无数都图姆在周围通道进进出出，一片繁忙景象，似乎在开采着什么，定睛一看，竟是一块块黄金矿石。"难道，这里隐藏着金矿？"

穿过几条通道，尽头是一扇大门，打开大门，里面有一个巨大的房间，房间里是一片静止的水面，一条通道浮于水面上方。鬼武者头目让手下留在门外，自己走了进去，门关上。不多久，门再次打开，弗兰克此时已经隐去身形，乘机溜了进去。只见那房间四壁黝黑，地面的通道已消失，仅剩下黑色水面。弗兰克的脚不得不直接踏进黑水，内心充满恐惧，似乎无数低语在耳边回响。那低语时而高亢，时而悲鸣，时而愤怒，时而平静，水中似乎藏着无数怨灵，冰冷从脚底一直冲向脑门。黑水的尽头有一把石椅，椅子后有一扇石门，门缝透出蓝光，似乎困着一个身影。弗兰克警惕地看着那扇门，慢慢靠近，他非常想知道这门的背后是什么。在他身后，一道黑影正慢慢从黑水中升起，空洞的双眼死死盯着弗兰克后背。

弗兰克伸出的手突然僵住，毛骨悚然的感觉越来越强烈。突然背后一阵凉风袭来，弗兰克低头，一把巨剑贴着头皮划过，回头一看，正是黑暗骑士特里。弗兰克立刻手化流星锤，抡起武器砸向特里。

特里拈起一根指头，一弹，"嘭"的一声，流星锤反弹，向弗兰克撞来。弗兰克弯腰躲过，却被流星锤的惯性扯倒在水里，几欲脱手。弗兰克心中暗道不好，这种环境下，即使隐身也没用，水波会把自己的位置暴露给对手，要先想办法逃出去。想到这，流星锤化作飞爪，朝特里头上方岩石抓去，用力一拉身体飞向半空，同时扔下几枚激光致盲弹。一阵强光过后，弗兰克消失在洞内，留下特里站在水中。

"你的心跳出卖了你。"特里突然开口，指尖一束气流急剧旋转，发出刺耳的噼啪声，突然指向洞顶的岩石。

"啊！"一声惨叫，弗兰克从洞顶掉落，胸口被冲击箭射出一个大洞，鲜血喷射而出。弗兰克挣扎着想要站起，水中似乎有无数双手死死抓住他，身体动弹不得，只能眼看特里手持巨剑一步步走向自己。

异世三海

觉醒

"糟了。"弗兰克绝望地闭上眼睛。突然，洞壁震动，石块掉落，电钻声大作，一辆钻矿机飞出，两只机械手臂抓住弗兰克，拖入内舱。钻探机上两门自动炮射出如雨的子弹挡住特里。特里任由子弹打在身上，手扔出巨剑，射入坍塌的石头。

特里见弗兰克被救走，也不追，缓缓转过身走近大门，对着门里的人影说道："没人救得了你，你必须提供足够的黄金给我们。"

逃出通道的钻矿机，立刻转化成一辆悬浮车，飞速撤离。弗兰克勉强打起精神，见驾驶者的背影格外熟悉。那人扭过头，说道："兄弟，挺住。"

"是……是……你！"

"别说话。保持清醒。"

"把这个交给头儿，我欠他的，还了。"弗兰克的手摊开，一枚微型摄影指环滑落在车内，他自己却气绝身亡。

"弗兰克！弗兰克！"

第三十九回　魔晶（二）

约定的时间已经过了半小时，肖恩特焦急地等待着，一丝不安笼罩着心头。残阳如血，进入冬季的飞飞洲草原一片枯黄，一只落单的豺狗四处张望，似乎发现了什么，匆匆离去。远处终于有了个黑点，肖恩特警惕地盯着那个方向。近了，是熟悉的人影，但不属于弗兰克。人影越来越近，肖恩特认出他，兴奋得从隐蔽点跳了出来。

"你这该死的家伙，你还活着，你还活着，哈哈哈！山姆。"肖恩特大声呼喊。

"肖恩特，哈哈，你还好吗？"

E8特战队，最强的两个男人紧紧拥抱在一起。山姆·弗朗西斯，E8的武器大师，擅长制作武器和陷阱，据说他的大脑被异人改造过。

"你的手臂？"肖恩特发现山姆左袖空空，吃了一惊。

"没事，让恶狗吃了一只，我重新造了一只，有点重，见你就不用带了。"山姆若无其事地回答。

肖恩特看着眼前的队友，大半年不见，消瘦很多，脸上、手臂上伤疤又多了几条，心中沉甸甸的。

"嗯，能活着回来就好。这么长时间为什么没有联系我们？你小子跑哪去了？"肖恩特拍了拍山姆肩膀。

"说来话长。我遇到弗兰克了，他……死了。"

肖恩特顿时定住在原地，心脏似被一块大石压住，闷得透不过气。

"这是他死前交给我的。"山姆摊开右手，拿出一只微型摄影指环。

"好样儿的，他是……好样儿的。"肖恩特沉痛地说。

异世三海觉醒

"我们回去再说，我有一些重要情报要和你交流。"

"好。"

"对不起，我，我没有保护好特里。"

"不，你不需要道歉，我知道你们遇到强敌，何况他是战士，我们都知道怎样去面对结果。不过，只要他还活着，我就会救出他。"

"嗯，我们确实遇到一队敌方精英，战斗力很强。他们穿的黑色盔甲，具有和昆仑机甲一样的功能。"山姆深深吸了口气，缓缓讲起他和特里的遭遇。

"战斗一开始就陷入苦战，那队黑甲精英，不知什么原因，拼死守护着一个大铁箱。我们好不容易击败他们，抢到铁箱，决定先运回基地。当天夜晚，诡异的事发生了。队员被一阵奇特的鼓声吸引，莫名其妙地聚到铁箱周围，好像里面有一个声音诱惑着我们打开它。我和特里勉强保持住清醒，意识到那口箱子有问题，赶紧阻止其他人，但是已经来不及。队友忍受不住诱惑，打开了铁箱。里面有一个水晶盒，盒子里装着一颗红宝石，像是巨人的眼睛。鼓声就是从这块宝石里发出。突然，宝石发出耀眼红光，将我们笼罩。我们仿佛进入梦境，看到一名巨人站在高高的天台，四周的黑土，燃烧的世界，无数黑色战舰悬浮在半空，无数鬼魔般的士兵冲着巨人高呼。巨人举起手中一把巨大的燃烧之剑，呼喊着。那一刻，我们仿佛也成了那群士兵，感受着巨人的疯狂，整颗心脏都在燃烧，就想立刻跟随他，去战斗，去撕咬，去杀戮。我们丢失了自己。"山姆停了一下，身体微微颤抖着，似乎沉浸在那晚的恐惧当中。肖恩特递来一罐啤酒，山姆接过咕咚咕咚一口喝干，攥紧的拳头将啤酒罐捏成一团。

"梦境中，巨人好像发现了我们，化作一团血雾，扑向我们。这时，特里清醒过来，一边拉我离开那个铁箱，一边冲我喊着：'闭上眼睛，不要看宝石。'更可怕的事发生了，血雾，竟钻出宝石，将围在周围的队员撕个粉碎。整整一支分队，连还手的机会都没有。我和特里左突右冲，想冲出去，可身体变得迟钝。眼见我们都要死在那里。特里奋力张开翅膀抱起水晶盒，冲向空中，把危险带离地面。而我，被那血雾撕扯掉一只胳膊，保住一条性命。"山姆的声音已经哽咽。记忆中的那天，仿佛天使与魔鬼缠斗在空中，沾上鲜血的白色羽毛，无声坠落……

"之后，我想搞清楚到底发生了什么，那块宝石是什么来历。终于，我找到地下巢穴，也找到特里，但是，他已经完全失去自己，成了黑暗骑士。那颗宝石，也被他们运往巢穴，他们叫它魔晶。弗兰克去的那天，还有个不得了的红衣男子，魔晶也被他带回虫洞。"

"红衣男子？"

"嗯，所有鬼武者对他都毕恭毕敬，那家伙相当不好惹。"

"真是大麻烦。"

"我见弗兰克闯进陷阱，赶去支援，只可惜到最后我还是没能救出他。"

"他不会白死，这个仇我一定会报。"肖恩特沉重地拍了拍山姆肩膀，又问道："有没有发现鬼武者和卡布西智能科技公司的联系？"

"从已有证据来看，鬼武者受卡布西智能科技公司领导，起码他们的装备是出自那家公司。他们似乎和暗黑势力达成某种协议，帮他们寻找魔晶和提供能助他们稳定存在于这个世界的黑甲。恐怕用不了多久，暗黑士兵就会大举入侵，现在加藤先生确实有最大的嫌疑。而且那个地下矿洞不知什么原因能产出大量黄金，原本这只是个煤矿。"

"嗯。我把情况反馈给总统先生，你先和我一起返回潜行者号，我们与联合调查小组成员商量一下，战舰上还关押着一名加藤的亲信，或许能套出更有价值的情报。"

"谁？"

"田中纪南！"

"见鬼。"

一小时后，几架隐形轰炸机飞离亚加西港，又过了15分钟，远处一朵蘑菇云升上半空。

审讯室，肖恩特盯着田中，冷冷地说道："还不想说吗？"

田中缩在一角，头一下又一下撞着墙，似乎已陷入崩溃的边缘。或许是想不到自己敬重的主人，竟做下如此罪行，勾结暗黑势力屠杀人类；或许是不知道自己该站在哪边，是情义还是道德。

"我没工夫和你耗下去，现在暗黑界势力已出现，黑暗骑士竟然就是我的兄弟，约拿几十万人死亡，你居然还协助那个疯子，你这个混蛋。"肖恩特大吼道。

"我没有，我不知道有袭击约拿市的计划。主人根本就没让我知道这些。"

"你以为我会相信你的鬼话？"

"你们不信，我也没有办法。"

"好吧，如果你想证明自己的清白，就站在我们这边，帮助我们打败加藤；如果你还犹豫不决，你就等于选择堕落，你会下地狱。"

"我无法直接帮助你们，没有主人，我早就死了。我只能给你们提供一些情报。主人的大本营，在地图上是找不到的，因为那是一艘巨大的天族战舰。蓝星现有的武器根本对付不了它。还有上百名生灵守卫，没有任何一个国家能单独对付。更不要说主人恐怖的实力，他是最有战斗经验的生灵守卫。"

"难道加藤就没有弱点？"

"有。主人的弱点就是他孙女儿加藤枝子。大部分生灵守卫实际是由她控制，她的能力便是精神控制。她的大脑和战舰主控机联系在一起，能控制她，就有机会。但是，主机房是禁区，防守森严，没那么容易混进去。何况说服沉睡的枝子帮助我们根本不可能。"

"我们别无选择，必须要试一试。"肖恩特坚定地说道，"田中纪南，想清楚你的选择，我们等着你。"

一份机密文件摆放在美达索帝国总统面前。总统罗布森铁青着脸，对国防部部长下达命令："将怀恩将军控制起来，打开红色警报紧急联系通道，我需要西洲联盟的帮助。"

"总统先生，我认为证据还不足以确认约拿灾难的主谋就是加藤，此事有不少疑点。如果您能再给我一些时间，或许……"肖恩特两手紧张地揉搓着。

"时间？我们根本就没有时间。国会正在商议弹劾我，我的支持率已经创下选举以来的最低点，主要城市都在游行，我们的国家信誉一落千丈，全世界都在质疑我们的领导能力，而我们的对手正等着看笑话。国家正处在最危险的边缘，我们哪里还有时间等待？"罗布森生气地拍着桌子。

"可是……"

罗布森伸出一只手掌制止肖恩特继续说下去："加藤掌握着一支超级军队，还拥有无与伦比的高科技，无论对谁都是巨大的威胁，谁能保证他哪天不会对付我们？我们需要这支军队，我们必须获得他们的超级科技，这不是为了我，是为了我们的国家。将威胁消灭在摇篮，这就是我要做的。"

肖恩特低头不语。

"现在，你只需要等待命令。你是军人，必须服从国家的利益，明白吗？"

"是。"

"混蛋，这群异能者，竟敢凌驾于我的权力之上，总有一天，我会将他们一网打尽，让他们知道，我才是这个世界的领袖。"罗布森心想。

"我们头儿通知我回去，有行动。"Lisa 低声地说。

"有危险吗？"句成问。

"这么关心我，放心啦，我不会有事，我现在可是最强的治愈型生灵守卫。"

"那就好。"

"句成，我完成这最后的任务就申请退役，我知道你想过平凡的日子，我……我愿意跟着你……"

"Lisa，我……我之前确实有想过简单日子，可陈队出事了，SNA只有清秋一人在支撑，我这时还不能走。"句成道。

"你是不是喜欢清秋？你是我的，你的命是我救的，你的冤案也是我冒着风险偷出证据给洗清的，你不可以喜欢上别人，你欠我的！"Lisa激动地说道。

"我哪儿有啊，清秋才不会喜欢我这么胆小的人呢。"

"也是，你这胆小鬼除了我，谁会要？等我回来。"Lisa转身离去。

"可是，我……也只是当你是妹妹啊！"句成的声音小得自己都快听不到了，那句"你欠我的"似一条锁链，套上自己的咽喉。

另一边，刘思琪接到命令后，立刻到总部会见郭楚南。

"我接到总指挥官指示，参加西洲联盟大平洋海上演习。"

"可我们还没有找到陈队啊。"

"我相信怀坚还活着，他没那么容易倒下，还有我收到情报，这次演习怕是另有所图。"

"那我们还去？"

"去，你带第1队作为支援，但是多观察，少行动。"

"你还没有兑现你的承诺，告诉我关于龙脉的事。"

"龙脉的事非同小可，需要更高级别的批准，我已经打了报告，等你回来就应该有消息了。"

"这次你可要说话算话。"

"这孩子，连老爸的话都不信了。"

"要信你，炙阳要从西边出来。"刘思琪嘀咕着。

"你说什么？"

Lisa 返回潜行者号治愈了尤里，调查小组的工作告一段落。各国成员各自回国，肖恩特也将田中交给军方，怀恩被停职。美达索国 E8 特战队正式由肖恩特接手。此时，肖恩特正用手指轻轻敲打着桌上 Lisa 的辞职报告。电话铃声急响，接过来，是情报局总部打过来的。

当获知田中杀死守卫逃出牢笼后，肖恩特顿时惊愕得手足冰凉。如果田中向加藤汇报整个事件，那将是灾难。正在担忧，白宫秘密频道发来一条密令："战斗开始，登上潜行者号，准备配合'暴风'，活捉加藤一夫。"肖恩特叹了口气，"但愿我做的是对的，这'暴风'是谁呢？"

星元 2055 年 12 月 12 日，全球最大的世界联合军事演习在大平洋开始，除了翰唐、俄尔加等国家，各军事大国几乎都派出主力舰队。这宣扬和平的军事演习，吸引着全世界人民的眼球，人们都在津津乐道着各国的军队谁强谁弱。可这场演习，真正的目的只有一个……

异世三海
觉醒

第四十回 暴风

加藤收到一条消息，是怀恩发来的视频。

"老朋友，这次你可要好好感谢我，我找到了你要找的东西，龙脉地图，我们见个面……"

加藤非常激动，"太好了！在哪儿见面？"

"去夏维沙岛群！"

方舟号战舰缓缓升起朝夏维沙飞去。

"你们在这等我，我去会会老朋友。"加藤吩咐助手，走向一艘飞行器。这令人兴奋的消息，掩盖了他灵敏的嗅觉。他竟未发现大平洋上有史以来最大的军事演习地点，离方舟号太近了。

"发现目标，发现目标。"雷达上一个小亮点从空中出现，快速移动。

"所有火力瞄准目标，准备，开火！"

海面，无数导弹、激光、电磁波，铺天盖地扑向加藤乘坐的飞行器。巨大的爆炸声过后，冲击波似乎把天空炸出个大窟窿，那可怜的飞行器，连碎片都没留下。

"目标消灭，重复，目标消灭。"

突然，天空变成一片血红，方圆十公里，温度骤然升高，空气似乎都燃烧起来，一股滚烫的气流从上至下狂泄。

"噢，我的上帝，啊……"一名军官刚刚发出惊呼，气浪袭来，立刻被烧成灰烬。

气流所袭之处，战舰开始融化，海面沸腾起来，一团团滚烫的蒸汽形成浓雾四散开来。

"快撤，全力后撤！"指挥官在通信器那头疯狂地叫喊着。

一公里内的舰船部队全部被毁灭，剩下的舰船夺路而逃，纷纷躲避着四散的浓雾，来不及躲避的舰船，立刻变得死一般安静。

"你们这群不知死活的东西，竟敢对老夫出手！"

一只巨大的火凤凰呼啸着从空中扑向后撤的舰船，翅膀掠过的海面腾起熊熊大火，大海竟然燃烧起来。

"我的上帝，我的上帝，救救我们吧！"眼见火凤凰就要追上后撤的舰队。

一声巨响，不知从哪里来的一股巨大冲击波迎头撞向火焰。两股力量对撞，在海面激起惊涛骇浪。

空中现出一名白甲天使，正是肖恩特赶到。

"风暴肖恩特，哼，你也来对付老夫吗？"

"加藤，你冷静一点，立刻收手，我不会伤害你。"

"就凭你吗？还不够资格和我叫板。"

加藤在空中盘旋着，卷起一条火龙，呼啸着扑向肖恩特。

"嘭"的又是一声，冲击波如利剑一般将火龙劈成两半，但是很快火龙又聚集到一起。滚烫的气流冲来，肖恩特不敢硬撞，立刻躲开。

"加藤，你这混蛋，你本是保护人类的守卫，竟然协助恶魔！"

"放屁，是那些贪婪的家伙把污染带到各地，才产生连接那个世界的通道，与我何干？我与灵王不知道救下多少人，牺牲了我所有家人，这份痛苦谁来与我分担？现在一群小丑，却反过来对付我！忘恩负义的家伙，难道不该死吗？"

"所以你的公司将技术提供给恶魔，帮他们制造暗黑战士，你如何解释这些？"

"哈哈哈，欲加之罪何患无辞，不过是你们的政客觊觎我的力量罢了。我本无意统治这个世界，既然这样，我试试又何妨。"

加藤抬起手腕，对着通信器吼道："我的战士们，既然这个世界想背叛他们的守护者，我们就要教训教训这些不知死活的家伙。现在，让他们看看挑战神的后果！全体战士出发，将这帮忘恩负义的家伙全部消灭！"

一艘巨大的太空战舰，从空中显现，遮天蔽日，正是方舟号。

不久，方舟号底部似乎下起了暴雨，不，是无数无人战机，密密麻麻跟随着先进的天族战机扑向联合舰队。

"全体战机起飞，立刻迎战，立刻迎战！"

所有航空母舰的蓝星战机起飞，仓皇迎敌。这些战机哪里是先进的天族战机对手，开启了保护罩的天族战机，根本无法被击落。一架又一架蓝星战机被击毁。失去战机的保护，海面的舰艇成为活靶子，联合舰队面临全军覆没的危机。

联合舰队总司令布里斯大颗大颗汗冒出额头，心里焦急地祈祷着："'暴风'，快呀，我们快顶不住了。"

方舟号太空战舰内部。

"站住，没有主人允许，你不能进这里！"守卫主机房的守卫发现一名鬼武者靠近。

鬼武者摘下面具。

"啊，是你？"

鬼武者突然出手……

半空中，肖恩特正和加藤战成一团。

火浪袭来，肖恩特刮起风盾，将火焰挡住。加藤见状，催动灵能化出火凤凰，以肉身元能包裹鸟身。那火凤凰发出一声长啸，撕裂空气冲撞过去，风盾哪里挡得住，顿时被击穿。肖恩特一看不好，双手做拉弓状，松手，如雨般的风钻箭，发出"嗖嗖"声冲向火凤凰，射在火凤凰上发出"啵啵啵"的爆炸声。肖恩特还是没能挡住加藤，被加藤冲近，胸口挨了一拳，"啊"的一声惨呼，像枚子弹般倒飞出去。

加藤立刻追上来准备取下对方性命，不料海面温度急降，骤起的浓雾挡住了加藤。

"阿卡斯？我与你无冤无仇，为什么你也来跟我过不去？"

"加藤，请你收手，这里面有误会，请冷静点，今天死的人已经够多了。"海面上北海战神阿卡斯踏冰而来。他刚刚救下了肖恩特。

"讲清楚？今天你们已经惹到老夫了，不是你死就是我活，识相的，赶紧滚，别以为老夫怕了你。"加藤使出火拳，阿卡斯与肖恩特两人急退。

加藤不假思索，飞入浓雾，却见一堵冰墙挡住去路，环顾四周，竟闯入冰墙阵中。

"哼，雕虫小技，想凭这些拦住我？"火焰大盛，冲向那一道冰墙。

"头，他顶得住吗？"肖恩特身后另一道身影出现，是山姆。

"好戏要上演了，你尽快完成陷阱。在海上战斗，就是在阿卡斯的世界战斗。"

"好。"

加藤一边击毁冰墙一边狂吼："阿卡斯，肖恩特，你们给我滚出来，别像老鼠到处躲。"

渐渐地，加藤灵能消耗不少。浓雾十来米外难辨物件，这令加藤十
250 分烦躁。忽然浓雾中射出无数的水箭，压制加藤的火焰。

"雕虫小技！"加藤大吼一声，双拳交叉，强大的元能笼罩全身。未料，那些水箭突然炸裂，一串又一串爆炸，震散加藤的元能罩，将加藤震得一步步后退。山姆在阿卡斯的水箭中附上无数炸弹，逼退加藤。

"就这样吗？这点实力可无法击败我了。"加藤冷笑，突然发现四周变黑，不知什么时候，自己在浓雾中竟然退进一座冰山的洞穴，这洞穴犹如一具巨大的冰棺。

"阿卡斯，这算什么战斗？你的力量和我比还是差那么一点点，我可是血统纯正的火部天龙。"话音未落，轰隆巨响，阿卡斯手一挥，将加藤封入洞内。

"不好。中计。"

加藤再次燃起大火，想冲破冰山，却发现力不从心，火焰竟慢慢熄灭，空气也越来越少，原来肖恩特正将冰洞内的空气抽空。

冰山越来越厚，渐渐将加藤封住。

"好了，总算封住这个大魔头了。"三人对视一笑。

突然冰面下方传来异动，似乎有什么从海底奔来。"轰，轰，轰"地动山摇，海底火山爆发，火红的熔岩喷射而出。三人大惊失色，海面上四处是浓烟和熔岩。封住加藤的冰山四分五裂。

"不好，我挡不住他了！"阿卡斯惊呼。

"啊啊啊，你们真的惹到我了，今天，你们谁都别想活着离开。"加藤犹如一头愤怒的火兽，一片火山疯狂爆发，喷泻出猛烈的熔岩，海面沸腾，昏天暗地。

突然，一道强光从天而降，笼罩住加藤。加藤感觉到自己体内的灵能被快速抽出。抬头一看，那强光竟是太空堡垒方舟号射下来的。

"孩子，你、你在干什么？"加藤无比震惊。

天空中与联合舰队作战的天族战机也停止了攻击，全部开始返航。

"是'暴风'，成功了，'暴风'成功了，哈哈哈，我们赢了，我们赢了。"联合舰队总部传来胜利的欢呼声。

加藤的力量渐渐没了。他无力地飘浮在光柱中，被吸向空中的方舟号，火山也停止了爆发。

阿卡斯眼见着加藤被吸进方舟号，一种不祥的预感也随之而来。指挥舰联系着方舟号，然而十几分钟过去，始终没有动静，所有人都不知道发生了什么。突然方舟号下方强光再次亮起。

"不好，快躲开，不要被强光照到。"阿卡斯大声说道。

那道强光冲着肖恩特三人直射而来，若不是阿卡斯发现得及时，三人怕是都要被照个正着。一股黑色的火焰吞噬天空，三人打开元能罩冲向火焰，但是很快就发现，这黑色火焰竟是田中吞噬加藤火凤凰的灵能所化，混杂着无边的邪恶。三人元能罩接触这邪火没多久就开始迅速消耗。

肖恩特知道不好，大呼："我们不是对手，快撤。"立刻撤往前来支援的刘思琪驾驶的飞船，一行人不得不脱离战场。

天空中，原本已飞回方舟号的天族战机，再次飞出，呼啸着扑向联合舰队，一场屠杀展开。

此时，参与舰队的国家，正遭受到不明士兵的全面攻击，陷入危机之中。

"我们完了，'暴风'背叛了我们。"联合舰队总司令布里斯绝望地闭上双眼。

异世之海

觉醒

第四十一回　以爱的名义

加藤一夫的脑海又浮现出第二次世界大战中期的敦克尔战场。

"灵王，你不能让枝子去冒险，我绝不答应。"

"我有得选吗？如果不弄清他们的兵力部署、战术体系，我们根本没有胜算。只有枝子能潜入黑暗骑士的大脑。"

"不行，枝子只能在500米范围内潜入对手大脑，太危险了，还没靠近这范围，就会被黑暗骑士发现。灵王，我们还是先找到灵珠，找回你的全部力量再去对付他们吧。"

"可能吗？数千年都没有灵珠的踪迹。现在我们不能坐视不理，如果让他们找到魔晶，我们就全完了。"

"不行，我要去阻止枝子，不能让她去。"

"已经来不及了，他们已经出发。即使你追到，她也不会退缩，她一定会完成我的任务。"

"你这个混蛋，你知道她一直爱着你吗？你是冷血的吗？"

"感情对我来说，多余，我只知道，我要赢！"

"你……如果枝子出了事，我一定不会放过你。"

"火部，别忘了你的身份。"舒尔曼洛夫深蓝的眼睛寒光一闪。加藤不敢再多说，悻悻地跺了一下脚，退出门外。

傍晚，舒尔曼洛夫坐在椅子上，不安地揉搓着手掌，一名守卫慌张地报告："枝子回来了，灵王。但是，她……"

"她怎么了？"

"她受了重伤。"

"快带我去看她。"

来到医疗室，木部已经在替她疗伤。

舒尔曼洛夫看了眼木部，只见木部摇了摇头。一旁，加藤瞪着血红的眼睛一言不发。

"她的心脏已经被洞穿，我已经无法救回她了，只能维持一口气，让她说完话。"

"嗯，你们都出去。"

"灵王，你还我孙女儿，你还我孙女儿！"一旁的木部赶紧用力抱住加藤，将他拖出医疗室。

"枝子！"

"灵王，咳、咳，他们来了4名黑暗骑士，其他26人全是精锐。他们知道魔晶的位置了，您一定要先找到，魔晶在……"

"对不起，枝子……"

"别难过，我的王，下个轮回，再见……"握紧舒尔曼洛夫的手轻轻滑落。

"开启地网至少需要五部力量，木部、金部、土部、水部、雷部负责开启地网，火部带队负责保护他们，我去缠住黑暗骑士。"

"不行，你这是让他们去送死，一旦开启地网，他们就无力抵抗，你让我保护，如果失败，我就成为罪人。你是要让我受尽折磨吗？为什么留下我？为什么留下我？"加藤怒吼道。

"这是最有胜算的方案，这是命令。"

"我们生为灵王而战，死为灵王而战，死而无憾。"

"你们都是我最好的战士，你们是我的骄傲！"

空气里弥漫着血腥味，一场大战刚刚结束，一地残肢。加藤摇

异世三海
觉醒

晃着站起。五部全部牺牲。地网开启成功，黑暗骑士全军覆没。加藤走进地网中央，舒尔曼洛夫单膝跪在地上一动不动。

"灵王，灵王，你醒醒！"

"火部……"

"灵王，别说话，我带你回去。"加藤说道。

舒尔曼洛夫双臂已经失去，左眼被洞穿，浑身是血。

"不、不用了，我活不成了，即使活下来，也成废人。火部，我留下你，是为了枝子，我必须让你活着。"

"别说了，我先带你回去。"

"不，火部，你、你送我一程。我不想这样子活下去，让我进入轮回，再与枝子相聚。还有，魔晶在……"舒尔曼洛夫说完，将手中古剑递到加藤手中，"送我一程，把剑带走好好保管。"

加藤老泪纵横，缓缓拿起剑对着舒尔曼洛夫的心脏位置。

"不，灵王，我不能那么做。"加藤犹豫起来，剑缓缓准备放下。突然，舒尔曼洛夫往前一扑，心脏被剑尖贯穿，顿时气绝身亡。

"灵王！你不能死，灵珠在哪儿，灵珠在哪儿？"

远处几道黑影闪过。

现在，加藤被铁链捆得严严实实，失去凤凰灵力的他无力挣脱束缚。

"主人，让您受委屈了。多谢您的灵力相助，让我成为世界上最强的生灵守卫。"田中纪南缓缓走进监牢。

"是你？畜生，竟敢背叛我。是不是你，把天族的技术提供给暗黑军团，同时偷走了魔晶，让他们得以侵入，对不对？"

"不、不、不，应该说，我们是互相帮助，暗黑军团协助我夺取方舟，成就我不可匹敌的力量。我给他们提供情报，让他们得到他们想要的东西。"

“你这个小人，竟然和他们做交易，你以为他们会放过你？你早晚会被他们生吞活剥。”

“翰唐国人有句古话，叫做燕雀焉知鸿鹄之志。意思是一只小麻雀，怎么会知道老鹰的志向。为了伟大的事业，我宁可冒这个风险。”

“混蛋，你敢嘲笑我，我杀了你。”

“你的力量已经被圣光吸走，转化成我的力量。你杀不了我。即使是灵王也杀不了我了。”

“你把枝子怎么了，她为什么会对我出手？”

“你想知道为什么？”田中挥了挥手。加藤的对面，主机房的环形屏幕上，开始播放着一个画面，加藤手持尖刀，刺穿舒尔曼洛夫的心脏。突然画面一片血红，闪烁起密密麻麻的字眼，“我恨你，爷爷。”加藤看到这里，大脑一片空白，手足冰凉，心中一阵绞痛，“噗嗤”一声，一口鲜血喷出。

“田中，你这个混蛋，你陷害我……枝子，不是这样的，不是这样的……”加藤狂吼起来，心被撕成一片一片，如果失去所爱是地狱，那么被所爱仇恨就是更深的地狱，无论是自己还是枝子，现在都被痛苦折磨得失去了理智。

“虽然在上次约拿的袭击中，龙脉半张地图被人捷足先登抢走，不过歪打正着，让我得到这段珍贵的视频，才揭穿你这人面兽心的家伙啊。”

256

“你为什么要这么做，为什么？老夫有什么对不起你的吗？”

田中冷冷回答道：“为什么？为了挽救这个世界。几千年来，整个世界一盘散沙，国与国之间战争不止，即使没有黑暗的入侵，我们也会毁灭在自己手里。我们的生存环境，正是被我们破坏成这样，人心向往无穷的欲望，一步步接近暗黑世界的频率，才引来黑暗。你手持那强大的力量，却不肯为这个世界做些什么，你要那些力量有什么用？这几年，我秘密根据‘火种’资料制造出百万枚生物芯片，很快我就拥有一支不畏生死只服从于我的军队。我会消灭国家的界限，这个世界不会有战争，不会有反对，不会有不公，不会有分歧。我要建立一片净土，就要先扫除肮脏的垃圾。翰唐国曾经有个始皇帝，统一七国后，统一了不同文化，才有后来翰唐国的强盛千年。我就是这个星球的始皇帝。后人将为我歌功颂德。"

"哈哈哈，你与魔鬼合作，竟是为了这个世界？你不觉得好笑吗？背信弃义的你，就是个肮脏的家伙，你为什么不先清除你自己？"

"哼，好笑？有件事你是绝对想不到的，我去过那个世界。我出卖自己的灵魂，只为把这个世界交换到我们的手里。"

霍霍岛核电站再次在海啸中发生严重泄漏。一个男孩守候在父母的尸首旁。眼泪早已哭干，他只是呆呆地看着，看着。那双黑眼睛空洞洞，是恐惧，是孤独，是无助，是迷茫。突然四周传来噼啪声，他的面前出现一道蓝色光门。男孩颤抖着缓缓站起，走了进去。

穿过光门，他站在山崖边，一眼忘去，那是无尽的黑色世界。空中飘舞着黑色的灰絮，血红的火山激烈喷射，那火光照耀着这个世界，是这个世界唯一的光明。四处充满怪兽震耳欲聋的惨叫。男孩捂住耳朵，趴到地上。山谷里，无数远古的幽灵在火海沉浮，或者厮杀。弱肉强食，就是这个世界的规矩。突然一阵阴风袭来，男孩抬头一看，一只巨大的黑鸟扑了过来。男孩转身逃跑，黑鸟紧追不舍，眼见就要被黑鸟的巨爪抓住。一只更大的黑影遮住天空，黑鸟一声惨叫，被那黑影一口咬住，几下撕扯就变成碎片。男孩惊魂未定，脚下地面突然疯狂地翻腾起来，巨石纷纷滚落，一条燃烧的手臂从脚下的这大山中伸出，一把抓住那黑影，塞进头顶那张血盆大口，从地底发出巨吼，震得男孩耳膜出血。原来男孩竟然是站在一只巨大山怪身上。"啊！"男孩脚下一滑，摔下万丈深渊。一艘战机飞来，射出一张网，将男孩兜住。那山怪察觉战机，两条燃烧的巨臂拍来。从战机射出一束红光，山怪的动作突然变得僵硬，只见开始裂开的身体红光渗出。山怪发出最后一声巨吼，"嘭"的一声，四分五裂。

机舱内，男孩被一名黑甲士兵提着来到王座前，王座上坐着全身腾着黑烟的金边盔甲，王座两边站立着数名黑甲将军和一名红衣男子。那具金边盔甲似乎没有肉身，血红的鬼火在内翻腾。头盔里闪出红光。一旁的红衣男子说道："这孩子竟能穿越空间虫洞，来到我们的世界，不简单，或许他能成为主人在那个世界的使者。"男孩已经害怕得不敢抬起头。

"不要害怕，抬起头来。只要你愿意成为我的奴仆，我就不会吃了你，而且我会送给你一件礼物。"金边盔甲里发出骇人的声音。

男孩慢慢抬起头，轻轻点了点。那鬼火伸出一根手指。一团黑烟袭向男孩后背。

"啊！"男孩的尖叫声响彻天空。

这尖叫声此刻又在田中的脑海中响起。

"黑暗与光明的天平已经打破，即使是真正的灵王也无法逆转，整个宇宙正在重回黑暗。我会用我的方式保住这个世界，直到我消亡的那一天。也只有我，才能为这个世界带来真正的和平。我对这个世界的付出才是满满的爱啊。"

第四十二回　第一道防线

"首长，刘队回来了。"

"太好了，快叫她进来。"郭楚南猛地站起，一颗揪着的心总算放下了。

刘思琪推门进来，敬了个礼。

"来，先喝口水。"郭楚南倒了杯水。

"田中是幕后黑手，已经控制加藤军团，估计很快就会对付我们了。另外，美达索的西洲联盟惨败，已经完全处于被动防守阶段，美达索 E8 战队的肖恩特队长等人暂时随我抵达基地。"刘思琪把事情原委大致解释了一下。

"数百名生灵守卫，还有先进的天族技术都落入田中手里了？这下棘手了。"

"嗯。不仅如此，田中恐怕已吸收了加藤的凤凰灵力，已经没有人是他的对手了。"

"我马上汇报给上级，组织舰队与建起海岸防线，为即将展开的战事做准备。也需要立刻见见肖恩特队长。"

"我愿意到最前线。"

"不，我要你完成更重要的任务。这样东西交给你。"郭楚南拿出一枚戒指，郑重地放到刘思琪手心。

"这是？"

"这是龙脉的地图，你要找到它，开启这个秘密。能开启这个秘密的人就在你、句成、Lisa 三人之中。时间紧迫，我会在陆地建立十道防线，坚持到你们回来。"

"不，我要留在您身边。"刘思琪虽然兴奋，但不免担心父亲安危。

"老刀已经回来了，你放心去吧。"

"陈队回来了？太好了。"

"嗯，如果我坚持不到你回来，老刀会接替我的位置，和你会合。"

"爸，你说什么呢。"刘思琪紧紧攥着戒指，内心深深感到不安。

"报告，将军！"门外一个似曾熟悉的女声响起。

"进来！"门打开后，一位留着清爽短发的美女站在门口。

"林晓雅！"刘思琪吃了一惊。

"清秋，又见到你了。"

"我从科学院特邀她进我们SNA。"郭楚南微笑着冲林晓雅点了下头，示意汇报。

"首长，从都图姆的残骸里，我找到这个。"林晓雅拿出一块指甲盖大小的黑色机械虫。虫子的机械爪紧紧抱着林晓雅的手指。

"这是什么？看上去像某种芯片。"

"简单说，是生物芯片，里面有一种极具侵略性的数据DNA，强行吸收一切能吸收的物质，尤其是腐败物。我试着把它放入腐败的树枝或石油中，它就能立刻开始吸收而进化，最后竟然形成新的生命体。"

刘思琪突然想起什么，"我在加藤的太空战舰见到的水人，就有这种类似芯片，现在来看，田中很早就有预谋夺取加藤的力量。"

"可以说是暗黑版AI机械，主要借助的是浊能，所以更加残暴。"

"浊能？"

"是的，清秋你们道宗修行特别强调遣欲、慈悲，这样获得的灵能是动能，温暖、清澈、高频。而浊能刚好相反，它是静能、负面、冰冷、低频而且浑浊，瞬间释放的力量巨大。"

"阴阳相生相克？"

"是的，光明与黑暗，温暖与冰冷，创造与毁灭。"

"这下就糟糕了，适合制造都图姆的环境，实在太多了。"郭楚南深深吸了一口气，"思琪你带上林晓雅或许能帮得上忙，明天就出发。"

"是。"

三天后，隶属北海舰队的虎鲨侦察潜艇小队，从潜艇的雷达屏幕上探测到密密麻麻的亮点。"那是什么？"

"我们再靠近一点侦察。"

虎鲨侦察潜艇，模拟鲨鱼形态，有机外壳，每台潜艇能携带 8 枚有机鱼雷，4 名作战人员。

"发射河豚海底摄像机。"

3 只机器虎鲨迅速接近敌群。画面传来，8 艘水母战舰，几百艘黑鱼潜艇，大规模向翰唐北海海岸线靠近。远望过去，就像鱼群在迁徙，原本平静的海底，变得不安起来。

"敌人够狡猾的，从海底进攻。正等着他们呢。"古乐的双眼闪着亮光，这名铁血战士，热血沸腾，终于有硬仗打了。

"他们来了，我们怎么做？"指挥部的滨海舰队司令张平转过头看了一眼郭楚南，他不明白，为什么总指挥官突然安排这么个人来全权指挥战斗，一个从来都没有听说过的人。但是，他也被传来的视频吓了一跳，敌人的规模远远超出自己的想象。

"古乐，进行攻击，记住，不可恋战，只许败不许胜，迅速引敌人到红河海沟。"

"是。"

红河海沟前沿阵地。

古乐带领 32 艘虎鲨潜艇分作两支队伍。当敌人进入射程，古乐一声令下，第 1 队潜艇立刻开火，密集的有机鱼雷，在海底划出一道道优美的水痕奔向目标。只见鱼雷钻入敌艇阵型，一片片爆炸的火光，照亮黑暗的海底世界。第1队一口气将武器全部发射出去后，迅速后退，第2队立刻顶上，又是一阵狂轰滥炸。

都图姆被两轮突袭打得措手不及，又不知道对方是否为主力部队，一阵骚动。当他们发现只是小股力量，立刻组织反攻。都图姆压倒性的火力网将深海照得如白昼一般，排山倒海的暗流，地动山摇的爆炸，礁石珊瑚等一切阻碍的东西被炸得灰飞烟灭。浑浊暗流散去，都图姆们才发现古乐的队伍已逃离到前方海沟，气得嗷嗷叫，先头部队立刻像恶狼般追击过去。当这群不知死活的怪物追进红河海沟，海底弹射出数不清的水雷。都图姆的先头潜艇躲避不及，正好迎头撞上，远远望去，好似扑向灯火的飞蛾，在海底亮起一闪一闪的火花。

指挥部里掀起一阵欢呼声，可是这欢呼还没停下，敌方阵型向两侧移开，一艘水母战舰缓缓开出，顶部射出一道绿色光柱，对准海沟，抹出扇形，水雷纷纷自爆，防御网被撕开，显然这艘水母战舰装备着天族的先进技术。几分钟后，水雷被清扫干净。古乐指挥队伍赶紧撤退，退往海沟深处，敌人蜂拥进入海沟。看着屏幕中的这一幕，不少士兵发出沮丧的叹息声。肖恩特和郭楚南两人对视一笑，眼见着虎鲨潜艇潜深达到一万米，吸引着半数都图姆舰队进入海沟。

"古乐，爬升。"

"明白，全体潜艇爬升。"古乐迅速拉下上升阀。

"撒网捕鱼。"一张张网从虎鲨潜艇底朝都图姆们罩下。

"就是现在，引爆。"郭楚南一声令下，红河海沟山石崩塌。都图姆军团刚刚挣脱开钢网，海沟两侧的巨石就砸了下来，被深埋在巨石下。

未追进红河海沟的水母舰队开始向古乐的小队疯狂发射追踪弹。

"扔出全部引诱弹，全体上浮撤退。"

都图姆舰队拥有绝对的技术优势，半数虎鲨未能逃脱追踪弹的攻击。敌人穷追不舍，一路追击到近海。古乐带领剩下的潜艇冲出水面，两侧伸出一对机翼，海空双性能潜艇掠过海面，朝岸基阵地紧急撤退。

异世
三
海
苏醒

身后雨点般的导弹射来，一道土墙从地底升起，导弹射到土墙上，炸出一片火海，海岸出现两名生灵守卫。

"古乐，9点方向，全速撤退，剩下交给我。"

"陈队，哈哈哈，太好了，收到。"

海底的都图姆潜艇内部气温开始急降，很快又结上冰，这些没有知觉的家伙，眼睁睁看着自己的身体开始僵硬冻住，无数冰柱塞满内舱，再也无法动弹。没多久海底一片死寂，水母战舰与追击的都图姆潜艇都被犬牙交错的冰柱死死困在海底，近海一片雪白，所有追击的都图姆都被冰封。原来是阿卡斯双手释放灵能，制造出冰天雪地。

此时，岸基监控室监测到一道巨浪正在形成，不由惊呼："海啸！"红河海沟的爆炸引发的巨大海啸正迅速奔向海岸。陈怀坚单膝跪地，双拳击地，远处的海底突然下沉，那道200米高的巨浪竟然被新形成的海沟吞没。二人解除危机，陈怀坚站起身，与阿卡斯对碰一下拳头："谢谢你，兄弟。"

"他们杀害布拉德，就是怕他预知这一幕，可是，布拉德几个月前就预知到现在发生的事，并录下视频。一周前邮件自动发送到我的邮箱。我收到消息，赶往演习海域想要阻止加藤双方争斗，可惜没有成功，加藤一夫根本不听我解释。兄弟，下一个主战场就在翰唐国，敌人还有一支可怕的力量会出现，你们要小心。"阿卡斯望着远方，暗自发誓："布拉德，我会为你报仇的，田中纪南，妖王，你们一个也跑不掉。"

"阿卡斯，布拉德是否预知到灵珠下落？"

"没有，他的记录里最后一句是'守护者倒下了，黑暗践踏着战士的鲜血，蜂拥而至，绝望啊！有人打开那扇门，光芒万丈'。"

陈怀坚不知道该说什么。

他看着远处渐渐平息的海面，思绪回到几周前。

冰冷的海水灌进陈怀坚的口腔鼻腔，黑暗中，一缕光出现，意识渐渐模糊，他隐约感受到胸前的符纹灼烧起来。

"陈怀坚，你还不能死。"不知过了多久，一个声音传来。

当陈怀坚醒来，一双葡萄般的大眼睛正盯着自己。

"哈哈哈，爷爷、爷爷，小飞蛇醒了。"一个可爱的小女孩蹦跳着。

"这、这是哪儿？什么小飞蛇？"

"你在我的飞船里。你的力量已经进化，你自己看看吧。"一个威严的声音响起。

陈怀坚循声望去，一名鹤发童颜的长者缓缓走来，示意自己脱下衣服。陈怀坚照做，看见自己健硕的胸前，那金鳞巨蟒符纹上竟然多了一对翅膀，而蟒头竟然变成了龙头，不由惊呼道："腾蛇？"

"嗯，现在的你，能力已可与加藤一夫那个老匹夫一较高下了。"

"谢谢您救了我。"

"不用谢，我需要你把消息带给联军。暗黑势力，还有他们制造的大量暗黑士兵与远古生物对世界的威胁非常可怕，你们要尽快毁掉这三者。"

"他为什么不直接送去？"陈怀坚内心想。

"老夫本不该插手这个世界的事，会影响这个时空，只是这事也会影响到我孙女。所以要拜托你。"长者说道，似乎看穿陈怀坚心思。

"好，我一定尽快送出消息。"

264

异世三海
苏醒

陈怀坚想到这，决定立刻把这消息汇报给郭楚南，遂与阿卡斯匆忙离去。海底中，被冰封的水母战舰本已死火的动力系统开始重启，被掩埋的海沟出现松动，隐约有光亮透出。

"他们停下了。"滨海舰队司令张平被眼前的战斗惊呆，这是一支什么部队？竟然有这样不可思议的能力。

指挥部的光幕显示屏上密集的红点停止了前进。

"我们要做好准备，他们会重新集结，下一次的攻击才是真正的考验。田中纪南和那数百名生灵守卫连面都还没露。"肖恩特说道。

张平点了点头："嗯，我们能为后方多争取一点时间完善防御体系，胜算就能多一分。老郭，让老刀回来吧，他可以在第二道防线准备阻击。"

沿海城市在做最后的撤离。郭楚南的计划已经被批准，他要打消耗战，布置 10 道防线延缓敌人进攻。郭楚南看着远方，心里默默念道："我们一定坚持到你们回来，蓝星就靠你们了，思琪！"

第四十三回　龙脉

大平洋彼岸。

"联合舰队全军覆没，总统先生。现在，大平洋海岸的众多城市，都受到猛烈攻击，一夜之间海岸线出现无数敌人，怎么都杀不完的怪物都图姆。我们的海岸警卫队顶不住了。"

"见鬼，怎么会这样？"罗布森惊讶得猛地站起。

"我们上当了，'暴风'才是所有事件的幕后黑手，我们帮助他打败加藤一夫，成果却被他一人窃取。他有了加藤一夫的所有力量，现在已经没有人能挡住他了。"

"通知核武库准备，我要按下我的按钮。"

"所有核力量已经失联，被他们控制，看来他们多年前就已经开始准备。"

"什么？那立刻联系我们在西洲的盟友。"

"除了没有派出主力舰队的翰唐国和俄尔加国，我们的西洲盟友怕是和我们一样，自顾不暇。我建议抛弃前嫌，向翰唐国和俄尔加国求助。"

罗布森瘫倒在座椅上，深吸了一口气，无力地低声回道："好吧，也只有这样了。"

"那我现在就安排。"国防部部长转身准备离开。

"等等，有肖恩特他们的消息吗？"

"暂时还没有。"

"唉，好吧，你先去办吧。"罗布森叹了口气，想起肖恩特递交上来

异世三海
苏醒

的报告上的一段话：

"证据不足以证明加藤一夫是幕后主谋，建议延长调查。"

"有肖恩特局长的消息了！这是刚收到的视频。"

罗布森激动地坐直身体，示意秘书将视频播放给他看。

一道光屏在罗布森办公室里显示，肖恩特的面孔出现在屏幕上。

"总统先生，原谅我没有第一时间赶回国。我们与田中纪南进行了正面交锋。他的能力远远超出想象，仅凭我们根本无法与他对抗。田中纪南霸占了加藤一夫的太空战舰，甚至还有专门对付生灵守卫的武器。我已带领调查小队前往翰唐国，与他们商讨对策，或许我们还有机会夺回海洋。另外，收到重要情报，我必须带队去调查一下，请总统先生帮我联系名单上的人并调往翰唐，一定坚持到我们回来。"

"混蛋！竟敢自作主张。"

"总统先生，我们与翰唐国、俄尔加国素有猜忌对抗。我觉得肖恩特局长这么做非常明智，以小股力量援助换回翰唐国的信任。我们必须先有合作的姿态，展现出诚意，才能换回他们的协助。"

罗布森想了想，点了点头。"这样，肖恩特他们这次去协助翰唐方，还没有正式的官方认可，你现在马上补上官方声明，在外交上先占主动。"

"好。"

"老板，好好，喂，喂，喂！"句成的手机信号中断，"怎么回事儿？"

不仅是他，附近几名打电话的人都在抱怨。就在几秒钟前，翰唐国的卫星系统突然被神秘光束纷纷射中，炸成碎片。

"吱"的一声，一辆悬浮车停在句成身边，从车上下来一身戎装的女将。

"清秋！"

句成还没回过神来，刘思琪一把拉住他的手臂，不由分说把他拉进车里。

"清秋，这是去哪儿？"

"出任务，好多人在等你。"

"啊！我可没说要回特战队啊。"

"瞧你那小气样儿，我们去找宝藏，算你一份儿，而且 Lisa 也去，到底去不去啊。"

"Lisa 也去？"句成喜形于色。

刘思琪狠狠瞪了他一眼："重色轻友！就不想其他人吗？"

句成一把抱住刘思琪，"可不是为了她，我穷怕了，能赚钱我当然想去了。再说，我也想你嘛！"

"滚开。"

"首领，我们遭受两名生灵守卫的伏击，先头部队被消灭了。"

"哼，螳臂当车，无谓的挣扎。战斗才刚开始。郭楚南，肖恩特，你们准备好了吗？新世界即将到来，顺我者昌，逆我者亡！是时候来场男人间的战斗了！"

"思琪，我们会利用 10 道防线拼死拖住敌人，你们一定要找到灵珠，这个世界的未来就交给你们了。"郭楚南双眼遥望西方，祝福着远去的小分队。

"真搞不懂，郭伯伯为什么让这个拖油瓶也跟来。"Lisa 看着队伍后面气喘吁吁的林晓雅，气就不打一处来。

"少说两句吧！节省点体力。"刘思琪冷冷抛出一句。虽然她不知道父亲的用意，但从心底，她更不愿意 Lisa 加入，毕竟是外人，如此重

异世三海
苏醒

大的秘密怎能让她参与进来。

"对对，服从命令，Lisa。"句成赶紧附和。

"啧啧，这么替人家说话，是不是又看上那个女博士了？"石斋笑道。

"我是那种人吗？"

"是！"

"绝对是！"Lisa和刘思琪异口同声地补充回答。

"我……你们……"

"喂，你们等等我呀。我们在这片寸草不生的沙漠这么漫无目的地找什么呀？哎哟！"林晓雅又一次摔倒，"这鸟不生蛋的沙漠，已经走了3天了，什么都没有。"

"你还真是离了昆仑机甲就成草包了，谁让你自己抢着要跟来的。"Lisa说道。

"是郭伯伯让我来的好吧，我才不想和你们这帮智障在一起呢，除了句成。"

"对对对，小姐姐，我是智障，我是弱者，你可要多多关照我哟。把你的点心拿给我吧，好饿呀。"石斋的肚子咕咕响起。

句成赶紧跑过来，抓住林晓雅的包，扛在自己背后。"晓雅，跟上，我帮你。这家伙自己的那么快吃完了，就盯上你的了。"

"这么热的天，消耗大，真是小气了。"石斋说道。

"句成，给我滚过来。"

"来了。"

"我的包，清秋师兄的包，都给我背上。"Lisa不由分说，3个包全扔给他。

"哎、哎、哎，大小姐太多了！"句成求助的眼神望向石斋。

石斋舔了舔嘴唇，伸手准备接下包裹。

"不可以。"三个女孩大声制止。

石斋耸了耸肩，做出爱莫能助的表情。

临近傍晚，五人找到一处岩石后，架起篝火宿营。

"清秋姐，我们在找什么？"Lisa 问道。

刘思琪叹了口气，抬起手，摸了下手指上那枚郭楚南给她的戒指。黑夜中，戒指射出一束光映出投影，一幅画呈现在众人面前。画中两句诗若隐若现。"粒沙入枯河，金月锁乾坤。"

"不是吧，我们要在沙漠里找一条河？哪里有河？"句成道。

"不是河，是在找一把锁？"石斋一脸惊讶地问道。

"什么？在这么大的沙漠让我们找一把锁，疯了吧。"林晓雅瞪大了眼睛。

"都不是，我们要找的，是，一粒沙。"刘思琪冷冷地回答。

众人吓得说不出一句话。

第二天，他们遇到一支骆驼商队，在这片古老的沙漠中，骆驼是最好的旅伴。小队顺道加入了商队行列。一行人行至下午，日头正是毒辣，刘思琪突然察觉到异常，沙漠下似乎有一股暗流。

她示意众人提高警惕。果然，沙漠下的暗流越聚越大，"轰隆隆"一声，一只巨大的沙蝎钻出地面，挥着大钳迅猛地直扑过来。

"句成带着商队躲开点。"刘思琪大声喊道。她打开手腕上的昆仑机甲，转化出一把锁链刀，飞身腾起，挥刀斩去。"铛"的一声，沙蝎的一条腿被砍下，但是，流沙迅速汇集到断处，一条新的腿长出。

"看我的。"Lisa 双拳一握，转化出一把连弩，数十支绿箭射入蝎子身体，长出几株瘦小的仙人掌。

"你那豆芽菜有什么鬼用，笑死我了。"林晓雅哈哈大笑。

Lisa 瞪了她一眼，道："沙漠没水我能怎么办？"

"这沙漠里水灵实在太少。不能硬拼。"刘思琪说道。

"我用封印封住它。"石斋双手合十，结印。一个无形封印空间将那巨蝎封住。

那巨蝎挣扎两下，散成一堆沙子。

石斋撩了撩长发，"还是要哥哥出手啊。"

脚下的沙漠开始下陷，"哗啦"一声，又一只沙蝎从众人脚下翻腾而出，将众人抛向半空，两只大钳向林晓雅、石斋拦腰夹来。

两条铁链从远方缠住二人，拉出沙蝎的攻击范围。原来句成将商队带到安全地带后，又折回战斗。

Lisa转化出铁链，开启驯鹿灵能。刘思琪见状，立刻明白Lisa的用意，也开启灵狐灵能，转化出铁链。两人飞速围绕着沙蝎，将沙蝎几条腿缠住。沙蝎刚要移动脚步，便被绊倒，轰然倒下。句成化出流星锤，击中沙蝎头部，砸出许多碎片，激起沙尘。

"这东西会没完没了，一定有人在远处操控，趁现在快撤！"石斋大喊。

"喂喂，你跑那么快干吗？"只见句成已经一溜烟跑出老远。

"不是你叫我撤的吗？"远远传来句成的声音。

刘思琪与Lisa架着跑不动的林晓雅紧跟石斋一路飞奔，见已经逃远的句成又掉头往回跑。"救命啊，好大的沙尘暴啊！"众人远望，面面相觑，一场沙尘暴铺天盖地袭来。

"原来是这样。"刘思琪似乎想到什么，指向沙尘暴："句成，进沙尘暴。"

"什么？我去，那玩意那么大！"

"啊，那是魔鬼沙尘暴，我不想死啊，哎、哎、哎，离我远点，你这个娘娘腔。"林晓雅惊慌起来，石斋不由分说，扛起林晓雅就跑。

"闭嘴，用毛巾捂住口鼻，美女。"

"你敢让我闭嘴？你这个白痴男人，给我滚开。呸，呸，好多沙子。"

"我知道了，不是干河，是沙尘暴，那粒沙就在那沙尘暴里！"句成突然明白，兴奋地大喊起来。

刘思琪拉着 Lisa 冲到句成身边，大喊："石斋，快过来。"五人手拉手，用昆仑机甲合力转化出防护舱，立刻消失在沙尘暴中，只听半空中有人吼道："不许吐在里面，啊！太恶心啦。"

尾随而来的沙蝎也被卷起，被这巨大的风暴撕成碎片。

"呸、呸、呸，嘴里都是沙子，气死我了！"Lisa 从沙子里探出头。

"啊，句成，你这个混蛋，吐得本小姐我一身都是脏东西，臭死了。"林晓雅一脸怒容。

"呃……呃……我、我好晕……我好晕。"句成爬起来，摇摇晃晃。

三位女子摇晃着爬起身来，看到自己身上的污物，气得粉脸通红，一齐愤怒地瞪着句成。

"对、对不起，对不起……我、我晕沙……哎、哎……饶命、饶命。"当然，他被狠揍了一顿。

"你们快看。"石斋大声招呼。远方似乎是一座残破的宫殿。刘思琪的目光停留在身后，无数动物的残骸竟围成一道城墙，将他们和宫殿围在中央。

一行人来到宫殿，那断壁残垣上满是精美的雕刻，似乎诉说着曾经拥有的辉煌。

五人在宫殿中仔细搜索，却突然发现无论怎样都走不出宫殿了。林晓雅的目光落向宫殿中心横七竖八的神兽石像上，脸沉了下来，手指快速轻微抖动，似乎在计算着什么。

"这沙尘暴就把我们带向这堆石头？什么意思？"句成东摸摸西看看。

"不要乱动！"林晓雅一声惊呼。可已经来不及，整个宫殿突然颤抖起来，那些石像快速移动，刮起一股气流，发出呜呜的低鸣。石斋拿了颗石子，扔了出去，竟在气流中被分割成沙砾。

异世三海轮回

"好厉害。" Lisa吐了吐舌头。

"不要乱来，这些石柱是……阵型！" 林晓雅皱起眉头，"奇门遁甲阵。强行硬闯，会产生阵中阵，会越来越复杂。" 林晓雅自幼随父耳濡目染各种阵法，认出这正是古时闻名遐迩的奇门遁甲阵，严肃起来。

"想不到，这丫头居然对我们道宗的阵法如此了解，她到底还知道多少事？" 刘思琪暗想。

"巳时西南申位为生门，你们跟着我去到那座石像的位置，不可出错。" 林晓雅指向远处一小块空地。

刘思琪等不敢怠慢，跟随林晓雅绕到生门，石块间的无形压力骤减，但还是没有办法走出迷宫。众人再次陷入迷惑。不知不觉已到晚上。

"你们不觉得奇怪吗？" 刘思琪说道，"刚才我们看到外面的残骸都堆成墙，肯定不是一次沙尘暴形成的，那么规整，似乎有股力量将残骸挡在外面。"

"是结界！" 林晓雅插口道。

"你知道的好多啊！" 句成露出崇拜的眼神。

刘思琪冲林晓雅点了下头，继续说道："所以，有可能生门被结界包围，我们不仅要找到生门，还要打开这道结界。"

林晓雅似乎想起了什么，道："金月锁乾坤。这金月不是指钥匙，是指满月。"

众人抬头一看，沙漠中的月亮已经开始爬起，今天正是满月。

"现在是子时，生门在正南方。跟着我。"

众人移动到正南方的石块。

"试试这个。" 林晓雅掏出一面镜子将月光引向生门处的石像。巨大的石像缓缓升起，浮向半空。半空中一扇巨门出现，缓缓落下，门两边柱子各有一座神兽石像：一条黄金巨龙；一只金甲巨兽，头长四角，虎身龙爪。

"这是龙王广和妖王犰。"刘思琪道。

林晓雅看着这两座神像，脸色苍白。

"找到了！"Lisa兴奋地叫起来。

此时，远方似乎有千军万马袭来，尘土飞扬，无数沙蝎冲破骨墙。

"是它们追来了。你们先走，我来对付。"石斋脸色大变，两手结印，制造结界空间阻住沙蝎去路。

"好，你小心，我们走。"刘思琪立刻带领句成、晓雅、Lisa飞入空中那道巨门。

异世三海

觉醒

第四十四回　龙冢

四人进到巨门内，眼前的景象令他们惊呆了。这里真是一个干枯的海底世界，险山连绵，乱石嶙峋，风化的珊瑚横七竖八，前方时不时现出巨大的海鱼骨骸，干枯的海沟深不见底。昏暗的天，焦黑的土地，一片死气沉沉，看不到任何生命迹象。

"你们看那边。"大家顺着林晓雅手指的方向看去，山谷里似有一片白色地带。

"走，去看看。"句成道。

当众人抵达山谷，映入眼前的是一片白森森的残骸。无数巨兽与巨龙的残骸纠缠在一起，似乎经历过一场极为惨烈的战斗，导致这个星球彻底毁灭。越往前走，骨骸就越多，山腰上远远出现一座残破的宫殿。

"这里应该是传说中的兽界吧，是兽族和龙族的世界。"刘思琪说道。

"龙族和兽族？"Lisa一脸迷惑。

"嗯，龙族和兽族同处兽界，传说龙王广与妖王犼原本是两兄弟，但是龙族支持天族，而兽族追随堕落者。两个种族在这个世界的战斗从远古就没有停息过。"林晓雅回答道。

"那、那……他们是同归于尽了？"Lisa问。

"没那么简单，你看看天空。"

众人抬头望去，透过云层，竟有3轮血月挂在天空，远处的星辰发出微光。

"这……我们在哪儿？"句成问。

"我们在不同的小星系。"林晓雅已穿上昆仑机甲，身上的计算机显示出一堆数据，接着说道，"这里空气的各项指标都与蓝星差别巨大。土壤也是，多是一些完全没有记载的物质。所以我们已经不在原来的蓝星星系了。"

刘思琪点了点头，道："我相信，龙族应该还存在着，只是不在这颗星球。这颗星球担负的使命或许就是守护这扇能到人界的大门。"

"我们还是快点找东西吧。要知道，我们找的可是一粒沙，一粒沙！"句成道。

"时间和空间只有在我们的世界里才被定义，但在其他维度，这个定义不一定成立。一花一世界，一尘一净土，所以我们要找的东西不能用空间来定义。而要用……天眼！"刘思琪说道。

"天眼？我去，谁有啊？"

"灵王。"

"灵王又在哪儿？"句成问道。

刘思琪的眼光落在句成身上。

"我？别闹。"

"我父亲说，你、我、Lisa和这件事都有关联。找找再说吧。"刘思琪道。

"和我也有关？"Lisa瞪大了眼睛。

"先别说那么多，去那座宫殿看看。"

"晓雅，你怎么从进来开始就不怎么说话了？"刘思琪问道，平时这妮子话最多，心中产生一丝疑虑。

"太累了，我不像你们个个都是超人。"

四人顺着山势，来到山腰，宫殿门口九条巨龙的石像耸立在广场。穿过破损的石门，进入宫殿内廊，里面残破，却能感受到盛时的辉煌雄伟，四人宛如进了巨人的世界。那宫殿原本以黄金为阶、琉璃为顶、白玉为墙，饰以玛瑙、珍珠等珍贵之物，可惜如今早已破败，散落一地。

回廊不见一根柱子，只有雕刻巨龙的玉石柱基和玉石墙，勉强支撑着破碎的屋顶。穿过回廊进入内殿，远远望见数十具巨兽的残骸，一具巨人的骨骸端坐在黄金王座，人身龙首，一身金甲威风凛凛，身躯被一对骨刺刺穿，脚下踩着一具九头巨兽的骨骸，巨兽的一个头颅被巨人手持大剑钉在地面，其余头颅滚落在附近。从内殿的破坏程度看，巨人一人独战数十名敌人，这里战斗尤为激烈。

"这应该就是龙王了。"刘思琪低声道。

句成感叹龙王的勇猛，不由得单膝跪地以示尊敬，林晓雅眼眶发红。

突然，龙王骨骸哗啦散落，碎骨落了一地，吓得句成退后几步。

刘思琪白了句成一眼，跳上高高的王座，指挥众人用龙王的盔甲小心翼翼收好骨架，移到一旁。她发现王座上有道槽孔，用手探了探，将昆仑机甲转化成长剑伸了下去，却毫无动静。

林晓雅默默取下背包，拿出一把古剑，正是比武获胜得来的降魔剑，刚好放入槽孔，握住剑柄左右扭动。然而还是没有什么动静。

"不好，你们看。"Lisa 突然听到动静，放眼四周，一看不免惊呼。

只见殿内的龙王骸骨开始凝聚，化作白骨战神，挥舞着巨剑砍向刘思琪。大殿外，也传来阵阵"哗啦哗啦"的凝聚声，无数死亡的龙族战士的骸骨手持兵器移向宫殿。

刘思琪等人大骇，仓皇迎战。这个星球缺乏水灵，刘思琪、Lisa 强大的异能无法施展，只得靠体术撕斗。刘思琪迎向龙王骸骨，刚一接触便觉吃力，由于力量上的差距她很快就落于下风。林晓雅转化出智能机械，不停地发射火弹，打倒冲入宫殿的龙族战士的骸骨，但是很快，对手又汇集起来。句成跳下王座协助林晓雅堵住回廊，赶来的龙族战士骸骨也越来越多。Lisa 亦站在龙椅上化出双弩，左右开弓，掩护二人。时间一长，四人均感吃力。

"这样不行，它们根本就消灭不了。"

"铛！"龙王的剑与刘思琪两柄剑撞到一起。刘思琪胸口一闷，人被击飞，挣扎着支起身体。却见龙王巨剑卷起一阵寒霜，四周气温急降，一阵冰刃卷向刘思琪。龙王竟能在缺水的环境中制造冰阵，当真了得。句成见刘思琪难以招架，身上燃起熊熊紫火，瞬移挡在刘思琪前方，兵器相交，只觉虎口撕裂，巨剑脱手，身体附上一层寒霜，倒撞上王座上的 Lisa。句成赶紧爬起身，左手正好抓上降魔剑剑柄，却觉掌心湿漉漉的，低头一看，鲜血顺着剑柄往下，滴入孔槽。

龙王大步跨近，双手举剑，卷起冰雪，横扫句成与 Lisa 二人。

"啊！"句成与 Lisa 难以抵挡龙王，只得闭眼受死。然而这一剑并未落下，而是在二人头顶处停了下来，王座发出"咔吱"一声缓慢移开，一个沙漏从深不见底的深井缓缓升起。所有的龙族骨骸瞬间轰然倒下，散成一堆碎骨。降魔剑与句成的血，对机关起了作用。

"七彩灵珠就在这里面，我们找到了。"刘思琪兴奋起来，跳上王座，伸手想接住浮起的沙漏。指尖刚碰到沙漏，却如受到万蛇噬心，一声惊呼。

句成突然想起林教授生前最后一句话："等等，林叔说不能寻找龙脉，是不是说，不能取走灵珠？"

可惜已经来不及，Lisa 走近后一把抓起沙漏，沙漏放出七彩光芒，引得众人大叫："小心！"

Lisa 只觉得体内一道元能流向沙漏中的一点，七彩光芒越来越亮，汇集成一颗明珠。看着众人疑惑的眼神，Lisa 问道："这、这就是灵珠？"

"你胸口不疼？"刘思琪问。

"不会呀！"

"真是怪了。难怪父亲说，只有我们三个才能解开这个谜。"刘思琪道。

"龙族真令人钦佩，就算战死，他们的灵魂依然守护在这里，让兽

异世三海

觉醒

族不敢染指半步。"句成道，单膝跪地，又恭恭敬敬地行了个礼。

"我们取走灵珠，兽族很快就会来这里，快走吧。"林晓雅说道。

刘思琪小心翼翼地将七彩灵珠装进包里。

突然，整个宫殿剧烈震动，所有一切开始被吸入深井，似乎一股强大的魔力在吞噬一切。

"不好，快离开，这个星球要崩塌了。"林晓雅惊呼。

四人打开昆仑机甲，飞向空中，只见脚下的一切飞快地被深井形成的黑洞吞噬。

"怎么会这样？"

"这颗星球本来就已经濒临崩塌。全靠这颗灵珠的灵能支撑，现在灵珠被取走，这颗星球就没了支撑，沦落为死星。快点离开，否则，我们全部会被吞噬。"林晓雅大声说道。

黑洞越来越大，引力越来越强。四人将机甲转化成飞行翅膀全力飞向出口。

"我、我的电池快耗尽了。"Lisa 大急。

"我的也不够了。"林晓雅说道。

句成在底下用力托着 Lisa 右足、林晓雅左足，刘思琪则在上空抓住 Lisa 的右手和林晓雅的左手。

出口已经近在咫尺，但是黑洞还在扩大，引力也越发强劲。句成双臂爆出青筋，牙关紧咬，四人中，只有他的紫火能产生能量作为飞行翅膀的燃料。"我是你们中间最没用的，每次都是你们保护我，这一次就让我保护你们吧。"句成气喘吁吁地说道。

"你要干吗？不要！"Lisa 大叫道。

"不要放弃！"刘思琪大急。

句成绽放元能，使出最后一丝力气，大吼一声用力一推，刘思琪三人向前飞出，抵达入口台阶。而句成却已力竭，只听他道："剩下的就交给你们了。"身躯向黑洞深处坠去。

Lisa 和林晓雅，趴在出口看着坠落的句成，悲痛不已。

刘思琪咬了咬嘴唇，猛地把包塞给林晓雅："把灵珠带回给我父亲，我去救他。"

"清秋，你不能去，黑洞会吞噬一切，你不可能活下来的。"林晓雅说道。

"哪怕有一丝希望，我都不会放弃。"

"这把剑拿着，说不定有用。"林晓雅从包里取出降魔剑。

刘思琪接过剑，纵身跃入黑洞。

Lisa、林晓雅泪眼婆娑，看着二人身影消失在黑洞，又见那黑洞消失在这个世界中。

第四十五回　妖王狐

Lisa和林晓雅冲出出口，见地上捆了一个满脸凶恶的家伙，石斋坐在石头上打坐。石斋见二人出来赶紧迎了上去。

"他们两个呢？"石斋问。

"他们，他们……"Lisa再也忍不住，大哭起来。

石斋一屁股瘫坐到地上："不可能、不可能！不会死！他绝对不能死！"

捆在地上的家伙看到林晓雅背包里发出异光，两眼放光，突然大笑起来："哈哈哈，你们把龙珠带出来了？哈哈哈，苍天有眼，想我兽族从天地初成就被天、龙两族压迫，龙族已败，通往人界的大门再也关不住我的王了，哈哈哈。你们等死吧，我王将重回人间。"

"住口，你这混蛋！"林晓雅突然一剑刺入这家伙胸膛。

"慢……"石斋大声制止，但还是慢了一步，那名妖人已气绝身亡。石斋突然一口黑血吐出，倒在地上。

"石斋，你怎么了？"林晓雅冲过去抱住石斋。

"我中了他的毒，先别管我。我们可能上当了。你赶快通知守门人，前来支援，怕是妖王要出世了。"天空开始变暗，乌云正在聚集，可怕的事情似乎正要降临。

"为什么这么说？"林晓雅问道。

"灵珠给我看看。"

"嗯，你看。"林晓雅打开包。

"果然，这下完了，你们带出的是龙珠，不是灵珠。你没发现吗？

在你们带出龙珠后，这个奇门遁甲阵就开始消失。我们都错了，这个阵型不是为掩藏这个地方不被找到，而是为了不让这道门里的东西出来啊！龙珠绝对不能来到我们的世界。扶我起来，我要毁了这道门。"

"啊，为什么会这样？"Lisa 心中一紧。

"林教授曾提过，龙珠来到人界，会带来巨大灾难。照他当时的口气，只怕是真的。"

Lisa 愣了两秒，突然一把抢过林晓雅手中的包。

"你干什么？"林晓雅大呼。

"郭伯伯不是说过，我、清秋、句成是关键吗？"Lisa 一口将龙珠吞入口中。

"不要！"

"句成掉入黑洞，我很后悔没有跟着清秋一起去救他，那么现在就让我来弥补吧。"

吞入龙珠的 Lisa 突然颤抖起来，全身被无数光芒刺穿，飘浮在半空，发出痛苦的呻吟。那耀眼光芒扩散，整个沙漠被强光笼罩。在她身边沙漠开始转变为泥土，延伸向四周，不多久，竟形成一片绿洲。石斋身上亦冒出黑烟，毒素被逼出。

"龙珠具有创世的力量，看来是真的。"

Lisa 带着全身光芒，向石斋和林晓雅说道："祸是我闯的，我把它送回去。"朝巨门飞去。可刚靠近巨门，剧烈爆炸就将她震开，巨门内忽然传来震耳欲聋的号角。

"不好，快堵住门！"石斋迅速结印，封住巨门。

Lisa 召唤出巨大毒藤牢牢捆住巨门。

随着一声巨响，封印、毒藤化作碎片。一艘腐鲸鱼战舰飞出巨门，发射出无数飞弹，从战舰下方，一架架鬼魅般的战机直扑三人，紧随其后的，是黑压压的兽族舰队，一切都晚了。

"阿弥陀佛，看来今天我不得不破戒了。"石斋双手飞舞，"破碎虚

异世三海 铁醒

空。"飞在前列的战机似乎撞上无形切割机，被割裂成一块又一块。后面的战舰见有陷阱，呜呜发出巨响，神秘波动袭来，刮起一阵劲风，石斋创建的隔离空间，顿时消失无踪。

Lisa 两把连弩射出无数绿箭，箭头所到之处长出巨大的毒藤，结出巨大的黏果，黏住的战机纷纷落地。接着 Lisa 的后背一片绿光萦绕，长出一对绿叶似的翅膀。她闪电般飞向最强的敌舰，用绿光将其劈成两半。然而从坠落的敌舰里又跃出数百头巨兽，口中吐出或火、或水、或沙、或铁石、或毒雾。三人本事再大，也难以阻挡。

林晓雅也不敢怠慢，转化出战斗机甲，手持一把昆仑金战刀，迎敌而上。

敌舰一艘艘驶出，三人不同程度受伤，只能边战边退，形势危急。

突然，爆炸声四起。一艘翰唐战舰出现，带领数百战机冲向敌舰。

"哒哒哒……"一个高大的机械人从空中跳下，两挺重机枪冒着火舌，身后无数悬浮战车也从树林中吐着火舌冲出。

林晓雅抬手一刀砍翻一只野兽，回头一看，正是顾无权带领守门人赶来支援。

"会长，军方派了一支航空舰队支援我们。他们那边战事非常吃紧，只能抽出这么多队伍了。"

"太好了，总比没有好。大家注意，全力攻击那扇巨门，一定要毁掉它。"林晓雅道。

"是。"

翰唐战舰发射一束强光射向巨门，一艘敌舰迎上挡住这一击，随着一声爆炸，敌舰坠落，而大门毫发无伤。

"请战机与地面部队支援我，我被挡住，无法攻击巨门。"

Lisa 双臂用力抬起，身后的森林传来如风语般的喧闹声。大树开始晃动，从生长的土地中拔出树根作为双脚，Lisa 召唤树人大军参战。树人们挥舞着粗大的树枝，扔出一块块巨石，迎向敌人。

空中，双方战机一架架坠落。但敌人多如决堤洪水，已势不可挡，更多兽族军队从巨门驶出，大地天空一片火海，爆炸四起，飞弹如雨。一声巨响，翰唐战舰被击落。守门人的队伍在地面亦被巨兽冲得四分五裂。

Lisa 回头看了一眼，紧咬银牙，双手一挥，一片绿海升至空中，将全部灵能灌注于每片叶子。灵能狂泻而出，化作一只如马匹般大的七彩驯鹿，顶着炮火，冲向巨门。敌机一旦碰到叶子，便被灵能引爆，那些挡住去路的战舰，竟被那只七彩驯鹿撞成碎片。她很快便接近了巨门。

"这是龙珠的毁灭力量吗？"石斋低语。

"不好，Lisa 这是在自杀！"林晓雅发现不对。

突然门内闪出一道红光，一只兽爪一把抓住七彩驯鹿。

"就是你想挡住我吗？不自量力。"一只虎身龙爪、背有金甲的四脚巨兽，伸开一双蝠翼，缓缓从门内飞出。

七彩驯鹿在巨爪中痛苦挣扎。

"还真是龙珠呢，可惜得到它的人是个废物，不过是那个人的傀儡。"巨人的巨爪燃起大火。Lisa 全身燃烧，惨呼一声："句成！"竟被这火焰烧成一缕青烟，香消玉殒，一颗晶莹的泪珠从空中坠落。

"龙珠是我的了。哈哈哈。"

"Lisa……"林晓雅大呼。

"你们这些蝼蚁，跟着龙族、天族欺压我兽族万年。龙王广啊，你这个懦夫，让自己的族人沦落为天族的坐骑，却不敢反抗，反倒助纣为虐，与我同室操戈。今天，就让你看看我是怎么杀光你的帮凶的。兄弟们，给我赶尽杀绝，一个不留。"妖王张口，漫天大火喷向众人。

失去了 Lisa，树人恢复成大树，被大火烧尽。翰唐战机被敌机包围，一架又一架坠落，守门人一个又一个被巨兽打倒，面临全军覆没的危机。黑暗践踏着勇士的鲜血，光明在陨落。

突然，巨门内一片哀号，爆炸声连绵不绝。一片耀眼的金光从门内射出。两条人影从门内飞出，巨门缓缓关闭，逐渐消失在半空，兽族主力大军终于被挡在门后。只见那二人，一人全身金甲，威风凛凛，双目如星，手持古剑放出万丈金光，胯下一头身披金甲的麒麟兽，不是句成是谁？另一女子，如天女下凡，手持两把霰弹枪，一身白甲，胯下一只身披白甲的九尾白狐，正是刘思琪。

"是你们？"那妖王犹大惊，口吐黑雾，遮天蔽日，卷起烈火烧向二人。

麒麟兽仰天一声长啸，数百只闪烁着白光的麒麟从身后呼啸而出，白光过处，黑暗驱散，势如破竹，众麒麟与妖兽一场混战。

妖王大吼一声，化身黑火巨人，无数妖兽被吸入大火中，巨人身形迅猛生长，手持火刃，卷起火龙砍向二人。刘思琪大喝："还敢猖狂！"身后化出一条白尾，宛如一匹遮天白绫夹杂冰刀雪刃卷向妖王，双枪射出符咒弹。妖王躲避不及，身中符咒弹后减慢了速度，最后被白绫困住。催动的妖火遇到白绫中的冰刃，气焰消散，腾起一片水雾。句成以降魔剑直指天空，引来万雷，一片雷电从天而降，触碰到空中敌舰，发出剧烈的爆炸声。又是一束天雷袭向妖王。一声号叫过后，妖王负伤，化作一缕黑烟携着一抹七彩光芒飞向远方。

"你们这两只蝼蚁，别得意太早，待我召回所有魂魄，必重开异界之门，召我兽族大军，报今日之辱。"空中传来妖王的叫嚣。

剩下的兽族，一见妖王逃离，纷纷化作黑烟，四处逃去。阳光重回大地。

句成缓缓走向一处，什么东西在阳光下闪烁，弯下腰，捡起地上一串晶莹剔透的钻石项链，握在手心，眼眶一红。一只玉手扶上肩头，句成缓缓站立，握住刘思琪玉手。"Lisa 走了，我不能允许再失去你。"

"海枯石烂终有时，天毁地灭不离君。"刘思琪轻轻说道，紧紧搂住句成。

第四十六回　天神成昊

　　刘思琪做了一个很长很长的梦。出身道宗的她，在梦中仿佛一个隐身的过客，目睹了七曜摩夷天的一段情缘。

　　七曜摩夷天是初级天仙修行之处，仙雾缭绕，青山绿水，奇花异草、珍禽瑞兽应有尽有。正是：

　　天台四万八千丈，银河三千跃九州。

　　五岳灵山遮不住，七彩霓裳幻赤城。

　　一行云鹤扶摇去，青鸟飞渡镜月湖。

　　琴瑟箜篌玉女歌，渌水荡漾清猿啼。

　　千岩万转路不定，迷花倚石忽已暝。

　　熊咆龙吟殷岩泉，栗深林兮惊层巅。

　　云青青兮欲雨，水澹澹兮生烟。

　　列缺霹雳，丘峦崩摧。

　　洞天石扇，訇然中开。

　　青冥浩荡不见底，日月照耀金银台。

　　霓为衣兮风为马，云之君兮纷纷而来。

　　虎鼓瑟兮鸾回车，神兵天将列如麻。

　　玉盘珍馐享不尽，甘露琼浆对金樽。

　　不问君去何时返，且放白鹿青崖间，

　　须行即骑乐逍遥。

异世三海

镜醒

　　成昊脚踏万雷降魔剑，带了一队天兵，正在巡视。突见山腰一股黑烟追逐一白一红两道光芒，道了一声："何方妖孽！"追上前去。

眼见黑烟即将吞没两道光芒，成昊祭起降魔剑，一道巨雷击下，那黑烟一声惨号，往西逃去。成昊也不追赶，收起神通，查看两道光芒是何物。

只见草丛中，一白一红两只狐狸钻了出来，瞬间化作两名少女，冲成昊拜谢。

"感谢恩人救命之恩，青丘小仙白九儿与妹妹红玉儿，被蛇妖追杀，若不是遇见恩人，此时已落入蛇口，大恩必来日相报。"那白衣少女美貌绝伦，星目含情；那红衣少女虽年幼，却也看得出是个美人胚子。

"哼，原来是两只狐妖。真是奇了，此界甚少兽族出现，怎会在此遇上？"

"妖怎么了？我们又没害过人。"红衣少女听出成昊轻视之意。

"胆子不小，你们可知道我是谁？"

"我管你是谁，凭什么瞧不起人，我们早晚也会位列仙班。"

"你！"成昊一时语塞。

"妹妹，住口，不得对恩人无理。"

"哼，若不是吕至娘娘封了青丘狐一族的药草官，守护天界仙花仙草，我当下就灭了你。"成昊拇指推出万雷降魔剑，轰轰雷声便立刻从这剑身传开，吓得二女花容失色，伏倒在地。成昊见状，收起剑拂了拂衣袖，驭剑而去。

"妹妹，你胆子太大了，你可知他是谁？"

"好可怕，吓死我了，他是谁呀？"

"那柄剑，可是天上天界九天莲华御西将军成昊的成名法器。不知有多少妖魔鬼怪、魔兵魔将死在他手。"

"天呀，我刚才说了什么？吓死我了。"

白九儿看着远去的成昊，脸上一抹红晕。化作一道白光追了过去。

"你还真不怕我杀了你？不过也算你有本事，能跟上我的速度，修为不浅。"成昊突然停下。

"将军仁慈，不会滥杀无辜，九儿本是青丘白氏白天照之女，今日遇险得救，还未问得恩人住处。"

"哦，原来是上仙白天照之女，难怪能逗留于此。你九尾一族也算是上古氏族，问我住处做什么？"

"我白氏一族，有恩必报，请将军收留我，让我一报救命之恩。"

"去去，我不需要你报什么恩。你还是赶紧走，我见你身上邪气尽除，回去勤加修炼，仙位指日可待，莫在我这里荒废了。"

"您救了我，这因缘便结上了，万法皆空，因果不空，我若不报救命之恩，了断因果，哪里可得仙位呀？"

"这么说，还是我救错了？"

"您、您别赶我走。让我为您当个种花丫头也行。"白九儿说着，竟嘤嘤哭了起来。

此时落下的天兵亦赶来，见一女子拦住成昊啼哭，面面相觑。

"别哭，别哭，我待的地方，你去不了，你的修为还不够。我在此界搭个行宫，有空指导你一二，你帮我种些药草，给军士们急用，你看如何？"成昊与其父有些交情，见白九儿单纯可爱，有些慧根，又怕她老跟着自己，想个法子，把她留在此处修行。

"全听师兄的。"

成昊飞向半空，见一座浮山，一注瀑布宛如一条白色玉带，倒泻于巨石之间，白鸟仙猿流连忘返，林木青翠欲滴，不由欢喜，手指一划，一座青瓦白墙行宫，便现于眼前。

"就叫它耀月宫吧。"

"好，太好了。"

"你来的地方美吗？"

"无谓美丑，空无一物。"

"啊？为什么？"

"万物心造，既已心无一物，自然一无所有。"

"真没趣啊！"

"呵呵，无中即可生有，便可化作万物，若想有趣又何其简单！这行宫不就是无中生有的吗？"

白九儿自此便在成昊的耀月宫住下。她从青丘带来奇花异草、仙根灵树，在宫中种上，原本冷清的耀月宫变得生机勃勃，灵能盎然。众天将发现，不苟言笑的成昊来到此处时，居然也会笑了，不由得对白九儿的态度发生了转变。成昊爱好音律，白九儿喜舞，耀月宫外的仙山上时常见二人琴瑟和鸣，莺歌燕舞。白九儿亦在成昊指导下，修为大增，只是久了，便有些风言风语传至玉帝耳中。

这日，成昊外出巡视结束，一行人落脚耀月宫。白九儿开心跑来一把抓住成昊衣袖，问道："师兄，这次出巡有什么好玩儿的事，说来听听。"

成昊冷冷甩开白九儿的手："抓到一只九尾红狐，在人界祸害。哼，妖果然是妖。"

白九儿脸色大变，扑通跪下："师兄，红玉儿从小贪玩，也还小，但本性善良，请师兄看在我的情分上饶她一命。"

"若不是看你的分儿上，我早就收了她。如今，我将她关押在蜀山困仙洞，你去陪她吧，也好指引她回到正道。"

白九儿松了口气："红玉儿做错事，处罚她也是应该的。等等，您让我去陪她是何意？"

"你们二人五百年不准踏出蜀山半步，违令者，斩！"

"师兄！我不要离开师兄。"白九儿眼泪一滴滴掉落。

"来人，带走！"成昊回头不看，心里回想起玉帝的话语："你身为天上天神界百万天兵天将之统领，竟然与狐妖为伍，成何体统！再这么下去，你就不怕数千年修为毁于一旦吗？"

五百年后。

"姐姐，松开捆仙索，放我出去，我要找那负心汉说个理去。"

"没有将军手谕，你我二人不得离蜀山半步。"

"哼，已经五百年了，我的错，也该抵消了。我倒不打紧，只为姐姐不值，你整日闷闷不乐，牵肠挂肚，那厮竟然看都不来看你，你还死守着他的命令。"

"你说再多，我也不会放你，倒是你该自省一下，这五百年，你的怨憎为何还如此强烈。"

"好吧好吧，你就在这唉声叹气吧！"

突闻洞外声响，一白衣金冠天神进入洞中。白九儿一见欣喜万分，那人影不是成昊是谁。

"师兄。"

成昊见到白九儿，也不答话，抓起她的手就往洞外走。

白九儿心怦怦跳，抬头望成昊，却又觉得哪里不太对劲，成昊身上似有一股黑气。

"师兄受伤了？"

"嗯，协助龙王广对付妖王犰时，不小心受了点伤，不打紧。"

二人手牵手在树旁坐下。

成昊轻搂住白九儿，双眼热情似火："九儿，对不起，这些年让你受苦了。"

白九儿被成昊一搂，脸红心跳，低头说道："不苦，师兄这些年没人照顾，四处征战，才苦。"

"九儿，对不起，其实这五百年，我每日无时不在煎熬、思念着你。我……我……不能没有你。我要你做我的女人。"成昊吻向白九儿嘴唇，双手欲解开白九儿衣衫。

白九儿虽觉不妥，但此刻哪里能抵御心爱之人。

未料，成昊脸色忽然一沉，一把推开白九儿，大声厉喝："大胆妖女，你竟敢魅惑我，坏我几千年修为？"

白九儿突然从激情热火中坠入冰窖，一时羞愤难当，急得哭了起来："师兄，我、我没有……"

成昊抓起身旁万雷降魔剑，抽出剑，只听得轰轰雷鸣四起，一剑刺向白九儿。

"铛"的一声，一条捆仙索撞开剑身，红影闪出。红玉儿已结束五百年牢狱之灾，忽听到白九儿的哭声，情急下挣断捆仙索，拦在白九儿面前。

"成昊，你欺人太甚，枉我姐姐对你一片痴心，你竟如此羞辱她，我和你拼了！"捆仙索一抖，扑向成昊。白九儿亦慌忙拔出自己的长剑助红玉儿与成昊战作一团。

可这二女，又哪是成昊对手，不多久便被打倒在地。

成昊手持雷电缠绕的降魔剑，一步步逼近受伤倒地的二女。突然，他"噗嗤"吐出一口鲜血，身形摇晃，似要倒下。红玉儿爬起来，身后化出一匹红绫裹着万千长枪朝成昊刺去，却被一条白绫拦住。

"姐姐，到这时候，你还要护着他。"

"等等，师兄似有蹊跷。"她刚说完这话，成昊身上黑气大盛，竟从成昊身体里分化出一名黑衣武士，举起黑刃，一刀刺向成昊后背。

白九儿卷起白绫将成昊拉向自己，那黑衣武士，一个箭步，以雷霆之势追杀而来。

"噗嗤"一剑，白九儿挡在成昊身前，香肩被一剑刺穿。

"姐姐！"红玉儿大怒，红绫长枪如雨一般刺向黑衣武士。奈何，这黑衣武士竟不输成昊的修为，一脚踹翻红玉儿，提剑砍向护住成昊的白九儿。

说时迟，那时快，白九儿身后冒出一把卷着雷霆的长剑刺穿黑衣武士的胸膛，一人上前挡在白九儿身前，正是清醒过来的成昊。黑衣武士惨号道："成昊，你杀伐无数，累无数罪业，你阻得了我一时，阻不了我一世，我还会回来的。"话毕黑衣武士烟消云散。

成昊一把抱住晕倒的白九儿，心急如焚，难过地说道："有我在，九儿别怕，我不会让你死的。"

"你带我姐姐去哪儿？"

"我带她回耀月宫。而你，不许踏出蜀山半步，违令者，死！"

"你！"红玉儿脸气得通红。

白九儿醒来，见成昊守在床边，清咳一声。

"你醒了？"成昊见她醒来，赶紧扶起，从自己身上摸出一颗金丹："你先服了，这救命金丹是天帝赐予的，能起死回生，你昏迷时服了二粒，再服一粒便无大碍。"白九儿咳嗽一声，为难地看了眼那粒大金丹。

"看我，都忘了。"成昊将金丹放入口中嚼烂，犹豫着吻向九儿双唇，将药送入九儿口中。

白九儿面红耳赤，低头问道："前两次，你也这么喂我服药吗？"

成昊浑身不自在起来，支支吾吾道："嗯……啊……"

"这次我受伤，一不小心竟被心魔所控，险些坠入魔道，多亏有你相助，才降伏了它。"

"那就好，只是师兄为何会有心魔？"

"我继御西将军位以来，除魔卫道千年，杀心太重，无法消除，早知道有那么一天。"

"那没有办法彻底消除吗？"

成昊凄然一笑："只有修得不退转无上正法，才破得了这魔障，所以这几千年，天上天仙均视我部低仙一等，等同妖魔。便是知我终有一日会被心魔所吞噬，避之不及。"

"所以你怕连累我，才赶走我？"白九儿这才知道成昊为何要赶走自己。

异世三清

苏醒

"嗯。"

"那日，你为心魔所困时，说的话可作数？"白九儿低垂眼帘，满脸娇羞。

成昊立刻站起，背过身离开床边："天不动，地不动，心不动。我心早已灭了三毒六欲，私爱岂可存？"一拂衣袖，离开房间。

白九儿落寞扶着床沿，喃喃道："一人不爱何以知大爱，一人不救何以救众生？你不心动，为何会被心魔所制？"

第四十六回　天神成昊

第四十七回　地藏王

天上天界。

"哼，这天帝，每次破魔军诛妖邪，少不得大将军与我等兄弟。可我等兄弟，地位却处天上天界之末流。这不，又让我们啃硬骨头了。"

"神武将军，少说两句，我等皆于天人界苦修得入天上天，天人界天众有难，我们不可推脱。"

成昊回忆着天帝的命令。"修罗界、兽界发生叛乱，天崩地裂，天人界七曜摩夷天中，天众损失巨大，再这么下去，天人界的修行场没了，亦会影响天上天界。我命你速下人界，寻找灵珠，率地仙与天人界天众形成合击，若功成，赐众地仙仙位。"

"这等大战，岂是人界地仙可以承受？我没有把握。还请天帝允我率天军作战。"

"天人界已没有多余兵力，天上天众上仙亦不能过多干预六界，何况天人界七曜摩夷天本属你管辖之地，御西将军，这是你将功赎罪的机会，速率本部八将下界，不得有误。"

"可叛乱发生前夕，我正身处兽界协助龙王广平息叛乱，无暇分身啊。"

"你未能及时发现这祸乱的起源，就已经失职。你这大将军怎么当的？还需要找缘由吗？"

"这……"

"临行前，西王母曾对我透露天机，此去虽凶险万分，却可获罕世奇缘。大罗金仙界天人师已亲临人界转不退转法轮，说无上大法。我等此去若能寻得此法，可远离轮回之苦。"

"真的？嘿嘿，甚好，甚好，您说了算。"

"众将，听令。"

"在。"

"随我下界除魔卫道。"

"得令。"

"瞎胡闹，你怎么来了，还带上她？"成昊见白九儿出现在众地仙中，唤上前来，大声斥责。

"师兄莫生气，修罗大军破了蜀山结界，我只好带她来了。"白九儿身后躲着低头不快的红玉儿。

"那也不能下界，眼下军情紧急，你来，必分我心。"

"我不给你添乱，我和妹妹负责照顾伤病还不行么？我不想再离开你。"白九儿望着成昊，眼神可怜巴巴。

"哎，现在一时半会儿，也没地方安置你了，你留下可以，千万不可参战，知道么？"

"嗯。"

成昊看了看身后众人坚定的眼神，又抬头看了看天空，深深吸了一口气，缓缓拔出长剑，剑身闪耀着灿烂的电光，气运丹田，高声说道："众位将军，你们随我征战无数，斩妖除魔未尝一败，今遇强敌，正是大展神通的时机。众位卫道地仙，你们虽与我第一次征战，却可见证仙魔旷世奇战，芸芸众生，逝如烟云，刍狗之命，亦须救度；朗朗乾坤风云起，顶立天地建功名，化作长虹散硝烟，杀！"众将化作万道雷电冲向乌云。震耳欲聋的喊杀声，身后万道金光从山谷冲向天空。"轰隆隆，轰隆隆！"天空中一道道炸雷，闪电如鬼爪般抓向大地，黑压压的乌云开始剧烈翻滚流动，好似急流中的旋涡，旋涡的中心闪烁着血红，无数火球射向勇士……

战争终于结束，两万多名地仙全部战死，成昊及八位将军身受重伤，跌坐在昆仑山顶。八位将军身上无数光亮正在消散。但见一红一白两道光芒飞落。白九儿与红玉儿亦跌落身边。

"姐姐她，她……"红玉儿眼泪汪汪。

成昊见白九儿身上无数光亮亦在飘散，气得"噗嗤"一口血喷出。

"我让你不要参战，你为何不听于我？"成昊知道这正是元神消散的迹象，若是元神消散殆尽，大罗天仙也救不了。

"你若不在了，我又岂肯独活。"白九儿喘着气。

成昊心如刀绞，既心痛白九儿，亦难舍八位几千年追随他的兄弟。

"都是我的错，是我把你们带向绝路。"

"大将军，卫道除魔是我等本分，天命如此，怪不得大将军，我等死而无憾。"神武将军道。其余将军亦同声道："与大将军同进退，共生死，死而无憾。"

光点越散越快，眼见八位将军与白九儿就要消失，红玉儿已经号啕大哭起来。成昊盘坐凝神，身放紫光，强行将众人元神包裹其中。"我用命魂暂保住众位一丝元神，若有来生再续前缘。"身上光亮骤起，元神消散至空中，降魔剑似乎要追随主人而升起，一道七彩光芒不知从何处飞来，与降魔剑一同缠绕住成昊最后那缕真元消失在半空……

"天动了，地动了，心亦动了，可你已……不在了……"

296

"师兄！不，句成！"刘思琪似乎做了一个很长的梦，醒来见句成盘坐在身边，赶紧靠近，却见他牙关紧闭，大汗淋漓，便轻轻用衣袖擦了擦他额头的汗水。正自担心，却见句成身形突然剧烈颤抖，猛地睁开眼睛，青筋暴露。

"不好，Lisa、Lisa出事了。"句成大叫道，全身能量涌动，丹田内金色莲花盛开，金光从体内至外，后背的符纹竟变成一只金鳞狮头、龙角火尾、脚踏祥云的神兽。

"麒……麒麟兽……"刘思琪大惊。

句成睁眼见是刘思琪，鼻子一酸："清秋！白九儿！"

"你、你记起来了？原来这是真的。"刘思琪梨花带雨扑入句成怀中。

句成断断续续记起一些片段，知道清秋便是白九儿的转世，而自己便是天神御西将军成昊的转世，再也无法掩饰自己的情感，搂住她腰身。

刘思琪此时终于解开记忆的封印，记起自己每个轮回都在寻找成昊，可惜成昊命魂不齐，性命不久，每次仅能见得最后一面，幸得谢无思道长，看出蹊跷，怕自己继续受情劫折磨便封了记忆。想到这儿，感慨万千，不禁感恩上天让自己此世能多与他相处一段日子。

"阿弥陀佛，善哉，善哉。"一名法师不知从何而来。

二人这才注意到周围本来全无颜色，昏暗一片，此时却被这法师全身的金光照得通亮，赶紧分开。

"你是何人？"句成警觉起来。

"我只是一名灵魂渡者。"

"难道，你……你是地藏王菩萨？"句成大为惊讶。

"那是世间给我的一个称谓。"菩萨微微一笑。

"菩萨从何而来？"

"无从来，无从去。从来的地方来，往去的地方去。无处不在，又不在诸处。"

"为何如此说？"

"有缘人，我便在；无缘人，我则不在。我于恶道指引众生离苦海，唯有业障已尽、慧根生起、心生慈悲者，才可得见于我。"

"此处莫非是地狱？"

"此处非地狱而名地狱，是心造地狱。"菩萨指向远处，只见无尽的黑暗世界中，黑山险恶，周围是无尽的黑色森林，山顶喷发的岩浆便成了这里仅有的光亮。远处若隐若现地传来惨叫声，痛苦绝望，那是远古的幽灵，渴求着死亡。它们自愿进入滚烫的地狱火中，烧得哧哧作响，一旦化作灰烬，又在复活中重新受苦。饥饿的野兽在追捕猎物，它们似乎永远也吃不饱，饿得嗷嗷大叫，越吃越饿。猎物们被野兽吃掉内脏脑髓，却不曾真正死去，在野兽的尖牙下重生肠肚脑髓，又再次被吃，撕裂的剧痛永远无法停止。又有幽灵战场，生灵互相砍杀，死亡殆尽后，一阵鼓声便复活，再次厮杀。一切似乎只是个周而复始的血腥游戏，苦难折磨无穷无尽。

"此处众生生前皆多行不义，贪嗔痴慢疑等执念满其心，死后受恶业力支配，一落此处，便难得解脱，轻则 500 年，多则一大劫至宇宙湮灭方可脱离。地狱只是总称，若要区分则有大地狱，号极无间；又有地狱，名大阿鼻；复有地狱，名曰四角；复有地狱，名曰飞刀；复有……如是等地狱，均是此界众生恶心念所化，自然穷极险恶，苦难无边。

"此界时空不分，所受之苦永无停歇，日复一日折磨至深。众生情愿受极刑但求换来一死，然求死，于他们亦是奢求，非生出智慧根、慈悲心才得偿所愿，真正死去，离开此界。然生出智慧慈悲于他们又难于登天。"

"这么多地狱？都在何处？"句成问。

"一小世界如炙阳星系，一千小世界是为一小千世界；一千小千世界是为一中世界；一千中世界为一中千世界；一千中千世界是为一大千世界；一大千世界用你们的说法便是一星河；万亿大千世界为一宇宙。而这地狱便置于这大千世界低频浊能幽暗之处。大千世界有的佛国无六道轮回，便无那三恶道。"

"星河动辄千亿星辰，难怪会有如此多地狱。我们要留在这里了？"刘思琪与句成不觉全身冷汗淋漓。

"非也，非也，二位均是天人，内心充满智慧、慈悲，又幸得人界灵珠保护，不至肉身湮灭，只是你们不可在此处多留，否则亦会被困。"

"灵珠在我这？"句成身边降魔剑柄突放七彩光明。他扭动剑柄，一颗七彩明珠飘荡而出。

"真是灵珠！那 Lisa 带出去的是什么？"二人大吃一惊。

"你当日险些魂飞魄散，幸得这灵珠护着，才保得一丝元神不灭。后来，这灵珠就一直藏在这剑柄里。你朋友带出去的是龙珠，龙珠一旦离开兽界去到人界，两界便会开始相融。"菩萨道。

"难怪，林教授临死前让我们千万别去找龙脉。"句成不禁感叹，"舒尔曼洛夫并未骗加藤，他早将降魔剑和灵珠交至加藤手中，应是为了掩人耳目，不敢直说。加藤不知情，又给了我，若不是这样，我们怕是出不了这地狱了，真是天意。"

"你说的那人亦是你命魂上一代承载之人，却因你当时在世，虽然可寻得灵珠，却因灵珠识主不为他所用，自然不敢透露灵珠消息。"菩萨道。

"是这样了，这就解释了舒尔曼洛夫为何会在敦克尔一战选择同归于尽，实在是迫不得已。"句成道。

"菩萨，有一事相求。我师父说句成因命魂不齐，只剩下三年寿命，能否助他找到余下命魂？"刘思琪道。

"他的命魂本早该回到自身，只因他为那件大事悲恸欲绝，不愿记起往世之事，暗地里有轻生之意，这命魂无处安放，便寻了旁人做室舍。"

"这一世命魂所在，难道是 Lisa？"句成问道。

"嗯，你的那位友人身上有你命魂，才可取得龙珠。如今你友人被妖王犰所杀，龙珠到了妖王犰手里。她身上的命魂也就回到你身上，你已无性命之忧。"

"什么？ Lisa 死了？我真是个不祥的人，如果没有遇到我，Lisa 也许不会死。三千年前，那些优秀的地仙也不会死。"句成得知 Lisa 为自已殒命，悲从心来，深深自责。

"句成，别难过，Lisa 必然会有个好的归宿。"刘思琪道。

"你既已看到自己无数轮回，便知生死一场空，众生之间，莫不是互相成就。那两万地仙虽已入仙境，却功德不足，随你灭魔军而殒命，修为尽失，实则成就，有些已升为天仙，还有一些地仙正等待下一次建功机会。你那位友人正是两万地仙中一人转世，如今已入天界。皆是善因结果。"

"谢菩萨指点。"句成听到这里，内心才有所平静。

"虽说如此，为何这世界恶者长命富贵，善者倒贫穷低贱了？"刘思琪问道。

"天界如此，人间亦是如此，前世修来今世福。比如那些权贵，莫不是前世行善才有今世福报，而今世面临的是更大考验，若是权高名贵时忘乎所以、诸多行恶，死后落入这阿鼻地狱，永世受苦不得离，实是如履薄冰，险恶之极。人之所以在贫穷低位，一来前世功德福田不够，二来诸多磨难正是消除业障之际，若能不忘行善少欲，建功立德，往生更是得善果。"

"菩萨说得对，请授我除灭心魔之法。我斩杀妖魔无数，杀心不止，早晚为心魔所噬，若落入这地狱只怕再无翻身之日。"句成猛然想起自己前世处将军位时杀伐太多，顿时担心起来，连忙请教菩萨。

"菩萨亦除魔卫道，大罗金仙亦除魔卫道，你可知为何不受心魔所累？"

"为何？"

"你杀魔是灭魔，心存执念，自然深造恶业，而菩萨、大罗金仙是渡魔，发心慈悲，自无心魔。"

"我杀魔是为守护这六界太平，匡扶正道，为何我就深造恶业，这是何理？"句成不解。

"你是正，他人必是邪，这正邪又由谁来定？无善无恶，无正无邪，善恶正邪无非心中执念所分，最终物以类聚，便有了这六道轮回。"

"这？难道我应该正邪不分？这是什么道理？"

"正道邪道都是道，有生有灭即是法。慈悲为本入正道者，远苦近道，远离地狱；以欲为本入邪者，近苦远道，近地狱，你作何选？正邪之争不过是互相证悟空性的色相，本是同路修行人，道不同矣。自当慈悲为怀，阻止邪魔造大罪业入地狱行这无穷苦难的修行路，即是渡魔。如此，你又何尝会再造恶业？"

一席话，听得句成与刘思琪如醍醐灌顶，茅塞顿开。二人爬起身来，赶紧叩谢菩萨。

"还请菩萨为我俩转不退转法轮，传我等无上大法，得大解脱。"

"哈哈，哪有什么无上大法，一切有为法，如梦幻泡影，如露亦如电，当作如是观。只是为世人开了一扇方便法门罢了，入或不入取决于你们自己啊！你曾遇难得奇缘，接触到这方便法门，只是未得实证，尚余一窍未开。"

"哦？我该怎样寻找？怎么一点也想不起来？"

"等你能入虚空定，入空无空定时，便知了。知不难，难在除却贪嗔痴慢疑，难在得清净，入虚空定，入空无所空定。"

句成点了点头。

"风水火山空五劫，风劫，人心狂妄轻慢招致；水劫，人心贪婪招致；火劫，人心嗔念招致；山劫，人心痴念招致；空劫，我执招致。唯有入空无所空境，并实证无中生有，才可坚定信心。如今龙珠现身人界，两界必会重叠，劫难将至，你二人应速速返回，击败妖王夺回龙珠，将龙珠带回兽界寻找龙族继承者。现在，你二人可手握灵珠，放大光明，脱离地狱。我这有件东西送给你，你到时自知如何使用，去吧。"说罢，菩萨将一卷轴交给句成，渐渐消失在黑暗中。

二人拜谢，携手共握灵珠，身上放大光明，这才离开地狱，返回兽界与人界的界门，正好碰到妖王大军，才有了一场大战。

第四十八回　最后的防线

随着一朵蘑菇云升起，翰唐国蒲岐市郊外成了一片废墟。那里曾经是第十机械军驻守的第九道防线。第十军拥有最强的装甲师第 8 师、第 23 半机械战斗步兵师和一支悬浮战机大队，地空一体作战。但是仅仅支持了 3 天，就全面溃败。都图姆部队仿佛食人蚁一般，漫山遍野，无论死伤多少，都不会停止进攻。无人战机虽然不是无敌的武器，但战斗中协同作战能力极强，往往形成多打一的局面。敌人后方，数十艘水母战舰，源源不断输送兵力。迫不得已，总指挥官下令撤下部队和平民，投掷核武器。可不到一天时间，敌人再次形成进攻力量。水母战舰似乎没有受到任何破坏，反而利用核爆的能量，转化出更强大的火力，占领蒲岐市，建立了战前基地。

郭楚南奉命率军防守最后一道防线，后方便是翰唐重军工工厂聚集地。伤员一批一批抬下前线，海陆空三军都遭受巨大损失。田中从一开始就将军事卫星全部击毁，这使翰唐的作战系统遭到重创；海军已经撤到俄尔加国多那海姆军港，与俄尔加海军在外围打游击；空军部队因存在的通信差，几乎被吊打，无法了解对方的通信方式，也不知道敌机怎么做到完美协同作战，只能和防空部队被动防守。在敌人的空中火力支持下，敌军地面部队层层推进。郭楚南心里很清楚，仅凭翰唐军队无法抵挡住敌人的进攻，他的目的就是尽可能多拖些时间，等到刘思琪回归。从陈怀坚带回的情报得知，敌人有一处生产基地，生产速度惊人。不知道肖恩特有没有找到并摧毁。最可怕的是，田中那尚未出现在战场上的一百来名生灵守卫精锐部队。

"通信系统还没恢复吗？"

"最后一颗隐形卫星已经飞向轨道，运载 11 颗卫星抵达位置，我们已经牺牲了 11 名优秀的飞行员。"

"他们不会白白牺牲，我们一定能将敌人赶出去。"郭楚南心头一紧，由于火箭发射卫星会被田中追踪到，所以只能由隐形战机运送卫星，但是，以隐形战机目前技术，只能是单程。12 颗卫星形成一套完整定位系统，也就意味着会牺牲 12 名优秀的飞行员。

"报告。阵地前出现大批敌军，4 点、9 点、12 点方向。"

"敌人看来是轻敌了啊，分三路来袭。告诉陈怀坚，无论如何都要守住阵地。同时命令第 6 装甲师、第 11 装甲师放弃阵地迂回到敌军后部包抄。"

"首长，陈队他们顶得住吗？"

"我相信他们。"

郭楚南决定打个反击，逼迫田中尽快拿出底牌。

阵地中段，是陈怀坚带领的 SNA 特种部队与第 5 机械步兵部队。此时已经和 12 点方向的敌军接上火。

"给我狠狠打，不惜所有弹药。古乐和肖平你们各带一个连把 4 点、9 点方向的敌人给我都吸引过来，我们要为兄弟部队争取时间，完成反包围。"陈怀坚下达了命令。

"收到。"

阵地前尸横遍野，机械步兵的重机枪喷着火舌，射向都图姆军队。左右两侧的古乐和肖平也与敌人交上了火，传来密集的火炮声。移动敏捷的都图姆生命力顽强，身中十多处炮弹才会倒下。射出的油弹，落地即燃，转眼阵地前沿就是一片火海，都图姆借助火焰的掩护接近阵地，古乐和肖平边打边退。陈怀坚带领主力部队冲入敌人阵型，都图姆军没想到对手会主动出击，顿时乱作一团。一声号角，都图姆后方出现数百名手持铁锤、身覆鳞甲、人面虎爪、四肢强健的巨人。

"不好，是鼓赤。"

那些巨人突然抓住身边的都图姆，远远扔进陈怀坚冲锋的阵型。一阵骚乱，机械战士与都图姆短兵相接。

陈怀坚见势不妙，立刻明白必须尽快干掉巨人才有胜机，大喝一声："SNA的战士听我命令，1队在前，2队在后，3队掩护，目标巨人，跟我冲啊！"

SNA特战队呐喊着冲出阵地，迅速接近巨人，如割韭菜般把沿途的都图姆击倒。

陈怀坚用昆仑机甲转化出一条长棍，凡挡路者，一个又一个被击飞，卷起一块块石头砸得都图姆落荒而逃。

尚武友转化出两柄弯刀，切菜般冲向包围圈，刚刚砍翻一名都图姆，一柄巨大铁锤卷起气浪袭来，原来是一名巨人乘乱接近。尚武友双刀迎向铁锤，一声巨响，却被震得倒飞出去，摔倒在地，眼见巨人大步追来，暗道不妙。突然从地下冒出一双巨手抓住巨人双脚。原来是陈怀坚在百忙之中，使用土灵，救了尚武友。那巨人弯腰，尚武友立刻扔出两柄弯刀，连接弯刀的铁链缠住巨人脖子，两柄弯刀绕了个圈，哗啦一合，割下巨人头颅。

SNA不断有战士倒下，巨人也被消灭不少，但SNA兵力不足，还是被敌方围住，无法冲出。突然一片爆炸在敌人队伍中响起，敌阵出现缺口，原来是空军终于获得卫星支持，准确支援到位。

304

众人士气大振，个个如猛虎一般扑向都图姆。陈怀坚全力使出腾蛇灵能，长棍过处都图姆皆抱头鼠窜。他率先冲到一名巨人面前，躲过巨大铁锤，凌空跃起，一棍下去，便将那名巨人打得脑浆四溅。其他巨人见来了这么一个强大对手，纷纷包围过来。其他SNA的战士在空中部队的掩护下，也冲出包围，向陈怀坚靠拢。

此时，冲锋号响起。第6、第11装甲师从两侧包围过来，局势立刻扭转。强大的装甲师，将都图姆碾压在战车轮下。巨人即使再强悍也无法抵抗集火攻击，敌人的地面部队开始溃败。

飞行大队队长王力强的屏幕里出现集群战机，敌人数百架战机来袭。

"准备迎战，准备迎战！"

很快天空中的战斗打响。

"李子豪，你的上方下方各有两架敌机，快摆脱。"

李子豪立刻旋转战机，试图摆脱敌机，但是始终无法脱离5架敌机的包围。

"队长，敌人像是一个人在操控，我无法摆脱，重复，我无法摆脱。"

战机的电子屏上发出被锁定的警告声。

"妈的，老子死也要带走一个。"李子豪不退反进，迎面朝一架敌机冲去，机身后，5枚导弹正紧追过来。

"快弹跳！李子豪！"

一阵爆炸声传来。李子豪与一架敌机同归于尽。

接连有翰唐战机被击毁。王力强紧咬牙关，一个大回旋后，射下一架敌机，通信麦里传来陈怀坚的声音："王队把敌机引到左边的山谷，我来干掉他们。"

"第1小队掩护我，其他小队立刻撤离战场。"王力强率第1小队朝敌机冲去，所有导弹，一股脑全射了过去。敌机被激怒，气势汹汹地追击过来。王力强见时机已到，猛地调转机头，朝山谷飞去。第1小队很快被击落3架战机。王力强终于冲进山谷，将敌机全部引入。两座大山突然剧烈震动，乱石在王力强身后的山顶滚落，躲避不及的敌机被砸毁，只有几架敌机侥幸逃出。这正是陈怀坚土系能力的展现。

"你们看，那是什么？"

战场上，SNA队员们还来不及庆祝，远处天空，一艘艘巨型水母战舰飞来。折返的飞行大队，远距离发射导弹，却在水母外围爆炸，水母战舰底舱，一批批敌机再次涌出。占尽优势的水母战舰肆无忌惮地开往阵地，猛烈开火。剧烈的爆炸在地面部队中响起。局势瞬间变换，翰唐军队再次陷入劣势。

"终于来了，就等着它们的指挥舰上来。老王，你们把敌机引入陷阱。"

"好的，老陈，就看你们的了。"

"昆仑弹准备，发射！"陈怀坚见敌舰进入埋伏圈，一声令下，隐藏在两侧高山里的防空导弹射向水母战舰。水母战舰发出巨大的轰隆声，缓缓坠落。

一批用昆仑金制造的导弹，成功穿过水母战舰的防御屏障，彻底击毁敌人的战舰群。

战场上爆发雷鸣般的欢呼声，这是翰唐军队第一次重创田中的主力军团，然而陈怀坚高兴不起来，他知道决战的日子就要来了。而另一个不好的消息传来，SNA 基地遭受一群超级士兵的袭击，剩下的昆仑金全部被抢走，据情报分析，这正是那上百名生灵守卫所为。

"你们这群笨蛋，居然让我蒙受如此损失。"方舟号里，田中正在大发脾气，脚下跪着三名鬼武者瑟瑟发抖。

"给我联系基地，迅速运来生命芯片，我需要补充大量军力。"

"报、报告主人，基地那边失去、失去联系。"

"什么？"田中大怒，一抬手，三名鬼武者身上燃起不熄的黑火，惨叫着翻滚在地上，片刻就化作灰烬。

"郭楚南你这个混蛋，我绝对不会让你破坏我的计划，通知所有生灵守卫集结，我要亲自将阻拦的渣渣们碎尸万段。"

田中正要退出舰长室，手上的通信器突然闪烁起来。一个声音响起："我们见面谈谈吧，我们就算不是朋友，也不应该是敌人。"田中沉思片刻，大步迈出舰长室。

异世三海
苏醒

“刘思琪，我来了。”

刘思琪站在海边，听到声音回过头。正是田中带领着几名鬼武者走来。

“田中先生，好久不见。”

“说吧，你想聊什么？看在你我曾经共同作战的分儿上，我给你这个机会。”

“田中，以我对你的了解，我相信你不是那种会背叛蓝星、背叛朋友的人。所以，你为什么这么做？”

“我说出来你会信吗？现在所有人都以为我是个恶魔。可是，我不在乎，我非常清楚自己的目标，为了这个目标，我不得不牺牲一些人。”

“你可以告诉我。我愿意相信你。”

田中犹豫了一下，叹了口气，说道：“二十年前，霍霍岛爆发一场严重的核泄漏事件。我的父母，还有数十万人，死在那场灾难中。我也受到严重辐射，活不了多久。我好恨，恨那些不顾居民生命的当权者，恨那些发明这一切的科学家，恨那些四处宣传、蒙骗世界的商人，是他们夺走我的一切。在仇恨中，我迷迷糊糊穿越一扇门。那扇门的另一边，居然是地狱界太皇黄曾天。我在那里遇到一个魔王，战神赤龙。他告诉我，人界虽然由灵珠控制整体灵频，但人界众生反过来也会影响灵珠灵频。如今蓝星人被欲望支配，鲜见善良智慧者，这将带来永无休止的掠夺、污染、战争。蓝星整体灵频开始接近鬼界、兽界。用不了多久，鬼界、兽界、人界就会三界合一，那时蓝星人将会彻底灭绝。”

“赤龙？难道是上古战神赤龙？”

“嗯。污染易控，但人心的贪婪、嗔怒、愚痴难控。永不休止的分歧，永不休止的战争，永不休止的争权夺利。我不能眼睁睁看着蓝星一步步走向毁灭。我意识到，改变这一切的唯一方式就是建立统一的蓝星，建立唯一的政府，建立统一的净化制度，才能躲避毁灭。所以我和赤龙做了个交易，他负责协助我统一全球，我帮他找回魔晶，他的力量源泉。"

"你和魔王做交易，不怕被他给骗了？"刘思琪不禁毛骨悚然，那战神赤龙可是传说中敢与上古天神对抗的神人啊。

"鬼界和兽界的生物，在人界存活不了多久，除非人界的灵能频率与它们的世界深度重合。所以它们也没有选择，只能选择和我合作。"

"那么，约拿惨案是你干的了？为什么？"

"为了半张龙脉地图，为了灵珠，为了加藤的军队。可惜那半张地图被你父亲捷足先登。加藤唯一的弱点就是他孙女儿，而约拿市的情报局有一段可以彻底打败他、夺取方舟号的视频，为了我的计划，我不得不开启空间虫洞，引来暗黑军团，引出怀恩转移资料，我就可以乘机夺取。不过，如果不是怀恩代表的美达索政府也觊觎加藤的力量，约拿本不会遭受灭顶之灾，联合舰队也不会被毁灭。这一切不过是咎由自取。"

"但是在没有污染的地区，你是怎么开启虫洞的？"

"都说了，是人心。我利用约拿市民的贪婪频率放出饕餮，利用坎奥岛的罪恶频率放出混沌。比起污染，更难改变的是人心。"

"你不怕你那些野兽士兵带来更多的虫洞和污染？"

"我的都图姆士兵都是靠生物芯片收集污染物质形成的，只是一种杀戮机器，服务于我这个终端。一旦战争结束，我可以看情况毁灭都图姆，让它们成为这个星球的养料。我对世界的威胁还不如各国上层权贵和他们手上的核按钮。你们应该感谢我，因为现在各国核武库，都已经落在我的手里。是我消灭了核战的威胁，我才是正义的化身。"

"呵呵，谁来定义正义善恶？你吗？你这样会牺牲多少人的生命？你为什么不给大家一些时间去改变？"

"哈哈哈，你觉得还有时间吗？我告诉你，如果我不能完成我的计划，一场浩天大劫就会来临，不仅是蓝星，还有其他有生命的星球，都会被欲望之海清洗得干干净净。为了救蓝星，牺牲是必然要的。"

"难道是天劫？"刘思琪浑身寒意，想起地藏王说的话。

异世三海

觉醒

"田中，战争换不来真正的文明，你只会成为一个笑话罢了。最后，只怕你也自身难保，堕入地狱。还望你考虑清楚。"

"哈哈，我没有什么可以考虑的了，我不入地狱谁入地狱。"

"既然这样，我想，我们已经没什么可谈的了，只好再见。"

"哼，谁说放你走了。"田中突然出手。刘思琪嘴角露出一丝不易察觉的轻笑，双掌寒气一盛迎了上去。

第四十八回　最后的防线

第四十九回　魔鬼海

"这是陈怀坚队长带来的消息，他找到了田中纪南的基地位置——魔鬼海。可是，海面上空已经被他们全面监控，硬来是不可能的。"郭楚南将一块记忆卡交给肖恩特。

"我们在飞飞洲已摧毁一个基地，想不到，他们在魔鬼海还有基地。魔鬼海长年迷雾，卫星无法探测到，难怪一直找不到敌人巢穴。"

"我的建议是组织一支小队偷袭。"郭楚南道。

"正有此意。"

深夜2点，一架隐形运输机飞临魔鬼海域，舱门打开，七道身影一跃而出，七个小黑点落入茫茫大海。

肖恩特、里奥、斯潘、山姆、阿卡斯、史密斯、布伦乘坐着组合昆仑金属快艇，在巨大的风浪中靠近魔鬼海域中心。

"海底有什么东西？"对危险有着超强敏锐力的斯潘话音未落，一条巨鲨从水面跃起，张开血盆大口，扑向快艇。里奥立刻转化出一柄大锤，狠狠击打在巨鲨下颚。"嘭"的一声，巨鲨扭曲着身体飞向远处。不多久，海面开始搅动，掀起更大的海浪。

"是鲨群。"数百条鲨鱼围了过来。阿卡斯双眼冒出寒光，正要出手，被肖恩特一把拦住。

"动静太大，会惊动敌人。史密斯，看你的了。"

史密斯点了下头，从包里摸出一支试剂，倒在水中。围困的鲨群，不知发生了什么在水中痛苦地扭动身躯，一条条沉入海底。

"你用的是什么？"

"我们炼金术士常用的汞,只要让汞钻入鲨鱼的鳃里就能让它们无法呼吸。"

"干得好。"

海面恢复了原有的风浪。

"回波显示前面有巨物。"众人随着布伦手指的方向望去,黑压压一片,似乎一座巨大岛屿就在前方。

越靠近海岸,锋利的礁石就越多,犬牙交错着,仿佛一只只鬼爪在海面上抓捕着什么,一艘艘残破的幽灵船述说着自己悲惨的经历,腥臭的海风中传来鬼哭狼嚎。

斯潘不由得打了个冷颤,那些幽灵船仿佛活物,盯上自己和伙伴。

"小心。"突然一根铁锚划破波浪砸在船身,一行人"扑通扑通"地纷纷掉进水里。

海面再次翻腾,幽灵船发出吱嘎的怪声,竟化作一头头怪兽从海岸站立,挥舞着铁链、铁锚向众人劈头盖脸地砸来。

"收机甲,快上岸。"肖恩特立刻做出反应。

"我留下断后,你们先上。"阿卡斯说道。

"好,阿卡斯,小心。"肖恩特展开翅膀,提起史密斯,里奥转化出飞行器抓起布伦,斯潘和山姆也转化出飞行器,快速前行。

海面寒气大盛,发出咔咔响声,冰从阿卡斯附近扩散。他试图冻住这些家伙,但这些怪兽的力量远远超出阿卡斯的预估,它们挥动铁锚,砸碎冰面,大步靠近。

阿卡斯伸出右手,释放灵能,冰面遂升起一排粗大冰锥。左手向前一挥,冰锥朝幽灵船呼啸着飞射而去。一阵噼里啪啦的声响过后,幽灵船一艘艘倒下。

阿卡斯警惕地盯着冰面,他感觉到没那么容易就击倒对手。果然,冰面再次破碎,那些幽灵船重新组合,再次站起。十多条铁锚迅速飞来。

"这么慢可碰不到我。"阿卡斯左右翻腾，躲开铁锚，当他停下望向周围，突然发现自己已经落入一张铁网里。"哐当当"，铁链像一条条巨蟒扭动，瞬间缠住阿卡斯手脚。不能动弹的阿卡斯眼睁睁看着一只铁锚击中胸口，一口鲜血喷出。幽灵船跨着大步，扛着铁锚逼近。

浓雾中，一只巨兽身躯显现，高约八丈，光滑无毛，皮肤赤红如火，四肢粗壮，圆头圆脑竟无眼耳，一张布满尖齿的血盆大口边有一对长须，后背长着一双羽毛翅膀，竟是进化的混沌。

"你终于出现了！开启绝对零度。"阿卡斯嘴角一丝冷笑，缠住他的铁链迅速结冰，冰雪顺着铁链蔓延到幽灵船。这次幽灵船被完全冻结。阿卡斯灵能激荡，一条水龙从海面钻出，片刻就将铁链与幽灵船撕成碎片。阿卡斯接着手指混沌，意念一动，水龙在半空中盘旋一周，呼啸着冲了过去。

"嗡嗡嗡……"混沌发出龙吟般的声音，海面站起一只冰巨人，双手抱拳砸向水龙，顿时水花激荡，水龙被击成碎片。

"原来这怪物也是水系。"阿卡斯左手伸向海面，灌注灵能，一条冰龙升起，再次冲向混沌。那冰巨人一拳击来，却被冰龙顺势缠住，一声长啸，咬碎冰巨人头颅，龙身一紧顺势将巨人绞碎。未料到，混沌又发出嗡嗡声，海面翻腾，两名冰巨人站起挥着巨大冰斧，一人抱龙头，一人拽住龙尾，手起斧落，冰龙碎成碎片。

阿卡斯没想到这家伙如此难缠，正在思忖，混沌张开翅膀飞向半空，嗡嗡声不绝于耳，海面奔腾，又站起 5 个冰巨人。

"糟糕，这家伙可以同时控制这么多巨人吗？我的极限只是同时操控三只水灵啊。必须尽快结束战斗。"阿卡斯到了极限，灵能激荡，召唤出两条冰龙，脚踩龙头再度升到半空，手持长枪急速冲向混沌。

混沌吐出一团冰雾，化作无数冰箭，如雨点般射向两条冰龙与阿卡斯。

阿卡斯四面受敌，两条冰龙被巨人缠住，哪里还挡得下如雨般的箭。一声惨呼，阿卡斯竟被射成一只刺猬，从龙身上坠入海中。巨人们乱棍砸下，将两条冰龙也砸成碎片。此时冰面裂开，从海底升出一头巨兽，龙头龟身，虎爪蟒尾，龟身全是倒刺，如一艘巨舰撞倒冰巨人，那条蟒尾忽地变长将混沌缠住，龙头张嘴咬向混沌。

混沌也不甘示弱，血盆大口咬向蟒尾七寸。突然，两条冰龙从天而降，互相缠绕盘旋，犹如巨大的冰钻，钻入混沌的身体。

混沌长啸一声，挣扎着朝空中吐出一阵冰箭。

"笨蛋，你太小看我了。绝对零度。"一道人影落在混沌身上，双掌拍出，极寒之冰顺着冰龙钻出的缺口，蔓延到混沌的体内。

"碎裂。"阿卡斯一声大喝。混沌身体爆炸，化作片片飞雪。原来，阿卡斯在危机中制造出冰雪替身挡住一击，又召唤出玄武，吸引了混沌的注意力，一举偷袭成功。

海面恢复，阿卡斯倒在冰面上大口喘着粗气，鲜红的血液染红了冰面，原来他被几支冰箭射穿了身体。"还是没能全躲开啊。"

肖恩特等人上了岸，眼前一片山脉，又听见身后传来巨大的声响，回头望去，浓雾中出现巨大的身影。肖恩特知道阿卡斯已经和敌人交上手，叮嘱其他队员："我们已经惊动了守卫，现在分成两组，史密斯和布伦一组从后面悄悄绕过去，其他人吸引火力。"

"是。"史密斯带着布伦，立刻奔往山脉背面。

果然没多久，山顶传来呜呜的号角声。"哇啦啦……"无数都图姆拿着武器，冲下山坡，枪口射出黑色黏稠子弹，打到石头上，冒出一缕缕青烟。

肖恩特深吸一口气："兄弟们，小心点，它们的武器有强腐蚀性，昆仑机甲无法对抗生化武器，跟紧了，一口气杀过去。"

众人点了点头。

"冲！"

山姆一发火箭弹发射，直接轰掉最前面的几只。

"肖恩特，我可干掉 3 个了，来个竞赛吧！"

"哈哈，好。"肖恩特转化出冲击炮，"嘭"的一声，200 米范围内，一条直线的敌人全被消灭，在地上划出一道长长的沟壑。

"不错啊。"山姆用机械左臂举起的重机枪吐出火舌，迎敌而上。

右侧几只都图姆冲近，挥舞毒剑劈向疾驰的肖恩特，里奥大吼一声，转化出盾牌，当头撞飞。

断后的斯潘把铁鞭舞得虎虎生风，一鞭挥去，都图姆及附近碗口粗的树被拦腰斩断。

"我们正被包抄。"斯潘喊道。

"快速突破，一刻也不要停下。"

"是。"

号角声一变，从敌群中出现 3 名身覆鳞甲、人面虎爪、四肢强健的巨人。

"那是什么？"

"《三海》里记载的鼓赤，力大无穷，小心。"

里奥持盾将雄狮的力量开到极限，向一只鼓赤狠狠撞去，对手双手持锤正面砸来。巨大的冲击波击倒了附近的都图姆。里奥与鼓赤各退三步。那只鼓赤没想到还有力量能与自己匹敌的人类，大吼一声，巨锤横扫。里奥这次再也抵挡不住，身体倒飞出去，撞向一块巨石。

巨人一个大跨步，一锤又砸来。想不到这巨大身躯居然能如此灵敏。山姆见势不好，子弹如雨般射向鼓赤，击打在它的鳞甲上火花四溅。里奥此时已经被震得全身发麻，几乎动弹不得，本能地用手挡到脸上。突然腿一紧，一条铁链缠住，身体被一股力量强行拉开，从鼓赤两腿间滑了出去。

"兄弟帮帮我！"斯潘将里奥拉到身边，手一挥，铁链缠住鼓赤的双腿，使出全身力气拉住。

里奥赶紧爬起来，两人合力拉住铁链。那只鼓赤，身体还在往前探，双腿突然被困住，轰然倒地，竟压死几只都图姆。山姆一个跃步，跳到鼓赤后背，冲着鼓赤没有鳞甲覆盖的头部一阵乱射，那家伙还来不及吭一声，脑袋就开了花。

肖恩特用冲击炮连射几炮，消灭从两翼包抄过来的敌人，冲斯潘喊道："我们去把巨人捆了。"

斯潘挥起铁链，肖恩特接上自己转化的铁链，二人用机甲转化出飞行器，朝剩下的两只鼓赤飞去。两只鼓赤双腿被缠住，跌跌撞撞，倒在地上。

"快走，不要恋战。"这一队人，冲出都图姆的包围，转眼冲到一处高墙旁，隐约见到高墙上的城堡。

小队背靠高墙，都图姆如潮水一般追来。

"带的燃料还够吗？"

"备用电池都快没了，海上消耗了不少，只剩坚持飞行 10 分钟的电量了。"里奥懊恼地说道。

"管不了那么多了，走，飞上去。"肖恩特下令。

里奥众人各自转化出飞行器向高墙上飞去。半空中突然出现无数长着翅膀的人面鸟，身覆羽毛，带着防目镜，一声声怪叫，张口吐出的黑色黏稠液体，如冰雹般洒下。

"是燃油，这群混蛋想烧死我们，跟紧我。"肖恩特张开白色的翅膀，打开元能罩，抵挡住燃油。一支火箭射来，元能罩外燃起熊熊大火。地面上的怪物们也被燃油淋到，火势蔓延，身上亦燃起大火，顿时鬼哭狼嚎，一片火海。

"你们快登上墙头。我来对付他们。"肖恩特将众人护送至墙头，用昆仑机甲护住全身，深吸一口气，空气迅速流动，空中一道飓风形成。空中的人面鸟躲避不及被吸入飓风中，燃油在飓风里燃烧，形成一道火柱。

其他人乘机登上墙头，却见城堡里涌出大量都图姆、鼓赤，空中更多的人面鸟出现。肖恩特众人再次陷入包围。

此时，另一支小队布伦与史密斯各喝下一支药剂后，两人隐去身影。他们从后方爬上墙头，看见潮水般的敌人涌出，待这批敌军冲出堡垒城门，迅速溜了进去，穿过几条通道，前方出现巨坑。两人往下望去，一口口大锅熬制着黏稠的绿色汁液，一些都图姆正将一箱黑色的小碎片倒入汁液，那些汁液便剧烈沸腾起来，不多久，一只只都图姆被制造出来。

"原来，这些家伙就是这样被制造出的。"布伦惊呼。

"小点声。"史密斯注意到一只都图姆在朝这个方向看着。

"我们下去。"两人继续往下，穿过锅炉区，前面通道变得开敞起来，远处传来机器的工作声。走近看，几条生产线正在生产黑色盔甲。几名鬼武者，在测试盔甲的转化功能。

"看来，约拿惨案真是他们干的了。"史密斯做了个手势，与布伦悄悄安置炸弹。

"头儿，我们的隐身时间快到了，一天最好不要喝两支隐身药剂，差不多了，撤吧。"

"等等，你看那边，鬼武者数量比其他地方多很多。去看看。"史密斯发现蹊跷。

两人往鬼武者防守密集的地方摸去。

果然，数十名鬼武者守着一扇大门。

一名鬼武者将眼睛对准大门一侧的圆孔，门缓缓打开。

"走。"史密斯急驰过去。

"有情况，有隐身者。"鬼武者感到一股风从面前划过。

一名头目扔出一颗烟粉弹，史密斯二人身形在粉弹中无所遁形。这数十名鬼武者立刻包围二人。

异世三海
觉醒

第五十回　十殿修罗

史密斯双手一挥，99把飞刀布成刀阵射向鬼武者，与鬼武者战成一团。这些鬼武者刀法精湛，叮叮当当一阵声响，史密斯驱使的刀阵，竟无法伤到一人。布伦喝下蓝色药水，全身抖动，一片黑尘从双臂升起，黑尘悄无声息地绕到一名鬼武者身后凝聚成刀刺出，谁知那鬼武者突然消失。布伦一愣，身后传来一阵寒意，低头躲过，几缕头发顺刀而落。

"这些家伙也会隐身，小心了，史密斯。"双手一挥，布伦祭起一道铁砂屏障保护起自己。铁砂突然爆炸。"啊，啊……"两名隐身的鬼武者被炸飞。

"我的铁砂可是易燃易爆哦。"布伦得意地笑了笑，抬手又挥出一片铁砂。鬼武者说了句暗号，手里剑纷纷从四面八方射向铁砂，爆炸声响起，铁砂屏障被破。布伦正要再撒出铁砂，一把黑漆漆的武士刀迅雷不及掩耳，一刀斩断布伦左手。布伦惨叫一声，鲜血直流，那武士刀又冲布伦喉咙斩来。"铛！"一把刀挡住。

"你先进去，见到什么全部炸掉，我顶着。"史密斯赶到。一手挡住武士刀，一手抓住布伦后背，用尽全力将布伦扔进大门内。两名鬼武者赶紧冲过去，试图拦住布伦，却被两把飞刀封喉。

布伦一个踉跄挤入快要关闭的大门，他一边自行包扎着伤口，一边往里走，前面突然开阔起来。眼前的一幕让他无比震惊，无数培养罐里，全是奇形怪状的生物，还有不少巨人"鼓赤"。

"这些家伙难道就是《三海》里的怪兽吗？他们居然克隆出这么多。

我的上帝！"

　　布伦迅速布置好炸药，继续深入。里面似乎是一间监控室，十几名鬼武者还有数十名白袍科学家，盯着巨大屏幕在操控什么。

　　"贪婪频率达 95%，愤怒频率达 78%，嗔怒频率达 85%，再过 5 分钟，贪门就可以释放空间虫洞。"一名科学家汇报。

　　"难道这是？"布伦心中暗道不妙。

　　一个声音突然从远方传来。"闯入者，死，死，死！"

　　史密斯挡住大门，将外衣扔向头顶，双手并拢，指尖冲前一挥，外衣里射出无数飞针与飞刀，灯光下发出耀眼白光，竟似一条巨蟒，左右翻腾，秋风扫落叶般，横扫开来，"巨蟒"过处，惨号连连。隐藏的鬼武者无法躲开这饱和攻击，挡得了飞刀，挡不住飞针，倒在地上痛苦扭动着身躯。只剩一名手持黑刀的鬼武者，站在原地，双手持刀抱一而守，刀身散发出阵阵黑气笼罩着刀手。史密斯的"白蟒"一碰到这黑气便失去控制，落在鬼武者脚下。

　　"我的刀据说来自修罗界，斩妖除魔千余，诛仙百余，这把刀叫做十殿修罗。每杀一名，这刀便强上一分，吸走原主灵能。我就是毁灭骑士黑虎。现在你知道了我的名字，可以安心死去了吧？"

　　"少废话，来吧。""白蟒"重新凝聚，发出叮叮当当的声音，再次扑向对手。

　　"我说过，没用的。"黑虎挥刀一斩，黑烟化作一条毒龙，将白蟒直接吞没。毒龙呼啸着穿过史密斯身体。

　　史密斯感受到无数痛苦从身体穿越，哀号声震耳欲聋，每一寸肌肉都被疼痛撕裂着。"啊啊啊……"史密斯疼到极限，两个眼珠似乎要冲出眼眶，仰面直挺挺地倒在地上。

　　"废物。"黑虎收起妖刀，冷冷地从史密斯身边走过。

"废物，这么点疼痛就受不了吗？"

"爸爸，饶了我吧，好疼啊！"

"不要叫我爸爸，我没有你这样没用的儿子。"

"母亲，救救我，救救我呀。"

"你母亲再……也不会……醒来了。所以你要强大，比我强大百倍、千倍，不要辱没炼金术士的称号，因为有一天如果你保护不了你挚爱的人，你的痛苦会比现在强烈千倍、万倍。"

"就这点本事吗？呵呵，呵呵！"一只手抓住黑虎的脚踝。

"还没死？何必再坚持，接下来的痛苦将把你撕成碎片。"黑虎拔出刀，十殿修罗发出鬼哭狼嚎般的嘶鸣，朝史密斯心口插去。

"什么，你竟然用双手抓住我的刀？你难道不怕痛吗？"

"呵呵，痛？你或许不知道，每一名炼金术士最好的朋友就是疼痛。我们的血献祭给痛苦，我们的肉献祭给痛苦，我们的骨献祭给痛苦，换来我们不屈的灵魂守护我们的……家人。"史密斯全身发出耀眼光芒，十殿修罗碎成碎片，竟然被史密斯身体完全吸收，又化成一条鬼蟒带着那成千上万的黑刃，穿透黑虎的身体。

黑虎惨叫着，倒地翻滚，疼痛让他缩作一团。"杀了我，杀了我。啊！"

"如你所愿。"史密斯站起，一刀斩下黑虎头颅。

突然，布伦离开的方向发出巨大的爆炸，整个堡垒开始剧烈抖动，由里至外，冲击波推动着滚烫的火焰，在门外便能听到火龙的咆哮。史密斯脸色大变。这爆炸的威力，只有一个可能，布伦使用那招禁术——"玉石俱焚"。

"布伦！"

突然一道黑影破门而出，一只手掌刺穿身受重伤的史密斯。

"你、你是……杰克·特里？"史密斯晕死过去。

在城堡外墙头激战的肖恩特和队友，渐渐稳定了形势。巨大的爆炸声传来，大地在剧烈颤抖，堡垒轰然倒塌，激起遮天尘土。尘土中，一阵令人不寒而栗的压迫感袭来，犹如死神降临。一道黑影挥舞着黑色翅膀，从尘土中飞出，朝肖恩特扔出一具身体。

肖恩特赶紧接住，正是垂死的史密斯。肖恩特两眼发红，愤怒、心痛，纠结在一起，大吼一声："特里，你小子什么时候醒来？"

特里不搭话，两只手指拧在一起，一股黑气在指尖凝聚。都图姆见状，吓得哇哇大叫纷纷作鸟兽散。

"不好，你们带着史密斯快离开。"肖恩特张开元能罩，用昆仑机甲转化出大盾，灵能激起一条龙卷风，挡在众人前面。

"那你呢？队长！"里奥大急。

"这是我们两兄弟的事，谁都不准插手，快走。"肖恩特大吼道。

里奥狠狠跺了下脚，抱起史密斯，与众人飞奔离去。

特里两指一弹，岛上升起蘑菇云，刺眼的白光爆发，剧烈的爆炸将整个山头削掉半截。

"啊啊啊……"肖恩特的元能罩在抵抗中碎裂，勉强挡住这次攻击，不禁大汗淋漓、气喘吁吁。

特里见状，一只手伸出，掌心凝聚起更大一团黑气，就要使出第二次核爆。

肖恩特顾不了许多，双掌伸向海面，一左一右，两股巨大的龙卷风，卷起海水，像两条升空的水龙。

"特里，醒醒！是我，你的兄弟，你这个混蛋，给我醒过来啊！"肖恩特大吼道。

然而特里并没有停手的意思。

肖恩特驱使两只水龙，呼啸着撞到一起，形成超大的龙卷风，将特里困在其中，迅速抽空空气形成真空，希望能减弱核爆伤害。特里向龙卷风扔出凝聚的核弹，单掌一握，龙卷风内，一道道白光穿透而出，巨大的冲击波将几十米厚的水壁击碎，冲击波将整个小岛几乎削了一半。肖恩特在这强烈的爆炸中，全身的皮肉被烧焦，身上的每一滴血似乎都沸腾起来，震出几百米外，昏迷过去。

特里漠然飞近肖恩特，在他身边落下。脚下似乎踩到了什么，原来是肖恩特紧握的拳头。拳头松开，一条金色的十字架，跃入眼中，似乎想起什么。但是很快一个声音响起，"杀，杀，杀"。特里抱住头，痛苦地嘶吼着。血肉模糊的肖恩特突然跃地而起，从后背锁住特里，用尽所有的灵元能，将空气灌入特里每一个细胞。

"兄弟，对不起。"肖恩特张开血肉模糊的翅膀腾空而起，朝着炙阳飞去。

特里痛苦地扭曲着身体，手掌碰到一件物件，那是母亲的项链，此时正抓在肖恩特锁住自己的手里，眼里闪过一丝温暖，不由得伸出手摸了摸，"哥……哥。"

肖恩特听到这一声呼唤，在空中不由得停顿片刻。

"杀了我，我不知道还能控制自己多久，杀了我。"特里温暖的双眼没多久再次变为冰冷，开始拼命挣扎。

眼泪顺着肖恩特的脸庞决堤般掉落，一滴又一滴，滴在特里头上、脸上。

"你对我说过一句话，现在轮到我说给你听，无论天堂还是地狱，有我……陪你。"

大气层外，爆炸声响起，天空在燃烧，血红血红，是十殿修罗的鲜血在倾洒吗？

"队长！！！"

地狱深处，一个声音响起："不错，你们居然可以打败我的分身，害我失去得力傀儡。罢了，龙珠已经离开兽界，六界即将混乱，很快我们就可以离开这里了。"

"主人雄图大略，我等誓死追随！"

第五十一回　星魂

刘思琪醒来后发现手脚被捆，被一束圣光照射，浑身乏力，说不出话来，着急得呜呜哭着。

"刘小姐，你的力量我借走了，我本未想过要伤害你，只是你不识时务，我也是迫不得已，等我完成我的计划，就会放了你。"田中说道，"你们好好看守这里。"得意洋洋地离开监牢。

"是。"

田中离去后，押解刘思琪的一名鬼武者悄然离开，在太空战舰中驾轻就熟直奔主机室。

"你，这里是禁地，赶紧离开。"主机室的守卫见一名鬼武者走来连忙阻止。

"主人让我带口信给你们。"鬼武者从后背握着一只拳头伸到守卫前，手摊开空无一物。

"你……"守卫发现不对，还未能说多一字，就被鬼武者打晕。

鬼武者将守卫拖到隐蔽处藏好，折返回来，按下密码，进入主机室内部。

"谁？"主机室的加藤枝子发现闯入者，她的全息影像出现在鬼武者面前。鬼武者摘下面具，露出一张靓丽的脸庞，竟是刘思琪。原来，刘思琪与田中动手时，神不知鬼不觉，用魅惑术控制住在场的几人，又制造幻象，偷偷掉了包，将一名鬼武者与自己调换身份，潜入方舟。

"我是你的朋友，不是敌人，我想带你看一段真相。"

"什么真相？"

刘思琪将一段视频输入主机电脑。屏幕上放出的正是舒尔曼洛夫死亡的整个完整视频。

"我的天，我……我都干了什么，我，我错怪我的爷爷了，我干了什么呀！呜呜！"加藤枝子的全息影像一时呆住，没多久捂着嘴哭起来。

"现在还不是哭的时候，我们要好好计划一下，对付田中纪南这个混蛋。"

"嗯，我现在就放了我爷爷。"

"不行，田中还在方舟，不可过早打草惊蛇，等待时机，我们来个里应外合。"

"好。你是叫刘思琪吗？"

"对，你怎么会知道？"

"你来过这里，我当然会知道你。"

"对，也是。我忘了你就是这艘方舟。"

"嗯，我有些数据要提供给你。这些数据除了我和爷爷，谁都不知道。你坐这里，戴上 VR 眼罩。"

刘思琪按枝子指引戴上眼罩，坐了下来。眼前出现一幅星系的影像，自己像是坐在一艘太空船的操控室。耳旁传来急促的警报，机械人忙乱成一片。突然图像剧烈颤抖起来，像是太空船受到重创，急速奔向一颗星球，蓝蓝一片，越来越近，那不正是蓝星？

短暂的雪花出现后，接上新的画面。这次画面上，出现一名帅气的少年，似乎这世界上所有男子的好都集中在他一人身上，只见他对着镜头缓缓说道："我叫夫兮，我的同伴叫吕至，我们来自一片净土，原本过着无忧无虑的日子。直到一天，一名堕落者欺骗我们偷吃了世界树上的果实，那一刻我们知道了美丑、善恶、正邪、光明与黑暗，以致大梵天王将我俩放逐。我们堕下天门，来到这片被称为'和'的世界，它是天人界、地界融合处的世界。这里已经孕育丰富的灵能，灵能聚合成无数生灵。为了区分，我和吕至将力量强大的生灵名为兽族、勇猛好斗的生灵名为修罗族、无形幽暗的生灵名为鬼族。"

　　一片雪花后，出现第二段画面，那男子已不显稚嫩，双眼清澈得如一汪湖水。"我们发现世界树的根化作高山深扎在地界，原来'和'界的灵能也是来源于世界树的孕育啊。世界树的根摄取着地界的养分，也将浑浊的灵能带入它的果实。或许，这就是我们被迫离开净土的原因吧，因为我们已经不再拥有纯净的灵能。我的同伴受不了这份孤独，决定分享自己的生命数据'火种'与匹配我们的灵能结合，创造一个新的种族——人族。"

　　第三段画面，男子再次出现，只是这次精神状态非常差，深吸了口气说道："'和'界的物种最终还是无法和平相处，堕落者来了，挑拨四个种族发动了战争，一些追捕堕落者的天人也加入混乱。世界树在战争中被摧毁，天人界、'和'界、地界开始脱离。而世界树也化作四颗创世星魂飞向四向。没有了世界树，'和'世界的灵能扩散，在四颗星魂的力量影响下，不同等级频率的灵能分散到四维星系，形成'修罗界''人界''兽界''鬼界'，与上维的'天人界'、下维的'地狱界'合为六界。每一类的灵能都只适合相似灵能物种生存。人界最为复杂，既有光明亦有黑暗，混乱不堪。战争中受伤的天人和我留在人界，为了不消失，只能自我降频，将自己的灵能分化，分散到此界的其他生灵的精英体内。或许是件好事，几个种族再也无法争斗不休。"

　　第四段画面，男子愈发成熟，络腮胡子，两眼似天上的星辰闪闪发光。"灾难还是来了，'人界'极不稳定，'水劫'降临，吕至找到世界树剩下的碎片化作补天石，将崩塌'人界'的维度修补好，牺牲了自己，留下我照顾她的子民。我破解了星图，找到人界的星魂，如果能找到其他几颗……融……未来……'和'界……启……"图像开始摇晃，出现雪花，接着就一片白茫茫。

　　刘思琪将眼罩耳麦摘下来，恍然大悟，说道："原来六界是这样形成的，林晓雅的研究看来是对的，灵能的等级和频率构成了六道轮回。也难怪地藏王说龙珠到了人界，两界便会相通，因本是一体分离而成。而那两人居然是蓝星人始祖。"

"嗯，蓝星人的祖先靠着方舟号，逃过了星系裂变的灭顶之灾。可惜继承始祖基因数据'火种'的蓝星人后代，如今灵力已经深深沉睡，只有极少数人靠修行得以觉醒。而当时，留在人界的天人及他们的后裔，应该就是古代描述的神仙。当他们分离的力量回归本体时，会留下符纹印记，这就是生灵守卫的由来。同时，也说明蓝星灵能频率发生巨大变化，正在向那个'和'世界转变。"

"林教授担心的看来要发生了，只是那些堕落者现在又去了哪里？"

"关于他们，没有任何信息。"

刘思琪突然想起，林晓雅在龙宫提到过堕落者，这丫头似乎隐藏不少事情，难道？

"陈队，来根烟，解解乏。"SNA 的第 1 队队员肖平说道。

"蹲下来抽。"陈怀坚看了看四周，一片宁静，蹲下身子，接过烟，点着火，狠狠吸了一口。

"陈队，我们什么时候反攻？"

"等好消息。"

"什么消息？"

"到时你就知道了。"一股强大的压迫感袭来。陈怀坚立刻掐灭烟头，又一把拍掉肖平的烟。"有情况。"

天空的云层散开，一座城堡飘浮在战场上空。无数都图姆从堡垒下方带着滑翼跃下。数百架先进的天龙战机呼啸而出。另有数百名身着白甲的战士，挥动着金属翅膀犹如天使一般手持各种武器袭来。

"妈的，是被夺走的昆仑机甲，硬骨头来了，好多生灵守卫。"古乐吞了口口水。

"尿了？"

"谁尿了？"

"昆仑机甲要用高温弹和腐蚀弹才能应付，SNA队员主要迎战生灵守卫。其他人对付都图姆。"陈怀坚用昆仑机甲"哗啦"一声转化出翅膀，双手转化出长剑，"今天或许就是我们的最后一战，无论敌人有多强大，我们都不能输，因为后方就是我们的父母妻儿。为了他们，我们必须守住阵地，人在阵地在；人不在，阵地也必须在。"

"人在阵地在，人不在，阵地也必须在。"翰唐军发出震天呼喊。30多位SNA队员转化出翅膀跟随陈怀坚飞向天空，空军也赶来支援。两军立刻进入激烈交锋，震耳欲聋的枪炮声骤起。

田中的近卫队展现出恐怖的实力，或力大无穷刀枪不入，或无影无踪杀人无痕迹，或呼风唤雨，或喷火喷水，或引来山崩地裂，或疾行如风，或草木为兵，仿若天兵下凡。翰唐军队损失惨重。陈怀坚用灵能召唤出石巨人，一人对付五名生灵守卫，已是狼狈不堪，石巨人在围攻下很快散落。SNA队员亦是陷入多名生灵守卫的包围追杀之中，毫无招架之力。陈怀坚眼见队员一个个牺牲，悲痛不已，双眼似要喷出火来，却又无可奈何，如困兽一般左突右冲，身躯上被划开一道道深深的伤口。突然背后一阵寒意，一柄长枪躲避不及，刺穿左肩。陈怀坚大吼一声，抓住长枪，用力一拉，将身后之人拉近，反手一剑砍翻那人，只见自己腹部血如泉涌，肠头都露在外面。陈怀坚咬牙拔出长枪，昆仑机甲立刻堵住伤口。陈怀坚用元力催动全部灵能，四周泥土和石块迅速聚集在身边，尘土过后，一只龙头金鳞双翼蛇身的巨兽腾蛇出现。腾蛇身边有无数巨石围绕并旋转在半空，如旋风发出嘶嘶声，凡是触到都图姆，立刻将它们撕成碎片。铁尾横扫，尘土过处，寸草不生。田中的生灵守卫见势不妙纷纷躲开，避其锋芒。只有陈怀坚知道，自己这种状态支持不了多久了。空中战机传来爆炸声，陈怀坚抬头望去，只见天空忽然一片火红，燃烧的火焰卷着黑烟吞噬着翰唐战机，一只黑火凤凰，从高空闪电般袭向陈怀坚召唤的腾蛇。一阵巨响，大地现出巨坑，黑火如奔腾的巨浪从巨坑蔓延四周，陈怀坚召唤的腾蛇差点被击碎。

"你终于出现了。"陈怀坚摇摇晃晃，勉强站立，浑身是血。半空中，田中得意地扇动着黑色鬼翼。

"陈队，你还是投降吧，现在的我吸收了加藤和刘思琪所有力量，你不是对手。"

"什么，你、你把思琪怎么了？"

"还是多担心担心自己吧，下一击，我就会彻底要了你的命。"

"混蛋，死有何惧，人怎么能向畜牲魔鬼低头！"

"你找死。"田中射出一支火矛，直刺陈怀坚头颅。

"噼啪"一声，一道电弧突然飞向陈怀坚。陈怀坚消失在原地，田中的火矛射空。

那道电弧飞快撤离战场，原来俄尔加的莎莉娃赶到。

"拦住他们！你们、你们怎么不行动？"田中命令生灵守卫立刻追击，却发现异样，生灵守卫似乎清醒过来，你看着我，我看着你，不知所措，似乎完全没有听到田中命令。

田中暗道不好，扇动翅膀向方舟号飞去，一边大吼着："加藤枝子，你在干什么？混蛋！"

与此同时，田中军右翼闯入一支队伍，为首一人胯下骑一头金麒麟，挥舞一柄闪烁着耀眼蓝光的长剑，飞奔在前，牵引着一道道雷电冲入田中军。身后是一名女机械战士，钢铁手臂喷射着怒火，势不可挡。另一名白衣妖艳男子，两手空空，但靠近他的人，莫名消失。正是句成带着林晓雅、石斋等人赶到。都图姆们顿时鬼哭狼嚎，四散逃命。

田中突觉身后一阵劲风，回头一看，那剩下的数百名生灵守卫，纷纷追杀过来，不由大骇，赶紧扇动翅膀奔向方舟号，却发现前方灵压骤升；定眼望去，一曼妙身影浮在空中，骑着一只白甲九尾白狐，双手两柄短炮，不是刘思琪是谁？更可怕的是刘思琪身后，方舟号的所有火炮正对准自己。

正是刘思琪与枝子趁田中离开方舟号，控制余下的田中势力，救出加藤，这才有了战局反转。

田中怒吼道："你们这群蠢货，你们知道你们在干什么吗？别以为我会认输，我要把你们都送入地狱。"

从田中身体燃起更强烈的黑火，那黑火遮天蔽日，一只巨大的黑火凤凰将田中隐藏。黑火凤凰翅膀一挥，大地裂开一道道血口，地底由远而近传出"轰隆隆"巨响，冒出滚滚浓烟，喷射出血红的岩浆，吞噬着大地。

刘思琪见势不妙，抬手射出符咒弹。顿时空中雷鸣四起，降下倾盆大雨。

"又是你？去死吧！"

黑火凤凰双爪射出两道黑火刺向刘思琪。刘思琪身后两道闪电射来，将那两道黑火撞开，一人撑着缠绕蓝电的昆仑盾挡在刘思琪身前，正是句成赶来救场。

"住手，不准伤害我的女人。"句成一剑劈出，一道惊雷奔向田中。

"田中，放下心中怒火，你现在所做已完全背离你的初心，这就是你想要的吗？"刘思琪大声说道。

"哈哈哈，难道就靠你们这群婆婆妈妈、妇人之仁的家伙吗？"田中闪身躲过。

"境由心生，你心中怒火只能招来劫难，根本不是救这世界。"刘思琪道。

"任由这个世界腐烂下去吗？我不入地狱，谁入地狱？"

"诸法皆空，因果不空，我们的世界，自有它的过程，你我即是守护者，只能尽职守护，不可妄自改变，一切转变皆要因缘俱足。你心中的怒火，只能创造一个充满恐惧的罪恶世界，只能让这个世界更接近地狱。只有爱的奉献和光明才能让这个世界接近天堂。"

328

异世三海

觉醒

"少在这里说教，挡我者，死！"黑火凤凰凄厉地尖叫着，气势汹汹地压向两人。

"哎！可怜人！"句成燃烧全身元能，引导灵珠灵能灌注在降魔剑身，只见降魔剑发出万道的雷电如一张巨网将黑火凤凰困住。句成人剑合一，化作劈天雷剑，斩向黑火凤凰。

田中惨叫一声，一剑穿心，倒飞出去，撞倒远处一座高山，被压在山石之中。

地下熔岩停止了喷发，浓烟渐淡，大雨渐停，翰唐军队发动了反攻，田中军团大势已去。

刘思琪悄悄飞近句成，轻轻握住他的手，脸颊羞红，当着那么多人的面被叫作他的女人，心扑通扑通乱跳。

陈怀坚睁开眼睛，一缕女人香飘进鼻子，脸上湿湿的，好咸，那张渐渐清晰的脸浮现在眼前，莎莉娃正紧紧搂着自己。

"你来了！"

"啊，你醒了，你醒了！你这个骗子，你说会和我约会的，你骗我。"

从群众中传来欢笑声。然而，事情并没有结束。

被山石掩埋的田中，突然听到一个声音。

"啧啧啧，真是没用啊，连几个小娃娃都斗不过。看来赤龙选错人了。"

"是谁？给我滚开！我是快死了，可我也不需要谁来嘲笑。"

"哎哟，好大脾气，你可不能得罪我哦，我是可以帮助你的。"

"呵呵，"田中吐出几口血，"我都快死了，你还能怎么帮助我？"

"只要你愿意把你的肉体交给我，我就可以让你重整旗鼓。"

"交出肉体？哈哈，好吧，我已经交出了我的灵魂，只要能报仇，我什么都……愿意。"

一股黑烟带着一缕七彩光芒笼罩住田中身体。

第五十二回　终战

随着都图姆军队被歼灭，翰唐战士开始击掌相庆，庆祝这来之不易的胜利。句成盯着远方那座塌倒的高山，一种不好的预感袭来。刘思琪走近，紧紧握住他的手。

"你也感觉到了？"

刘思琪点了点头。

倒塌的高山远处，一股巨大黑烟直冲云霄，迅速向四处蔓延，不仅如此，附近火山全部觉醒，冒出冲天浓烟，整个大地陷入黑暗。天空被黑暗的乌云覆盖。随着一声声巨响，火山群喷发，熔岩四溅、飓风骤起、天崩地裂，翰唐大地剧烈撕扯、分裂，就像身受重伤的巨人，如血般的岩浆布满全身。在句成前方，一条巨鲲和一只黑火凤凰冲向天空，在空中二者合一，化成一只巨大黑鸟，那翅膀张开，方圆万里被笼罩在它的阴影之下。

"是大鹏鸟。"句成大吃一惊。

只听大鹏鸟发出一声声啸叫，稍弱的翰唐战士被震得耳鼻流血。

"石斋，保护大家，快！"句成大呼。

石斋强忍刺耳的尖叫，双手飞速结印，封印空间保护伤员。

大鹏鸟挥舞着翅膀飞进乌云。顿时，乌云剧烈翻滚旋转，在天空形成巨大的旋涡，与此同时，全球主要城市上空都形成了这样的云层旋涡。旋涡中心一片猩红，如伺机捕猎的魔兽，张着血盆大口。外太空中，飘浮的陨石碎片与卫星燃着熊熊大火，划破大气层，冲出旋涡，砸向地面，整个世界面临被毁灭的危险。天空中出现一支妖魔军队，无数

异世之海魂醒

巨兽亦燃烧着从腐败的腐鲸战舰跃下，正是妖王的部队。翰唐大军顿时难以招架。陈怀坚勉强站起，大声说道："兄弟们，人类生死存亡之际，跟我上！"他召唤出腾蛇，怒吼一声，冲出石斋的封印空间屏障，身后无数战士也迎敌而出。加藤枝子操控着方舟号齐发火炮。那已返回方舟号内的一百来名生灵守卫也驾驶着天人族战机再次升空，与妖王舰队展开殊死搏杀。

"不要出去。你们都会死的！是火劫。"刘思琪仿佛看到几千年前那次战斗，不寒而栗，尖声大叫。身边一道身影一闪而出。

刘思琪伸手一抓没有抓住，"句成！你回来。"只听一声长啸，句成召唤出金麒麟，麒麟又召唤出数百白麒麟冲向从天而降的巨兽。刘思琪立刻掩护，短炮喷着火舌，射向进攻的巨兽。

林晓雅向顾无权点了下头，二人飞向方舟号。

一道雷电闪过，响声过后，句成击碎一颗燃烧的陨石碎片，又去拦截另一颗，迎面被几只飞行巨兽拦住。一只飞行巨兽挥舞一支黑矛，刺向句成后背。一道白绫卷着万千银针将它裹住，白绫一紧，瞬间将它撕成碎片。句成回头朝刘思琪温柔一笑："帮我拖住它们。"如箭般射向另一颗落下的卫星残骸。

翰唐军队、麒麟群、九尾白狐与巨兽在地面也展开了惨烈的战斗。那妖王获得龙珠的力量，它的士兵也被强化，此消彼长，战局对翰唐军队极为不利。SNA特战队的昆仑机甲被毒液腐蚀，渐渐失去保护作用。古乐刚砍下一只巨兽的脑袋，便被一只利爪刺穿身体，他奋力砍掉巨兽的爪子，而另一只巨兽又扑向自己，避无可避。一道人影闪过，挡在他身前，亦被刺穿，是队友肖平。肖平咧了咧嘴，冲古乐笑了笑，吐出一口鲜血，被巨兽扔向远方，巨兽们一拥而上。"肖平！"古乐悲愤得肝胆俱裂，强支身体，"嗖嗖"地射出几支昆仑箭，一只巨兽应声倒下。又见一根黑矛飞来，将古乐牢牢钉在一辆战车上，动弹不得。关键时刻，几只白麒麟赶到，奋力将古乐救下，其中一只叼起他脱离险境。但剩下的白麒麟寡不敌众，纷纷消散在巨兽的爪牙下。

陈怀坚与莎莉娃也陷入绝境。二人身边已围了一圈巨兽尸身。两人气喘吁吁，腾蛇将二人保护住，带血的金鳞，散落在地，如一面面铜镜。陈怀坚的防护就快破了。一块陨石碎片落下，巨大的高温气浪将元神幻化的腾蛇神兽炸成碎片。巨兽乘机掩杀而来，一道金光，金麒麟冲入包围，左冲右撞将二人救出危险圈，却被几艘腐鲸战舰盯上，乱炮齐发，炸为尘末。方舟号火力全开，将那几艘妖王腐鲸战舰击落，可在外太空碎片的接连撞击下，防御罩被炸毁，最终方舟号冒着烟坠落地面。

刘思琪试图用魅惑术制住巨兽，却发现这些家伙只有一个意识，就是杀戮，难以驯服，只能用灵能化作遮天白绫奋力拦住追击的敌人，白绫过处，巨兽纷纷倒下，却有更多围了上来。忽听远远传来句成的呼喊声，抬头见空中一颗碎片朝自己落下，已来不及躲避，心说不好，激起元能准备抵挡。危急时，不知何处射来一道紫光，将坠向自己的碎片击碎。

"师父！"刘思琪喜出望外。

只见数百道紫光划破天际，冲向外太空碎片。天空中似乎燃放无数烟花。正是谢无思道长带领近百位奇人异士，御剑飞行及时赶到。众人无不振奋，未曾想到，神话中的场景今日竟能见到。

坠落的方舟号上，林晓雅双指翻飞，在加藤枝子的指引下，凭借方舟强大的天族技术，争分夺秒地修改被田中控制的蓝星各国防空系统。随着林晓雅最后一道指令发出，射出数万枚导弹，纷纷将来袭的太空碎片击毁。

战局终于有了转机。

天空中的旋涡中心，再次出现猩红色。谢无思喊道："只有击败大鹏鸟，才有希望制止火劫。"

此时句成已飞回刘思琪身边，四目相对，眼里满是对对方的担心。

谢无思大声指挥："万剑归宗，九天一气，金光护体，金刚降魔

异世三海

觉醒

阵。"近百位异士围绕谢无思化作一道刺眼光柱冲向躲在乌云背后的大鹏鸟。

句成向刘思琪点了点头，举起降魔剑："我们来助道长一臂之力。"万道雷霆与刘思琪全身射出的万张爆炸符围绕那道光柱也射向乌云。

巨大的冲击波，让密布乌云的天空如海啸一般剧烈翻腾。谢无思与众异士纷纷落下，重重摔倒在地面，个个身受重伤。一片片黑羽落下，天空传来大鹏鸟的嘲笑声："就凭你们这点本事，也想对抗我的起源之力吗？哈哈哈。"

句成连忙指引白麒麟将受伤的众人拖入方舟号，鲜血顺着手臂流向紧握的降魔剑。又见刘思琪张口"噗嗤"吐出一口鲜血，摔下天空，句成飞来将她一把抱住。获得龙珠力量的大鹏鸟集妖王、田中、加藤三人的力量，已经无法击败了。看着这一切，仿佛那悲痛的一幕又要重演，句成不禁内心狂呼："不管怎样，我绝对不可以再经历一次，我绝对不可以再失败。"

旋涡中传来呜呜呜叫，片刻，铺天盖地下起黑雨。黑雨落入地面便哧哧燃烧，具有强烈腐蚀性，而且从战场蔓延开去，无边无际，人间沦为地狱。外太空碎片尚可阻止，这漫无边际的黑雨如何能躲避？空中的天族战机纷纷坠落，逃出的生灵守卫正全力赶回方舟，而那些受伤严重的战士被黑雨化作了白骨，翰唐军队几乎全军覆没。句成护着刘思琪，用自己的身体挡住黑雨，落在地面，朝方舟号疾奔去，方舟号成了战场唯一的避难所。

刘思琪眼见黑雨落在句成身上，灼烧起一缕缕黑烟，却因受伤无力挣脱，急得眼泪哗哗掉落。

句成奔入方舟，众人让开位置。他将刘思琪放下，低声对刘思琪说道："等我，我一会儿就回来。"

"别去，你会死的。"

"相信我，我已经醒了。许久以来，我一直假装着快乐，掩饰内心的恐惧、不安，却不知道这恐惧和不安从何而来。现在我知道了，因为我无法原谅自己，带给你们这么多苦痛与毁灭。"

"你想干什么？你别忘了对我的承诺。"

"你曾为我众叛亲离，放弃家人，用千年时光陪伴我。我却铁石心肠，置若罔闻。直到你魂飞魄散的那一刻，我才知我的心也会痛，才发现我以守护天规为名拒绝这份真情，为的只是掩盖我的心动，为的只是我的地位。我的犹豫和自私，让我失去了初心。我不再坚定，也不再无畏，心中也不再有爱，所以那一战我败了。"

"别说了，让我和你一起面对。"

"这是我必须要独自面对的劫难。你曾说，不知小爱何以知大爱；不救一人何以救天下人，现在，我明白了。爱是一无所求的奉献，是光明的源头，一切开始的地方，爱是无所畏惧。所以这次，我不会输，我也不会违背对你的承诺，我一定会活着回来。"

句成轻吻刘思琪嘴唇，用灵珠的力量模糊了她的意识。刘思琪在句成的怀抱里昏昏睡去，依稀听到告别："天不动，地不动，心不动；可你的情，动了心，动了地，动了天。世上安有两全法，不负如来不负卿。如果爱你是劫，我甘愿受劫；如果今生无法相守，我愿落十世轮回，再续前缘。答应我，你要好好地等我。"

"现在，我需要你们所有人的昆仑机甲。"句成见刘思琪沉睡过去，摊开双掌朝向众人，一道道白色金属丝从众人手中的昆仑手环中抽出。

"你要干什么？"林晓雅惊呼。

"即使我用灵珠的力量，现在也无法击败合体的妖王。昆仑金本是吕至娘娘的补天石，只有与它融合才可与妖王一战，已经没有别的办法，快！"昆仑金快速吞噬着句成的身体。

林晓雅、陈怀坚、莎莉娃等人噙着眼泪，无法抗拒句成强大的灵能，眼见昆仑金被句成从自己的手环中抽走。

"加藤先生，降魔剑交给你，如果我死了，你可凭它寻回灵珠。"句

异世三海
觉醒

成强忍疼痛，额头青筋直冒，黄豆般的汗珠落下。

"这！"加藤颤抖着接过剑。句成靠近加藤，在加藤耳边低语几句。

降魔剑似乎不想离开句成，在加藤手中震动。

"老朋友，我会回来找你。放心。"这古剑似听懂主人的话，不再震动，在加藤手中安稳下来。

"加藤枝子，帮我个忙。"句成意识与加藤枝子联系上。

"帮我接通蓝星所有生灵频率。"

"这？我试试。"

句成顶着黑雨飞向半空，释放灵能，接收所有昆仑金。顿时，无数金属丝刺入肌肉，每个细胞都被撕裂，疼痛难忍，不由得大叫。

妖王的化身大鹏鸟趁机飞来，张开大口想要将句成一口吞下。只见句成身上放出刺眼白光，昆仑机甲化作一条白甲天龙，伸出龙爪，一把抓伤大鹏一只眼睛。大鹏受痛飞向高空，身上的羽毛，化作黑火箭嗖嗖射向白龙。

白甲天龙盘旋着，为句成挡下一支支黑火箭。句成在巨龙的保护下，纹丝不动。此时，他的意识正借助加藤枝子和方舟号蔓延整个蓝星。蓝星所有灵体，都收到信息。"翰唐人、美达索人、俄尔加人，蓝星上每一个国家的人民，是时候放下心中的欲望、仇恨、猜疑，唤醒内心的爱和善良了！你们现在面临的是整个星球的劫难，如果我们战败，世界将重归黑暗。我愿把我的血肉奉献给众生，我的骨奉献给众生，我的一切奉献给众生，愿能换取你们的信任，把你们的爱和善良交予我，和我一起面对黑暗，我定会将光明重新带回大地。"

所有蓝星人、躲避的动物，都停止下来，甚至植物似乎也收到这信息，人们手牵手，躲在庇护所望向看不见光明的天空，祝福着守护蓝星的英雄、祝福着受难的蓝星和受难的生灵，那份温暖划破天际与句成共鸣。

林晓雅猛然明白，句成这是要利用超级战甲，将这些生灵的光明意志转化成超高频能量，创造白洞引来天界力量，只是这样，就真的会粉身碎骨了。

句成身放七彩光芒，化作万道彩虹飞向血红旋涡密布的乌云。

"田中，让我来帮你，解脱你心中的仇恨！"

天空传来咆哮声："句成，你还杀不了我，哈哈哈。"

"这、这是什么？"大鹏鸟突觉一张无形天网将自己兜在其中，元灵能皆被困住，不免惊慌失措。只见大地上，无数闪光飞向半空，那是蓝星所有生灵心中的光明，无处不在地困住大鹏鸟。

句成见时机已到，引万道彩虹冲向大鹏鸟，天空七彩光芒刺破乌云。

天龙与大鹏鸟的撕咬声和怒吼声，震耳欲聋。不久，随着这声音渐弱，旋涡消失，空中下起片片白雪般的光点，那是昆仑机甲分解的尘末，落入大地，钻入土中。黑色的雨水被吸收，泥土恢复了清香。乌云散去，透出千丝万缕的阳光，照耀这饱受灾难的大地。火山停止了喷发，河流恢复了清澈，鸟儿和走兽走出躲避的洞穴，小心翼翼地看着森林。人们仿佛从噩梦中惊醒，看着对方的脸，露出灿烂真诚的笑容。蓝星各国军队开始肃清田中的残余势力，然而，句成却失去踪迹，仿佛人间蒸发，消失在这个星球。

刘思琪醒来已是一周后，郭楚南正守护在病床旁。

"爸，句成呢？"

"他……他失踪了。不过，思琪，你别难过。部队现在还在寻找，只要没见着尸首，我们就不会放弃。"

两行泪从刘思琪眼角滑落，她望着窗外，伸出手，看着穿越手缝的缕缕阳光，轻声道："我找了他3000年，终于等到他说出深藏心底的那句话，已经没有遗憾了，所以，我不难过。只会继续像以前那样寻找他，直到，他再也不离开我。"

"孩子……"

3 年后，林晓雅在联合国发表全面发展光能、电能等清洁能源以及利用生物技术消除污染的报告，一些传统能源财阀也正在酝酿一场反击。

失去凤凰灵力的加藤一夫带着天人科技和他的生灵守卫，驾驶方舟号驶入太空。句成临走前让他去寻找金河系的起源星，那里隐藏着一个秘密，站在加藤身边的是已经醒来的加藤枝子。

美达索、翰唐、俄尔加等各国解散 TS 战力部队，组成圣光联盟交由联合国统一管理，郭楚南任第一届指挥官，TS 战力终于不再是某一国的力量，而成为世界安全的守护者。然而各国的明争暗斗并没有停止，一场更大的暴风雨正在来临。

翰唐波特拉小镇，陈怀坚与莎莉娃正举办婚礼。在充满欢声笑语的人群里，刘思琪形单影只，看着众人将这对新人拥入度蜜月的礼车，缓缓转身，走进鲜花盛开的公园，突然一个熟悉的声音传来："清秋！"

这个世界没有那么好，也没有那么坏，有人坚持自我，有人随波逐流，也许我们不能改变什么，但至少可以选择，哪怕没得选，也是一种选择！命运能够改变，也不能改变。不能改变的，是我们在寻找人生使命中所遭遇的迷失和遗憾；能够改变的，是我们找到使命的那一刻，或者开始的下一段征程！

第五十二回

终战